LA MARCA DE LA
VENGANZA

EMELIE SCHEPP

LA MARCA DE LA VENGANZA

HarperCollins *Español*

Editora-en-Jefe: Graciela Lelli
Diseño de cubierta: Mario Arturo
Imágenes de cubierta: Dreamstime.com y Shutterstock

ISBN: 978-1-41859-883-9

Impreso en Estados Unidos de América
18 19 20 21 22 LSC 7 6 5 4 3 2 1

Para H.

PRÓLOGO

Sentada en silencio, la niña miraba su cuenco de yogur con cereales. Escuchaba un tintineo de cubiertos y porcelana mientras sus padres desayunaban.

—¿Te importaría comer, por favor?

Su madre la miró implorante, pero la niña no se movió.

—¿Otra vez has tenido pesadillas?

La niña tragó saliva sin atreverse a levantar la vista del cuenco.

—Sí —contestó con un susurro casi inaudible.

—¿Qué has soñado esta vez?

Su madre partió por la mitad una rebanada de pan y la untó con mermelada.

—Con un contenedor —dijo la niña—. Estaba...

—¡No!

La voz de su padre sonó desde el otro lado de la mesa: alta, dura y fría como el hielo. Había cerrado los puños. Su mirada era tan dura y fría como su voz.

—¡Ya basta!

Se puso en pie, tiró de ella para que se levantara y de un empujón la sacó de la cocina.

—Estamos hartos de oír tus fantasías.

La niña se precipitó hacia delante, luchando por mantenerse delante de él mientras la empujaba escalera arriba. Le hacía daño en los brazos y en los pies. Trató de zafarse cuando cambió de mano y la agarró del cuello.

Entonces la soltó, apartando la mano como si se hubiera pincha-
do. La miró con repulsión.

—¡Te he dicho que te tapes el cuello siempre! ¡Siempre!

Le puso las manos sobre los hombros y la hizo darse la vuelta.

—¿Qué has hecho con el vendaje?

Sintió que le retiraba el pelo hacia un lado, que tiraba de él tratan-
do frenéticamente de dejar su nuca al descubierto. Oyó cómo se agitaba
su respiración cuando vio las cicatrices. Dio un par de pasos hacia atrás,
horrorizado como si acabara de ver algo espeluznante.

Y así era.

Porque se le había caído el vendaje.

CAPÍTULO 1

¡Allí! El coche apareció doblando la esquina.

Pim sonrió a Noi con nerviosismo. Estaban en un callejón, entre las sombras que dejaba la luz de las farolas. Manchas de orín reseco decoloraban el asfalto. Reinaba un olor fuerte y rancio, y el fragor de la autovía ahogaba el aullido de los perros callejeros.

Pim tenía la frente sudorosa, no por el calor, sino por el miedo. El cabello oscuro se le pegaba a la nuca, y la fina tela de la camiseta se le adhería a la espalda formando pliegues. No sabía qué la esperaba y tampoco había tenido tiempo para prepararse.

Había sucedido todo tan deprisa… Se había decidido apenas dos días antes. Noi se había reído, decía que era fácil, que pagaban bien y que en cinco días estarían de vuelta en casa.

Pim se pasó la mano por la frente y se la secó en los vaqueros mientras observaba el lento avance del coche.

Sonrió otra vez como para convencerse de que todo saldría bien, de que todo iría como la seda.

Solo era esta vez.

Una sola vez. Y luego nunca más.

Cogió su maleta. Le habían dicho que metiera en ella ropa para dos semanas; así daría credibilidad a sus presuntas vacaciones.

Miró a Noi, enderezó la espalda y echó los hombros hacia atrás.

El coche casi había llegado.

Avanzó despacio hacia ellas y se detuvo. Una de las ventanillas tintadas se abrió, dejando al descubierto la cara de un hombre con el pelo cortado casi al cero.

—Subid —dijo sin apartar la mirada de la carretera.

Luego cambió de marcha y se dispuso a arrancar.

Pim rodeó el coche, se detuvo y cerró los ojos un instante. Respirando hondo, abrió la puerta y subió al coche.

La fiscal Jana Berzelius bebió un trago de agua y se acercó el montón de papeles que había sobre su mesa. Eran las diez de la noche y el Bishop's Arms de Norrköping estaba abarrotado de gente.

Media hora antes estaba en compañía de su superior, el fiscal jefe Torsten Granath, quien, tras un largo y fructífero día en el juzgado, había tenido al menos la decencia de llevarla a cenar al Elite Grand Hotel.

Se pasó las dos horas que duró la cena hablándole de su perro, al que había tenido que sacrificar tras diversas dolencias gástricas y problemas intestinales. Aunque a Jana le traía sin cuidado, fingió interés cuando Torsten sacó su teléfono para enseñarle unas fotos del perro fallecido, cuando aún era un cachorro. Asintió en silencio, ladeó la cabeza y procuró poner cara de pena.

Para que el tiempo se le pasara más deprisa, pasó revista a los demás comensales. Desde su mesa junto a la ventana veía claramente la puerta. No entraba ni salía nadie del local sin que ella lo viera. Mientras duró el soliloquio de Torsten, contó doce personas: tres hombres de negocios extranjeros, dos mujeres maduras de voz chillona, una familia de cuatro miembros, dos señores mayores y un adolescente de voluminoso cabello rizado.

Después de la cena, Torsten y ella se trasladaron al Bishop's Arms, en la puerta de al lado. Torsten comentó que la decoración típicamente británica del local le recordaba a cuando jugaba al golf en el condado de Kent e insistía en ocupar siempre la misma mesa. La elección del pub exasperó levemente a Jana, que estrechó la mano de su jefe con alivio cuando este decidió por fin dar por terminada la velada.

Se quedó, no obstante, un rato más.

Tras guardar los papeles en el maletín, apuró el agua y estaba a punto de levantarse cuando entró un hombre. Puede que fuera su paso nervioso lo que hizo que se fijara en él. Lo siguió con la mirada cuando se dirigió rápidamente a la barra. El recién llegado llamó la atención del camarero levantando un dedo, pidió una copa y se sentó a una mesa, con su raída bolsa de deporte sobre el regazo.

Un gorro de punto le tapaba parcialmente la cara, pero Jana calculó que tenía más o menos su edad: unos treinta años. Vestía chaqueta de piel, vaqueros oscuros y botas negras. Parecía inquieto; dirigió primero la mirada hacia la ventana, luego hacia la puerta y de nuevo hacia la ventana.

Sin volver la cabeza, Jana fijó los ojos en la ventana y vio la silueta del puente de Saltäng. Las luces navideñas se mecían en las copas desnudas de los árboles, cerca de Hamngatan. Al otro lado del río, un luminoso de neón parpadeante deseaba Feliz Navidad y Próspero Año Nuevo.

Jana se estremeció al pensar que solo quedaban escasas semanas para Navidad. No le apetecía pasar las fiestas con sus padres, sobre todo desde que su padre, el exfiscal general Karl Berzelius, parecía haberle dado la espalda inexplicablemente, como si de pronto ya no le interesara formar parte de la vida de su hija.

No se veían desde la primavera, y cada vez que Jana le hablaba de su extraño comportamiento a Margaretha, su madre, no recibía explicación alguna.

«Está muy ocupado», contestaba siempre su madre.

Así pues, Jana decidió no malgastar más energías en ese asunto y lo dejó correr. Como consecuencia de ello, apenas se habían visto en los últimos seis meses. La Navidad, sin embargo, era insoslayable: tendrían que verse en algún momento.

Suspiró profundamente y volvió a fijar la mirada en el recién llegado, al que el camarero acababa de servir una copa. Cuando el hombre fue a cogerla, Jana observó que tenía una mancha de nacimiento, grande y oscura, en la muñeca izquierda. Se llevó el vaso a los labios y miró de nuevo por la ventana.

Debía de estar esperando a alguien, pensó Jana al levantarse. Se abrochó con cuidado la chaqueta de invierno y se envolvió el cuello en su pañuelo Louis Vuitton negro. Se caló el sombrero granate y agarró enérgicamente el maletín.

Al volverse hacia la puerta, advirtió que el hombre estaba hablando por teléfono. Masculló algo inaudible, apuró su copa de un trago al levantarse y pasó junto a ella, camino de la salida.

Jana sujetó la puerta cuando estaba a punto de cerrarse tras él y salió a la calle y al frío aire invernal. La noche era apacible y cristalina; reinaba una quietud casi absoluta.

El hombre se perdió velozmente de vista.

Jana se puso unos guantes forrados y echó a andar hacia su apartamento en Knäppingsborg. A una manzana de su casa, volvió a ver al hombre, apoyado contra la pared de un callejón estrecho. Esta vez, no estaba solo.

Había otro hombre delante de él. Tenía la capucha subida y las manos hundidas en los bolsillos.

Jana se paró en seco, se desvió rápidamente hacia un lado y trató de esconderse tras la columna de un edificio. Comenzó a latirle el corazón con violencia y se dijo que debía estar equivocada. El hombre de la capucha no podía ser quien ella creía.

Volvió la cabeza y examinó de nuevo su perfil.

Un escalofrío recorrió su columna vertebral.

Sabía quién era.

.Conocía su nombre.

¡Danilo!

El detective inspector jefe Henrik Levin apagó la tele y se quedó mirando el techo. Eran poco más de las diez de la noche y la habitación estaba a oscuras. Prestó atención a los ruidos de la casa. El

14

lavavajillas zumbaba rítmicamente en la cocina. De vez en cuando se oía un golpe sordo en el cuarto de Felix, y Henrik adivinó que su hijo estaba dando vueltas en sueños. Su hija Vilma dormía en silencio, plácidamente, como de costumbre, en la habitación contigua.

Se tumbó de lado junto a su mujer, Emma, con los ojos cerrados y la cabeza tapada con el edredón. Sabía, sin embargo, que iba a costarle quedarse dormido. Su mente se movía a mil por hora.

Pronto, apenas pegaría ojo por otros motivos. Se pasaría las noches meciendo al bebé, alimentándolo y arrullándolo hasta bien entrada la madrugada. Solo faltaban tres semanas para que su mujer saliera de cuentas.

Se desarropó la cabeza y miró a Emma, que dormía tumbada de espaldas, con la boca abierta. Su barriga era inmensa, pero Henrik ignoraba si era más grande que las otras veces. Solo sabía que estaba a punto de convertirse en padre por tercera vez.

Tumbado boca arriba, posó las manos sobre el edredón y cerró los ojos. Sentía una especie de melancolía y se preguntaba si sus sentimientos cambiarían cuando tuviera al bebé en brazos. Confiaba en que así fuera, porque aquel embarazo había transcurrido sin que apenas se diera cuenta. No había tenido tiempo: tenía otras cosas en que pensar. En su trabajo, por ejemplo.

La Brigada Nacional de Homicidios se había puesto en contacto con él.

Querían hablarle de un caso de la primavera anterior: la investigación del asesinato de Hans Juhlén, el responsable de la Junta de Inmigración sueca en Norrköping. El caso se había cerrado y Henrik creía haberlo dejado atrás.

Lo que en principio parecía una típica investigación criminal, la del asesinato de un alto funcionario local, se había convertido en algo mucho más preocupante y macabro: la investigación del tráfico de inmigrantes ilegales había puesto al equipo que se ocupaba del caso tras la pista de un cártel de narcotraficantes que, entre otras actividades, se dedicaba a entrenar a niños para convertirlos en despiadados asesinos a sangre fría.

El caso distaba mucho de ser rutinario, y la investigación había copado los titulares durante varias semanas seguidas.

Al día siguiente, la Brigada Nacional de Homicidios le interrogaría acerca de los niños inmigrantes que habían llegado a Suecia desde Sudamérica en contenedores de barco cerrados por fuera. Más concretamente, querían hablarle del jefe del cártel, Gavril Bolanaki, que se había suicidado antes de que pudieran interrogarlo.

Repasarían de nuevo, pormenorizadamente, cada detalle de la investigación.

Henrik abrió los ojos y contempló la oscuridad. Miró el despertador, vio que eran las diez y cuarto y comprendió que el lavavajillas emitiría pronto la señal que indicaba el fin del ciclo de lavado.

Tres minutos después, oyó su pitido.

CAPÍTULO 2

Le latía el corazón incontrolablemente y el pulso se le había desbocado.

Procuraba respirar sin hacer ruido.

Danilo.

Una oleada de emociones contradictorias embargó a Jana Berzelius. Sentía al mismo tiempo sorpresa, cólera y confusión.

En otra época, cuando compartían su existencia cotidiana, Danilo y ella habían sido como hermanos. Pero eso había sido hacía mucho tiempo, cuando eran pequeños. Ahora solo tenían en común el mismo pasado sangriento. Danilo tenía en la nuca las mismas cicatrices que ella, aquellas iniciales grabadas en la piel, como un recordatorio constante de la siniestra infancia que habían compartido. Danilo era el único que sabía quién era ella, de dónde venía y por qué.

Jana le había buscado la pasada primavera para pedirle ayuda cuando empezaron a aparecer contenedores cargados de refugiados menores de edad a las afueras de la pequeña localidad portuaria de Arkösund. Él había parecido dispuesto a ayudarla, incluso le había dado muestras de simpatía, pero al final la había traicionado. Había intentado matarla sin éxito, y después se había esfumado.

Jana no había dejado de buscarlo desde entonces, pero Danilo parecía haberse desvanecido por completo. En todos esos meses no había encontrado ni una sola pista de su paradero. Nada. Y, entre tanto, su frustración había aumentado en la misma medida que su sed de venganza. Soñaba despierta, fantaseando con distintas formas de matar a Danilo.

Había esbozado su cara a lápiz en una hoja en blanco: dibujando y borrando, borrando y dibujando hasta conseguir un parecido perfecto. Tenía aquel retrato clavado en la pared de su piso, como para recordarse el odio que sentía por él: un odio imposible de olvidar.

Al final, había abandonado la búsqueda y retomado su vida cotidiana, en la creencia de que probablemente nunca lo encontraría.

Había desaparecido para siempre.

O eso creía Jana.

Ahora, se hallaba a quince metros de ella.

Sintió que su cuerpo temblaba y reprimió el impulso de lanzarse hacia delante. Tenía que pensar lógicamente.

Contuvo la respiración para poder oír las voces de los dos hombres, pero no alcanzó a distinguir ni una sola palabra. Estaban demasiado lejos.

Danilo encendió un cigarrillo.

La ajada bolsa de deporte descansaba en el suelo, y el hombre de la marca de nacimiento en la muñeca se acuclilló junto a ella. Abrió una cremallera para mostrar su contenido. Danilo asintió con una inclinación de cabeza, hizo un gesto con la mano derecha y ambos cruzaron a paso vivo el callejón y bajaron por la escalera de piedra que llevaba a Strömparken.

Jana apretó los dientes. ¿Qué debía hacer? ¿Dar media vuelta e irse a casa? ¿Fingir que no le había visto, dejar que se marchara? ¿Permitir que desapareciera de nuevo de su vida?

Contó en silencio hasta diez. Después, salió de las sombras y echó a andar tras ellos.

La inspectora Mia Bolander abrió los ojos y de inmediato se llevó la mano a la frente. Le daba vueltas la cabeza.

Se levantó de la cama y se quedó allí parada, desnuda, mirando al hombre que yacía boca abajo sobre el colchón, con la mano bajo la almohada. Había olvidado su nombre.

Él no estaba del todo convencido. Se había pasado veinte minutos dando vueltas por la habitación y repitiendo que era un estorbo y que no se la merecía. Mia le repitió una y otra vez que no era cierto, y al final le convenció para que se metiera en la cama con ella.

Cuando al poco rato él le preguntó amablemente si podía darle un masaje en los pies, estaba demasiado cansada para negarse. Y cuando él se metió su dedo gordo en la boca, se le agotó la paciencia y le preguntó sin rodeos si no podían simplemente follar. Él captó la indirecta y se quitó la ropa.

También había gemido estentóreamente, le había lamido el cuello y le había hecho varios chupetones.

El muy gilipollas.

Mia se rascó debajo del pecho derecho y miró el suelo, donde su ropa yacía amontonada.

Se vistió a toda prisa, sin preocuparse de hacer ruido. Solo quería irse a casa.

Solo había tenido intención de pasarse un momentito por el pub. En el Harry's había noche de karaoke navideño y el local estaba lleno a rebosar de mujeres con vestidos rutilantes y hombres trajeados. Algunos lucían gorros de Papá Noel y ya se habían emborrachado a conciencia en alguna fiesta navideña en Norrköping.

El hombre de cuyo nombre no se acordaba estaba de pie junto a la barra, con una cerveza en la mano. Parecía hetero, de unos cuarenta años, era rubio y llevaba el pelo extrañamente peinado con la raya al medio. Jana vio el tatuaje de su cuello: una calavera de colores, con unas tibias cruzadas debajo. Por lo demás, iba pulcramente vestido, con americana con hombreras y corbata.

Mia se había sentado unos taburetes más allá, y allí sentada había acariciado su vaso, tratando de llamar su atención. Finalmente se fijó en ella, pero tardó un rato más en acercarse y preguntarle si podía acompañarla. Ella contestó con una sonrisa y volvió a pasar el dedo por el borde del vaso. Él comprendió por fin que debía invitarla a otra copa. Tras consumir tres jarras de cerveza y dos cócteles navideños aromatizados con azafrán, tomaron un taxi para ir a su piso.

Mia aún notaba en la boca el regusto del azafrán. Salió al pasillo, entró en el cuarto de baño y encendió la luz. Deslumbrada por un instante, mantuvo los ojos cerrados mientras bebía agua ayudándose con las manos. Se miró al espejo con los ojos entornados, se sujetó el pelo detrás de las orejas y se miró el cuello.

Tenía dos grandes chupetones en el lado derecho, bajo la barbilla. Meneó la cabeza y apagó la luz.

Descolgó la americana de él del perchero del pasillo y le registró los bolsillos. Extrajo la cartera del bolsillo interior, pero solo contenía tarjetas: nada de efectivo.

Ni una sola corona.

Echó una ojeada a su permiso de conducir y vio que se llamaba Martin Strömberg. Acto seguido dejó la cartera en su sitio y se puso las botas y la chaqueta.

—Solo para que lo sepas, Martin —dijo señalando con el dedo hacia el dormitorio—, es cierto que eres un estorbo.

Abrió la puerta del apartamento y salió.

Jana Berzelius se detuvo en lo alto de la cuesta, cerca del Museo del Trabajo de Norrköping, y miró a su alrededor. Ya no veía a Danilo, ni al hombre de la mancha en la muñeca.

Escudriñó todas las esquinas de las calles que tenía delante, pero no estaban por ninguna parte. No se veía ni un alma, de hecho, y le sorprendió lo desierto que podía parecer aquel paisaje industrial una gélida noche de miércoles, a principios de diciembre.

Pasó diez minutos allí, en silencio, observando, pero no oyó ni un solo ruido, ni vio el menor movimiento.

Por fin aceptó que habían desaparecido. Había vuelto a perder su pista. La ira se apoderó de ella. No le quedaba otro remedio que irse a casa con la sensación de que había vuelto a engañarla.

Pero ¿qué creía que podía pasar? ¿Cómo se le había ocurrido? No debería haberle seguido; debería haberse olvidado de él y haberse preocupado solo de sí misma.

En realidad, no podía hacer nada más.

Mientras cruzaba la plaza de Holmen, tuvo de pronto la extraña sensación de que alguien la seguía, pero cuando se giró solo alcanzó a ver a un hombre bajo que paseaba a un perro, a lo lejos. Observó los edificios de pisos de Kvarngatan y vio candelabros de adviento en numerosas ventanas. El cielo, negro como el betún, seguía despejado y cristalino.

Estremeciéndose, Jana encogió los hombros, siguió cruzando la plaza y se metió en el túnel. Cuando iba por su mitad, la asaltó de nuevo la sensación de que la seguían.

Se detuvo, dio media vuelta y se quedó mirando la oscuridad. Inmóvil, respiró sin hacer ruido y aguzó el oído.

Nada.

Cruzó Järnbrogatan a paso rápido y pasó bajo el arco rosado que señalaba la entrada al barrio de Knäppingsborg.

Luego, de pronto, oyó un ruido a su espalda.

Allí estaba, solo.

A diez metros de distancia.

Tenía la cabeza agachada y la mandíbula tensa.

Jana le miró a los ojos, soltó su maletín y se preparó.

21

CAPÍTULO 3

—¡Trágatelo!

Pim dio un respingo y miró al hombre a los ojos. En pie, inclinado sobre la mesa, tenía la cara casi pegada a la suya. Vestía una camisa gris oscura con las mangas enrolladas.

Ella miró la cápsula que tenía en la mano. Era más grande que un tomate *cherry* y más ovalada de lo que esperaba. Su contenido estaba prietamente envuelto en varias capas de látex.

Sentada a su lado, Noi la miró con expresión suplicante y asintió casi imperceptiblemente para darle ánimos. «¡Tú puedes!»

Estaban sentadas en una habitación, encima de una farmacia. Para llegar hasta ella, había que subir por una escalera que era casi una escalera de mano. Un ventilador zumbaba en una esquina. Aun así, hacía calor y olía a moho.

A Pim no le había costado tragarse la pastilla para neutralizar sus ácidos gástricos. Había pasado sin problemas. Pero aquella cápsula era enorme, pensó ahora, presionando su recubrimiento con el índice y el pulgar.

El hombre la agarró del brazo y le llevó lentamente la mano hacia la boca. La cápsula tocó sus labios. Pim sabía lo que tenía que hacer, y la boca se le resecó al instante.

—Abre la boca —ordenó él entre dientes.

Pim obedeció y se puso la cápsula en la lengua.

—Muy bien, ahora levanta la barbilla y trágatela.

22

Ella miró hacia el techo y sintió que la cápsula se deslizaba hasta el fondo de su lengua. Intentó tragar, pero no pudo. La cápsula se negaba a bajar.

Tosió, escupiéndosela en la mano.

El hombre dio un puñetazo en la mesa.

—¿De dónde has sacado a esta inútil? —le preguntó a Noi, que se puso blanca como el papel—. No puedo permitir tratar con idiotas, ¿entiendes? El tiempo es oro.

Noi asintió en silencio y miró a Pim, que esquivó su mirada.

—Inténtalo otra vez —le susurró Noi—. Puedes hacerlo.

Pim sacudió la cabeza lentamente.

—¡Tienes que hacerlo! —insistió Noi.

Pim volvió a negar con un gesto. Le tembló el labio y se le saltaron las lágrimas. Sabía que tenía suerte, que debía alegrarse de tener esta oportunidad. No estaba acostumbrada a que la suerte le sonriera, pero cuando Noi le habló de la posibilidad de ganar un dinero rápido y sencillo, el corazón le dio un vuelco de emoción.

—¡Muy bien, se acabó! ¡Fuera de aquí! —El hombre la agarró del brazo y la hizo levantarse de un tirón—. Tengo mucha otra gente deseando ganar dinero.

—¡No! ¡Espere! ¡Sí que quiero! —chilló Pim, resistiéndose—. ¡Por favor, sí que quiero! Déjeme intentarlo otra vez. Puedo hacerlo.

El hombre la agarró con fuerza. Se quedó mirándola un momento, los ojos entornados e inyectados en sangre, las mejillas coloradas, los labios apretados.

—¡Demuéstralo! —dijo.

Agarrando un bote con una mano, la asió por la mandíbula, la obligó a abrir la boca y le echó tres chorros de lubricante en la garganta.

Levantó la cápsula.

—Vamos —dijo.

Pim la cogió y se la metió en la boca. Intentó tragar. Se metió un dedo en la boca y empujó la cápsula, pero solo consiguió que le diera una arcada.

El pánico empezó a apoderarse de ella.

Con la cápsula encajada de nuevo en la garganta, levantó la barbilla. Pero las ganas de vomitar aumentaron.

Tenía las palmas de las manos húmedas de sudor.

Cerró los ojos, abrió la boca y empujó la cápsula con el dedo todo lo que pudo.

Tragó.

Tragó, tragó, tragó.

La cápsula resbaló lentamente hacia su estómago.

El hombre juntó las manos y sonrió.

—Ya está —dijo—. Solo quedan cuarenta y nueve.

El primer golpe se dirigió a su cabeza; el segundo, a su garganta.

Jana Berzelius detuvo los puñetazos de Danilo sirviéndose de los antebrazos.

Estaba furioso, se balanceaba de un lado a otro tratando de golpearla desde todas direcciones, pero ella se zafaba, levantó el puño derecho, agachó la cabeza, lanzó un golpe con el izquierdo y, acto seguido, una patada. Erró el blanco pero repitió la secuencia de movimientos, más deprisa esta vez. Logró asestarle un golpe en la rodilla, pero, aunque su pierna cedió ligeramente, aguantó de pie. Consciente de que tenía que hacerle perder el equilibrio, conseguir que cayera al suelo, Jana le lanzó otra patada, esta vez a la cabeza. Pero él la agarró del pie y la impulsó bruscamente hacia la izquierda. Ella se giró y cayó de espaldas en el frío y duro suelo. Casi en el mismo movimiento, rodó de lado, colocó las manos en posición defensiva y se levantó de un salto.

Danilo se abalanzó hacia ella. En ese mismo momento, Jana agachó la cabeza y se protegió la cara con los puños. Levantó el pie con todas sus fuerzas y lanzó otra patada.

Esta vez dio en el blanco.

Cuando Danilo se desplomó, dio un salto hacia él y estaba a punto de apoyar la rodilla sobre su pecho cuando, con un gruñido de rabia, se giró, rodaron juntos y acabó encima de ella. Se sentó a horcajadas sobre su cuerpo y comenzó a golpearla en las costillas con todas sus fuerzas.

La agarró del pelo y tiró de su cabeza, levantándola del suelo. Jana intentó incorporarse para aliviar el dolor, pero su peso se lo impedía.

—¿Por qué me estabas siguiendo? —susurró él, inclinándose hacia delante hasta casi tocar su cara.

Jana no respondió. Pensaba frenéticamente que aquello no podía pasar, no podía permitirle ganar. Pero estaba atrapada, él le oprimía los brazos con las piernas. Estiró los dedos tratando de asir algo con lo que defenderse, pero solo había hielo y nieve.

Una sensación desagradable comenzó a embargarla. No había contado con acabar así, postrada bajo él. Pensaba tenderle una emboscada, llevarle ventaja desde el principio.

Cerró los puños y, tensando los músculos, hizo acopio de energías. Balanceando las piernas, le golpeó con las rodillas en la espalda. Él se arqueó hacia atrás y soltó su pelo. Jana le golpeó una y otra vez con las rodillas, tratando sin éxito de engancharle el cuello con la pierna.

Él no cedió ni un milímetro.

Volvió a agarrarla del pelo.

—No deberías haber hecho eso —gruñó al golpearle la cabeza contra el suelo.

El dolor era indescriptible. Ante sus ojos todo se volvió negro.

Él volvió a estrellarle la cabeza contra el suelo una y otra vez, y Jana sintió que la abandonaban las fuerzas.

—Mantente alejada de mí, Jana —le advirtió él.

Ella oyó su voz como envuelta en una niebla muy muy lejana.

Ya no sentía dolor.

Una cálida oleada la envolvió, y comprendió que estaba a punto de perder el sentido.

Él levantó el puño y lo mantuvo pegado a su cara, sin golpearla. Como si vacilara. Mirándola a los ojos, jadeante, dijo algo ininteligible que resonó como si estuvieran en medio de un túnel.

Jana oyó un grito que parecía proceder de muy lejos.

—¡Eh!

No reconoció la voz.

Intentó moverse, pero el peso que oprimía su pecho se lo impedía. Luchando por mantener los ojos abiertos, miró fijamente los ojos oscuros de Danilo.

Él la miró con furia.

—Te lo advierto. Si vuelves a seguirme, acabaré lo que he empezado.

Sostuvo la cara de Jana a un centímetro de la suya.

—Una sola vez más y te arrepentirás. ¿Entendido?

Jana lo entendió, pero no pudo responder.

Sintió que la presión de su pecho disminuía. Comprendió por el silencio que Danilo se había ido.

Tosió violentamente y, poniéndose de lado, cerró los ojos un rato, hasta que le pareció oír de nuevo aquella voz desconocida.

Anneli Lindgren puso un plato con dos rebanadas de pan de centeno sobre la mesa de la cocina y se sentó frente a su pareja, Gunnar Öhrn. Trabajaban los dos en la policía, ella como especialista forense; él, como investigador jefe.

Sus tazas despedían sendos hilillos de vaho.

—¿Quieres Earl Grey o este té verde? —preguntó ella.

—¿Cuál vas a tomar tú?

—El verde.

—Yo también, entonces.

—Pero si no te gusta.

—No, pero siempre estás diciendo que debería tomarlo.

Anneli le sonrió y, mientras sacaba las bolsitas del té, oyeron música procedente del cuarto de Adam. Su hijo estaba cantando.

—Parece que le gusta esto —comentó Anneli.

—¿Y a ti? ¿Te gusta?

—Claro.

Advirtiendo una nota de ansiedad en la pregunta de Gunnar, había contestado rápidamente y sin vacilar. Era el único modo de evitar un interrogatorio. A Gunnar todo le inquietaba; siempre estaba dándole vueltas a la cabeza, analizándolo todo, obsesionado con cosas que debería haber olvidado hacía mucho tiempo.

—¿Estás segura? ¿Te gusta vivir aquí?

—¡Sí!

Anneli depositó su bolsita de té en la taza y dejó que el agua caliente la empapara mientras escuchaba la voz de Adam, la música y la letra que su hijo había memorizado. Observó cómo el color de las hojas de té iba tiñendo el agua y contó las veces que Gunnar y ella se habían separado y habían vuelto a juntarse. Eran tantas que había perdido la cuenta. Puede que aquella fuera la décima vez, o la duodécima. Lo único que sabía a ciencia cierta era que llevaban veinte años conviviendo intermitentemente.

Ahora, sin embargo, era distinto, o eso se decía Anneli. Estaban más cómodos, más relajados. Gunnar era un buen hombre. Amable, bondadoso, de fiar. Si dejara de agobiarse por todo...

Él posó las manos sobre las suyas.

—Si no, podemos buscar otro apartamento. O una casa, quizá. Nunca hemos probado a vivir en una casa.

Anneli retiró la mano y lo miró sin molestarse en contestar. Sabía que bastaba con la expresión de su cara.

—Vale —dijo él—. Lo entiendo. Estás bien aquí.

—Así que deja de darme la lata.

Bebió un sorbo de té y pensó que quedaba aproximadamente un minuto y medio para que acabara la canción que estaba escuchando Adam. Un solo de guitarra y luego el estribillo, repetido tres veces.

—¿Qué opinas de la reunión de mañana con la Brigada Nacional de Homicidios? —preguntó Gunnar.

—No opino nada en particular. Pueden llegar a la conclusión que quieran. Nosotros hicimos muy bien nuestro trabajo.

—Pero no entiendo qué pinta aquí Anders Wester. No tengo nada que decirle.

—¿Qué? ¿Va a venir ese tío bueno?

No pudo evitar pincharle un poco. Había algo en su preocupación excesiva, en sus celos, que la incitaba a tomarle el pelo. Pero se arrepintió de inmediato.

Gunnar la miró con enojo.

—Solo era una broma —dijo Anneli.

—¿Lo crees de veras?

—¿Que es guapo? Sí, en algún momento lo pensé —contestó, tratando de parecer relajada y divertida.

—¿Pero ya no? —insistió él.

—Venga, para ya.

—Solo quiero saberlo.

—¡Para! Bébete tu té.

—¿Estás segura?

—¡Deja de darme la lata!

Oyó el solo de guitarra y a continuación la voz de Adam cantando el estribillo.

Gunnar se levantó y vació su taza en el fregadero.

—¿Qué haces? —preguntó Anneli.

—No me gusta el té verde —contestó él, dirigiéndose al cuarto de baño.

Ella suspiró, por Gunnar y por la música que a duras penas podía soportar. Pero no quería acabar el día con otra discusión. Y menos ahora, que acababan de decidir probar a vivir juntos otra vez.

Ya estaba cansada.

Cansadísima.

—¿Hola? ¿Se encuentra bien?

Robin Stenberg se arrodilló junto a la mujer que yacía en el suelo en posición fetal. La cadena de sus vaqueros rotos repiqueteó al rozar el duro suelo de cemento. Vio que la cabeza de la mujer sangraba abundantemente, y estaba a punto de tocarla con un dedo cuando ella abrió los ojos.

—Lo he visto todo —dijo—. He visto a ese tipo. Se ha ido por ahí.

Señaló hacia el río con mano temblorosa.

La mujer trató de mover la cabeza.

—Caí… caíiii… do —farfulló ella con voz pastosa.

—No —contestó Robin—. No se ha caído. La han atacado. Tenemos que llamar a la policía.

Se levantó y hurgó en sus anchísimos pantalones en busca de su móvil.

—Noooo —dijo ella.

—Mierda, está sangrando mogollón. Necesita una ambulancia o algo.

Empezó a pasearse de un lado a otro, incapaz de estarse quieto.

—Mierda, mierda, mierda —repitió.

La mujer se movió un poco y tosió.

—No… llames —susurró.

Robin encontró su teléfono e introdujo la clave para desbloquearlo.

Ella volvió a toser.

—No llames —repitió con voz más clara.

Él no la oyó. Estaba marcando el número de emergencias. Justo cuando iba a pulsar el botón verde de llamada, su teléfono desapareció de repente.

—¿Qué co…?

Tardó unos segundos en comprender lo que había pasado.

La mujer se había levantado y estaba delante de él, con su móvil en la mano. La sangre le chorreaba por encima de la oreja izquierda.

—He dicho que no llames.

Robin pensó por un momento que era una broma, pero al ver su mirada amenazadora comprendió que hablaba en serio. Vio cómo le observaba y, pese a que iba completamente vestido, se sintió casi desnudo.

Le recorrió rápidamente con la mirada, fijándose en su gorra negra, en sus ojos perfilados, en las ocho estrellas que llevaba tatuadas en la sien, en el *piercing* de su labio inferior, en su cazadora vaquera forrada de borreguillo y en sus gastadas botas militares.

—¿Cómo te llamas? —preguntó en tono autoritario.

—R-Robin Stenberg —tartamudeó él.

—Muy bien, Robin —dijo ella—. Solo para que nos entendamos, me he caído y me he golpeado en la cabeza. Eso es todo.

Él asintió lentamente, estupefacto.

—Vale.

—Bien. Ahora coge esto y vete.

La mujer le lanzó su móvil. Robin lo cogió torpemente, dio unos pasos atrás y echó a correr.

Solo cuando llegó a su piso en Spelmansgatan y cerró la puerta a su espalda comprendió la gravedad de lo que acababa de presenciar.

CAPÍTULO 4

El aeropuerto internacional de Suvarnabhumi, en Bangkok, era un hervidero de gente. Largas colas rodeaban los mostradores y, de cuando en cuando, los empleados gritaban nombres de personas que debían acudir al puesto de información. El ruido de las maletas en la cinta transportadora de la zona de recogida de equipajes retumbaba en todo el vestíbulo.

Grandes grupos de gente parloteaban estruendosamente, había bebés llorando y parejas que discutían sobre sus planes de viaje.

—Pasaporte, por favor.

La mujer que atendía el mostrador de embarque extendió la mano.

Pim sostuvo el pasaporte con las dos manos para ocultar su temblor. Le habían dicho que no se asustase, que se relajara, que procurara parecer contenta. Pero a medida que la cola se iba acortando delante de ella, aumentaba su ansiedad.

Había manoseado tanto su billete que le faltaba un trocito en una esquina.

Le dolía el estómago.

Las náuseas la asaltaban en oleadas. Deseaba poder meterse el dedo en la garganta. Necesitaba escupir (cada vez que sentía una náusea, se le llenaba la boca de saliva), pero sabía que no debía hacerlo. Así que tragaba, una y otra vez.

Dos filas más allá, Noi toqueteaba compulsivamente la tira de su mochila. Evitaban mirarse, fingían no conocerse.

De momento, tenían que aparentar que no se habían visto nunca.

Esas eran las reglas.

La mujer del mostrador tocó su teclado. Tenía el cabello oscuro, recogido en una prieta coleta. Llevaba grabado el logotipo de la línea aérea en el bolsillo izquierdo de la chaqueta negra, debajo de la cual vestía una blusa blanca con un collar de Peter Pan.

Pim apoyó un brazo en el mostrador y se inclinó ligeramente hacia delante, intentando aliviar el dolor de su vientre hinchado.

—Puede poner la maleta en la cinta transportadora —dijo la mujer escudriñando su cara.

Pim respiró hondo y colocó la maleta en la cinta.

Las náuseas la sacudieron como una corriente eléctrica.

Hizo una mueca.

—¿Es la primera vez? —La mujer la miraba interrogativamente—. Que va a Copenhague, quiero decir.

Pim hizo un gesto afirmativo con la cabeza.

—No se preocupe. Volar no es peligroso.

Ella no contestó. No sabía qué debía responder. Mantuvo los ojos fijos en sus zapatos.

—Aquí tiene.

Pim cogió su tarjeta de embarque y se alejó rápidamente del mostrador.

Quería salir de allí, alejarse de aquella mujer y de su mirada escrutadora.

No le apetecía hablar con nadie.

Con nadie.

—¡Eh! ¡Espere! —la llamó la mujer del mostrador.

Pim se dio la vuelta.

—Su pasaporte —dijo la mujer—. Olvida su pasaporte.

Regresó al mostrador y farfulló un «gracias». Apretando el pasaporte contra su pecho con ambas manos, se dirigió sin prisas hacia el control de seguridad.

Sola de nuevo, Jana Berzelius se dejó caer lentamente de rodillas. El dolor era intolerable.

Solo quería cerrar los ojos. Se tocó con cautela la parte de atrás de la cabeza, palpando la herida. De inmediato se le llenaron los dedos de sangre. Se los limpió en la chaqueta y miró a su alrededor. Su sombrero granate yacía a unos cinco metros a su izquierda, al lado de su maletín. Se acercó a gatas, con sumo cuidado, sintiendo cómo se le clavaba el duro hielo en las piernas. Sabía que no podía quedarse allí, con aquel frío.

Notó entonces un acre sabor metálico. Escupió y vio que su saliva era roja.

Tan roja como su sombrero.

Contó hasta tres y luchó de nuevo por ponerse en pie. Sintió repetidos pinchazos en el cráneo. La cabeza le daba vueltas. Se apoyó con una mano en la pared del arco rosa.

Aún no tenía fuerzas para caminar.

Así que se quedó allí parada y dejó que la sangre le corriera por el cuello.

Una sacudida despertó a Pim. El avión atravesaba una zona de turbulencias.

Se agarró a los reposabrazos, respirando agitadamente. Una náusea estremeció todo su cuerpo, y su corazón comenzó a latir aún más deprisa.

Estiró el cuello intentando ver a Noi, que estaba sentada en un asiento junto a la ventana, siete filas más atrás. Los reposacabezas se interponían entre ellas.

El avión estaba en silencio. La mayoría de los pasajeros dormían, y los asistentes de vuelo se habían retirado más allá de las cortinas. Las luces estaban apagadas, pero aquí y allá brillaba una luz de lectura sobre un asiento. Algunos pasajeros leían; otros veían películas en las minúsculas pantallas de los respaldos de los asientos.

El avión volvió a zarandearse, esta vez con más fuerza.

Pim notaba las manos empapadas de sudor. Agarrándose a los reposabrazos, cerró los ojos y trató de concentrarse en respirar lentamente.

Le dolía la tripa.

De pronto sintió necesidad de ir al baño y miró por encima de los asientos, hacia los aseos del fondo del avión. Tras dudar unos segundos, se desabrochó el cinturón de seguridad y se levantó despacio. Avanzó con cautela por el pasillo, asiéndose a un cabecero tras otro para mantener el equilibrio.

Otro calambre le atenazó el estómago, y el pánico comenzó a apoderarse de ella.

Las sacudidas del avión la zarandeaban, haciéndola chocar contra los asientos.

Una voz pausada procedente de la cabina instó a todos los pasajeros a permanecer en sus asientos y abrocharse el cinturón de seguridad.

Pim se detuvo, vaciló un momento y luego siguió avanzando hacia el aseo.

Tenía que ir, no podía evitarlo. Y tampoco podía esperar. Ni siquiera un minuto.

Se precipitó hacia delante y acababa de llegar al fondo de la cabina de pasajeros cuando el avión descendió bruscamente. Perdió el equilibrio y cayó de lado, pero logró mantenerse erguida hasta alcanzar la puerta del servicio. Entró precipitadamente, cerró la puerta y echó el pestillo.

El dolor de estómago era insoportable.

Subió la tapa y fijó la vista en el fondo del váter. El hedor a limpiador industrial y orines le dio en plena cara. El suelo estaba lleno de toallitas de manos mojadas, rotas y apelotonadas. El grifo de plástico blanco goteaba. Desde allí se oía claramente el atronar de los motores.

Se sobresaltó cuando llamaron a la puerta.

—¿Hola? Lo siento, pero tiene que regresar a su asiento —gritó alguien en inglés.

Intentó responder, pero se encogió de dolor. Se bajó los pantalones y se sentó en el frío asiento.

—¿Me oye? ¿Oiga? —insistió la voz de fuera.

—De acuerdo —dijo Pim.

Luego, ya no pudo decir nada más.

El pánico la atenazaba con puño de hierro. El dolor de estómago le fue bajando lentamente por las tripas.

Contuvo la respiración y permaneció completamente inmóvil medio minuto. Luego se levantó y se asomó de nuevo a la taza.

Allí estaba. Una cápsula. Dentro del váter.

—Lo siento, pero tiene que regresar a su asiento inmediatamente. ¡Todos los pasajeros!

Aporrearon la puerta y el picaporte se movió arriba y abajo.

—¡Sí! ¡Sí!

Se limpió, tiró el papel a la basura, se subió los pantalones y metió cautelosamente la mano en el váter para recuperar la cápsula.

Le dio una arcada al ver la película marrón que cubría su superficie.

Puso la cápsula bajo el grifo y frotó un par de veces la membrana gomosa con agua y jabón.

Sabía lo que tenía que hacer. No le quedaba más remedio.

Cuando empezaron a aporrear de nuevo la puerta, abrió la boca, se puso la cápsula en la lengua, echó la cabeza hacia atrás y fijó una mirada aterrorizada en un punto del techo.

Sudaba copiosamente cuando la cápsula descendió despacio hacia su estómago.

Era primera hora de la mañana cuando Jana Berzelius se miró al espejo en su cuarto de baño de dieciocho metros cuadrados. Esa noche, había logrado llegar a casa a trompicones y se había desmayado en la cama. Decidió trabajar desde casa ese día: no sentía deseo alguno de presentarse en las oficinas de la fiscalía y arriesgarse a sufrir las preguntas y las miradas curiosas de colegas e imputados. Las raras ocasiones en que no se sentía por completo dueña de sí misma, prefería no ver a nadie.

Apoyó las manos en el lavabo rectangular empotrado en la encimera de granito negro. Debajo no había armario, sino un estante con toallas de un blanco níveo, dobladas formando dos montones perfectos. La ducha estaba rodeada por una mampara de cristal tintado y la alcachofa salía directamente del techo. El suelo era de mármol italiano, y en la estancia había además dos armarios empotrados y una bañera blanca. Todo estaba limpio y reluciente.

De pie en camiseta y bragas, Jana sintió que se le erizaba la piel.

Tenía la cara hinchada y le dolía el cuello.

Limpió la herida de la parte de atrás de su cabeza y cambió el vendaje ensangrentado por otro nuevo.

Estaba pensando en Danilo. Llevaba toda la mañana pensando en él. La había asaltado, le había dado una paliza y había intentado matarla de nuevo. Con solo pensarlo temblaba de rabia. Si no hubiera aparecido aquel chaval flacucho, quizá no estaría allí. Quizá estaría muerta.

Danilo la había agredido con saña, brutalmente. Había aprovechado su ventaja y la había hecho sentirse completamente indefensa.

Era una sensación extraña y desagradable.

Sacudió la cabeza y se puso el pelo detrás de las orejas mientras las palabras de Danilo resonaban como un eco en su cabeza.

«Te lo advierto. Si vuelves a seguirme, acabaré lo que he empezado».

Intentó masajear sus músculos doloridos pero desistió, y volvió a posar la mano en el lavabo.

«Una sola vez más y te arrepentirás. ¿Entendido?»

El mensaje era inconfundible. Era una amenaza de muerte, y estaba absolutamente segura de que pensaba cumplirla.

Pero ¿por qué le tenía tanto miedo, hasta el punto de querer matarla?

La amenaza era él: una amenaza para ella, para su carrera profesional, para su vida. Así que, ¿por qué quería matarla? Podía destrozar su vida por completo si quería, pero mientras se mantuviese alejado de ella no suponía ningún peligro. Y mientras Jana no se le acercase, tampoco suponía una amenaza para él.

No debería haberle seguido. «Tengo que apartarlo de mi vida», se dijo, consciente de que se hallaba en una encrucijada. Tenía que tomar una decisión.

No podía obtener nada de Danilo. La próxima vez, la mataría, estaba segura. De modo que no podía permitir que hubiera una próxima vez.

Nunca.

Nunca.

Nunca.

Había tomado una decisión. Danilo no volvería a formar parte de su vida. Por fin iba a dejar atrás su pasado.

Le temblaron las manos sobre la porcelana dura y fría del lavabo.

Las paredes parecían estrecharse a su alrededor y le costaba respirar. Sabía que olvidarse de Danilo era la decisión más importante de su vida. Equivalía a desprenderse de su horrenda infancia, de su pasado, y pasar página, mirar hacia el futuro. Pero había vivido siempre sin saber a ciencia cierta quién era y acababa de empezar a encontrar respuestas.

Se miró al espejo. Entornó los párpados.

«No hay tiempo para dudar», se dijo y, dando media vuelta, gritó como si Danilo estuviera frente a ella. Golpeó la puerta, apuntó de nuevo, lanzó una patada y gritó.

Jadeando, se sentó en el suelo.

Su mente funcionaba a marchas forzadas. El recuerdo de Danilo la embargó como una marea. Su cara frente a la suya, sus ojos fríos como el hielo, su voz pétrea.

«Te lo advierto».

—Tengo que hacerlo —susurró—. No quiero, pero tengo que hacerlo.

Se levantó con cuidado y se lo repitió una y otra vez, como si tratara de convencerse de que estaba tomando la decisión correcta. Retrocedió lentamente hasta el lavabo y se obligó a respirar con calma.

«De ahora en adelante, todo será distinto», pensó.

«De ahora en adelante, se acabó Danilo».

CAPÍTULO 5

Gunnar Öhrn y la comisaria Carin Radler se hallaban delante de la mesa ovalada de la sala de reuniones, en la segunda planta de la jefatura de policía. Gunnar lanzó una ojeada al reloj en el instante en que la inspectora Mia Bolander entraba en la sala, casi con quince minutos de retraso respecto a la hora prevista para la reunión con la Brigada Nacional de Homicidios.

—Lo siento —se disculpó la inspectora, y farfulló una explicación ininteligible. Se sentó a la mesa y eludió la mirada fatigada de Gunnar fijando los ojos en la ventana.

Él cerró la puerta y se sentó a su lado.

En torno a la mesa, además de Mia, Gunnar y Carin, se sentaban Anneli Lindgren, Henrik Levin y el informático Ola Söderström. Mia advirtió que había una persona más en la sala y dedujo por su aspecto que se trataba de un alto cargo policial.

—¿Y Jana? —le preguntó a Gunnar en voz baja.

—¿Qué pasa con ella? —respondió él en un siseo.

—Que no está aquí.

—No.

—¿Por qué? ¿Por qué tenemos que estar nosotros y ella no?

—Porque a nosotros nos han dicho que estemos.

—Pero ella también debería estar presente. Se encargó de las diligencias previas del caso, por desgracia.

—¿*Por desgracia?* —Gunnar la miró—. ¿Quieres que la llame?

—No.

—Entonces cállate.

Carin Radler se aclaró la voz.

—Ya que estamos todos, permitidme que os presente a Anders Wester, el comisario de la Brigada Nacional de Homicidios. —Indicó al desconocido y añadió—: El comisario Wester y yo hemos mantenido conversaciones preliminares y he convocado esta reunión para que estén todos informados de lo que el comisario opina de la investigación que llevamos a cabo la primavera pasada.

—¿No sería preferible que nos dedicáramos a esclarecer nuevos casos en lugar de centrarnos en los que ya están cerrados? —preguntó Gunnar.

Carin le ignoró y tomó asiento.

Mia sonrió con desgana. Aquello iba a ser interesante, se dijo mirando de soslayo a Anders Wester. Observó su cabeza calva, sus gafas de montura negra y sus ojos azules. Tenía los labios finos y la tez relativamente pálida. Su postura no era muy impresionante: tenía los hombros encorvados y los pies torcidos hacia dentro.

—Gracias —comenzó el comisario—. Como decía Carin, hemos hablado previamente de la investigación que llevaron a cabo la primavera pasada, y de eso quería hablaros hoy.

—Adelante, entonces —repuso Gunnar.

—A veces sucede —prosiguió Anders, enderezando un poco los hombros— que algunos distritos tratan de llevar adelante una investigación de asesinato por su cuenta, sin la ayuda de la Brigada Nacional de Homicidios. El resultado es bueno, en ocasiones. Otras, no tanto. Hemos hecho notar a Carin los errores que se cometieron en la investigación de la primavera pasada.

La sala quedó en silencio. Todos se miraron, pero nadie dijo nada.

Gunnar se rascó la barbilla y se inclinó hacia delante.

—Venga, dilo de una vez. Crees que hicimos mal nuestro trabajo —le espetó.

—Gunnar... —dijo Carin levantando una mano para calmarle.

—Cometisteis un error, sí —contestó Anders.

—¿Un error? —preguntó Gunnar—. ¿Cómo que un error?

—Se llama falta de cooperación. Como sabes, Gunnar, nuestra misión consiste en combatir el crimen organizado y, a fin de cumplir ese cometido de la forma más seria posible, tenemos que cooperar a nivel nacional. Parece evidente, para la mayoría...

—Oye, nosotros hicimos todo lo posible. No podía hacerse nada más.

—Podríais haber recurrido a nosotros antes. Llevar a cabo operaciones especiales no es aconsejable a nivel local.

—¿Y qué crees que deberíamos haber hecho?

—Deberíais habernos avisado mucho antes, como digo.

—Dejamos que os hicierais cargo del caso.

—Sí, pero ni siquiera eso salió conforme a lo previsto.

Gunnar se rio.

—¿Y de quién fue la culpa?

—Gunnar... —Carin le lanzó una mirada de advertencia.

Mia estiró las piernas hacia delante.

—Corrígeme si me equivoco —prosiguió Gunnar—, pero desmantelamos una banda que llevaba muchos años traficando con drogas y utilizando para ello a niños inmigrantes introducidos ilegalmente en el país. Detuvimos a su cabecilla, Gavril Bolanaki, y todo iba como la seda hasta que *vosotros* tomasteis las riendas del caso y empezasteis a negociar con Bolanaki.

—Sabes perfectamente que Bolanaki tenía información importante.

—Ah, sí. Y sé que estabais dispuestos a ofrecerle protección a cambio de que os la facilitase. Nombres de intermediarios, camellos, puntos de encuentro... Pero no llegó a revelaros nada, ¿verdad?

—No. Exactamente. ¿A dónde quieres ir a parar?

—A que su presunta protección no funcionó muy bien que digamos. Reconócelo. No obtuvisteis ninguna información.

—El caso Bolanaki está cerrado. Se suicidó. No podíamos hacer mucho más, en ese aspecto.

—¿Y quién os dijo que tenía información? ¿El propio Bolanaki?

—Estoy convencido de que Gavril Bolanaki nos habría sido de gran utilidad —repuso Anders—. Pero, como decía, ese caso está cerrado.

—Exacto. Debe de ser una manera muy limpia de cerrar una investigación. Al diablo con buscar respuestas, se da carpetazo al caso y se acabó. Salta a la vista que sois muy competentes en este tipo de operaciones.

—¡Gunnar! —Carin dio una palmada en la mesa.

—Anders está afirmando que no hicimos bien nuestro trabajo —dijo Gunnar—. Y yo no estoy de acuerdo. Fuimos nosotros quienes detuvimos a Gavril Bolanaki y creo que va siendo hora de que alguien diga que fuisteis *vosotros*, Anders, quienes fallasteis, porque erais vosotros quienes teníais la responsabilidad de protegerle.

Anders sonrió.

—Tiene gracia. No entiendes lo que estoy diciendo, Gunnar. No se trata de «vosotros» y «nosotros». La policía es un solo organismo. Confío en que lo hayas asimilado cuando la reestructuración de los departamentos entre en vigor.

—Ah, sí, gracias. Ya sabemos que la Brigada Nacional de Homicidios va a pasar a llamarse Departamento de Operaciones Nacionales. Pero eso es lo único que sabemos al respecto. No tenemos ni idea de cómo va a funcionar esa nueva institución.

—No, porque aún no se ha decidido —replicó Anders.

Gunnar lanzó una mirada de enojo a Carin, que Anders advirtió.

—Tal vez sea mejor que os lo explique Carin. Está muy bien informada acerca del proceso de reorganización.

—¿Y yo no?

—A partir de ahora lo estarás, porque, a diferencia de ti, yo prefiero compartir la información que obra en mi poder, en lugar de guardármela.

—Qué bonito.

Anders se puso en pie detrás de Carin y apoyó una mano sobre su hombro.

—A Carin se le ha ofrecido el cargo de jefa regional de policía para el Este de Suecia y lo ha aceptado. A lo largo del próximo año cooperará con los otros seis jefes regionales para ultimar los detalles de la nueva estructura organizativa y elaborar el plan de actuación para 2015. Seguirá ejerciendo sus funciones como comisaria del condado hasta que asuma su nuevo puesto a principios del año próximo.

Carin se levantó, se ajustó la chaqueta y dijo:

—Tenemos una agenda muy apretada y será todo un reto llevarla a efecto. Sustituir los veintiún distritos policiales por un solo órgano rector es algo que no puede hacerse de la noche a la mañana. Como sin duda sabéis, este proceso se inició en 2010 y en estos momentos nos hallamos en su fase final. Comprendo que tengáis dudas y trataré de despejarlas lo mejor que pueda. Considero importante que toméis parte activa en esta transición.

Carin inclinó la cabeza en un gesto de deferencia hacia el equipo sentado en torno a la mesa. Henrik y Anneli sonrieron, Ola levantó el pulgar y Gunnar aplaudió cautelosamente.

—Bueno, enhorabuena —dijo Mia con los brazos cruzados.

Carin contestó con otra inclinación de cabeza y se sentó.

—Carin tiene razón. Vuestra participación y vuestras opiniones son importantes.

Gunnar suspiró haciendo un ruido excesivo.

Anders se pasó la mano por la cabeza calva.

—¿Sabes una cosa, Gunnar? Creo sinceramente que la nueva Autoridad Policial Sueca tiene numerosas ventajas. Pero seguramente la mayor de todas es que se borrarán las demarcaciones, que será mucho más fácil trabajar juntos. ¿No te parece?

Los campos de labor estaban cubiertos por un blanco manto de nieve que la oscuridad creciente teñía de azul. Estrechos senderos se internaban en el denso follaje del bosque. Las luces de las casas y las granjas titilaban entre los árboles.

Pim descansaba la cabeza contra la temblorosa ventanilla del tren expreso X2000 entre Copenhague y Estocolmo. El tren había salido de Copenhague a las 18:36 y tardaría menos de cuatro horas en llegar a Norrköping.

Palpó el pasaporte que llevaba metido en la cinturilla del pantalón y sintió un hormigueo de ansiedad en el vientre. Se volvió hacia Noi, que iba sentada en la fila de atrás, con los brazos colgando y la boca abierta. Tenía la mirada fija en un punto lejano, más allá de la ventana.

—¿Estás dormida? —preguntó Pim.

—No —contestó Noi lentamente.

—¿Estás segura de que irá alguien a recogernos?

Noi no respondió. Cerró los ojos.

—¿Noi? ¡Noi!

Abrió los ojos despacio y siguió mirando por la ventanilla.

—Estoy helada —dijo, y volvió a cerrar los ojos. Su cabeza se deslizó poco a poco hacia delante, hasta que su barbilla quedó apoyada contra su pecho.

—¿Quién va a ir a buscarnos? ¿Noi? ¡Noi!

Noi levantó despacio la cabeza para mirarla.

Tenía las pupilas muy muy pequeñas, advirtió Pim.

—¿Qué pasa? ¿Te encuentras mal? —preguntó.

—Nada… Sueño… —balbució Noi.

—¿Quién va a ir a buscarnos? ¿Puedes contestarme?

Pero Noi no contestó.

Pim dobló las rodillas, las pegó a su pecho y, acurrucada en el asiento, contempló el paisaje que pasaba velozmente más allá de la ventana. Además de la angustia que le producía saber que aún llevaba la droga dentro, sentía un nuevo desasosiego. Recordaba claramente la última vez que se había sentido así.

Había sido hacía justo un mes. Estaba sentada en el suelo, mirando la cara de su madre muerta. Su hermana pequeña, Mai, aún no se había percatado de lo ocurrido. Creía que su madre estaba durmiendo, porque eso fue lo que le dijo Pim.

Pero no estaba durmiendo. Había tenido las fiebres. El dengue.

Tenía los ojos inyectados en sangre y grandes moratones en todo el cuerpo. Le dolían tanto los músculos y las articulaciones que había gritado de dolor.

Por una vez, Pim había deseado que su padre estuviera allí. Había deseado que estuviera allí para que ella pudiera ser una niña de nuevo.

Solo una niña.

Había deseado que un adulto llegara y se hiciera cargo de todo. Pero era absurdo pensar en eso, una esperanza inútil. Su padre las había abandonado hacía mucho tiempo. Tenía una nueva familia. No podía acudir en su rescate.

Y cuando su madre se negó a ir al hospital, la última esperanza de Pim se desvaneció.

—Es mejor que me quede aquí —le dijo su madre.

—Pero allí pueden ayudarte.

—Eso cuesta dinero, Pim.

—Pero…

—Prométeme una cosa. Que cuidarás de Mai —añadió su madre, tosiendo las palabras mientras se arañaba frenéticamente el brazo hasta reventar una ampolla llena de líquido.

—No. ¡No puedo hacerlo yo sola! —contestó Pim, y empezó a llorar—. Solo tiene ocho años.

—Tú tienes quince. Puedes hacerlo.

Ahora, Pim se miró las manos, pensó en Mai y se preguntó qué estaría haciendo su hermana en ese momento. ¿Estaría durmiendo? ¿Se sentía sola o asustada? Pero ella solo iba a estar fuera cinco días. Muy pronto volvería a estar en casa con Mai.

Empezó a temblarle el mentón y de pronto sintió otra punzada de dolor, esta vez producida por las píldoras que portaba en el estómago.

«Tengo que asegurarme de volver a casa», pensó.

* * *

45

Gunnar Öhrn estaba sentado a la mesa de su despacho, con las piernas separadas. Levantó los brazos, los estiró y gruñó al sentir un pinchazo en los hombros. El dolor le subió hasta lo que en algún momento había sido la línea del pelo. Se sentía viejo y anquilosado, pero prefirió apartar esa idea de su mente. No tenía tiempo para preocuparse de esas cosas.

En la librería que tenía a su espalda se acumulaban los dosieres. Empezaría a leerlos más o menos por el medio; se concentraría, se pondría las pilas y leería atentamente para sacudirse aquella sensación de cansancio.

Cogió una carpeta tras otra y hojeó un par de documentos de cada una de ellas, pero apenas había avanzado cuando llamaron a la puerta. Anders Wester apareció con sendas tazas de café en las manos.

—¿Te he despertado? —preguntó.

—¿Cómo que si me has despertado? ¿Qué quieres decir? —preguntó Gunnar.

—Da la impresión de que estabas durmiendo.

—Solo estaba pensando. ¿Desde cuándo está prohibido?

—Este dichoso tiempo…

—No me apetece hablar.

Anders dejó las tazas sobre la mesa, se sentó frente a él y juntó las yemas de los dedos de ambas manos.

—¿Cómo está? —preguntó.

—¿Quién? —dijo Gunnar.

—Anneli.

—Eso no es asunto tuyo.

—Parece cansada.

—No me apetece charlar.

—Solo quiero saber cómo está.

—Y yo te repito que no es asunto tuyo, ¿entendido?

—Tranquilo —dijo Anders con una sonrisa desdeñosa—. Solo te he preguntado cómo está.

—Y yo estoy trabajando.

Gunnar cambió de postura en la silla y sintió que el sudor de la espalda empapaba la tela de su camisa. Miró a Anders, que se mantenía muy quieto y tranquilo, con las manos junto a la boca y los dedos unidos. Tenía una expresión de superioridad, una sonrisa ladeada que se insinuaba apenas en la comisura de su boca.

—¿Café?

—Ah, conque ahora también vamos a tomar café juntos.

—Aquí tienes. —Anders empujó la taza hacia Gunnar, que la miró con desagrado.

—No entiendo cómo te atreves a venir aquí —replicó.

—Valoro tus opiniones —contestó Anders.

—Aquí no tienes nada que hacer.

—Escucho lo que me dicen.

—Y pensar que tienes la desfachatez de cuestionar nuestra investigación…

—Solo estoy cumpliendo con mi trabajo.

—Y nosotros con el nuestro.

—Salta a la vista que no, puesto que estoy aquí.

—Tiene que haber otro motivo para que hayas venido. La verdad es que me dan ganas de mandarte al infierno.

—Lo sé.

—Pero me arriesgo a sufrir las consecuencias, ¿no es eso?

—Puede que las sufras, de todos modos.

—¿Qué quieres decir con eso?

—Lo que he dicho.

—¿Me estás amenazando?

Anders siguió sonriendo, apoyó los codos en las rodillas y se inclinó hacia delante.

—No, Gunnar. ¿Por qué iba a amenazarte? Solo quiero asegurarme de que estáis haciendo todos un buen trabajo aquí, en Norrköping.

—Llevo toda mi vida en la policía. Sé cómo hacer mi trabajo.

—Entonces tendré que asegurarme de que lo hagas aún mejor.

—Puedes seguir ahí sentado poniendo esa cara de perdonavidas —replicó Gunnar recostándose en su silla—. Puedes decir lo que quieras, que no pienso escucharte.

—Confío en que sepas lo que haces —repuso Anders.

—Lo sé perfectamente.

—Yo creo que no. No pareces entender lo importante que es la cooperación. Vamos a cooperar *todos*. La Brigada Nacional de Homicidios y la Regional. Norrköping y Estocolmo. Tú y yo, Gunnar.

Gunnar no quería oír nada más. El sudor le corría por las sienes, pero no se atrevió a secárselo por miedo a que Anders se percatara de lo nervioso que estaba en realidad.

—Evidentemente, tendremos que cooperar —contestó con palpable sarcasmo—. Tú y yo. ¿Puedo hacer algo más por ti?

Anders se levantó.

—No —dijo. Alargó el brazo y le dio un apretón de manos, innecesariamente fuerte y prolongado.

Gunnar hizo lo propio: le apretó la mano con más fuerza de la precisa y durante más tiempo del estrictamente necesario.

CAPÍTULO 6

Su abrigo rielaba, cubierto de copos de nieve.

Karl Berzelius se sacudió la nieve de los zapatos antes de subir al taxi frente al auditorio de música Louis De Geer.

Se pasó la mano por el espeso cabello canoso y se enderezó el abrigo al sentarse.

Margaretha ya estaba sentada en el asiento trasero del automóvil, con su bolso sobre el regazo. Limpió sus delicadas gafas con un pañuelo de papel, volvió a calárselas en la nariz y dobló con esmero el pañuelo antes de guardarlo en el bolso, que cerró con un suave chasquido.

—Fantástico —murmuró mientras el taxi enfilaba la calle de adoquines.

—¿Qué has dicho? —preguntó Karl con la vista fija en la ventanilla.

—El concierto. Ha sido fantástico. El mejor que he oído en mucho tiempo. Me ha puesto de muy buen humor.

—Sí, es una de las piezas más tocadas de todo el repertorio para piano.

—Me parece lógico que lo sea.

—Es difícil superar a Rachmaninoff.

—Sí.

Él miró los ventisqueros. Cuando el coche viró hacia la derecha, fijó la mirada en las guirnaldas que colgaban sobre la calle y contempló las lucecitas que se mecían por millares, adelante y atrás.

—Esta semana es el segundo domingo de Adviento —murmuró Margaretha—. Y pronto será Navidad…

Lo dijo en voz baja, pero Karl la oyó.

—¿Sí? ¿Y qué?

Ella no contestó al principio, como si esperara una ocasión más propicia. Luego formuló la pregunta que él esperaba:

—Puede que sea hora de invitarla.

Miró a su esposa, vio cómo se aferraba a su bolso y comprendió que temía su reacción.

—Por Navidad, sí —dijo.

—O antes. Este sábado, quizá, para que podamos…

Karl levantó la mano, indicándole que ya había oído suficiente.

—Por favor, Karl.

—No.

—Pero no quiero esperar hasta Navidad y creo que es buena idea que…

—No ha llamado.

—Pero yo sí la he llamado a ella.

La miró con enfado y Margaretha aferró el bolso aún con más fuerza.

—¿Has hablado con ella? —preguntó él.

—Sí, y tú también deberías hacerlo. Hace mucho tiempo que no habláis —dijo, y añadió—: Karl…

Él carraspeó.

—No quiero oír nada más —dijo.

—Entonces, ¿quieres que nos desentendamos de ella?

—Sí.

—Pero yo no quiero.

—¡Ya basta! Si quieres verla, hazlo. Invítala. ¡Haz lo que quieras! ¡Pero a mí no me metas!

Allí estaba otra vez. La ira, la exasperación. A Karl le sorprendió su propia reacción. Oyó el suspiro de su mujer, pero no le importó.

Volvió a fijar la mirada en la ventanilla.

En las luces que se mecían adelante y atrás.

* * *

Jana Berzelius abrió la bandeja de entrada de su correo electrónico y echó un vistazo a los mensajes que había recibido esa tarde. El primero era de Torsten Granath: una invitación a la tradicional cena navideña de la fiscalía regional en el hotel Göta de Borensberg. Los dos siguientes hacían referencia al juicio por el atraco a un bar que iba a celebrarse en el juzgado de distrito de Norrköping la semana siguiente. El último contenía un documento de dos páginas relativo a una enmienda introducida en los estatutos de la Fiscalía Pública de Suecia.

Veinte minutos después, Jana apagó el ordenador y entró sin prisas en su dormitorio, se quitó la ropa, la dobló y la dejó sobre una silla. Encendió la luz del vestidor y se situó frente al espejo que ocupaba la pared, del suelo al techo. Se apartó hacia un lado el largo cabello oscuro y lo dejó caer sobre su seno derecho.

Se irguió y examinó un momento su reflejo, dedicando especial atención a sus brazos, sus caderas y sus muslos. Se acarició el hombro, deslizó la mano hasta la curva de la espalda y luego hasta sus nalgas. Se estremeció por entero mientras observaba sus hematomas. Habían adquirido una coloración más oscura, pero irían desapareciendo paulatinamente, igual que el recuerdo de Danilo.

Abrió un cajón, sacó con ademán enérgico un sujetador y unas bragas de seda a juego, los tiró sobre la cama y entró en el cuarto de baño. Se duchó rápidamente, se puso la ropa interior y se envolvió en una bata fina.

En la cocina se sirvió una copa de vino y, en pie junto a la ventana, contempló las espesas nubes. Tras beber un gran trago, se acercó el frío cristal a la sien. Luego se apartó de la ventana, entró en su despacho y abrió la puerta del cuarto secreto que había más allá.

De pie en el umbral, encendió la luz y miró la pequeña estancia. Recorrió con la mirada los tablones de corcho, la pizarra blanca, las fotografías, los dibujos, los libros y las anotaciones. Había reunido

51

allí todos los datos que había conseguido recabar sobre su infancia. Se acarició delicadamente el cuello con la yema de los dedos. Palpó la piel rugosa, aquellas tres letras que nunca desaparecerían, grabadas para siempre en su piel clara. *K. E. R.* Ker, la diosa de la muerte.

Fijó los ojos en el dibujo que ocupaba el centro de un tablón de corcho, clavado con grapas en las esquinas. Era el retrato de Danilo que había dibujado la primavera anterior, tras su reencuentro, cuando, después de tantos años, fue a buscarlo a su casa de Södertälje.

«Dime qué está haciendo una fiscal en mi casa», le dijo él. Ignoraba quién era Jana cuando se presentó de pronto en su piso.

«Necesito tu ayuda».

Él se echó a reír.

«¿Ah, sí? No me digas. Qué interesante. ¿Y qué puedo hacer por ti?»

«Puedes ayudarme a averiguar una cosa».

«¿Una cosa? *¿Qué* cosa?»

«Algo relacionado con mi pasado».

«¿Con tu pasado? ¿Y cómo voy a ayudarte con eso si ni siquiera sé quién eres?»

«Pero yo sé quién eres tú».

«¿En serio? ¿Y quién soy?»

«Eres Danilo».

«Genial. ¿Y eso lo has adivinado tú solita o quizá es que has leído mi nombre en la puerta?»

«Puede que también seas otra persona».

«¿Un esquizofrénico, quieres decir?»

«¿Me enseñas tu cuello?»

Él se quedó callado.

«Tienes otro nombre escrito en la nuca», afirmó Jana. «Y yo sé cuál es. Si acierto, tienes que decirme cómo te lo hicieron. Si fallo, puedes soltarme».

«Vamos a cambiar un poco el trato. Si aciertas, te lo cuento, claro, no hay problema. Si fallas, o si no tengo ningún nombre en la nuca, te pego un tiro».

Pero Jana había acertado.

Bebió otro sorbo de vino, entró en la habitación, se sentó en la silla y dejó la copa en la mesa, delante de ella.

Lo que se disponía a hacer le causaba cierta melancolía.

Nadie sabía que tenía una habitación dedicada a los recuerdos inconexos de su infancia, y nadie lo sabría nunca. No se lo había confesado a nadie. Ni siquiera a sus padres. Aquella habitación la incumbía solo a ella, a nadie más.

La primavera anterior, había disipado más incógnitas acerca de su pasado de las que deseaba disipar. Había descubierto al hombre que la había convertido en lo que era, o en lo que había sido: una niña soldado.

Aún recordaba sus palabras: «A un niño maltratado puedes convertirlo en un arma mortal. Y un soldado sin sentimientos, sin nada que perder, es lo más peligroso que hay».

Tenía que llamarle «papá».

Pero su verdadero nombre era Gavril Bolanaki.

Ahora Gavril estaba muerto y de Danilo (o Hades, el nombre que llevaba grabado en la nuca desde niño) no cabía esperar nada.

Se levantó de repente y empezó a arrancar de las paredes las fotografías de contenedores y a doblarlas. Arrancó las fotografías del caserón situado en una isla, frente a las costas de Arkösund, en el que había vivido con Danilo y los otros niños. Guardó en un sobre las ilustraciones de dioses mitológicos y colocó en varios montones los libros sobre mitología griega. Borró las notas de la pizarra. Cogió varias cajas vacías, las colocó en fila junto a la pared del dormitorio y metió en ellas todas las fotografías, los libros, las ilustraciones y los papeles con anotaciones. Por último, descolgó el retrato de Danilo y lo puso sobre las cajas.

En la cocina, se sirvió otra copa de vino y se la bebió de pie. Luego volvió al dormitorio, abrió el cajón de la mesilla de noche y echó un vistazo a los diarios que guardaba allí.

Pensó un instante en dejarlos donde estaban, pero enseguida se arrepintió de sus dudas y los guardó en las cajas.

Dos horas después, había vaciado tanto el cuarto secreto como otra copa de vino.

Con el dedo en el interruptor de la luz, paseó la mirada por la habitación y advirtió que, despojada de los materiales de su investigación, parecía sumamente desnuda.

Había recogido todo lo que tuviera alguna relación con su pasado. Era absurdo guardarlo. Debía guardar aquel asunto en secreto, llevar una vida tan cerrada como las camisas Oxford que se ponía para ir al juzgado.

Cerró los ojos.

Y apagó la luz.

Se quedó allí, oyendo el golpeteo de su corazón.

De allí en adelante, su vida seguiría otro camino: dejaría de estar impulsada por las sombras de su pasado.

Sintió que un escalofrío le recorría la columna y se preguntó si lo que sentía era alivio.

CAPÍTULO 7

El auxiliar de tren Mats Johansson miraba fijamente por la ventanilla. La densa quietud de la noche había caído sobre el X2000 que hacía el trayecto entre Copenhague y Estocolmo. Con aquella paz, podía relajarse.

Siempre ansiaba paz y tranquilidad, de ahí que su esposa y él pasaran los veranos en una casita de campo roja en medio de un bosque, en Småland. La casa tenía una veranda blanca en la que se sentaban las cálidas noches de verano a contemplar los árboles majestuosos y el césped verde esmeralda. Durante el día se entretenían en el huerto, en el que plantaban zanahorias y tomates. Pero en esta época del año no había nada que hacer allí, se dijo Mats. Allí no, en la fría y desapacible Suecia.

Vio que el reloj marcaba las 22:12. Al darse cuenta de que solo faltaban diez minutos para que llegaran a Norrköping, echó a andar por el pasillo con paso sosegado y firme, manteniendo el equilibrio mientras el tren se balanceaba.

Cuando abrió la puerta del coche cinco, vio a una joven de pie frente al aseo. Tenía el cabello oscuro, largo y lustroso.

Estaba aporreando la puerta cerrada y gritaba. Se volvía hacia la gente sentada a su lado, pero los pasajeros eludían su mirada de terror.

El tren aminoró la marcha con un movimiento oscilante y los frenos chirriaron levemente en los raíles.

La joven gritó otra vez, desesperada.

Mats se acercó a ella rápidamente y, al verle, la muchacha se precipitó hacia él y lo agarró del brazo. Hablando en un idioma que Mats no entendía, tiró de él hacia la puerta cerrada del aseo y comenzó a hacer aspavientos frenéticos.

Mats comprendió que sucedía algo grave.

El reloj marcaba las 22:22 cuando por fin consiguió abrir la puerta.

Vio el váter. A la izquierda había un cambiador adosado a la pared. Entró con cautela y vio a una joven sentada en el suelo. Tenía sangre en los dedos, la cara muy pálida y los labios azules. Una especie de espuma blanca le caía del labio superior, hasta el pecho.

Mats se tapó la boca con las manos y contempló horrorizado el cadáver de la joven.

Mia Bolander cogió el teléfono móvil que descansaba sobre la mesa. Echó un vistazo a las actualizaciones de Facebook, pero le irritaron, como de costumbre, las idioteces que colgaba la gente: fotografías de bizcochos recién horneados, de adornos navideños y futuros destinos vacacionales.

«¿De dónde coño sacan energías?», se preguntó, dejando caer el teléfono sobre su regazo.

Se pasó la mano por el cabello rubio y bostezó, hundiéndose en el sofá. Lanzó una ojeada al televisor de cincuenta pulgadas que había comprado a plazos la pasada primavera. Efectivamente, era una ganga, pero ya iba retrasada con los pagos. Debía dos meses, quizá, pero resolvería ese asunto en cuanto le ingresaran el sueldo de ese mes. Aunque de todos modos era una lata tener que pagar tanto por una tele que ya tenía casi un año de antigüedad. Preferiría invertir ese dinero en comprarse una nueva, y había visto una estupenda con pantalla curva. Si hubiera sido un poco menos impulsiva la pasada primavera, se habría comprado una de esas.

Se enroscó en el dedo un mechón rubio. Estaba cansada e insatisfecha con cómo había transcurrido el día. O con su vida en general.

Faltaban dos meses para que cumpliera treinta y un años y se había descubierto nuevas arrugas en la frente y alrededor de los ojos. La piel de encima de sus pechos también parecía menos tersa y, cuando se ponía sujetadores apretados, se le fruncía formando una especie de abanico.

Trató de convencerse de que todavía estaba buena, pero no sirvió de nada. A pesar de que iba al gimnasio con regularidad y hacía pesas tres veces por semana, no se sentía atractiva. Nunca dormía lo suficiente, comía desordenadamente y bebía demasiado.

Lo hacía todo mal.

Se gastaba el dinero en cosas innecesarias y estaba casi sin blanca. Vivía en un apartamento minúsculo y mantenía relaciones esporádicas con hombres que dejaban mucho que desear. El último parecía amable y cariñoso, pero en cuanto llegaron a su casa manifestó un interés enfermizo por sus pies. Era, evidentemente, un fetichista.

Y encima tenía un nombre de lo más cursi.

Martin.

La había dejado satisfecha, pero Mia no quería volver a acostarse con él. Ni con nadie que quisiera chuparle el dedo gordo del pie.

Aquello era pasarse de la raya.

Había malgastado más de la mitad de su vida tratando de descubrir las delicias del sexo adulto. Perdió la virginidad a los catorce años y pasó el resto de su adolescencia experimentando con compañeros de clase salidos y chicos de instituto mayores que ella. Se enrolló con un profesor en la fiesta de fin de curso de noveno curso, se lo montó con dos tíos a la vez en un aseo y les hizo sendas mamadas a tres *heavys* en una fiesta en una casa. Ya con más de veinte años, probó el *bondage* con un tipo tatuado de Falun. Se disfrazó de azafata, de enfermera y de colegiala con corsé. Dio latigazos y los recibió. Practicó el sexo en clubes secretos y en lugares públicos. Su vida sexual exigía un flujo constante de hombres nuevos.

No le interesaban, por tanto, las relaciones a largo plazo, y nunca había entendido que alguien pudiera estar con la misma persona año tras año. Sentada en la cafetería de la comisaría, escuchaba a sus compañeras comentar lo maravillosos, atentos, excitantes, generosos, tiernos y románticos que eran sus novios, y al día siguiente las oía despotricar sobre sus malas costumbres, sobre los pelos de barba que dejaban en el lavabo y los calzoncillos manchados de mierda que permanecían durante días tirados en el suelo del cuarto de baño. Las había oído decir que por fin habían conocido a su Media Naranja, al hombre con el que querían tener hijos y envejecer. Ella, en cambio, nunca había tenido esa sensación. No quería un solo hombre.

Quería muchos.

A ser posible.

Miró por la ventana la oscuridad de fuera. Se frotó la cara con las manos y pensó en ir a lavarse los dientes, pero le dio pereza y optó por poner los pies sobre la mesa.

Dejó vagar su mente y se acordó de la reunión de dos horas que habían mantenido esa mañana con la Brigada Nacional de Homicidios. Durante la última media hora de la reunión, había pasado un mal rato tratando de decidir si debía intervenir o no. Anders Wester era un tipo desagradable. Había criticado su trabajo y se había mostrado muy duro con Gunnar. Mia nunca había visto tan tenso y enfadado a su jefe.

Pero Gunnar había sido el único que había defendido la labor del equipo, el único que se había atrevido a hablar en la reunión. Tal vez ella debería haber dicho algo, haber dado la cara por sí misma y por sus compañeros. Pero los demás tampoco habían hecho nada. No era solo responsabilidad suya.

Carin podría haberse mostrado más firme. Pero a ella todo aquello la traía sin cuidado, pensó Mia. No solo la habían ascendido, sino que le habían asignado un puesto de importancia en la nueva Autoridad Policial, en la que todo cambiaría para mejor y las cosas irían viento en popa a toda vela. ¡Menuda gilipollez!

Se tumbó en el sofá, se tapó la cabeza con los brazos cruzados y estuvo así largo rato antes de coger el móvil.

Sabía que no debía hacerlo. Sabía que se arrepentiría.

Aun así buscó el número de Martin Strömberg.

Pero cuando iba a acercarse el teléfono a la oreja, entró una llamada.

Vio en la pantalla que era Henrik Levin.

—¿Sí? —contestó.

—Tienes que venir a la estación de tren enseguida.

El X2000 con destino a Estocolmo seguía parado en la vía uno de la estación central de Norrköping, pese a que su hora prevista de salida eran las 22:24. Habían tardado una hora en desalojar a todos los viajeros y hacerlos subir a un autobús con destino a Nyköping, donde un tren regional aguardaba para trasladarlos a Estocolmo.

Los andenes, el aparcamiento y el edificio habían sido acordonados.

Parado junto a la cinta policial, Henrik Levin vio a Mia Bolander aparcar su Fiat Punto burdeos en el cruce entre Norra Promenaden y Vattengränden. La saludó con la mano cuando salió del coche. Ella se tiró del gorro blanco para taparse las orejas y se subió la cremallera de la chaqueta hasta la barbilla para protegerse del frío.

—Bueno, ¿qué ha pasado? —preguntó al pasar bajo la cinta.

—Han encontrado muerta a una chica joven en un aseo del tren. Se llamaba Siriporn Chaiyen, de nacionalidad tailandesa. Hemos encontrado su bolso, con el pasaporte y otros efectos personales.

—¿Qué edad tenía?

—Dieciocho.

Henrik vio que Mia levantaba las cejas.

—Vamos —dijo, y la condujo hasta el tren y el aseo del coche cinco, donde Anneli Lindgren estaba acuclillada con unas pinzas en la mano.

El cuartito estaba iluminado por potentes focos.

Henrik y Mia esperaron en la puerta, observando el cadáver. Era una chica muy joven y, a juzgar por sus rasgos, no había duda de que procedía del sureste asiático.

—¿Un suicidio? —preguntó Mia.

Anneli levantó la vista.

—No —contestó, incorporándose—. A simple vista parece un ataque epiléptico, como si se hubiera asfixiado. Pero aún no estoy completamente segura de cómo ha muerto.

—¿Qué hacemos aquí, entonces?

—Podemos descartar el suicidio —afirmó Henrik—. Y probablemente no ha sido un ataque epiléptico.

—¿Quién la ha encontrado?

—Un tripulante del tren, Mats Johansson —contestó Henrik—. Lamentablemente estaba en estado de *shock* y solo hemos podido hablar con él un momento antes de que lo trasladaran al hospital Vrinnevi. Ha dicho que una mujer histérica le ha obligado a abrir la puerta del aseo. Ya sé lo que vas a preguntarme. ¿Quién era esa mujer?

—Sí, claro. ¿Es que no puedo preguntarlo?

—Claro que puedes. El caso es que no sé la respuesta.

Mia le miró extrañada.

—¿Por qué no?

—Porque ha desaparecido.

—¿Y dónde está?

—Nadie lo sabe.

CAPÍTULO 8

El pasillo del Laboratorio Nacional de Criminología de Linkö-ping olía fuertemente a lejía.

El patólogo Björn Ahlmann levantó la vista cuando Henrik Levin y Mia Bolander entraron en la sala. En pie junto a la mesa de autopsias, tenía una expresión grave. Sus ojos azul grisáceo centellearon.

Los fluorescentes del techo arrojaban su luz inclemente sobre las paredes alicatadas, las grandes pilas dobles y los canales de drenaje.

Henrik se detuvo a escasa distancia de la mesa y observó a la mujer tendida en ella. Pensó en lo pequeña y menuda que parecía. El esternón se le marcaba claramente por encima de los pechos y las costillas sobresalían bajo la piel tersa.

Tenía la piel clara y el largo cabello negro le caía sobre la frente y los hombros. Parecía contemplar la sala con una mezcla de asombro y lástima.

Pero sus ojos pequeños y estrechos carecían de brillo.

—He visto el anuncio en el periódico. Era muy pequeño, como si la muerte ya no interesara a nadie —comentó Björn con un suspiro.

—Seguramente estamos todos demasiado enfrascados en nuestras preocupaciones —respondió Henrik.

—¿Cómo murió? —preguntó Mia—. ¿Lo sabemos ya?

—No hacía falta que vinierais para averiguarlo.

Björn le pasó el informe de la autopsia a Henrik, que leyó por encima los puntos principales.

—Como verás —dijo—, lo que causó la muerte fue la asfixia. Dejó de llegar oxígeno al cerebro.

—Entonces, ¿se ahogó? —preguntó Henrik.

—Sí. Como resultado de una sobredosis —contestó Björn—. Heroína. Llevaba cincuenta cápsulas en el estómago.

—¿Cincuenta? —Mia soltó un silbido.

—Sí, habéis oído bien: cincuenta —repuso el forense.

—¿Y las cápsulas? —preguntó Henrik.

—Las están analizando. —Björn se subió las gafas por la nariz y señaló con un gesto el informe—. Está todo ahí.

Henrik contempló el cuerpo sin vida. Tenía las uñas de los pies y las manos pintadas de rosa. Respiró hondo y se sintió deprimido, como le ocurría siempre que las víctimas eran tan jóvenes.

—¿Puedes decirnos algo más?

—No, no hay nada de particular. Aparte de que era menor. Tenía quince años.

—¿Quince? En su pasaporte dice que tenía dieciocho.

—Yo solo digo lo que sé —contestó Björn, lanzándole una mirada seria. Sus gafas brillaron cuando se volvió de nuevo hacia el cadáver.

—Santo Dios —dijo Mia—. Alguien está usando a jovencitas para traer droga. Es una puta mierda, así de sencillo.

—No era una jovencita —comentó Henrik—. Era una niña.

Le costaba estirar las piernas al subir corriendo las escaleras, pero aun así apretó el paso. Subió el último tramo con facilidad, aminoró la marcha al llegar a los últimos escalones y se detuvo un momento en el rellano, jadeando.

Al llegar a su apartamento, hizo cien sentadillas. Le picaba el cuello por el sudor. Jana Berzelius se echó el pelo hacia un lado y acarició con los dedos las letras inscritas en su piel.

Tras darse una ducha rápida, se maquilló discretamente, poniendo especial cuidado en cubrir las zonas de la piel que seguían amoratadas. Se miró al espejo, volviéndose a derecha e izquierda para ver si los hematomas se transparentaban a través del maquillaje. Se aplicó de mala gana un poco más de colorete y decidió que con eso bastaría.

Con el maletín en una mano y el abrigo en la otra, bajó al sótano. Sus tacones tamborileaban rítmicamente cuando cruzó con rapidez el suelo de cemento del garaje. Abrió su BMW X6 a diez metros de distancia y dejó el maletín en el asiento del copiloto, tapizado de cuero negro.

Sintió que un escalofrío recorría su espalda. Estaba lista para volver al trabajo, pero de todos modos se miró al espejo y se repitió que, así maquillada, nadie sospecharía nada.

Aun así estaba nerviosa. Dudó un segundo antes de pulsar el botón de arranque y salir del garaje.

Anneli Lindgren estaba sentada al borde de la cama, con el pelo suelto. Aún no se había peinado. Abrió el cajón de su mesilla de noche, sacó unos pendientes de diamantes en forma de corazón y los sopesó en la mano. Se los puso rápidamente, se levantó y se quedó allí parada un momento, en camisón, mirando por la ventana. El viento agitaba las hojas heladas de los árboles. Un conejo se alejó brincando y Anneli lo siguió con la vista hasta que desapareció en el jardín.

Se llevó la mano a la oreja y, mientras hacía girar el pendiente, pensó en quien se los había regalado. Fue hacía ya mucho tiempo, en una época en la que todo era distinto, más libre. Aún recordaba aquella vez en el piso de él, cómo le había mirado con las mejillas arreboladas. Él abrió un cajón de la cómoda, sacó una brida de plástico y un látigo blando y le ordenó que levantara los brazos por encima de la cabeza. Ella se tumbó en la cama, protestando, juntó las piernas y se retorció cuando él le bajó las bragas. Se cernió sobre ella, arrodillado, y observó sus intentos de liberarse. Sonrió cuando empezó a acariciarla desde las piernas, hacia los muslos, y sonrió aún más cuando ella dejó de protestar, separó las piernas y permitió que la penetrara.

Llevaba el paquete envuelto en la americana, lo puso sobre su vientre desnudo y dijo algo que sonaba a amor. Pero ella no buscaba amor: solo quería saciar su deseo. Por una vez, al menos, había podido entregarse a su deseo por él.

Por Anders.

—La reunión empieza dentro de diez minutos.

La puerta del dormitorio chirrió cuando Gunnar entró con una toalla enrollada alrededor de las caderas.

—Sí —contestó ella distraídamente.

Gunnar le puso la mano en el hombro y ella sintió el calor que irradiaba su piel húmeda. Le acarició el cuello, la nuca, el hombro derecho. Anneli sintió resbalar el tirante de su camisón. Cuando Gunnar trató de acariciarle el pecho, le apartó delicadamente la mano.

—¿Qué pasa? ¿En qué estabas pensando? —preguntó él.

—En ti. En nosotros —contestó, apartándose de la ventana—. Tenemos que irnos. No podemos llegar tarde a esta reunión.

Abrió el armario y cogió la primera camisa que encontró. Solo quería salir de la habitación sin que Gunnar viera que se había sonrojado.

Con el rubor de la vergüenza.

Jana Berzelius entró en la sala de reuniones de la segunda planta de la jefatura de policía de Norrköping. Ocupó su sitio y miró furtivamente al equipo ya sentado en torno a la mesa ovalada. Anneli Lindgren estaba anotando detalles importantes acerca de la joven hallada muerta en el tren. Mia Bolander dibujaba diez flores puntiagudas en el margen de su cuaderno. Ola Söderström hacía ajustes en la pantalla de su ordenador portátil. Gunnar Öhrn estaba sentado con las manos cruzadas sobre la mesa.

—Ah, así que tú también tenías que venir —comentó Mia sin levantar la vista.

—Sí —repuso Jana con la cabeza erguida y la espalda recta.

Vestía chaqueta negra y falda hasta la rodilla y llevaba el cabello muy liso.

—Pero ¿los fiscales no soléis esperar a que nosotros hagamos el trabajo duro? ¿O por lo menos hasta que haya un sospechoso?

—No todos —respondió Jana.

Henrik lanzó a Mia una mirada de fastidio, como si la instara a ahorrarse todas aquellas chorradas. Ella sabía muy bien que el fiscal debía encargarse de las diligencias previas si la víctima era menor de dieciocho años.

—Y no todos se presentan en la primera reunión informativa —añadió Mia.

—No —repuso Jana—. Menos los que de verdad *se vuelcan* en su trabajo.

—Sí, gracias, ya sé lo que es eso —replicó Mia mirándola con enfado.

—Bueno, entonces… —dijo Henrik al lanzar el informe de la autopsia sobre la mesa, dando así comienzo a su exposición sobre el examen preliminar que el forense Björn Ahlmann había realizado al cadáver hallado en el tren.

—Entonces, dices que se había tragado cincuenta cápsulas de heroína y cocaína —resumió Gunnar cuando Henrik hubo acabado y, levantándose, añadió—: Una cápsula empezó a disolverse y la chica murió de sobredosis. Es evidente que se trata de un caso de narcotráfico, ¿no, Ola?

—Sí —contestó Ola abriendo la pantalla de su ordenador—. La víctima era una «mula», una persona que transporta drogas dentro de su cuerpo. Un correo, una porteadora, en resumidas cuentas.

—¿Una porteadora? —repitió Mia—. Me parece más preciso llamarla «mula».

—Tienes razón —repuso Ola—. Es el nombre típico. Y aunque las mulas son un problema muy conocido, es difícil detectarlas.

Todos los años cruzan la frontera sueca entre sesenta y setenta millones de personas.

—Es como buscar una aguja en un pajar —comentó Henrik.

—Exacto. Consiguen pasar muchas más mulas de las que detectamos. Aduanas trabaja sobre todo basándose en soplos. Siempre están intentando encontrar pautas fijas en su modo de actuación, claro, pero las mulas aparecen en todas partes, cambian a menudo de identidad y proceden de un sinfín de países.

—De Tailandia, en este caso —dijo Henrik.

—Pero podría haber sido de Japón. O de China. O de Malasia —repuso Mia frotándose la nariz.

Gunnar carraspeó.

—Llevaba pasaporte tailandés, de modo que debemos suponer, en principio, que era de nacionalidad tailandesa. Continúa, Ola.

—Muchas mulas llegan a Suecia a través de vuelos de bajo coste procedentes de España. Es muy frecuente que se recluste a sujetos vulnerables en la zona de Málaga. Pero también pueden proceder de África Occidental, de Asia, de Europa del Este, de los países de Oriente Medio y de Sudamérica. Por Holanda entra gran cantidad de droga. El aeropuerto de Schiphol tiene un problema de narcotráfico tan enorme que a veces la policía fronteriza no se molesta en detener a las mulas. Sencillamente, las manda de vuelta en el siguiente vuelo. Como podéis suponer, recabar pruebas contra las mulas es un proceso lento y tedioso.

Ola cruzó los brazos y apoyó los codos en la mesa.

—Si se les detiene —prosiguió—, hay que decidir si deben hacérseles pruebas de rayos equis en el hospital y, posteriormente, si debe mantenerse al sospechoso bajo vigilancia constante mientras la naturaleza sigue su curso. Deben defecar en un váter seco y, a continuación, los guardias han de hurgar en el váter hasta encontrar las cápsulas e incautárselas.

—Qué delicia —comentó Mia.

—Antes usábamos un emético para hacerles vomitar. Tomaban una buena dosis y expulsaban las pruebas en cuestión de segundos.

Era un método muy eficaz, pero la fiscalía general decidió en algún momento de los años noventa que había que prohibirlo porque suponía una violación de los derechos humanos —dijo Ola.

Jana se irguió y dijo:

—Según tengo entendido, las cápsulas tardan unos cinco días en recorrer el sistema digestivo.

—Así es —respondió Ola—, pero eso varía mucho. Pueden tardar dos días o dos semanas. La mayoría usan un laxante o un enema, pero no todo el mundo tiene acceso a ellos, y ha habido mulas que han fallecido como consecuencia de las lesiones causadas por el estreñimiento. La causa más común de muerte, sin embargo, es la filtración de alguna de las cápsulas, como en el caso que nos ocupa.

Cerró su ordenador.

—Las mulas o, mejor dicho, sus jefes, prueban constantemente nuevas formas de introducir las drogas de contrabando. Ahora ya no suelen usar guantes de látex cortados o preservativos. Hoy día las cápsulas se fabrican a máquina y están envueltas en varias capas y recubiertas con cera de abeja. Normalmente, las mulas transportan entre cincuenta y setenta cápsulas en el estómago y cada cápsula contiene unos diez gramos de droga. Las cápsulas se dividen luego en «bolas» de dos o tres décimos de gramo. Una bola de heroína puede costar ciento cincuenta coronas en la calle, un tercio de lo que costaba hace unos años.

—Pero las mulas con experiencia pueden transportar más de setenta cápsulas, ¿verdad? —preguntó Gunnar.

—Sí. Algunos son capaces de tragarse más de cien. El año pasado la policía danesa detuvo a un individuo del este de Europa en el aeropuerto de Kastrup, en Copenhague. Llevaba en el estómago un kilo doscientos gramos de heroína y cocaína. En la calle, esa cantidad costaría cientos de miles de coronas —explicó Ola.

—Dinamarca también es una escala frecuente. Llegan a Kastrup en avión y luego cogen el tren para cruzar el puente de Öresund y entrar en Suecia. Me atrevería a decir que eso fue lo que pasó en este caso —comentó Gunnar.

—Estoy de acuerdo —dijo Ola—. La víctima no viajaba sola. Es frecuente que el jefe de la operación envíe a varias mulas, teniendo en cuenta que es posible que a varias de ellas las detengan en la aduana. Si manda veinte, por ejemplo, puede que dieciocho consigan pasar y que él se lleve su tajada.

—El cincuenta por ciento, entonces —dijo Mia.

—No, no exactamente. Dieciocho no es la mitad de veinte. Es el noventa por ciento —puntualizó Jana, fijando la mirada en ella sin mover un solo músculo de la cara.

Mia apretó los dientes.

—¡Me refería a nuestras chicas! Mandaron a dos chicas y una de ellas ha muerto, así que solo una consiguió pasar. La mitad. El cincuenta por ciento, *exactamente*.

—Podía haber más mulas en el tren —dijo Henrik juntando las manos alrededor de la rodilla.

Mia suspiró.

—Pero estamos centrando todas nuestras energías en la amiga que se ha esfumado. Y damos por sentado que también era una mula —dijo Gunnar—. De lo contrario probablemente no habría huido.

Jana inclinó la cabeza hacia Henrik.

—¿Hay testigos? —preguntó.

—Sí —contestó él—. Varios pasajeros nos han proporcionado datos de interés.

—¿Y el tripulante del tren? ¿Dónde está?

Henrik abrió la boca para contestar, pero Mia se apresuró a intervenir:

—Está en estado de *shock*.

—No he preguntado por su estado, he preguntado dónde está —replicó Jana sin mirarla.

—En el hospital Vrinnevi —contestó Mia en tono cortante.

—¿Habéis hablado con él?

—Solo un momento. Iré a interrogarle cuando acabemos aquí —dijo Henrik.

—Eso si tienes suerte —repuso Mia—. Le están atendiendo. Puede que tenga que recibir atención psicológica, lo que retrasará aún más la investigación.

Gunnar fingió que no la oía y se acercó a la pizarra blanca.

—Según el asistente del tren, la otra mujer se apeó a toda prisa. Ola ha podido confirmarlo al revisar las grabaciones de las cámaras de seguridad de la estación.

—Exacto —dijo Ola—. Les he echado un vistazo esta mañana. A las diez y veintitrés minutos de la noche, una joven sale corriendo del tren. Al igual que la víctima, tiene rasgos asiáticos. Doy por sentado que es la persona que estamos buscando. En la grabación se ve claramente que atraviesa corriendo el andén uno, se va derecha al aparcamiento y desaparece en la oscuridad.

—Entonces, ¿tenemos su imagen? —preguntó Jana.

—Sí, no tan clara como me gustaría, pero creo que servirá.

Ola se inclinó sobre la mesa.

—Se nota que está completamente aterrorizada —comentó—. Sale del tren a toda pastilla. Pero lo raro es que se para, mira algo en la oscuridad, duda un momento y luego echa otra vez a correr.

—¿Como si buscara a alguien? —preguntó Henrik.

—Sí, como si buscara a alguien —dijo Ola—. Y al mismo tiempo se ven unas luces rojas, como si un coche hubiera frenado delante de ella.

—Crees que subió a un coche —comentó Henrik.

—Sí, seguramente alguien las estaba esperando en la estación. Tenemos que averiguar quién era esa persona.

—Entonces, ¿es posible que la droga tuviera como destino Norrköping? —preguntó Jana.

—Cabe esa posibilidad, desde luego —respondió Henrik—. Tenemos indicios de que algo se está moviendo en esta zona. Especialmente desde que Gavril Bolanaki desapareció de escena.

—¿Quieres decir que hay más tráfico que antes?

—Sí.

—Muy bien —dijo Gunnar—. Como sin duda comprendéis, esas mujeres son solo peones en una partida en la que intervienen muchos más jugadores. —Se inclinó hacia delante con las manos sobre la mesa y miró a su equipo—. Tenemos que encontrar a la chica que huyó. Podría ser la clave para destapar esta operación. Si damos con ella, es probable que encontremos también a quien mueve los hilos.

CAPÍTULO 9

El ruido de las olas despertó a Pim. Le dolía la cabeza y parpadeó un par de veces para aclararse la vista. Se sentó en el fino colchón y advirtió que la habían tapado con una manta. A su lado había un cubo sin asa.

¿Cuánto tiempo llevaba durmiendo?

Trató de abrir la boca pero no pudo. La tenía tapada por un trozo de cinta aislante que se extendía de una mejilla a la otra. Quiso arrancársela, pero tenía las manos atadas a la espalda con una cuerda áspera. Se giró y se retorció hasta quedarse sin respiración. Tenía la sensación de que iba a asfixiarse y procuró respirar inhalando el aire en aspiraciones cortas y rápidas.

No era la primera vez que se sentía así. A menudo, cuando jugaban, su hermana pequeña, Mai, se sentaba encima de ella, le agarraba las manos con fuerza y gritaba «¡Intenta escapar, Pim! ¡Intenta escapar si puedes!».

Y entonces tenía que luchar por liberarse, por quitarse de encima el peso que le oprimía el pecho. Mai casi se ahogaba de risa. No era más que un juego. Ahora, en cambio, no lo era.

Nada de aquello era un juego.

La habitación no tenía ventanas. Era pequeña, con el suelo y el techo de madera. Fría y húmeda.

Pensó en Noi y empezó a llorar. Debería haberse quedado con ella, no debería haberla dejado sola en el tren.

Dobló lentamente las piernas, se puso de rodillas y se incorporó. Recorrió frenéticamente la habitación con la mirada buscando una salida.

¿Dónde estaba?

No tenía ni idea.

Y nadie sabía que estaba allí, con las manos atadas y la boca tapada con cinta aislante, en un país extranjero.

Con piernas temblorosas, se inclinó hacia la pared y, pegando la espalda a ella, empezó a buscar algo afilado.

Encontró por fin una zona desigual en los tablones de la pared y comenzó a restregar la cuerda contra ella. Apretando la espalda contra la pared, se movió arriba y abajo y hacia los lados, tratando de romper la cuerda.

Jana Berzelius guardó su cuaderno en el maletín y salió de la sala de reuniones.

Más allá de la ventana, en medio de una tenue oscuridad grisácea, caía una densa nevada. Puso la mano en la reluciente barandilla y bajó las escaleras que conducían al aparcamiento subterráneo. La escalera olía a polvo y a limpiador con aroma a pino. Avanzaba despacio, escuchando el eco de sus tacones mientras pensaba en la investigación que acababa de iniciarse. Había retomado lo que daba propósito y significado a su existencia: el trabajo, la puntualidad, el éxito social. Se sentía de nuevo fuerte y rebosante de energía. Quería centrarse en lo que tenía por delante, en su futuro.

En ese momento sonó su móvil. Se detuvo, lo sacó del bolsillo y, al ver que era su colega Per Åström lo silenció y volvió a guardarlo.

Había llegado a la planta baja y estaba a punto de iniciar el descenso del siguiente tramo de escaleras cuando se paró de repente.

A través de la puerta de cristal que daba al vestíbulo y a la zona de recepción de la jefatura de policía, vio al chico delgado y vestido con ropa oscura al que había conocido hacía un par de noches, en la entrada de Knäppingsborg.

Robin... Stenberg.

¿Qué hacía allí?

Estaba sentado con los codos apoyados en las rodillas y, movido por una energía nerviosa, balanceaba una pierna.

Jana dio un paso adelante. Quería entrar en la recepción y hablar con él, pero su instinto se impuso, convenciéndola de que debía marcharse de la comisaría inmediatamente.

En ese momento Robin se levantó de la silla y un instante después desapareció de su vista.

Jana siguió bajando las escaleras sin apenas darse cuenta de que había apretado el paso al recordar lo sucedido en Knäppingsborg: el cuerpo delgado de Robin, su mirada de espanto, las estrellas que llevaba tatuadas en la sien y su voz angustiada cuando le dijo que tenían que pedir ayuda.

El hecho de que hubiera presenciado su violento encontronazo con Danilo le producía una sensación de desasosiego.

Abrió de un empujón la puerta del aparcamiento en el momento en que un coche policial arrancaba y desaparecía entre la intensa nevada con la sirena encendida.

Henrik Levin pulsó el botón gris que abría la puerta del ala de Psiquiatría del hospital Vrinnevi. Habían confiado en que alguien les proporcionara información que les ayudase a localizar a la joven desaparecida, y ahora se daba cuenta de que Mats Johansson, el asistente del tren, era su mejor baza.

Estrechó la mano al médico que atendía a Mats y cruzaron unas palabras antes de que le permitieran acceder a la habitación del paciente.

Había una mujer sentada en la cama. Henrik se topó con sus ojos marrones y la mujer se pasó una mano por el cabello rizado, se levantó y se presentó discretamente como Marianne.

—Soy la esposa de Mats —añadió y, cogiendo la chaqueta de Henrik, la colgó con cuidado en el perchero de detrás de la puerta.

Con el mayor sigilo posible, arrimó su silla a la cama, se sentó y cogió la mano izquierda de su marido.

—Mats —susurró—, tienes visita.

En pie al otro lado de la cama, Henrik observó la cara angulosa de Mats Johansson, su bigote ancho, su cabello fino y su piel clara. Sus ojos se movieron bajo los párpados cerrados.

—Duerme mucho —explicó Marianne con una sonrisa de disculpa—. Es horrible ver una cosa así, claro. Y en su tren, además. Ha delirado un poco.

—¿Puede decirme qué ha dicho? —preguntó Henrik.

—Tonterías en su mayor parte, la verdad —contestó Marianne, y se rio.

—Te he oído —dijo Mats abriendo los ojos. Se apoyó en un codo con enorme esfuerzo y miró a Henrik.

—Hola —dijo el policía al tenderle la mano—. Soy Henrik Levin, inspector jefe de policía. Necesito hablar con usted, hacerle unas preguntas.

—De acuerdo —dijo Mats estrechándole débilmente la mano.

—Según tengo entendido, encontró a la mujer en el aseo del tren.

Mats hizo un gesto afirmativo con la cabeza.

—Sí, la encontré yo. Estaba allí tendida, en el suelo.

—¿Puede darme algún otro detalle?

Mats se mordió el labio.

Henrik se sacó del bolsillo una fotografía en primer plano extraída de la grabación de la cámara de seguridad.

—Voy a enseñarle una fotografía y quiero que la mire con mucha atención.

Mats se incorporó y miró la fotografía largo rato: el cabello negro, los ojos rasgados, la piel clara.

—¿Reconoce a esa mujer? —preguntó Henrik—. No es la que encontró en el aseo.

Mats asintió con un gesto.

—Es la chica que estaba fuera, en la puerta del aseo, la que huyó cuando abrí. No pude detenerla. Quería, pero no podía. Tenía que quedarme con la chica del servicio. Noi, se llamaba.

—¿Noi? Querrá decir Siriporn. ¿La chica que murió?

—No… —Mats le miró desconcertado—. Quiero decir Noi.

Henrik lanzó una mirada a Marianne.

—Piénsalo bien, Mats —dijo su esposa.

—¿Se llamaba Noi? —preguntó Henrik.

—No sé. —Mats suspiró—. Pero eso fue lo que dijo la otra, la que escapó. Cuando llegué al pasillo, la vi allí parada, aporreando la puerta del aseo. Gritaba «¡Noi, Noi!» una y otra vez. Supuse que era el nombre de la chica. Y cuando abrí la puerta, salió corriendo. Le grité que esperase, pero se fue.

Henrik pensó un momento.

—¿Dónde se sentaron durante el trayecto?

Mats se restregó los ojos y se pasó una mano por el pelo. Parecía fatigado, cansado de pensar y esforzarse por recordar. Respiró hondo antes de responder:

—Estaban las dos en el coche cinco, pero no se sentaron juntas. Estaban sentadas una delante de la otra, aunque parezca ilógico. Había muchos asientos libres en el vagón. El tren no iba lleno.

—¿Cómo se comportaban?

Mats arrugó la frente como si no entendiera la pregunta.

—¿Parecían nerviosas, intranquilas, enfadadas, preocupadas?

—No, se pasaron casi todo el trayecto durmiendo.

—¿Dónde subieron al tren?

Mats apoyó la cabeza en la almohada y miró el techo.

—En la estación de salida, en Copenhague.

—¿Y se dirigían a…?

—Norrköping. Por eso gritaba la chica para que abriera la puerta. Porque tenían que apearse.

Mats se quedó callado y cerró los ojos. Marianne le acarició la mejilla con gesto tranquilizador, pero él apartó la cara.

—Le dejo para que descanse —dijo Henrik—. Gracias por recibirme.

Marianne respondió con un asentimiento.

Henrik la miró a los ojos y vio que sostenía la mano izquierda de su marido entre las suyas.

—Entonces, ¿Anders sigue aquí?

Gunnar Öhrn miró con irritación a Carin Radler, que estaba sentada en la silla de visitas de su despacho.

—Sí, y la próxima vez que convoques una reunión será mejor que le avises —contestó ella, cruzando las piernas. Comenzó a balancear un pie, enfundado en un zapato de tacón alto.

—O se personará en el edificio —dijo Gunnar.

—Cosa que hará de todos modos en cuanto esté instalado en el hotel.

—¿Es seguro que va a quedarse una temporada?

—Teniendo en cuenta que acabamos de iniciar una investigación por narcotráfico, sí.

—¿No va a darse por vencido?

—Anders lleva muchos años luchando contra el narcotráfico. Gracias a sus esfuerzos hemos podido detener a muchos de los capos que controlaban los distintos mercados de la droga en Suecia. La pasada primavera, se desmanteló una banda muy importante en Gotemburgo gracias a varias redadas conjuntas. Fue Anders quien dirigió la operación, y a los detenidos les espera una larga temporada en prisión.

—Sí, oí comentar que había conseguido salir en la prensa.

Carin levantó la voz.

—¡Su lucha contra el narcotráfico ha dado resultados, Gunnar!

—¿Y ahora quiere venir a hacernos el trabajo a nosotros?

—No, pero es extremadamente competente en la lucha contra el narcotráfico, y eso puede beneficiarnos, como es lógico.

Gunnar soltó una risa desdeñosa.

—Así que tenemos que acogerle con los brazos abiertos.

—Ya sabes que se está esforzando mucho para que la nueva Autoridad Policial salga adelante, igual que yo.

—Entiendo el papel que desempeñas tú, pero ¿el suyo…?

—Intenta que le nombren comisario nacional de policía, como sin duda ya sabes.

—O sea, que quiere más poder. —Gunnar se frotó los ojos.

Carin descruzó las piernas y volvió a cruzarlas.

—Sé que no te cae bien —dijo con calma—. Pero es un buen jefe. Igual que tú.

—Ahórrate los halagos. Los dos sabemos que quizá no siga aquí mucho tiempo.

Carin suspiró.

—El problema de esta reorganización es que nos enfrentamos a retos completamente nuevos que quizá ni siquiera somos capaces de prever y que van a exigir mucho de todos nosotros.

—Entonces, ¿quién va a quedarse?

—No puedo contestar a esa pregunta en estos momentos.

—¿Porque no lo sabes?

—Entiendo que estés preocupado.

—No estoy preocupado en absoluto, pero mis compañeros sí y no sé qué tengo que decirles.

—Diles que tenemos que resolver un caso de narcotráfico. En eso es en lo que hay que centrarse ahora mismo.

—Cooperando con Anders —repuso Gunnar con un suspiro.

—Sí, cooperando con Anders —dijo Carin.

Mia Bolander entró en la cafetería de la comisaría, cogió una pera del frutero y se guardó dos más en los bolsillos. Eran demasiadas, pero comprendió que no podía volver a dejarlas en el frutero cuando, al darse la vuelta, vio a Henrik Levin y Ola Söderström. Restregó la pera con su chaqueta de punto y se sentó frente a ellos.

Henrik quitó la tapa azul de su tartera de cristal y el vapor del estofado de curry rojo caldeó su cara.

—Qué poco vas a comer —comentó Mia.

—No quedó gran cosa después de la cena de anoche.

—¿Qué pasa? ¿Es que Emma se lo comió todo?

—Está embarazada, ¿sabes?

—¿Cuándo sale de cuentas?

—El 31 de diciembre.

—Pues más vale que junte las piernas, por el bien del bebé. No es nada divertido nacer el último día del año, porque acabas siendo el último de tus amigos en sacarse el carné de conducir y el último al que dejan entrar en los bares.

—No, es…

—Y tienes que pedirles a tus amigos que te compren la bebida.

—Vale, de acuerdo. —Henrik suspiró—. Pero lo principal es que el niño esté sano.

—Todo el mundo dice lo mismo. Lo principal es que el niño esté sano y tenga diez dedos en las manos y diez en los pies y se desarrolle un poco más deprisa que los otros niños de su edad. Imagínate lo que debe de ser para la gente que tiene bebés feos. Y digo feos *de verdad*, no feos normalitos.

—¿A quién te refieres con «la gente»? ¿A qué pasará si *yo* tengo un hijo feo?

—No hablaba de ti.

—Pero yo soy quien va a tener un hijo.

—Tómatelo como quieras. —Mia examinó su pera—. Aunque si somos sinceros…

—Pero ¿no son guapos todos los bebés? —preguntó él.

—Sí, eso dicen los padres. Pero ¿alguna vez has oído decir a alguien «Uy, qué bebé más feo»?

—No, porque los bebés feos no existen.

—No es por eso, es porque nadie se atreve a decirlo. Pero todo el mundo lo ha pensado alguna vez.

—¡No todo el mundo piensa que los bebés son feos! —protestó Henrik.

—¿Tú no lo has pensado nunca? —insistió Mia.

—No, nunca.

—¿Lo ves?, eso es porque eres padre. Si no tuvieras hijos, lo habrías pensado. Tú estás de acuerdo conmigo, ¿verdad, Ola?

El informático levantó la mano.

—Sin comentarios. —No quería seguirle la corriente a Mia.

—Eres un cobardica. Estás de acuerdo conmigo —dijo ella.

—Ni siquiera sé de qué estáis hablando —contestó Ola.

Se quedaron los tres callados. Fue Ola quien rompió el silencio:

—Volviendo a nuestra conversación de antes, Henrik, ¿el asistente del tren te dijo algo de interés?

Henrik no tuvo ocasión de contestar. En ese momento, Gunnar Öhrn entró en la cafetería y les interrumpió.

—¡Mia! —bramó.

—¿Sí? —Ella se dio la vuelta.

—Quiero hablar contigo.

—¿Es una orden?

—Sí. Es importante. En mi despacho dentro de cinco minutos.

Mia suspiró y dio un mordisco a su pera.

Sentado en su despacho, Gunnar sabía que, en cuanto le encargase aquella misión a Mia, tendría que avisar a Anders Wester de que había aparecido un nuevo testigo de lo sucedido en la estación de tren. Pero se resistía a hacerlo.

Manoseó su teléfono y sacó el número de Anders. Seguía sacándole de quicio que la Brigada Nacional de Homicidios fiscalizara su trabajo, como si su departamento se hubiera convertido de pronto en una clase de niños con necesidades especiales y Anders Wester fuera el alumno «normal» que les servía de mentor.

Sabía que, si Anneli pudiera oír lo que pensaba, le diría «¡Déjalo ya! ¡Pareces un crío!».

Empezó a grabar el número de Anders, pero al llegar al último dígito cambió de idea y lo borró. No tenía ganas de hablar con Wester, ni de tener ningún trato con él.

En ese momento alguien llamó a la puerta del despacho. Mia asomó la cabeza.

—¿Querías algo?

Gunnar se pasó las manos por la cara varias veces.

—Siéntate —dijo señalando la silla que tenía enfrente.

—¿Qué pasa? —preguntó ella al tomar asiento.

—Quiero que interrogues a un testigo que estaba ayer en el aparcamiento cuando el tren con la chica muerta entró en la estación. Dice que vio a un hombre. Averigua qué vio. Se llama Stefan Ohlin.

—Vale, vale, vale.

Gunnar respiró hondo.

—Y otra cosa…

—¿Qué?

—Tu actitud es un poco… En fin, ¿cómo lo diría yo? Un poco cargante.

—¿Vas a despedirme o qué? —Mia cruzó los brazos.

—No, no voy a despedirte, pero tu actitud está desgastando a todo el equipo y quiero que hagas un esfuerzo por controlarte.

—Vale, o sea, que quieres que cierre el pico.

—Esa es precisamente la actitud de la que hablo.

—¿A qué te refieres? Solo digo lo que pienso.

—Pues deja de decirlo. ¡Guárdate tus opiniones y concéntrate en hacer tu trabajo!

Mia no respondió, se limitó a fruncir los labios.

—Presta atención —añadió él—. Tenemos a la Brigada Nacional de Homicidios pegada al cogote y quiero que me ayudes a estar a la altura de sus expectativas. No podemos darles ningún motivo para que cuestionen nuestro trabajo.

—Claro —repuso ella asintiendo lentamente.

—Bien. Quiero que empieces interrogando a ese tal Stephen. Aquí tienes su número. Es profesor en el colegio Vittra, en Röda Stan, ese barrio de casas rojas, y quiere que vayamos a verle allí.

—Iremos Henrik y yo…

—Irás tú sola.

—Vale. Me voy enseguida. —Se levantó y se dirigió a la puerta.

—Y Mia… —Gunnar la miró con el ceño fruncido.

—¿Sí?

—Infórmame de lo que averigües. Por favor.

—Lo haré —contestó ella con una amplia sonrisa.

Parecía contenta, pensó Gunnar. Demasiado contenta.

Y entonces lo entendió.

En realidad, le estaba diciendo que se fuera al infierno.

Con su sonrisa.

Jana Berzelius no parecía tener prisa cuando entró en las oficinas de la fiscalía en el número 50 de Olai Kyrkogata, en pleno centro de Norrköping. Se hallaba, en realidad, profundamente alterada. No sabía cómo interpretar la presencia de aquel chico, Robin Stenberg, en la jefatura de policía. ¿Acaso no había entendido que hablaba en serio? Lo último que quería era que la policía se inmiscuyera en aquel asunto.

Dejó el maletín en el suelo y se quedó de pie detrás de la mesa de su despacho. No quería sentarse; quería permanecer en pie, sacudirse la desagradable sensación de que Robin Stenberg se disponía a hacer algo que la perjudicaría gravemente.

Su planta estaba tranquila. A través del tabique de cristal solo se oían los pasos de uno de sus compañeros y el zumbido electrónico de una impresora escupiendo copias de un sumario, una orden judicial o algún otro documento compuesto por centenares de páginas.

Una fotografía colgaba en la pared de su despacho. Mostraba a una familia posando en los escalones de una gran casa amarilla de veraneo. Jana miró los ojos de la niña, de aquella muchacha de nueve años que era ella misma, y se acordó de aquel día. El cielo estaba despejado y el aire era seco y cálido.

La casa relucía, preciosa, al sol. Su madre comentaba siempre que era imposible imaginar un lugar más bonito que aquel. Viajaron en coche desde Norrköping a Arkösund, bajaron andando hasta los acantilados y contemplaron el mar.

Luego llegó el momento del posado familiar. Los tres juntos. Ella llevaba un vestido blanco y se había quedado muy quieta en los peldaños de piedra de la puerta de la casa, junto a sus padres. Su madre posó tranquilamente, pero su padre movía los pies con impaciencia y hablaba con la misma severidad de siempre.

—¡Dese prisa!

—Un último ajuste.

El fotógrafo agitó la mano indicándoles que se juntaran un poco más.

—¡Ahora, sonrían! Un, dos, tres.

Clic.

—Quiero que sonrían los tres al mismo tiempo. Una vez más. Un, dos, tres.

Clic.

—¿Ya está? —preguntó Karl.

—No, una más. Sonriendo, por favor. Vamos, niña, tú también. Enséñame esa sonrisa tan bonita que tienes.

Pero ella no sonrió.

—¡Intentémoslo otra vez!

—¡Espere! —ordenó su padre, y se volvió hacia ella—. ¿Por qué no sonríes, Jana?

Ella no respondió.

—Si sonríes —dijo él—, te compro un juguete. ¿Te gustaría?

Jana fijó la mirada en el suelo, indecisa. La voz de su padre se tornó de pronto suave. Su semblante adquirió una expresión amable.

—¿Qué me dices? —preguntó Karl.

—¿Qué clase de juguete? —dijo ella.

—El que quieras.

—¿De verdad?

—Si sonríes.

Jana sintió un extraño hormigueo en el estómago al pensar que con una sonrisa podía conseguir lo que más deseaba en el mundo:

una muñeca a la que abrazarse por las noches, para no sentirse tan sola.

Una muñeca a cambio de una sonrisa.

El fotógrafo volvió a darles indicaciones.

—¡Muy bien! —gritó—. A ver si ahora… ¡Un, dos, tres!

Jana sonrió.

Clic.

—¡Ya está! ¡Listo!

Durante el camino de vuelta a casa, ella aguardó, expectante. Pero al acercarse al centro de la ciudad no pudo contenerse más.

—¿Vamos a ir a comprar? —preguntó.

Su padre mantuvo los ojos fijos en la carretera, sin desviarlos ni un instante.

—No —contestó.

—Pero íbamos a ir a comprar una muñeca…

—Ahora mismo no tengo tiempo.

—Me lo prometiste —dijo ella en voz baja.

—No te prometí que fuera a comprártela hoy.

Jana intentó mirarle a los ojos, pero no pudo. Entonces lo entendió. Karl le había hablado en tono suave. Sintió que un leve estremecimiento recorría su cuerpo. Temía que su padre lo notara, que se diera cuenta de que había aprendido a distinguir cuándo sucedía algo malo. Cuándo sucedía algo horrible.

Jana apartó la mirada de la fotografía y la fijó en la ventana. Había cerrado los puños. Aquel día, a sus nueve años, cuando volvían en coche de su casa de verano, había aprendido a no confiar en nadie. Si quería algo, tenía que conseguirlo por sí sola. No podía esperar nada de nadie. No podía dejar nada al azar.

Si quería sacudirse aquella sensación de desasosiego, tendría que buscar a Robin Stenberg. Esa misma noche.

CAPÍTULO 10

Mia Bolander aparcó frente al colegio Vittra y cruzó la verja del patio. La recibió una alegre algarabía, niños que corrían y se lanzaban bolas de nieve.

Tres niñas pequeñas, con los gorros bien calados sobre la frente, corrieron hacia ella. Tenían las mejillas coloradas por el frío y un hilillo de mocos que les llegaba hasta el labio superior.

—¿Tú quién eres? —le preguntaron a coro.

—Soy Mia.

—¿A qué has venido?

—He quedado con una persona.

—¿Con quién?

—Con un señor que trabaja aquí, en el colegio.

—¿Cómo se llama?

—No puedo decíroslo.

—¿Por qué?

—Porque es un secreto.

—¿Por qué es un secreto?

—Porque sí. Necesito saber cómo llegar a la clase de tercero.

—El grupo amarillo está allí.

Una de las niñas señaló con la mano enguantada hacia una de las entradas del edificio.

Cuando entró en el colegio, la asaltó el olor de los abrigos mojados que colgaban en fila en los percheros del pasillo. La nieve derretida había encharcado el suelo. Un cartel escrito a mano ordenaba quitarse los zapatos en el guardarropa. Mia hizo caso omiso del cartel, echó a andar en línea recta, torció a la derecha y subió las escaleras hasta la primera planta.

Recorrió el pasillo buscando el aula y por fin la encontró, al fondo.

Su único ocupante era un hombre algo mayor que ella. Estaba de pie frente a la pizarra blanca, escribiendo la siguiente lección. Mia llamó al marco de la puerta y entró. Se fijó en el mapa de Suecia, en el calendario y el alfabeto de colores que adornaban las paredes.

—Mia Bolander, de la policía.

—Estupendo, me alegro de que haya venido tan pronto —dijo el hombre, que se presentó como Stefan Ohlin—. ¿Quería hacerme alguna pregunta?

—Sí, sobre su declaración.

—Pase y siéntese.

Stefan apartó una silla de una mesa redonda y recogió los papeles que había dispersos sobre ella.

—Trabajo en grupo —dijo—. Estamos estudiando la Edad del Bronce.

Mia asintió en silencio y observó su cabello y su barba rojizos, y su cara y sus manos cubiertas de pecas.

—¿De cuánto tiempo disponemos? —preguntó.

—Un cuarto de hora, como máximo. Ahora están en el recreo.

—Ya lo he visto. Hay mucho jaleo en el patio.

Stefan se quedó callado un momento.

—Bueno… —dijeron los dos al mismo tiempo.

—Perdone. Empiece usted —dijo Stefan.

—De acuerdo. ¿Estaba ayer en la estación central? —preguntó Mia.

—Sí. Estaba esperando a mi mujer, que llegaba en el cercanías de Linköping, justo antes de las once. También se dedica a la enseñanza. En la universidad.

—Entonces, llegó usted con antelación.

—Sí, fui a ver a un compañero que acababa de tener un bebé y salí de su casa a eso de las diez de la noche. Como vivimos un poco lejos, en Krokek, no tenía sentido volver a casa porque habría tardado veinte o veinticinco minutos en llegar, así que me fui a la estación a esperar a que llegara el tren.

—¿A qué hora llegó a la estación?

—Pues debían de ser en torno a las diez y cuarto o las diez y veinte.

Mia sacó un pequeño cuaderno y buscó una página en blanco en la que escribir, pero no encontró ninguna. Estaban todas garabateadas. Comenzó a escribir en la tapa marrón de atrás.

—¿Dónde aparcó?

—Justo delante de la parada de taxis.

—¿Y vio algo mientras estaba allí esperando?

—Sí, así es. Había un coche aparcado justo detrás de mí, con un hombre dentro.

—¿Puede describir a ese hombre?

—Solo le vi de pasada.

—¿Qué clase de coche era?

—No lo sé.

—¿No lo sabe?

Stefan se quedó pensando con la barbilla apoyada en la mano.

—No, los coches nunca me han llamado la atención. Pero yo diría que era un Volvo, un modelo antiguo. O un Fiat.

Mia tomó nota.

—¿Color?

—Oscuro. Azul, quizá.

—¿Ranchera?

—No.

—¿Matrícula?

—Es lo malo que tiene la memoria: que empeora con la edad. Antes se me daba bien recordar ese tipo de cosas, pero ahora... Puede que tuviera una *G* al principio, y una *U*. O puede que al revés.

—¿Algún número?

—Empezaba por uno, pero después… No, la verdad es que no me acuerdo. Creo que había un cuatro y un siete.

—Vale, entonces ¿147?

—No, seguramente 174, creo.

—De acuerdo —dijo Mia—. Entonces solo nos faltan las letras. Hábleme del conductor.

—Claro. Salí un momento del coche para entrar en la tienda. Quería comprar algo dulce, soy adicto a las chocolatinas, pero el caso es que cuando entré en la tienda me tropecé con el conductor. Con el hombre del otro coche, quiero decir. Estaba en la puerta con un mechero en la mano, como si no supiera si entrar o no.

—Entonces, ¿no llegó a entrar?

—No. Yo, por lo menos, no le vi entrar. Pero me tropecé con él accidentalmente y se le cayó el mechero. —Stefan miró el reloj de la pared—. Los niños volverán pronto.

—Muy bien, ¿puede describirme a ese hombre?

—Bueno, la verdad es que creo que no me habría fijado en él si no hubiera parecido tan nervioso. Daba la impresión de que no quería que le vieran. En todo caso llevaba ropa oscura y el cuello de la chaqueta levantado hasta la nariz. Y un gorro.

—¿Tenía bigote? ¿Barba? ¿El cabello oscuro o claro?

—Oscuro. Se le veía por los lados. Me dio la sensación de que era extranjero.

—¿A qué se refiere?

—No lo sé. Puede que fuera por su pelo. Y por sus ojos.

—¿Cómo eran?

—También oscuros.

—Un hombre de cabello oscuro, posiblemente extranjero. ¿Edad aproximada?

—Uf, es difícil saberlo. Unos treinta, quizá.

—¿Algo más que le llamara la atención?

—No. Fue sobre todo su nerviosismo. Pero confío en haberles sido de alguna utilidad.

Mia cerró su cuaderno.

—Sus observaciones son de gran ayuda —le aseguró al ponerse en pie, lista para marcharse.

—¡Espere! —Stefan levantó la mano y sonrió—. ¡GUV! —exclamó—. Acabo de acordarme de la matrícula. GUV 174.

—Tenemos la descripción de un hombre que quizá pudo recoger a la chica —dijo Mia por teléfono.

Henrik Levin estaba sentado en su despacho, con el teléfono pegado a la oreja. Fijó la mirada en el tablón de corcho mientras Mia le resumía su conversación con el maestro del colegio Vittra.

—O sea, que buscamos a un hombre de aspecto extranjero, con ropa oscura y cabello también oscuro —concluyó Henrik—. Sé que esto va a sonar mal, pero hay mucha gente que encaja en esa descripción.

—Lo sé —repuso Mia—. Voy a preguntar en la tienda de la estación por si tienen cámara de seguridad, porque al parecer se asomó un momento a la tienda. Puede que así consigamos una descripción más precisa.

—No es mala idea.

—El maestro no parecía muy seguro, pero pídele a Ola que busque un coche con matrícula GUV 174 o algo parecido. Debería ser un Volvo o un Fiat de color oscuro.

Henrik se pasó la mano por el pelo y cambió de postura en la silla, sintiendo una punzada de esperanza.

—Adiós —dijo Mia, poniendo fin a la llamada sin ninguna salida de tono. Ni palabrotas, ni comentarios cínicos, ni suspiros. Un simple «adiós». Henrik se quedó casi perplejo. ¿Qué le había pasado?

—¿Alguna novedad?

Ola Söderström apareció de repente. Apoyado en el marco de la puerta, sonreía. Sus orejas sobresalían debajo del gorro a rayas. Siempre llevaba gorro, daba igual que estuviera dentro o fuera o el tiempo que hiciera.

—Me alegro de verte. Sí, tengo novedades para ti. Primero, quiero que busques un vehículo con matrícula GUV 174.

—Vale —contestó el informático.

—Luego, me da la sensación de que la víctima del tren o, mejor dicho, su pasaporte era falso. Björn Ahlmann dijo que tenía quince años, pero según su documentación tenía dieciocho. Y al asistente del tren le pareció oír que se llamaba Noi, no Siriporn.

—Pero Noi no es un nombre, es un diminutivo. Es muy común en Tailandia, y es lógico: los nombres de pila suelen ser muy largos.

—¿Cómo lo sabes?

—Mi primo está casado con una tailandesa. Se conocieron en Phuket. Fue un flechazo. Amor a primera vista. —Ola chasqueó los dedos—. Aunque el pasaporte sea falso —continuó—, no debemos subestimar su importancia. He mandado aviso a todas las líneas aéreas. Todavía no sé nada, pero es posible que su nombre figure en alguna lista de pasajeros. Estaría bien saber de dónde venía.

—El nombre de las dos debería estar en alguna lista de pasajeros —comentó Henrik.

—Si es que llegaron en el mismo avión. Puede que no. —Ola se rascó por debajo del gorro—. Quizá ayude que sean asiáticas —dijo—. Es más fácil que alguien se haya fijado en ellas en el tren.

—Sí —convino Henrik—. Si no sacas nada en claro de la matrícula, tenemos una descripción bastante vaga del hombre que conducía el coche. Prueba a ver si consigues algo. A fin de cuentas, las cápsulas que la chica llevaba en el estómago tenían un destinatario. Me gustaría saber quién era.

—Sé dónde buscar —dijo Ola.

—Genial. Ponte con ello, entonces.

El ruido del timbre sobresaltó a Jana Berzelius, que se levantó de un salto del diván. Era media tarde y se acercó con cautela a la puerta. No esperaba visitas. Nunca las tenía.

Cruzó sigilosamente la entrada y miró por la mirilla. Apretó los dientes al ver la cara de su compañero, el fiscal Per Åström.

Llamó de nuevo al timbre y luego tocó a la puerta.

Jana descorrió lentamente el cerrojo, pero no quitó la cadena.

—¿Qué haces aquí? —preguntó.

—No contestas al teléfono.

—Estoy muy liada.

—¿Haciendo qué? ¿Por qué me evitas? —Per levantó las manos—. Mira —dijo—, hace ocho meses que no nos vemos…

—Nos vemos continuamente en el trabajo, cada semana.

—Ya sabes lo que quiero decir. Quiero volver a verte. Ya está. Ya lo he dicho, por eso he venido.

—Genial —dijo ella.

Cerró la puerta, apoyó la frente en ella y cerró los ojos.

El timbre volvió a sonar. Una y otra vez. Con timbrazos cortos y rápidos, como si el que llamara fuera un niño ansioso por entrar.

Jana dudó antes de abrir.

Los ojos de Per (heterócromos: uno azul, el otro marrón) se clavaron en los suyos.

—Una cosa más —dijo—, ¿te apetece cenar conmigo esta noche?

—No.

—¡Estupendo! ¿Vamos a El Colador? ¿Donde siempre?

—No.

—¿A las ocho?

—No.

—¡Perfecto! ¿Quieres que pase a recogerte?

—No. Quiero ir a algún sitio nuevo.

Per pareció confuso, se tocó el pelo rubio.

—¿Te encuentras mal? —preguntó.

—Solo necesito cambiarme. Podemos ir al Ardor, a las ocho y media. Nos vemos allí.

Y cerró la puerta.

* * *

—No he encontrado ningún coche con matrícula GUV 174 —dijo Ola al encontrarse a Henrik Levin en el pasillo. Iba cargado de carpetas.

—Ya me lo imaginaba —contestó Henrik con mirada preocupada—. Mia dijo que el tipo no parecía muy seguro. O puede que la matrícula fuera falsa.

—Es posible. —Ola se quedó pensando un momento—. Aunque es una lástima. Era la mejor pista que teníamos, ¿no?

—Sí, y no hemos recibido más información —dijo Henrik—. Nuestras fuentes habituales no sueltan prenda. O no saben nada o no se atreven a hablar.

—Típico —comentó Ola.

—Sí, pero sigue pareciéndome que hay algo raro en este asunto. Una chica muere con el estómago atiborrado de drogas. Alguien debería haber visto u oído algo. Los narcotraficantes no suelen borrar tan bien sus huellas. Y no se trata de aficionados. Está claro que intentan introducir la droga para distribuirla en esta zona. Tiene que haber alguien dispuesto a hablar.

—Que *intentaban*, querrás decir. Evidentemente, lo de la chica del tren salió mal.

—Sí, claro, pero esa gente siempre tiene en cuenta las posibles pérdidas, como en cualquier negocio de importación-exportación.

Ola le pasó las carpetas.

—He estado haciendo averiguaciones y he impreso todos los expedientes de hombres relacionados con el narcotráfico en esta zona. Supongo que alguno tiene que saber algo. Dos de los expedientes son del tamaño de biblias.

—Estupendo. —Henrik cogió las carpetas—. Si en la calle nadie nos dice nada, tendremos que indagar por nuestra cuenta.

A pesar de que tenía una ampolla cada vez mayor en la piel, Pim siguió luchando por cortar la cuerda que atenazaba sus muñecas. Hacía mucho frío en la habitación, pero aun así le corría sudor por la espalda.

De pronto oyó pasos más allá de la puerta.

Corrió al rincón y, al pasar junto al cubo, lo volcó sin querer. Lo levantó, se acurrucó con las rodillas pegadas al pecho y se quedó muy quieta, respirando agitadamente, en silencio.

La puerta se abrió despacio y un hombre entró en la habitación. Llevaba ropa oscura y sus ojos eran negros como la noche. Dejó un plato de comida en el suelo.

Pim miró la comida y luego la apartó.

Parado frente a ella, el hombre la miró fijamente. Luego, en un solo gesto, le arrancó la cinta de la boca. Le hizo muchísimo daño. Le dieron ganas de gritar, pero estaba demasiado asustada para hacer ruido. No dijo nada cuando él sacudió violentamente las cuerdas que rodeaban sus muñecas. Se limitó a frotar con la mano su muñeca despellejada.

Le oyó decir algo antes de que saliera y cerrara la puerta.

Entonces cogió el plato con desconfianza y miró los sándwiches y los guantes de plástico. Solo entonces se acordó de que seguía teniendo las cápsulas en el estómago.

Regresó al rincón, cogió uno de los sándwiches y se obligó a masticar.

Tocando uno de los finos guantes, miró el cubo y comprendió lo que tenía que hacer.

Henrik Levin salió lentamente del aparcamiento del centro comercial Ektorp. A su lado, en el coche, iba Mia Bolander envuelta en un grueso plumas.

—No ha dicho una mierda —masculló ella agitando una de las carpetas de Ola Söderström ante la cara de Henrik antes de arrojarla al asiento de atrás.

Se puso las otras carpetas sobre el regazo.

—No lo entiendo —añadió—. Ha cometido cientos de robos y le han detenido mil veces por posesión de drogas, y ahora está cobrando una pensión por discapacidad porque tiene una hernia discal. Todavía no ha cumplido treinta años y ya tiene cinco hijos. Es completamente increíble. Completamente increíble, joder.

—Sí —suspiró Henrik.

—Si la cámara de seguridad de la tienda estuviera puesta como es debido, no tendríamos que andar por ahí interrogando a delincuentes de medio pelo —comentó Mia.

El tráfico de la tarde avanzaba lentamente por Kungsgatan. Un autobús se detuvo delante de ellos y de él se apeó un solo pasajero, que de inmediato cruzó corriendo ambos carriles. Henrik pensó en pitar, pero cambió de idea.

—¿Quién es el siguiente? —preguntó.

Mia hojeó otra carpeta, deteniéndose un momento en la fotografía.

—Stojan Jancic —leyó—. Nacido en Serbia. Condenado, entre otras cosas, por tráfico de estupefacientes tras ser detenido por vender un cóctel de éxtasis y ketamina. Tres años en prisión.

Introdujo la dirección en el GPS y cerró la carpeta.

Llegaron dos minutos después. Henrik cambió de sentido cruzando la calle a lo ancho y aparcó en una plaza reservada para no residentes.

Una farola se encendió parpadeando cuando salieron del coche. Su luz se extendió sobre un campo de grava.

Stojan abrió la puerta al segundo timbrazo. Tenía el pelo revuelto y vestía vaqueros muy sucios y una camiseta con grandes agujeros en torno al cuello.

—Pasen —dijo cuando Henrik le informó de su identidad y el motivo de su visita.

Mia se quedó callada, con las manos en los bolsillos, cuando entraron en el apartamento y tomaron asiento junto a la mesa de la cocina. Henrik apoyó la espalda contra la encimera y se sacó una libreta del bolsillo. Entornando los ojos, miró por la ventana sucia que daba al aparcamiento.

—Su tatuaje… —dijo—. ¿Significa algo?

—No, bueno, sí. Joder… No sé. —contestó Stojan.

Se sentó delante de Mia y se pasó la mano por el cuello, sobre la gran cruz y las letras negras que componían la palabra «respeto».

—Quiero decir que si es una especie de seña de identidad.

—Bueno, no es la marca de una banda, si se refiere a eso.

—Sabemos que antes pertenecía usted a una banda.

—Pero el tatuaje no tiene nada que ver con eso.

—¿M-16? ¿Era así como se llamaban? ¿No tenían vínculos con los Cobras Negras? —preguntó Mia.

Stojan no contestó. Fijó la mirada en la ventana.

—Se metió en líos siendo muy jovencito, ¿no? —añadió ella.

Él la miró.

—Sí. Tenía once años. ¿Han venido a hablar de eso?

—No, hemos venido a hablar de su gato —contestó Mia con sorna.

—Yo no tengo gato.

—Exacto.

Stojan pareció desconcertado.

—¿Por qué quieren hablar de gatos? Odio los gatos.

—Que les den por culo a los gatos. Ahora, vamos a hablar.

—Ah, ya lo pillo, era una broma, ¿no? Sabían que no tengo gato.

—Por el amor de Dios… Venga ya, genio, que no tenemos toda la tarde.

Mia se tocó la muñeca como para demostrarle que el tiempo pasaba, indicándole un reloj inexistente.

—¡Tranquila, hombre! —dijo Stojan echándose hacia atrás. Luego se encogió de hombros—. Vale —dijo—. Empecé de pequeño. Bebía tanto como mi padre.

—¿Era alcohólico?

—Era un puto imbécil, eso es lo que era. Yo le importaba una mierda. Y así me fue. En el colegio no querían ni verme, decían que armaba mucha bronca, que andaba siempre peleándome y que hablaba demasiado. Así que estaba mejor con la banda. Ellos por lo menos me hacían caso.

—¿Y las drogas?

—¿Qué pasa con ellas?

—Le detuvieron por posesión.

—Vendía un poco, lo reconozco. Pasó todo muy deprisa. Probé el caballo, empecé a salir con otra gente... Buscaba sitios para dormir por las noches. Sitios donde la gente iba a pincharse, a follar, a dormir, a comer o a cagar. Me daba igual que fuese la casa de un amiguete o un parque, una escalera o un cuarto de cubos de basura, con tal de tener mi dosis...

—¿Y ahora? ¿Está limpio?

—Dejé todo eso. Algunos lo entendieron, hasta me desearon suerte, y otros no dijeron nada. Pero desde entonces me han dejado en paz. Nadie ha intentado que volviera. Es como si todos supieran que no voy a cambiar de idea. No quiero volver a eso, quiero hacer algo con mi vida.

—¿Qué, por ejemplo?

—Ir a la universidad. A estudiar económicas, quizá.

—Entonces, ¿cuándo se desintoxicó?

—Hace tres años.

—¿Y de qué vive desde entonces?

—Mi primo tiene una tiendecita, un kiosco, y le ayudo a veces. Así se me pasa el día. Es duro, pero no me va mal. —Stojan metió las manos entre las rodillas—. Es un asco, ¿saben? —añadió—. Ser adicto es una mierda, pero aun así a veces lo echas de menos, te dan ganas de volver a esa época, cuando no tenías nada que hacer, solo andar por ahí. Ahora, cuando veo yonquis en las películas o en la tele, me dan ganas de meterme un chute. ¿Saben a qué me refiero?

—Sí, lo sabemos —suspiró Mia.

—Supongo que el mercado ha cambiado desde que usted lo dejó —comentó Henrik.

—Siempre está cambiando. Aparecen nuevas redes de la noche a la mañana, y son fuertes. —Stojan se miró las manos—. Venga, suéltenlo de una vez —dijo.

—¿Soltar qué?

—A qué han venido. Quieren algo, ¿no? Los polis siempre quieren algo.

—Hemos oído rumores —dijo Henrik—. Tal vez pueda usted confirmarlos.

—¿Rumores? —repitió Stojan con sorna—. Tendrá que ser más concreto, tío.

Henrik miró a Mia.

—Sabemos que se está cociendo algo —dijo—. Algo se mueve en el mercado.

—Siempre se está cociendo algo —replicó Stojan—. Pero si creen que yo sé algo, están muy equivocados.

—Pero sabe lo que ocurriría si supiera algo y no nos lo dijera.

—No pueden obligarme a decirles nada.

—Pero puedo obligarle a acompañarme a comisaría.

Stojan se quedó callado un momento. Luego dijo:

—Muy bien, les ahorraré la molestia de llevarme a comisaría. Lo único que puedo decirles es que se comenta por ahí que hay un tío, uno al que llaman el Anciano, que es quien dirige el cotarro. Pero nadie sabe quién es ni le ha visto en persona. Es como una sombra.

—¿Y cómo es que sabes de él?

—Ya se lo he dicho, se comenta por ahí.

—¿Qué más has oído?

—Lo que todo el mundo. No mucho, la verdad. Y, además, esto no se lo he dicho yo, ¿vale? Yo no soy un soplón.

«Eso es exactamente lo que eres», pensó Henrik.

CAPÍTULO 11

Jana Berzelius se envolvió en una toalla y entró en el vestidor para elegir la ropa para la cena. Inspeccionó sus hematomas en el espejo y vio que seguían siendo muy oscuros.

Se vistió deprisa, abrochándose la blusa cuidadosamente, con movimientos oscilantes. Se puso unos pantalones estrechos y una chaqueta corta.

En el cuarto de baño, se lavó la cara y se aplicó crema hidratante y un poco de maquillaje. Al pintarse los labios, la asaltó cierto nerviosismo. Le inquietaba su cena con Per. Volver a salir con él le producía cierta tranquilidad y al mismo tiempo la asustaba. Con Per se sentía segura porque le conocía, y sin embargo le daba miedo porque había muchas cosas que él no sabía. Muchas cosas que no *debía* saber. Tantas, que resultaba difícil ocultarlas.

Pensó en la última vez que habían cenado juntos, hacía más de ocho meses. Se acordaba de su rostro inquisitivo, de sus preguntas interminables y angustiosas acerca de qué era lo que fallaba entre ellos. Daba la impresión de que quería meterse bajo su piel. Jana no pudo soportarlo, sintió que se asfixiaba y, al final, se levantó y se marchó sin dar explicaciones. Él pareció respetar su decisión. No la siguió, ni la llamó, ni hizo nada. Sencillamente, la dejó tranquila. No había tenido que explicarle nada, y de todos modos tampoco tendría por qué haberlo hecho. No le debía nada.

Ahora, miró el reloj. Quedaba una hora para la cena, tiempo suficiente para hacerle una visita a Robin Stenberg. Cogió su teléfono, buscó rápidamente su dirección en Internet y la encontró enseguida.

Cogió su bolso y lo abrió. La navaja estaba escondida bajo el falso fondo. No hizo falta que la sacara, solo quería confirmar que seguía allí.

Medio minuto más tarde abandonó el apartamento, se metió en su BMW y salió del garaje. Oyó su propia respiración al acercarse a la calle de Stenberg.

Aparcó, sacó la navaja del bolso y se la puso en la cinturilla del pantalón, por detrás, antes de salir del coche. Luego cruzó la calle hacia el número 62 de Spelmansgatan a pesar de que el semáforo estaba en rojo.

El cinturón de seguridad se enganchó en la puerta del coche. Mia Bolander volvió a abrirla y se pasó el cinturón por encima del regazo.

—¿Quién nos toca ahora? —preguntó Henrik mientras subía la calefacción y acercaba sus manos heladas a las rejillas del aire caliente.

Mia cogió las dos carpetas que había sobre el salpicadero, abrió la de arriba y echó un vistazo a la fotografía.

—¿Qué demonios…? Pero si es…

—¿Qué? ¿Quién es? —preguntó Henrik.

—Nadie.

—¿Lo conoces?

Evidentemente, no, pensó mientras ojeaba el dosier. Sintió que se ponía colorada y confió en que Henrik no lo notase. Vio las frases *posesión de drogas* y *venta de sustancias ilegales*, como en el resto de los expedientes. Le habían detenido y había pasado dos años en prisión cuando tenía veintiún años. Aun así, le costaba creerlo. Martin, el chupadedos, era un yonqui.

98

Un puto yonqui de mierda.

—Arranca —dijo irritada, e introdujo la dirección en el GPS como si no supiera dónde estaba.

Era un truco inútil: ya se había delatado. Pero, aun así, siguió fingiendo.

Henrik salió primero del coche. Ella se quedó rezagada, se miró al espejo, se soltó la coleta y se pasó los dedos por el pelo. Respiró hondo, armándose de valor.

Martin Strömberg abrió la puerta enseguida.

Detrás de Henrik, Mia le indicó con una seña que fingiera que no la conocía.

Que no la «conocía» íntimamente.

Aun así, él la saludó con una inclinación de cabeza.

—Queríamos hacerle unas preguntas —dijo Henrik.

—¿A estas horas? ¿Sobre qué?

—Déjenos entrar —dijo Mia con una mirada enfática.

—Claro, claro, pasen. Vamos a sentarnos en la cocina, si les parece.

—Mejor en el cuarto de estar —replicó ella al pasar a su lado.

Echó un vistazo a su alrededor para asegurarse de que no había nada suyo tirado por allí.

Se sentó en el sofá, apartando un cojín de su espalda. Martin se sentó tan cerca de ella que Mia tuvo que apartarse unos centímetros.

—Queríamos hablar con usted sobre el tráfico de drogas en esta zona —dijo Henrik, todavía de pie en la entrada del cuarto de estar—. Tenemos entendido que le detuvieron por posesión de cocaína.

—No puedo negarlo.

—¿Sigue consumiendo drogas?

Él dudó un momento.

—A veces uno recae, aunque solo momentáneamente. Claro que hasta el alcohol es una droga. Y el café también se consideraba una droga cuando se introdujo en Suecia, ¿lo sabían?

Henrik suspiró y se sacó el cuaderno del bolsillo de la chaqueta.

—Sí, bueno —dijo—. Ayer, una chica fue hallada muerta a bordo de un tren. Llevaba en el estómago un buen montón de cápsulas de heroína y cocaína.

—Ay, Dios —dijo Martin, pasándose la mano por el pelo grasiento—. Pero ¿qué tengo yo que ver con eso?

—Confiábamos en que pudiera decirnos algo, dados sus impresionantes conocimientos sobre el mercado de la droga aquí, en la ciudad —repuso Henrik—. Qué canales son los más activos y esas cosas.

—Pero eso cambia constantemente.

—Exacto, y acabamos de enterarnos de que circulan rumores acerca de un nuevo capo que controla el mercado aquí, en Norrköping —añadió Henrik.

—¿Cómo se llama? —preguntó Martin, mirándole.

—Confiábamos en que usted pudiera decírnoslo.

—No tengo ni idea de a quién se refieren.

—Nos referimos al Anciano.

—¿El Anciano? ¿Se llama así?

—Eso parece.

—No me suena de nada. Lo siento.

—¿Está seguro? —preguntó Mia mirándole con expresión cansina.

—Sí...

—¿Completamente?

—Vale, vale. Puede que haya oído hablar de él.

Mia se animó, clavando la mirada en él.

—¿En qué contexto? —preguntó.

—No me acuerdo.

—Si sabe algo, tiene que decírnoslo —insistió Henrik.

Miró a Martin, vio que escudriñaba a Mia con la mirada, reparó en su sonrisa y en el rubor que a ella le subía por el cuello. Volvió a suspirar.

—Según tengo entendido, no ha sido siempre muy de fiar —comentó.

—No —repuso Martin—. Intenté encontrar atajos, pero solo llevan a callejones sin salida.

—¿Y ahora?

—Como les decía, a veces vuelves a las andadas, pero ahora he descubierto una nueva droga. La mejor de todas.

—¿Ah, sí?

—El amor.

Mia sintió el calor de su aliento. Le dieron náuseas.

—Genial —dijo Henrik.

—El amor es una maravilla. La cosa más maravillosa que existe.

Mia creyó que iba a vomitar. No podía seguir escuchando aquello.

—Muy bien —dijo Henrik con cara de no saber si aquel individuo le estaba tomando el pelo o no—. No le entretenemos más. Si ve u oye algo relacionado con el Anciano, avísenos, ¿de acuerdo?

—Por supuesto. Aunque solo sea por hacerte un favor, Mia.

Ella no dijo nada mientras regresaban al coche. No podía pensar, solo acertaba a dar patadas a la nieve para desahogar su malestar y su furia. Estaba enfadada con la noche gélida, con sus botas gastadas y sus vaqueros ceñidos, furiosa con todo lo que la irritaba, con todo lo feo y lo desmesurado.

Se abrochó el cinturón de seguridad y cruzó los brazos. Miró a Henrik.

—Martin y yo… nos… —comenzó a decir.

—No tienes que darme explicaciones —la interrumpió él.

—Vale. Porque no voy a volver a verle. Nunca más.

Las conversaciones de los comensales reunidos en torno a la larga mesa se sofocaban unas a otras. Karl Berzelius levantó su copa, pero nadie oyó lo que dijo.

—Brindo por una velada encantadora —repitió antes de probar el vino.

Hizo una seña a las dos jóvenes camareras para que abrieran otra botella de Clos Saint Jean Deus Ex Machina, pero no le vieron chasquear los dedos y desaparecieron por el pasillo con las bandejas apoyadas en el hombro.

Karl se volvió hacia Margaretha, que estaba hablando con el hombre sentado a su lado. Su esposa había dejado los cubiertos posados en el plato, donde su ración de venado seguía casi intacta. Trató de atraer su atención para que se ocupara de hacer volver a las camareras, pero resultaba evidente que estaba enfrascada en la conversación.

—He de felicitarte —dijo alguien desde el otro lado de la mesa.

Levantó los ojos y vio que Herman Kanterberg alzaba su copa hacia él. Karl mecía el vino en su copa y aspiraba su aroma.

—Debes de estar orgullosísimo —añadió Herman.

—¿A qué te refieres?

—A los éxitos de tu hija.

Karl cogió su servilleta y se limpió parsimoniosamente las comisuras de la boca.

—¿Tiene las mismas aspiraciones que tenías tú?

—No puedo hablar por ella.

—Si sigue a este paso, podría llegar a fiscal general. —Herman volvió la cabeza hacia los demás comensales, levantó la copa e hizo un gesto de asentimiento—. ¡Por el esfuerzo, amigos míos! Es el único camino hacia el éxito. No hay atajos.

—¡Eso, eso! —gritó alguien.

—¡Salud! —añadió otro.

Las copas tintinearon en torno a la mesa.

Karl no levantó la suya. Miró su plato, fijándose en el reflejo de las luces en los cubiertos.

—¿Qué ocurre, Karl? ¿No estás de acuerdo? —preguntó Herman.

Él no contestó. Dobló su servilleta y dejó que la pregunta se diluyera en el aire mientras se levantaba y abandonaba la mesa. Se sentía mareado por el alcohol cuando recorrió el pasillo, pasando junto a las numerosas habitaciones. Oyó el sonido amortiguado de las risas en el comedor cuando entró en la cocina, que olía intensamente a salsa de vino de Burdeos.

Las chicas estaban junto a la encimera, colocando los platos de postre en tres filas paralelas.

No tuvo fuerzas para moderarse. Su voz sonó llena de aspereza.

—Vayan a servir más vino. ¡Enseguida! —ordenó.

Las camareras se perdieron rápidamente de vista.

Solo en la cocina, decidió que contrataría a otra empresa para la próxima cena que diera en casa. Con el paso de los años, había reunido un impresionante círculo de amistades que esperaban siempre el mejor servicio. No podía contratar al primer chapucero que se presentara.

Con manos temblorosas, colgó la chaqueta del respaldo de la silla. Tenía húmedo de sudor el cuello de la camisa blanca. Se pasó la mano por el abundante cabello gris y escuchó de nuevo el tintineo de las copas de sus invitados.

Sabía que debía volver al comedor, pero cogió una botella de vino, la abrió y bebió tres largos tragos. De inmediato le acometió una náusea y vomitó inclinado sobre el fregadero.

—¿Karl?

Oyó a lo lejos, traspasando las paredes, la voz de Margaretha.

Oyó una puerta que se cerraba y unos pasos apresurados. La voz de su mujer se hizo más nítida al acercarse.

—¿Karl?

De pronto se abrió la puerta de la cocina.

—¿Karl? ¿Qué haces aquí? Ven ya, los invitados se están preguntando dónde estás.

—Ya voy —contestó sin volverse, esquivando su mirada inquisitiva.

—Date prisa, por favor.

—¡He dicho que ya voy!

No le apetecía disimular su irritación. Era un alivio liberar la ira, aunque su causante no fuera Margaretha, sino… Jana.

Se miró las manos, acordándose de la primera vez que se permitió tocar la mejilla de su hija adoptiva. Ella tenía nueve años. Llegaban tarde a cenar en casa de los Swedberg y Jana bajó despacio las escaleras de su casa en el acaudalado barrio de Lindö.

Margaretha y él estaban esperándola. Su mujer llevaba un vestido de noche; él, un esmoquin y el abrigo colgado del brazo. Se había peinado hacia atrás y su cara relucía, recién afeitada.

—Date prisa de una vez —le dijo a su hija y, al apartarle el pelo, vio que no llevaba el vendaje. Las tres letras distorsionadas quedaban a la vista—. ¿Por qué te has quitado el vendaje? ¿No te he dicho que tienes que esconder eso siempre? ¿Que tienes que tapártelo?

Jana, con la mirada fija en sus ojos, no contestó.

—Me estás sacando de quicio. ¿Qué es lo que no entiendes? Tienes que taparte esas cicatrices. ¡Siempre! Lo que tienes en la nuca es horrible. ¡Es repugnante! Y deja de mirarme así. ¡Que pares, he dicho!

Pero ella siguió mirándole.

—¿Es que no me oyes? —preguntó, cada vez más colorado—. ¡Ya basta! —gritó.

Y, asiéndola del brazo, la llevó a rastras escaleras arriba, hasta su cuarto.

—Vas a aprender a hacer lo que te digo. ¿Me entiendes?

Ella siguió sin reaccionar.

Entonces le dio una bofetada. Le cruzó la cara.

Con fuerza.

Pero Jana siguió mirándole con sus ojos oscuros.

Él volvió a abofetearla. Una vez. Y otra.

—¿Se puede saber qué te pasa? ¿Por qué no lloras?

Otra bofetada, aún más fuerte.

—¡Llora, por amor de Dios!

Jana no lloró.

Pero él sí.

Karl salió de su ensimismamiento cuando la puerta volvió a cerrarse y los pasos de Margaretha se alejaron por el pasillo.

A solas en la cocina, permaneció allí unos segundos, aclarando el fregadero. Se limpió la boca varias veces, bebió un trago de vino y se la limpió de nuevo.

Cogió la chaqueta de la silla y regresó al comedor con una sonrisa cuidadosamente controlada.

«Joder, qué jaleo. Los putos vecinos...»

Robin Stenberg dejó puesta la película que estaba viendo y fue a buscar un poco de Coca Cola a la nevera. Solo quedaban un par de dedos en la botella, y además se había quedado sin gas.

Sus vecinos de abajo estaban armando ruido otra vez. Todos los fines de semana pasaba lo mismo. Gritos, llantos, el aullido de un perro. A veces el jaleo duraba una hora. Otras, toda la noche.

Cogió el mando a distancia pegado con cinta adhesiva, subió el volumen de la tele, se llevó la botella a los labios y se bebió el poco refresco que quedaba.

Luego, de repente, se quedó parado. Había oído algo distinto. Petrificado, con el líquido todavía en la boca, aguzó el oído. Tragó despacio, quitó el volumen, dejó la botella en el suelo y prestó atención.

—Joder, joder, joder —dijo levantándose.

Con el oído atento, salió al pasillo y se quedó paralizado al ver que la rendija del buzón estaba abierta. La cerró con el pie y se quedó mirando la puerta. Una sensación inquietante le hizo estirar el brazo y accionar el picaporte. Se llevó una sorpresa al ver que la puerta no estaba cerrada con llave.

—¿Qué cojones...?

Estaba seguro de haberla cerrado. Lo había comprobado, un par de veces incluso.

Abrió la puerta, despacio al principio; luego, bruscamente. La escalera estaba a oscuras. Allí fuera se oían con mayor claridad las voces de los vecinos. Palabras brutales retumbaban en las paredes frías y desnudas.

Cerró rápidamente, echó el cerrojo y retrocedió hacia el fondo del apartamento. Miró a la derecha, hacia la cocina, y no vio nada raro, y sin embargo no podía sacudirse aquella sensación desagradable. ¿Cómo podía haberse abierto la puerta por sí sola?

Se mordió el *piercing* haciéndolo entrar y salir por el labio con movimientos rápidos y nerviosos. Echó un vistazo al cuarto de baño para confirmar que estaba vacío. Al mirar hacia el televisor, que seguía encendido y mudo en el cuarto de estar en penumbra, vio que la luz de la pantalla se mitigaba un instante y luego volvía a brillar. Percibía un cambio repentino en la atmósfera del piso. Era como si el aire tuviera una densidad distinta, como si hubiera alguien allí dentro. Miró detrás de la puerta y en el armario.

No encontró nada, pero no consiguió sacudirse la sensación de que le estaban observando.

—Tiene que haber cientos de personas que encajen con la descripción del hombre de la estación central —dijo Mia Bolander—. Pero no creo que vayamos a encontrar a nuestro hombre entre ese montón. Por desgracia.

—Ya te lo dije —respondió Henrik Levin.

—Y ahora te lo digo yo. —Mia se calentó las manos rodeando con ellas la taza de café. Tenía delante una *baguette* de jamón y queso—. En fin, lo reconozco —dijo al cabo de un momento—. La información que nos dio el maestro no ha servido de nada.

Era última hora de la tarde y el café Fräcka Fröken estaba desierto. Se habían tomado un descanso después de tanto interrogatorio y estaban sentados de cara al ventanal que daba a Skvallertorget, donde ciclistas, conductores y peatones solían mezclarse formando una suerte de caos organizado sin necesidad de señales ni semáforos. A esa hora, sin embargo, el frío había ahuyentado a la mayoría de los vecinos. Las aceras estaban vacías, con la excepción de unos pocos transeúntes que se escondían bajo gruesas capas de ropa, soñando con climas más cálidos.

—¿Y tampoco sabemos nada nuevo sobre la chica que desapareció del tren? —preguntó Mia.

—No. Espero que haya encontrado un sitio donde refugiarse del frío —comentó Henrik—. Si no, no durará mucho. Tal y como iba vestida, se congelará en un par de horas.

—Pero da la impresión de que la recogieron —repuso ella—. Seguro que la tienen retenida en alguna parte, esperando a que eche su carga. Luego la soltarán. Con un poco de suerte, daremos con ella en algún aeropuerto. O en la estación central.

—Si es que no ha cruzado ya la frontera. —Henrik sofocó un bostezo.

Mia asintió con un gesto mientras daba dos mordiscos a su bocadillo. Una pipa de girasol cayó de la *baguette* a su plato.

—¿Y qué hay de ese Viejo, entonces? —dijo entre bocado y bocado—. Ese del que todo el mundo habla y al que nadie ha visto. Que le llamen así, el Anciano, me suena a un deseo obsesivo de encontrar esa figura paterna que nunca tuvieron. Dudo que exista.

—Claro que existe —objetó Henrik—. Aquí está pasando algo, hay alguien que se ha hecho con el mercado.

—Entonces, ¿tú te lo crees? ¿Lo del Anciano?

Dio otro mordisco a su bocadillo.

—Sí.

—¿Y eso por qué?

—Como te decía, están pasando muchas cosas.

Mia arrugó la frente, bebió un sorbo de café y se sacó el móvil del bolsillo. Había recibido un mensaje y Henrik vio que sonreía al leerlo.

Mientras respondía, él aprovechó para echar un vistazo al local. Una mujer con falda y jersey de color azul oscuro estaba sentada con las manos delante de la cara y los hombros encorvados. El hombre sentado a su lado le había pasado el brazo por los hombros y parecía intentar reconfortarla. Un señor mayor con abrigo *beige* hablaba por teléfono, de pie, con rostro inexpresivo.

—Creo que a Gavril Bolanaki se lo cargaron —comentó Henrik tranquilamente.

—¿En serio? —Mia volvió a guardarse el teléfono en el bolsillo.

—Sí. Creo que le hicieron callar. Ya sabes lo que opina esa gente de los soplones.

—Que son un estorbo.

—Exacto. Y es muy posible que esté teniendo lugar un relevo de poder en el mundo del narcotráfico. O, más concretamente, que cuando desapareció Gavril, otro tomara las riendas.

—¿El Anciano?

Henrik hizo un gesto afirmativo y apuró su café.

—De todos modos, el caso de Gavril está cerrado —comentó Mia. Cogió la pipa de su plato y se la metió en la boca.

—Lo que resulta aún más extraño —repuso su compañero dejando su taza encima de la mesa.

—¿Por qué?

—Por nada. Olvídalo.

—No, dímelo. ¿Crees que hay alguna relación?

—Puede ser.

—No te andes por las ramas, Henrik. Somos compañeros, por amor de Dios.

—No me estoy andando por las ramas. Creo que alguien hizo callar a Bolanaki y que todavía no sabemos quién fue. Y eso no me gusta. Quiero respuestas, y puede que nunca las consigamos.

—No, o por lo menos no inmediatamente. Por lo visto reina el silencio.

—Exacto. Nadie suelta prenda —contestó Henrik, absorto en sus pensamientos.

Mia apartó su plato y se levantó con la chaqueta en la mano.

—Es tarde —dijo—. Vamos a dejarlo por hoy, ¿vale?

—Buena idea. —Henrik bostezó.

—¿Tengo algo en los dientes? —preguntó ella estirando la boca al sonreír.

—No.

—Vale. Hasta mañana, entonces. Y gracias por el bocadillo, por cierto.

—De nada. ¿No quieres que te acerque a casa?

—No voy a casa —repuso Mia, y le saludó con la mano por encima del hombro antes de cruzar la puerta.

¿Qué hacía allí, en realidad? No debería haber venido. Debía dar media vuelta y olvidarse de Robin Stenberg. No podía permitir que la violencia y los impulsos nerviosos dominaran su conducta.

Por suerte, la escalera estaba a oscuras cuando se detuvo frente al apartamento de Robin Stenberg.

Tragó saliva, cerró los ojos un momento y volvió a bajar la escalera.

El aire nocturno refrescó su cuerpo cuando salió a la calle. La nieve crujía levemente bajo sus pies. Se quedó quieta unos segundos, mirando en derredor. Respiró hondo y sintió que se relajaba físicamente.

La nieve de la acera estaba tan pisoteada que nadie podría seguir sus huellas. Nadie sabría que había estado en ese lugar.

Permaneció allí quince segundos, escuchando la quietud de la noche invernal. Luego se encaminó hacia su coche, protegida por la oscuridad y las sombras, sin dejar de vigilar sus alrededores.

Al ver que eran casi las ocho y media, apretó el paso.

Per Åström consultó el reloj por segunda vez. Faltaban tres minutos para la hora de su cita.

Saludó con una inclinación de cabeza a un conocido que cruzó la entrada del hotel The Lamp y su restaurante, el Ardor. Se estremeció y dio unos zapatazos en el suelo. Debajo de la chaqueta verde, llevaba una camisa y una corbata aflojada, pantalones de vestir negros y zapatos bien bruñidos. La alfombra roja sobre la que se erguía estaba empapada de nieve derretida. Las llamas de las velas de exterior bailoteaban al viento.

Miró de nuevo el reloj y vio que marcaba las ocho y media. En ese momento oyó el tamborileo de unos tacones altos. Jana Berzelius caminaba hacia él con la espalda recta y la cabeza alta.

—Creía que no ibas a venir —dijo Per.

—Pues te equivocabas —repuso ella.

Él sonrió e hizo una profunda reverencia.

—Tú primero.

Entraron en el restaurante lleno de gente. La mesa que tenían reservada estaba debajo de una gran lámpara plateada. Jana se sentó de inmediato, desplegó la servilleta sobre su regazo, cogió la carta que le ofreció la camarera y echó un vistazo a la lista de entrantes.

Per pidió una botella de vino tinto.

—Lo prefiero blanco —dijo ella.

—Pero estaba pensando en pedir carne.

—Yo también.

—De acuerdo, entonces tomaremos vino blanco —le dijo Per a la camarera. Dejó su carta a un lado y miró a Jana.

—¿Qué pasa? —preguntó ella sin apartar la mirada de la carta.

—Nada, que me alegro de verte.

—No te pongas sentimental.

—No te prometo nada. Puede que haga una escena aquí mismo.

Jana levantó una ceja sin mirarlo.

Él sonrió con aire burlón, echó una rápida ojeada a la carta y decidió enseguida.

La camarera regresó con el vino, sirvió dos copas y se quedó esperando con las manos a la espalda.

—Para mí, un entrecot —dijo Per.

—Lo mismo para mí —añadió Jana.

—Buena elección —comentó la camarera al recoger las cartas—. ¿Cómo lo quieren?

—Al punto —respondió Per—. ¿Y tú? —Señaló a Jana con la cabeza y ella lo miró a los ojos.

—Igual —contestó.

—Creía que la carne te gustaba casi cruda.

—Hoy no.

CAPÍTULO 12

El agente Gabriel Mellqvist puso el freno de mano, abrió la puerta del coche y salió.

La llamada, efectuada por una tal Sussie Anander, había llegado a las 8:34 de la mañana. La mujer, completamente histérica, se había puesto a chillarle al operador. Cuando Gabriel entró en el portal, estaba esperando en silencio en la escalera. La saludó con un gesto pero no se detuvo. Hanna Hultman, su compañera, se quedó con ella mientras él subía los peldaños de dos en dos. Olía a tabaco y a basura y se oían fuertes voces procedentes del primer piso. Subió corriendo hasta la tercera planta sin apoyarse en la endeble barandilla.

No era la primera vez que acudía a un aviso sabiendo que alguien estaba malherido o incluso muerto. A menudo eran los padres quienes sospechaban que su hijo o hija corría peligro de muerte, que estaba tendido en el suelo inconsciente o era incapaz de pedir auxilio. A veces era una falsa alarma y la persona en cuestión había evitado a propósito responder a las llamadas telefónicas o cortado el contacto con sus familiares, angustiándoles innecesariamente. Pero Gabriel había visto también a jovencitas que se habían hecho cortes tan graves que habían muerto desangradas, o a mujeres tan maltratadas que no sobrevivían a los golpes, o a hombres que habían tratado de suicidarse, con éxito.

Oyó unos sollozos y a continuación la voz tranquilizadora de Hanna en el portal. Aguzó un momento el oído; después se puso

112

los guantes que llevaba en el bolsillo y giró el pomo de la puerta, que se abrió sin presentar resistencia.

Entró. Todo estaba silencioso y en calma. Las voces airadas del piso de abajo habían dejado de oírse. Vio tres pares de zapatos, una cazadora vaquera con forro y la funda de una guitarra en el recibidor. Cerró la puerta a su espalda, se limpió los zapatos en el felpudo y se adentró en el piso. Las cortinas estaban cerradas y olía a humedad. Reinaba el silencio.

Siguió adelante.

Vio primero la televisión sobre una mesa baja, con la pantalla en negro. Luego vio al joven con ocho estrellas negras en la sien.

Podría haber pensado que estaba dormido de no ser por el profundo tajo que tenía en el cuello.

Pim avanzó hacia la puerta, pero no llegó a tocarla. Las cuerdas la impedían moverse con libertad. Con dedos temblorosos, fue palpando la pared en busca de grietas, tablas sueltas o cualquier cosa que pudiera ayudarla a salir de la habitación.

Examinó los escalones oscuros que conducían a la planta de arriba, recogió pequeñas astillas del suelo y palpó el marco de la puerta.

Un hilillo de luz se colaba desde el exterior. Era lo único que la separaba de la más completa oscuridad.

Tenía que darse prisa. La última vez que le habían traído comida, solo dispuso de cinco minutos para comerse el pan seco antes de que volviera el hombre.

Palpó el suelo con las dos manos. Al llegar al cubo, se detuvo, se sentó y observó las cápsulas que yacían en su fondo, entre el fango nauseabundo.

Luego siguió examinando el suelo hasta donde le permitían las cuerdas y por fin encontró una trampilla. Intentó levantarla, pero estaba atrancada. Le resbalaban los dedos y no conseguía agarrarla.

Oyó entonces el ruido de un coche y pasos, pasos decididos al otro lado de la puerta.

Regresó al rincón, se acurrucó y trató de hacerse lo más pequeña posible. Sintió cómo temblaba su cuerpo.

La puerta se abrió bruscamente un momento después y apareció el hombre, que entró en la habitación y se fue derecho hacia ella. La agarró del brazo.

—¿Has comido? —preguntó en inglés mirando su plato.

Ella empezó a chillar y a patalear, le gritó que le estaba haciendo daño, que la soltara, que la dejara en paz. Pero él no la escuchó, la llevó a rastras hasta el cubo y contó en voz alta. Le agarró el brazo con más fuerza y Pim comprendió el porqué.

Solo había veintitrés cápsulas en el cubo.

—Por favor —dijo—, deje que me vaya.

—¿Irte? —preguntó él con sorna—. ¿Y dónde irías? Tú te quedas aquí.

—Quiero irme a casa…

Él se rio en su cara.

—¿A casa?

—Por favor, por favor, deje que me vaya.

—¿Sabes qué? Que no vas a irte a casa. Te vas a quedar aquí, conmigo, hasta que lo expulses todo.

—Pero tengo que irme a casa, tengo una hermana pequeña y…

—Lo siento —dijo él—, pero no.

Pim advirtió que la puerta estaba abierta y vio el terreno helado del exterior.

Empezó a forcejear, intentando zafarse. Le tiró del pelo, trató de arañarle la cara. Pero las ataduras de sus muñecas se lo impedían.

Echó hacia atrás todo el peso del cuerpo para desasirse de él. Gritó con todas sus fuerzas y pataleó una y otra vez. Él la soltó. Pim vio su ocasión y echó a correr, pero se había olvidado de las cuerdas y se detuvo de golpe cuando se tensaron.

Cayó al suelo delante de él, hecha un ovillo, en silencio.

—No vas a ir a ninguna parte —afirmó el hombre.

Recogió el plato vacío, dijo algo que ella no entendió y se marchó.

Pim le vio cerrar la puerta. La única salida.

Henrik Levin puso fin a la conversación con un suspiro. Otro asesinato.

Sintiendo que le estaban observando, levantó la mirada. Su hija Vilma estaba de pie junto a la cama. Tenía cara de pena, el pelo revuelto y las mejillas coloradas.

—Papi —dijo en voz baja—, creo que tengo fiebre.

—Ven aquí.

La dejó meterse bajo las mantas. La niña se acurrucó a su lado y Henrik sintió su piel cálida pegada a la suya. Le puso la mano en la frente.

—No parece que tengas fiebre.

—¿Puedes mirarlo con el *termómetro*?

Henrik sonrió y se levantó de la cama sin hacer ruido. Abrió el armario del cuarto de baño y sacó el termómetro digital de su estuche.

Vilma estaba sentada en la cama cuando volvió. Tocó a su madre.

—No, no, no —susurró Henrik—. Deja dormir a mamá.

—Estoy despierta —farfulló Emma con la cara hundida en la almohada.

—Bueno, vamos a ver.

Henrik aplicó el termómetro a la oreja de Vilma, esperó hasta que empezó a pitar y echó un vistazo a la cifra que marcaba.

—No tienes fiebre —dijo—. Qué bien.

—Pues yo creo que la tengo.

—¿Quieres tener fiebre?

—¡Sí!

—¿Y eso por qué?

—Porque así puedes quedarte en casa conmigo.

Henrik la abrazó y la besó en la frente.

—Mamá está en casa contigo —dijo.

Emma se volvió hacia ellos y le miró con ojos soñolientos.

—¿Cuándo te vas? —preguntó.

Él consultó el reloj y vio que eran las ocho.

—Ya mismo.

—¿A qué hora vuelves?

—No sé. Han surgido unos asuntos de los que tengo que ocuparme.

—¿«Unos asuntos»? Ayer dijiste que solo ibas a trabajar un par de horas y fueron muchas más.

—Tardé más de lo que pensaba, sí. Lo siento.

Se pasó la mano por el pelo, consciente de que acababa de cometer un error: no debía disculparse por tener que hacer su trabajo. En vez de hacerlo, debería decirle a su mujer que acababan de encontrar muerto a un joven en su apartamento y que *por eso* tenía que irse a trabajar. Pero no podía decírselo estando allí Vilma.

—Oye, hoy también voy a tener que hacer horas extra.

—Tú siempre haces horas extra. ¡Pero piensa en nosotros! Nosotros también necesitamos tiempo.

—¿Que necesitáis tiempo? ¿Qué quieres decir?

—Contigo. Queremos estar *contigo*.

Suspiró profundamente, sabedor de que aquello era un cumplido. Tal vez por eso le resultaba tan duro. Tenía la sensación de estar abandonándoles.

—Estamos pasando por un momento difícil.

—¿Qué significa eso? —Vilma lo miró pestañeando.

—Vete a jugar un rato a tu cuarto —le dijo Henrik dejándola en el suelo.

—¿No puede sustituirte otro hoy? —preguntó Emma cuando Vilma desapareció por la puerta abierta—. No tendría que ser así, ¿no?

—¿Cómo?

—Que trabajes todos los fines de semana.

—No trabajo todos los fines de semana. ¿Eso le has dicho a Vilma?

—¿Que trabajas un montón? No, es lo bastante mayor para darse cuenta por sí sola.

—Y tú entiendes que no puedo pedirle a otro sin más que me sustituya, ¿verdad?

Emma apoyó el brazo en la frente y cerró los ojos.

—Creía que íbamos a ir a comprar un carrito para el bebé —dijo.

—¿Qué le pasa al viejo?

—Que tiene cinco años.

—Pero todavía funciona.

—A duras penas. He visto uno blanco que me gusta. En Babies' R' Us.

—¿Cuándo ha sido eso?

—El fin de semana pasado.

—¿Fuiste sin mí?

—Estabas trabajando.

Henrik se levantó de la cama y se vistió sin hacer ruido. Se quedó parado un momento, mirando a Emma, que le había dado la espalda. Estaba a punto de decir «te quiero» cuando volvió a sonar su teléfono.

Sentada en la cocina de su casa, Jana Berzelius miraba un cuenco de yogur con trocitos de melón y piña. Apartó el cuenco, desganada, y fijó la mirada en las noticias de la mañana, que tenía abiertas en su MacBook.

Su piso estaba en silencio, pero oyó sirenas a lo lejos. A través de las grandes ventanas, vio las luces de los pisos de alrededor. Allá abajo, la calle estaba iluminada como un árbol de Navidad.

La noche anterior, al volver de su cena con Per, descubrió que no podía dormir. Sus pensamientos se agolpaban sucediéndose vertiginosamente e impidiéndole pegar ojo.

Se preguntaba si alguna vez podría decirle a alguien quién era en realidad.

Había habido un momento durante la cena en que podría habérselo dicho a Per, pero había sido un instante fugaz. Había guardado silencio y era incapaz de imaginar cómo reaccionaría él si llegaba a enterarse de que apenas unos minutos antes de que se encontraran había ido a visitar la casa de un joven con intención de...

¿De qué?

Suspiró, sabedora de que no podía ser así.

Apenas unos días antes se había prometido dejar de pensar en el pasado y centrarse en el presente. Tenía que ceñirse a esa decisión y no dejarse dominar por la violencia y el instinto. Nunca más.

Ya había tenido suficiente.

Se levantó, entró en su dormitorio y echó un vistazo a las cajas de notas, fotografías y libros que se apilaban junto a la pared. No quería volver a verlas, y sin embargo no se imaginaba tirándolas sin más. Pero tampoco podía tenerlas en casa. Necesitaba librarse de todo aquello, sacarlo de su casa. Inmediatamente.

Regresó a la cocina, cogió el cuenco y lo vació en el fregadero. En lugar de desayunar, empezaría el día buscando un buen sitio para almacenar todo aquello. Se acercó el MacBook y abrió Google.

Los curiosos seguían pululando por el número 62 de Spelmansgatan. La zona en torno al edificio estaba acordonada y los agentes de la policía habían empezado a inspeccionar los alrededores y los edificios aledaños.

Henrik Levin se agachó y miró a Robin Stenberg, que yacía muerto contra la pared. Anneli Lindgren ladeó la lámpara hacia el cadáver, le levantó el brazo y lo inspeccionó.

—El rigor mortis está plenamente asentado —dijo.

—Así que lleva muerto un buen rato —comentó Henrik.

—Unas diez o doce horas, calculo yo, pero puede que sean menos.

Henrik observó el metódico procedimiento de Anneli. Siempre le había gustado mirarla mientras trabajaba, fotografiando sistemáticamente la escena de un crimen y buscando pruebas materiales sin descuidar el protocolo.

Se incorporó y miró a su alrededor. No vio evidencias de que hubieran forzado la entrada, ni de lucha.

—¿Encuentras algo? —le preguntó a Anneli.

Ella negó con la cabeza en el instante en que Mia Bolander aparecía en la puerta.

—¿Qué opinas? —le preguntó Mia a Henrik.

—Que el que lo hizo le conocía.

—¿Por qué?

—Su cartera sigue ahí. Y también el móvil. Aparte del tajo que tiene en el cuello, nada indica que aquí se haya cometido un crimen. Todo muy aséptico. No es el típico asesinato. Creo que…

Se paró en seco al ver en el suelo el tique de una máquina expendedora de números, de las que se usaban en los comercios y en las salas de espera de los establecimientos públicos. Estaba en el rincón, doblado de tal modo que se veían las primeras letras. Se puso los guantes antes de cogerlo.

—Yo lo guardo —dijo Anneli Lindgren sacando una bolsa de pruebas.

Henrik metió el tique en la bolsa y echó otro vistazo a la habitación. Tenía la desconcertante sensación de que no iban a encontrar nada importante en el piso. Ni huellas dactilares, ni rastros de ADN. Ni llamadas misteriosas, ni testimonios de los vecinos.

—Puede que sea una venganza —comentó—. ¿Quién es este tío? ¿Alguien le conoce?

—No —respondió Mia—. Pero no está limpio del todo, tú ya me entiendes.

—¿Qué tenemos sobre él?

—Que ha tenido problemas con las drogas.

Henrik suspiró.

—¿Consumía o trapicheaba?

—No lo sé —contestó ella—. Pero es una putada que nos toque esto ahora. Hoy tendríamos que dedicarnos a otra cosa.

Henrik no contestó y se puso a registrar la habitación en busca de posibles escondites donde Robin pudiera ocultar drogas.

Pasadas dos horas, se dio por vencido y decidió pasarse por comisaría. Una vez allí, se sirvió una taza de café y, al dar el primer trago, recibió la confirmación del laboratorio.

No había rastros de narcóticos en el cadáver de la víctima.

Ni de ninguna otra cosa.

Así pues, tenía razón. La persona que había visitado el piso de Robin Stenberg la noche anterior, no era un aficionado. Pero ¿con qué objeto había ido allí?

CAPÍTULO 13

Jana Berzelius cogió la llave de color bronce, firmó el contrato del trastero y pagó en efectivo el alquiler de un año. El dueño de la finca, Stig Ottling, le dio las gracias y le deseó buena suerte.

—El edificio está un poco destartalado, pero el desván está bastante limpio. Bueno, la verdad es que hace seis meses que no me paso por allí. Pero seguro que sirve como trastero. Van a remodelar el edificio, pero para eso faltan aún varios años —dijo en tono de disculpa, y se embarcó en un largo monólogo acerca del deseo de los vecinos del municipio de mejorar las infraestructuras del barrio para atraer a comerciantes y nuevos residentes y crear espacios atractivos para el desarrollo del turismo.

Para ello era necesario construir más restaurantes, crear espacios comerciales y oficinas luminosas. Además de edificios de viviendas.

—Pero llevará tiempo, como le decía, así que puede utilizar el trastero cuanto quiera. Ya casi no quedan inquilinos, solo un bar de copas, un viejo salón de billar y cosas por el estilo. ¿Le he dado la llave?

Jana asintió con un gesto, le dio las gracias, salió del piso de Kneippen y se dirigió en coche sin perder un instante al número 6 de Garvaregatan, en la zona industrial.

* * *

El trastero era sorprendentemente pequeño.

Pero aun así lo reconoció. Estaba exactamente igual que en el anuncio. El banco de madera y el armario archivador cerrado con un candado. Las paredes de cemento de color amarillo claro.

Olía a moho, a humedad y a cerrado.

Dejó la caja que llevaba en el suelo, se lo pensó mejor y la colocó en el banco de madera. Notó un hilillo en el cuello, se pasó la mano por él y vio que eran los restos de una telaraña.

Respiró hondo y se dijo que con aquel espacio le bastaba. No había otros trasteros en alquiler cerca de su casa, y menos aún que estuvieran disponibles de inmediato.

Subió el resto de las cajas que llevaba en el coche y las alineó en el banco. Tomó nota de que tenía que comprar contenedores de plástico, porque las cajas de cartón absorberían la humedad.

Entonces lo oyó.

Un ruido, como si alguien llamara a la puerta.

Se quedó petrificada, contuvo el aliento y prestó atención.

Allí estaba otra vez. Alguien estaba tocando a una puerta.

Era sábado por la tarde y el edificio parecía vacío. No había grupos ensayando, ni reuniones de asociaciones. Tampoco había vecinos: el lugar estaba demasiado destartalado. Y sin embargo alguien estaba llamando.

Se acercó a la puerta y escuchó. Lo oyó otra vez. Esperó unos segundos, salió rápidamente del trastero y se paró en la escalera, intentando descubrir de dónde venía aquel sonido.

Pero no había más puertas en aquella planta.

Bajó un escalón. Y otro más.

El ruido se hizo más débil. Volvió a subir al trastero, se arrimó a la pared, frente a la puerta, y aplicó la oreja al cemento fresco. Contuvo la respiración.

Toc. Toc. Toc.

Venía de las cañerías. Alguien o algo estaba golpeándolas.

Bajó las escaleras y salió a la calle. Miró por las ventanas pero solo vio oscuridad. Aguzó el oído sin respirar y tuvo la sensación de que el edificio que tenía delante también contenía la respiración.

«Puede que sean imaginaciones mías», pensó.

En ese momento recibió un mensaje de Per preguntándole si podían verse para tomar un café. Dándose cuenta de que tenía hambre, le contestó de inmediato.

Se marchó con paso decidido, sin fijarse en la sombra que se movía lentamente al otro lado de una ventana del edificio.

Oía ruidos de cacharros. Margaretha llevaba toda la mañana metida en la cocina. El aroma se había extendido por toda la casa. Como un gas, había desbordado su receptáculo y se había difundido por todos los rincones, impregnando la ropa, las telas y las cortinas. El olor de un bizcocho recién hecho saliendo del horno. El aroma de la angustia.

Karl Berzelius cerró la puerta de su despacho.

No podía estarse quieto. Solo podía pensar en una cosa: en que Jana iba a venir, y en el malestar que eso le producía.

Intentó concentrarse en uno de los cuadros de la pared, pero era como si hubiera perdido de golpe sus colores: negros jinetes en medio de un paisaje gris.

El cuadro que había al lado era igual de incoloro. Tres caras inmortalizadas al óleo. Intentó recordar de qué fecha databa.

Rebuscó entre sus recuerdos, tanto entre los diáfanos como entre los más oscuros.

Algunos, reprimidos conscientemente; otros, borrados por el alcohol.

Entonces vio minúsculos destellos de color. Rojo, verde, marrón. Giraban, sucediéndose en un torbellino. Hojas de otoño bailando al viento contra un cielo azul claro. Y se acordó del día en que dieron un paseo por Estocolmo. Comieron en el Grand Hotel, pasearon por el Strandvägen, entraron en tiendas y miraron muebles y porcelana.

Y un collar.

Reposaba en un estuche rojo, en medio de un escaparate, completamente solo.

Entró en la tienda, lo compró y lo hizo grabar con sus iniciales: *Para JB, de KB.* Se lo puso alrededor del cuello y le dijo algo en tono de disculpa, algo que pudiera pasar por una bobada, que no pudiera tomarse por una declaración de amor. O quizá no dijo nada, ya no se acordaba. Margaretha se había reído de la compra, de la oportunidad del regalo o de su falta de ella, feliz de que por fin manifestara algún cariño por su hija. Era como si todos sus sentimientos se concentraran en el costoso y reluciente collar que ahora rodeaba su cuello.

El cuello de Jana.

Pero ella no sonrió. Ni entonces, ni nunca.

Era como si no pudiera sonreír.

Volvió a mirar el cuadro y vio la fina línea dibujada en la cara de su hija. Era una sonrisa que lo decía todo y no decía nada. Una sonrisa ensayada que se había quedado pegada a sus labios. Rebuscó entre sus recuerdos, extrayendo de ellos cada instante que pudo rememorar, pero no encontró ni una sola ocasión en que Jana hubiera sonreído espontáneamente, con un brillo en los ojos u hoyuelos en las mejillas.

La pena se apoderó de él. Era como una garra que atenazaba su garganta. Tragó saliva un par de veces, intentando aflojarla.

Entonces llamaron a la puerta de su despacho y entró Margaretha con dos tazas.

—No quiero *glögg* —dijo él.

—Lo sé, por eso te he hecho café.

Su mujer sonrió y el color regresó a la habitación. Le encantó la sonrisa de su esposa y deseó que sonriera constantemente. Deseó poder decírselo.

—Estás pálido. ¿Te encuentras mal? —preguntó ella.

Tragó saliva otra vez. La garra seguía atenazándole la garganta. Apretaba con más fuerza.

Cogió el café y bebió un trago. La miró sin decir nada.

—He hecho un bizcocho de azafrán —dijo Margaretha.

Karl fijó la mirada en los árboles cubiertos de nieve.

—Viene a las cuatro.

—Lo sé.

—¿Nos acompañarás?

—No.

—¿Por qué?

—Tengo una reunión.

—¿Justo a esa hora?

—Sí.

Margaretha lo miró con abatimiento.

—¿Qué te ha hecho exactamente?

Karl no respondió. Entre sus cejas anchas y grises apareció una arruga.

—Sea lo que sea —dijo su mujer—, el pasado puede dejarse atrás, ¿sabes?

«No, no es cierto», pensó él, volviendo la cabeza cuando la primera lágrima corrió por su mejilla.

—¿Qué es eso?

Per Åström arrugó la nariz cuando Jana Berzelius puso una bandeja sobre la mesa, delante de él, con agua mineral, dos ensaladas de pollo y un vaso de plástico con tapa que contenía un batido de verduras. Habían ocupado la última mesa libre del restaurante Asken. Sobre la mesa había un juego de velas anchas cuyas tres mechas ardían alegremente. El aire era cálido y denso.

—Un batido de verduras —contestó ella.

—Pues parece bilis.

—¿Quieres probarlo? —preguntó Jana.

—¿Y arriesgarme a sufrir todos esos efectos saludables? No, gracias.

Per cogió el agua mineral y una ensalada mientras Jana miraba por la ventana a la gente que caminaba por la calle. Muchos iban cargados con bolsas. Al parecer, había empezado la temporada de compras navideñas.

—Es mejor en verano, ¿no crees? —preguntó Per.

—Puede ser —contestó ella mientras empezaba a pinchar su ensalada.

—Hay muchas más cosas que hacer.

—¿Qué, por ejemplo?

—Será una broma. Puedes tumbarte al sol, hacer un picnic, ir a remar, meterte en el agua…

—¿Meterte en el agua?

—Sí, ya sabes, para refrescarte.

—Yo solo me meto en mi ducha.

—No tienes remedio. —Per suspiró—. ¿Tus padres no tienen una casa en la costa?

—Sí.

—¿Y allí nunca te bañas?

—No.

—¿Qué haces, entonces?

—Disfrutar de la paz y la tranquilidad.

—Pero en verano nunca se está tranquilo en la costa, con el ruido de las lanchas, el chillido de las gaviotas, los turistas borrachos…

—Al contrario que en invierno.

Jana se metió la pajita en la boca y bebió un sorbo de batido. Miró a Per a los ojos. Había fruncido las cejas sobre sus ojos de colores distintos. Estaba muy serio.

—¿Qué pasa? —preguntó ella.

—Estoy pensando seriamente en demandarte —dijo Per.

—¿Se me acusa de algo?

—De falta de excusas. Todavía no me has explicado por qué has pasado varios meses sin aparecer por ninguna cena con amigos y otras reuniones sociales.

—Lo cual no impide que haya una razón válida —repuso ella—. Y, si no me equivoco, si existen motivos fundados, la causa en cuestión se borra de la lista o queda pospuesta hasta otra ocasión.

Y, según creo, señoría, la cena de ayer invalida cualquier queja a ese respecto. Porque la cena se efectuó. Y teniendo en cuenta que hoy he accedido a volver a verte, creo que debemos dar por zanjado el asunto. ¿Satisfecho?

—Satisfecho, sí. Aunque sigo teniendo cierta curiosidad respecto a ese «motivo fundado», pero ya volveremos sobre ese tema en otra ocasión —repuso Per—. Por desgracia, ahora tengo un poco de prisa. Puedes estar agradecida de que haya podido venir.

—Pero ¿no me llamaste tú?

—Eso carece de importancia.

—¿Quieres decir que soy yo quien debe sentirse afortunada?

—Algo así.

—Pero eras tú quien que quería que nos viéramos.

—Soy de un optimismo incurable en lo que al tiempo se refiere.

—¿Es contagioso?

—Pasajeramente, quizá.

Jana ladeó la cabeza.

—¿Dónde tienes que ir con tanta prisa? —preguntó.

—A trabajar —dijo Per—. Tengo un caso nuevo. La policía sospecha que se trata de un asesinato. La víctima es un joven de Navestad.

—¿De Navestad?

—Sí. Se llamaba Robin Stenberg. Solo tenía veinte años.

—¿Qué? —exclamó Jana. Tosió y derramó el batido en la mesa—. Perdona —dijo limpiándose la boca con una servilleta—. Me he atragantado.

—¿No sabías nada? —preguntó Per mirándola extrañado.

—No, nada, es… ¿Has dicho que es un asesinato?

Cogió otra servilleta y se puso a limpiar la mesa, notando que se le aceleraba el pulso.

Él se inclinó y observó su mano mientras limpiaba las últimas manchas de batido. Bajó la voz.

—Sí. Su madre le encontró en su piso. Le degollaron. Qué locura, ¿verdad?

Jana asintió lentamente. La voz de Per parecía llegarle desde muy lejos; oía un murmullo de voces a su alrededor, pero sentía dentro un silencio compacto.

Las llamas de las velas parpadearon cuando dos personas pasaron junto a su mesa.

—¿Hola? —dijo Per—. ¿Me estás escuchando?

Se lamió los labios y carraspeó.

—¿Qué cree la policía que pasó? —preguntó haciendo un esfuerzo.

Per echó una ojeada a su reloj.

—Lo sabré dentro de diez minutos. Lo siento, pero tengo que marcharme. Luego hablamos, ¿vale? Y no me refiero a dentro de un par de meses.

Ella hizo un gesto afirmativo con la cabeza.

—Ah, y tienes una cosa en la camisa —dijo él señalando su pecho.

Jana bajó la mirada y vio una mancha verde en su blusa. La restregó con una servilleta, pero se negó tercamente a desaparecer.

CAPÍTULO 14

Gunnar Öhrn tocó en la mesa con el dedo índice y miró al equipo sentado ante él en la sala de reuniones. Henrik, Mia, Ola y Anneli tenían la vista fija en él y en la pizarra blanca en la que había escrito tres puntos.

—Parece ser que... —comenzó a decir, pero le interrumpió la entrada de Per Åström.

El abogado hizo un gesto de disculpa y se sentó a la mesa.

Gunnar se pasó la mano por el pelo.

—Parece ser —repitió— que un sujeto al que todavía no hemos identificado pudo, sin que hubiera testigos, introducirse en el apartamento de Robin Stenberg y acabar con su vida. A juzgar por las lesiones que presentaba la víctima, el agresor se sirvió de un cuchillo, aunque no se ha encontrado el arma homicida en el piso ni en los alrededores. Pero las pesquisas forenses siguen su curso.

Hojeó el informe que había sobre la mesa.

—La víctima fue hallada muerta en su domicilio esta mañana. El aviso se recibió a las 8:34 y el agente Gabriel Mellqvist llegó al lugar de los hechos a las 8:55. En estos momentos carecemos de pistas —concluyó mirando por encima de sus gafas.

—¿Por completo? —preguntó Per.

—En efecto —contestó Anneli—. Y no porque limpiaran el apartamento, sino porque aún no hemos encontrado ningún indicio fiable de la presencia de otra persona en el lugar de los hechos. Se trata de un asesino muy metódico.

—El agresor salió del edificio y desapareció sin que nadie viera ni oyera nada —añadió Gunnar—. Pudo escapar por la puerta del sótano, pero para ello tenía que disponer de una llave.

—¿Hay algún indicio de que utilizara esa puerta? —preguntó Henrik.

—No, pero como os decía la investigación sigue en marcha.

—¿Y qué sabemos de la víctima? —preguntó Per.

—Que era estudiante y que estaba haciendo unos cursos en la universidad de Norrköping —respondió Henrik.

—¿Tenía antecedentes? —inquirió Per.

—Sí. Por posesión de drogas.

—Y vivía en Navestad —añadió Mia—, donde hemos tenido que intervenir unas cuantas veces. Por lo visto tienen su propio sistema de justicia.

—¿Quiénes? —preguntó Henrik.

—Las bandas. Allí las amenazas y la extorsión son pura rutina. Y tú mismo has dicho que es posible que la víctima conociera a su agresor.

—Sí, creo que podemos empezar por esa suposición —dijo Henrik—. En todo caso, la víctima tenía una incisión increíblemente precisa en el cuello, lo que significa que fue efectuada por alguien muy diestro en el manejo del cuchillo. El asesinato parece bien planeado. El cuerpo de la víctima no presentaba otras heridas de arma blanca. El objetivo era matarle, lisa y llanamente.

Se quedaron todos callados un instante.

—Es decir, un criminal de carrera —dijo Gunnar—. ¿Y la víctima no pertenecía a una banda?

—No, no hay nada que así lo indique —respondió Ola—. Pero sabemos que era muy activo políticamente. Un activista de izquierdas, quizá.

—¿De extrema izquierda? —preguntó Per.

—No lo sé —contestó Ola—. Voy a informarme sobre él con todo cuidado. Hemos confiscado su ordenador.

—Ponte con ello en cuanto acabemos aquí —ordenó Gunnar.

—De acuerdo —contestó Ola.

—¿Sabemos si seguía consumiendo drogas? —preguntó Per.

—Por desgracia, no —respondió Henrik—. Pero eso también habrá que comprobarlo. Es muy posible que siguiera consumiendo y que el asesinato haya sido un ajuste de cuentas. Por un asunto de drogas, quiero decir.

—O por una deuda —intervino Mia—. Puede que le debiera dinero a alguien, que no pudiera pagarse sus vicios.

—Henrik y Mia —dijo Gunnar—, seguid sondeando el terreno para ver cómo están las cosas en el mundillo del tráfico de drogas en la ciudad, y haced otra visita a la gente con la que ya hayáis hablado. Sondead a las bandas.

—En mi opinión —dijo Henrik—, Gavril Bolanaki controlaba buena parte del mercado. Pero, por lo demás, son sobre todo las bandas de moteros las que controlan el negocio por estos contornos.

—Tienes razón —repuso Gunnar—. Han ido ganando poder poco a poco, valiéndose del miedo y la violencia, y están utilizando esa influencia para controlar el tráfico de drogas y extorsionar a empresarios del sector sanitario, por ejemplo. Pero hay muchas otras bandas, aparte de las de moteros.

Las enumeró rápidamente: los Blanco y Rojo, los Cobras Negras, los M-16, los Sangre Gitana, los Asir, los Berga, los Berga Boys, los Forajidos y los Bandidos.

—Cuando las bandas se atacan entre sí, suele ser porque compiten por el mismo mercado. Lo hemos visto en innumerables ocasiones. En marzo de 2011, apuñalaron a un hombre en un piso de Bråbogatan. Esa misma noche, en el centro, otro hombre recibió un disparo en la pierna. Detuvimos a cuatro individuos, pero tuvimos que soltarlos por falta de pruebas. De uno de ellos se decía que era el jefe de los Cobras Negras. En junio de ese mismo año hubo un tiroteo frente al bar Deli debido a un enfrentamiento entre los Cobras Negras y varios miembros de los Forajidos. El juzgado de distrito puso en libertad a todos los detenidos, pero posteriormente uno de ellos, vinculado a los Cobras Negras, fue condenado a cinco años de prisión por intento de asesinato.

Gunnar levantó el dedo.

—Pero —dijo— el problema es que aparecen nuevas constelaciones continuamente. La gente se agrupa conforme al rango, la etnia o los lazos familiares. La configuración de las bandas se vuelve increíblemente compleja y aquí, en la ciudad, existen actualmente numerosos indicios de que un nuevo cabecilla está a punto de hacerse con el control del mercado. Las cosas están muy tensas en estos momentos.

—Creo que ahora mismo dispondríamos de un panorama muy preciso de la situación si Gavril Bolanaki estuviera vivo —comentó Gunnar.

—¿Bolanaki? —preguntó Per.

—Fue un caso de Jana —dijo Henrik—. Bolanaki era el cerebro de una banda de narcotraficantes de la que en aquel momento no sabíamos nada…

—La que utilizaba niños soldado. Ya me acuerdo —dijo Per—. Le mataron, ¿verdad?

—Seguimos sin saber qué le ocurrió —respondió Henrik—. La Brigada Nacional de Homicidios asegura que fue un suicidio. El caso es que está muerto.

—¿Cómo afectó al mercado del narcotráfico la muerte de Bolanaki? —inquirió Per.

—¿Y por qué no se están tomando más medidas para atajarlo? ¿Por qué no se imputa a más gente? —preguntó Mia.

—Seguramente ya conoces la respuesta a esas preguntas —dijo Gunnar—. Nadie quiere decir nada. Se cubren unos a otros las espaldas. Podemos hacer preguntas, pero nadie sabe nada.

—Justo lo que está pasando con el Anciano —comentó Henrik.

—Sí, exacto —repuso Gunnar—. Ya le has mencionado antes. ¿Qué sabemos de él?

—Ya te lo he dicho —respondió Henrik.

—Pero si no has dicho nada.

—Por eso —dijo Henrik—. Porque no hay nada que decir. Nadie abre la boca. ¿Y por qué no abre nadie la boca?

—Porque tienen miedo —contestó Mia.

—Exacto —dijo Henrik.

—Bueno —añadió Gunnar—, pero, si vamos a centrarnos en Robin, ¿cómo vamos a encontrar al culpable? ¿Con quién podemos hablar?

—Mia y yo empezaremos por interrogar a su madre, Sussie Anander. Esta mañana no estaba en condiciones de responder a nuestras preguntas.

—Y yo voy a ponerme con el ordenador, como os decía —terció Ola.

—Mantenedme informado de lo que averigüéis, chicos —dijo Per.

Henrik y Ola asintieron.

—Bueno —dijo Gunnar—, tenemos que proceder con eficacia. Hay que averiguar todo lo posible sobre Robin. Es probable que el asesino le conociera, como dice Henrik. Informaos sobre sus amigos, sus enemigos, sus novias, sus padres, sus familiares, sobre todo el mundo. Quiero que este caso se resuelva por vía rápida.

—Disculpe, ¿quiere que le traiga algo más?

La camarera dirigió sus grandes ojos azules hacia Jana Berzelius, que estaba sentada con la vista fija en un punto lejano, más allá de la ventana. Su ensalada seguía intacta. El plato y el agua mineral de Per seguían sobre la mesa, a pesar de que hacía más de una hora que se había marchado.

Vio a la joven por el rabillo del ojo.

—De lo contrario, tal vez pueda dejar la mesa libre para otros clientes —añadió la chica.

—Ya me marcho —dijo Jana levantándose.

La camarera comenzó a recoger la mesa de inmediato. Jana se abrochó la chaqueta, se puso los guantes y se enrolló el pañuelo Louis

Vuitton alrededor del cuello dos veces. Luego salió al frío y se quedó un momento parada en la calle, con los ojos fijos en el cielo.

Los copos de nieve se arremolinaban frente a los escaparates, alrededor de los luminosos de las tiendas y a lo largo de las aceras.

Las farolas relucían como faroles cubiertos de escarcha. Había gente por todas partes. Tres mujeres hablaban entre sí, paradas en la acera. Reían a carcajadas y abrían sus bolsas para enseñarse sus compras.

El viento agitó el largo cabello oscuro de Jana, echándoselo sobre la cara.

Tenía los puños cerrados.

Robin Stenberg había muerto.

¡Asesinado!

¿Por qué?

No podía ser una coincidencia que le hubieran asesinado después de que se topara con Danilo y con ella a la entrada de Knäppingsborg, pero ¿por qué? ¿Quién podía sentirse más amenazado que ella por lo que había presenciado?

¿Danilo?

Intentó dominar su mente, pero siguió pensando en él y en el hecho de que había estado en el lugar de los hechos la noche de autos. Cuando por fin echó a andar, el corazón le latía con violencia.

Henrik Levin se arremangó antes de sentarse junto a Mia Bolander en la cocina de un apartamento del quinto piso de un edificio del barrio de Ljura. Miró a Sussie Anander, que se apoyaba en la placa de la cocina con un cigarrillo entre los dedos. Parecía una mujer atrapada en una espiral descendente, pero tal vez solo fuera una madre que acababa de perder a su hijo.

Henrik sabía que pronto tendría que responder a la pregunta más difícil de todas, esa que ningún padre quería tener que formular: ¿por qué me han quitado a mi hijo?

Tras las formalidades de costumbre, le explicó que confiaba en que pudiera ayudarles a arrojar un poco de luz sobre aquella espantosa situación. Ella guardó silencio. Solo se oyó el chirrido de una silla, el débil zumbido del ventilador que había encima de la cocina de gas y un suspiro. Henrik también se quedó callado, a la espera de que hablara.

Ella expelió el humo lentamente, se limpió la nariz con el dorso de la mano y echó la ceniza del cigarro en un tarro de cristal.

—¿Llevaba los calcetines puestos? —preguntó quedamente.

Tenía la barbilla angulosa y las cejas pintadas. Vestía vaqueros negros, camiseta marrón y anillos de plata en todos los dedos de la mano izquierda, menos en el pulgar.

—¿Por qué lo pregunta? —dijo Henrik.

—El suelo de su piso era muy frío, ¿sabe?, así que le decía que se pusiera siempre los calcetines. Y no me acuerdo de si los llevaba puestos. ¿Los llevaba puestos?

Aunque hablaba con voz serena, Henrik reparó en que su cabeza temblaba constantemente. Cerró la tapa dorada del tarro de cristal.

—Sí —contestó Henrik.

—Bien.

Se quedó junto a la cocina de gas, sosteniendo el tarro como si no quisiera separarse de él.

—¿Puede hablarnos un poco de Robin?

Les habló con gran detalle de su infancia y su adolescencia: de su personalidad y de su paso sin pena ni gloria por la escuela. Al llegar a la parte en que Robin se iba de casa, se quedó callada.

—¿Se independizó muy joven? —preguntó Henrik.

—Sí, hace cuatro años —respondió Sussie—. Solo tenía dieciséis años, pero necesitaba cambiar de aires, empezar de cero.

—¿Cambiar de aires? ¿Por qué?

—Para alejarse de mí, supongo. De esta vida. No sé. —Exhaló un profundo suspiro—. Antes de irse de casa, a veces desaparecía varios días seguidos. Siempre hacía lo que quería.

—¿Adónde iba?

—A cualquier parte —contestó.

—¿Tenía hermanos? —preguntó Henrik.

—No —dijo Sussie con tristeza, bajando la cabeza—. Era hijo único. Le gustaba estar solo. Totalmente solo, digo, enfrascado en sus cosas. No le gustaba hablar. —Se encogió de hombros y respiró hondo—. Yo no sabía qué hacer. Una vez llamé a un psicólogo, pero Robin no quiso ir. En aquella época todavía era menor de edad, pero aun así no pude hacer nada. La rebeldía típica de la adolescencia, decía la gente. Me sentía muy impotente, ¿saben? Al principio salía a buscarlo, pero nunca volvía a casa conmigo. Decía que estaba mejor sin mí, así que dejé de buscarlo. Le dejaba en paz. Y, al final, se fue de casa.

—¿Tocaba la guitarra? —preguntó Henrik.

—Sí. ¿Cómo lo sabe? —dijo Sussie.

—Vi una funda de guitarra en su piso.

—Le encantaba tocar. Tocaba desde hacía mucho tiempo. Se le daba bien.

Se secó una lágrima. Se le había corrido el rímel y se manchó la mejilla.

—¿Tocaba en un grupo? —preguntó Mia.

—No, pero le gustaba ir por un local de ensayo donde tocaban otros.

—¿Dónde está ese local?

Sussie se quedó pensando un momento. Le temblaban las manos cuando sacó otro cigarrillo.

—Ha ido a varios estos últimos años. Iba a uno de la zona industrial, y también a bares de copas y esas cosas, pero últimamente pasaba mucho tiempo en el centro de arte municipal.

Henrik le hizo un gesto a Mia con la cabeza, como si le indicara que debían pasarse por el centro de arte cuando salieran de allí.

—¿Cómo eran sus amigos? ¿Tenía relación especial con alguien? ¿Algún enemigo?

Sussie se puso el cigarrillo entre los labios, pero el mechero no se encendía. Lo tiró sobre la encimera y sacó otro del armario.

—No tenía amigos ni enemigos, que yo sepa. Solo tenía su guitarra. Y su ordenador, claro —dijo exhalando el humo hacia el techo—. Siempre estaba allí sentado, mirando el ordenador.

Volvieron a correrle lágrimas por las mejillas.

—Lo siento —dijo.

—No tiene que disculparse —la tranquilizó Henrik mirando su cara agotada, sus labios secos y descoloridos.

—¿Cuándo fue la última vez que vio a Robin? —preguntó Mia, meneando la mano delante de su cara y tosiendo para dejar claro que le molestaba el humo del tabaco.

—Hace una semana —contestó Sussie.

—¿Cómo estaba?

—Como siempre. —Sussie meneó la cabeza y tragó saliva—. Los sábados suelo pasarme por allí para llevarle algo de comida: una barra de pan, algo de mantequilla y otras cosas sin lactosa. Era... ¿cómo se dice? ¿Ve... no sé qué?

—¿Vegano? —preguntó Mia.

—No, vegetariano. Le dio por ahí cuando tenía trece años. Es muy típico, me han dicho. Una forma de rebelarse, pero eso no fue nada comparado con cómo reaccionó cuando murió Jesper. Su padre. Tenía cáncer por todas partes. En el estómago, en los pulmones. Tenía diez tumores en la cabeza, ¿se lo pueden creer? No pudieron hacer nada. Y nosotros tampoco, solo mirar.

Henrik se quedó callado, embargado por una oleada de compasión por aquella mujer que había perdido a su marido y a su hijo.

—¿Cómo se lo tomó Robin? —preguntó con voz serena.

Sussie dio vueltas al cigarrillo apoyando la pavesa en la pared interior del frasco de cristal.

—Robin nunca ha sido muy hablador, ya se lo he dicho, pero cuando murió Jesper no había forma de sacarle palabra. Yo, en cambio, tenía ganas de hablar, así que fue muy duro. Y luego, cuando encontré la bolsa, ya no pude más. No pude soportarlo más.

—¿La bolsa? ¿Se refiere a drogas, a que empezó a consumir drogas?

—Sí, primero alcohol y luego tabaco. Y después cannabis. No sé cómo lo conseguía, pero cuando vi la heroína me di cuenta por fin de que era algo muy serio. Porque la heroína es cosa de yonquis de verdad, no de chavales como mi Robin. Quise ponerle fin enseguida.

—¿Y llamó a la policía?

—Sí. Sé que hice mal, pero…

—Yo no creo que hiciera mal —dijo Mia—. Creo que es lo mejor que pudo hacer.

—Le denunció hace un año —añadió Henrik—. ¿Sabe usted si seguía consumiendo drogas?

—No lo sé, pero supongo que sí. Ahora mismo ni siquiera puedo pensar en eso…

Se quedó callada y se le llenaron los ojos de lágrimas.

—Cuando llegó a casa de Robin esta mañana, con la comida —dijo Henrik—, ¿vio algo raro?

—No, solo estaba tendido allí con… —Meneó la cabeza, sollozando, y se llevó una mano a la frente.

—No lleva usted el mismo apellido que Robin, ¿verdad? —preguntó Mia cuando por fin se recompuso.

—Sí. Conocí a otro hombre, Peter —respondió Sussie—. Bueno, la verdad es que nos conocimos antes de que muriera Jesper. A Robin no le hizo gracia, como pueden imaginar. Pero ¿qué demonios iba a hacer? No podía quedarme allí sentada, pudriéndome mientras esperaba que se muriese Jesper. También tenía que pensar un poco en mí misma.

—¿Cuándo murió su marido? —preguntó Mia.

—Hace seis meses. Peter y yo nos casamos justo después. Jesper dijo que quería que fuera feliz, así que…

—¿Peter y Robin se llevaban bien? —inquirió Henrik.

—No se veían a menudo —respondió ella. Apagó el cigarrillo y se rodeó el torso con los brazos—. La verdad es que creo que no tengo mucho ojo para los hombres —añadió.

—¿Por qué?

—Peter ya no anda por aquí, ustedes ya me entienden. No le gusta el conflicto, así que se marchó, el muy idiota. Y ahora vamos a divorciarnos. —Se le saltaron de nuevo las lágrimas—. Pero no pasa nada, no pasa nada —se dijo a sí misma.

—Por lo que he oído hasta ahora —dijo Henrik—, ha pasado usted por muchas cosas en muy poco tiempo.

—Sí —respondió ella.

—Y creo que necesita ayuda. ¿Quiere que le echemos una mano en ese sentido? ¿Que busquemos a alguien con quien pueda hablar?

Sussie suspiró.

—No, pero he pensado en llamar a mi madre.

—Llámela ahora y nos aseguraremos de que alguien se quede con usted hasta que llegue su madre.

Sussie asintió y salió al pasillo. Henrik la oyó hablar por teléfono.

—«Arrojar un poco de luz» —dijo Mia riendo.

—¿Qué?

—Le has dicho eso a Sussie, que esperaba que pudiera ayudarnos a «arrojar un poco de luz» sobre esta horrible situación.

—Sí, ¿y qué? ¿No es lo que se dice en estos casos?

—No, Henrik, no es lo que se dice en estos casos.

—Claro que sí.

—Puede que en los años cincuenta sí, pero ahora no. Es así, te lo aseguro.

Henrik no quería pensar en lo que se había dicho durante aquella conversación, sino en lo que *no* se había dicho. Pensó en Sussie, que no les había formulado ni una sola vez aquella espantosa pregunta. Y aunque sabía que no debía sentirse así, se alegró, casi se sintió agradecido por no tener que darle una respuesta igualmente espantosa: *No lo sé.*

De pie ante la ventana, Gunnar Öhrn miraba la calle. Estaba pensando que llevaba toda su vida adulta trabajando como policía. Cuando veinte años atrás le preguntaron si quería dirigir la brigada, no pudo negarse. Se trasladó a un despacho más grande, con una silla más cómoda y estanterías más amplias. Y cuando por fin se sentó allí, en su nuevo dominio, se percató de que, sin darse cuenta, siempre había soñado con ser el jefe. Pero ¿qué iba a hacer ahora que la reestructuración policial era inminente? ¿Podía aspirar a algo más o fantasearía con la jubilación?

Suspiró sin ser consciente de ello y levantó la mirada. Miró las oficinas y apartamentos del edificio vecino, fijándose en las ventanas de los dormitorios y las salas de estar, y suspiró de nuevo. Tal vez esperaba algo que no iba a suceder, quizá había sido un ingenuo al confiar en que le eligieran a él como supervisor de la región este, en vez de a Carin Radler, la comisaria de policía del condado.

Se volvió hacia su mesa, se sentó y miró su vaso de agua. Oyó un eco de pasos en el pasillo y voces antes de que Anneli entrara por la puerta.

—Es hora de comer —dijo Anneli.

—Sí —contestó con voz casi inaudible.

—¿Vamos a comer? —preguntó ella—. Tengo hambre.

Gunnar no contestó inmediatamente y Anneli cerró la puerta y dio unos pasos hacia él.

—Estás preocupado por algo. ¿Por qué?

—Por nada.

—Claro que sí, lo sé.

—Que no.

—Sé que te pasa algo y no quiero que tener que sacártelo cada vez. ¡Dímelo ya!

Gunnar cogió su vaso, cerró un ojo y miró el agua con el otro.

—No me gusta que esté aquí —dijo.

—Es el jefe de la Brigada Nacional de Homicidios. Tiene que estar aquí.

—No es por eso.

Anneli suspiró y cruzó los brazos. Suspiró otra vez.

—Recuerda que te dije que no significó nada. —Bajó la voz para no arriesgarse a que sus compañeros la oyeran a través de las paredes—. Fue hace mucho tiempo, ya lo sabes.

—Aun así no me lo quito de la cabeza. —Dejó el vaso.

—Tú y yo ni siquiera estábamos juntos.

—No importa.

—Claro que importa.

—No, no importa. Me desagradan ese tipo de hombres.

—Venga ya, ¿podemos irnos de una…?

—No me gusta pensar que…

—¿Que qué?

—Nada.

—¡Dilo ya!

La miró a los ojos y comprendió que estaba enfadada. Tuvo miedo. Se sentía consumido por un sentimiento de incapacidad, por el temor a no ser suficiente para ella.

—Lo siento. —Le tendió la mano—. Es que se me hace muy difícil tenerle tan cerca, siempre vigilándome. ¿Te apetece que vayamos a comer *pizza*?

Anneli bajó los brazos y sacudió la cabeza.

—Claro —dijo entre dientes.

Gunnar sonrió y le tendió de nuevo la mano, confiando en que la aceptara.

Pero no lo hizo.

Henrik Levin y Mia Bolander oyeron música al acercarse a la entrada del centro de arte municipal.

Henrik tocó a la puerta del amplio centro cultural, que albergaba una sala de conciertos, una galería de arte y una cafetería, pero comprendió que era inútil: nadie les oiría llamar.

Probó a accionar el picaporte, abrió la puerta y entraron.

El Kulturhuset de Norrköping era un lugar de encuentro para jóvenes con inquietudes creativas. El edificio estaba amueblado con piezas de distintas décadas. Un juego de sofás verde musgo de los años sesenta, varios sillones de los setenta, una pared pintada de amarillo brillante de los ochenta. En la esquina de la sala de conciertos, el escenario se alzaba a treinta centímetros del reluciente suelo de cemento pulido gris. En esos momentos estaba ocupado por un grupo compuesto por cuatro chicas, y a Henrik le pareció que estaban tocando una canción propia hasta que oyó el estribillo. Solo entonces se dio cuenta de que estaban tocando *Tainted Love* de Soft Cell.

Se internaron en el edificio, tratando de alejarse del estruendo de la música.

Sentado a una mesa encontraron a un hombre de espesa barba y rastas envueltas en un fino pañuelo negro. Llevaba dos camisetas de tirantes superpuestas y varios collares de cuentas de madera, y sostenía entre las manos una taza de café.

—Somos de la policía —anunció Henrik—. Buscamos información sobre Robin Stenberg.

—¿Quién? —preguntó el hombre.

—¡Robin Stenberg!

Meneó la cabeza.

—¡Pregunten en cafetería!

Había cuatro personas sentadas en torno a una mesa, hablando en voz baja, cuando entraron en el Café Manala. Detrás del mostrador, una joven trasladaba galletas recién hechas de una bandeja a una fuente.

Era rubia, vestía camiseta corta y tenía un sol tatuado en el cuello.

—Soy Lisa —dijo cuando Henrik se presentó—. ¿Les apetece una galleta de cardamomo? No lleva huevo, ni leche. Es completamente vegana.

Henrik negó con la cabeza, igual que Mia.

—Buscamos información sobre Robin Stenberg —dijo, sin necesidad de gritar esta vez—. ¿Le conoce?

—Yo no diría tanto, aunque viene mucho por aquí, casi todos los domingos —contestó la joven sin dejar de amontonar galletas en la fuente.

—¿Ensayaba aquí? —preguntó Mia.

—No, le gusta el ambiente —contestó Lisa.

—¿Por algún motivo en concreto? —dijo Henrik.

—Todos los domingos tenemos sesión de improvisación abierta. Lo llamamos Band Camp —explicó Lisa—. Puede venir quien quiera.

—¿Sabe con quién se relacionaba Robin?

De pronto los miró con desconfianza.

—¿Ha hecho algo?

—Seguramente no —dijo Henrik—. Pero necesitamos saber qué compañías frecuentaba.

—No tengo ni idea. Por aquí pasa mucha gente. Y todo el mundo se mezcla, en realidad. Lo siento.

Se encogió de hombros y sonrió con aire de disculpa.

—Entonces, ¿puede darnos algún nombre?

—No, no puedo, pero seguramente Josefin podrá decirles algo. Es la que organiza el Band Camp. Pueden llamarla.

Notaba los brazos agarrotados.

Sintió que se le desgarraba la piel y que la sangre goteaba al suelo desde su dedo meñique. Dolía mucho. Se había hecho grandes llagas en las manos de tanto frotar. Las heridas habían ido creciendo con el paso de las horas, mientras frotaba las cuerdas arriba y abajo, friccionando con ellas el pequeño filo que había encontrado en la pared, a su espalda.

El dolor la había impulsado a decir una oración, a pedir que las cuerdas se rompieran y pudiera escapar. Pero nadie había atendido su plegaria.

Sus movimientos fueron haciéndose cada vez más débiles. Arriba y abajo. Arriba y abajo. Al final, no pudo continuar.

Cerró los ojos y sintió el dolor al levantar las manos una última vez.

Y de pronto notó que las cuerdas se aflojaban.

CAPÍTULO 15

Eran las cuatro de la tarde y un grueso manto de nubarrones grises cubría el acomodado barrio de Lindö. Los limpiaparabrisas se esforzaban por mantener el cristal libre de aguanieve. Jana Berzelius observó la oscura calle enlodada que se extendía ante ella.

Aparcó en el ancho camino de entrada a la casa y subió a pie por el sendero que conducía a la puerta. Llamó al timbre, dio un paso atrás y esperó.

Oyó pasos parsimoniosos dentro de la casa. Un instante después, se abrió la puerta.

—Hola, madre —dijo.

Margaretha lucía un delantal y apretaba tan fuerte un paño de cocina a rayas que se le notaban las venas y los tendones bajo la piel traslúcida. Sus ojos azules brillaron alegremente. Aparentaba calma.

—Jana —dijo, y las arrugas de las comisuras de sus ojos se juntaron tras el fino arco de las gafas—, cuánto me alegro de que hayas venido.

Habló con lentitud, pero sonrió con expresión de felicidad. Le tendió las manos y le dio un abrazo.

—Pasa —le dijo—. Solo tengo que echar un último vistazo al *glögg*.

Margaretha desapareció en la cocina.

Jana colgó su abrigo y colocó cuidadosamente sus zapatos en el zapatero. El olor a azafrán le dio la bienvenida.

144

Avanzó por el pasillo y se asomó a la habitación de sus padres. No entró, se limitó a mirar las paredes blancas, la cama espaciosa, el edredón y las almohadas.

El armario abierto dejaba ver las perchas llenas de trajes, camisas y pantalones cuidadosamente agrupados por temporada y colores. Toda la ropa estaba limpia, bien planchada y colgada con esmero. Las perchas estaban colocadas de cinco centímetros en cinco centímetros, ni uno más, ni uno menos.

Se le hacía raro estar de nuevo en casa.

Volvió a salir al pasillo, pendiente de los ruidos de la casa. Chasquidos, crujidos, zumbidos, tamborileos.

Se oía trajín de cacharros en la cocina.

Subió despacio las escaleras y cruzó el pasillo hasta la habitación de su infancia. Todo parecía intacto, igual que cuando vivía allí, como si el tiempo se hubiera detenido desde entonces.

Siguió hasta el despacho de su padre y abrió la puerta. Exhaló aliviada al ver que estaba vacío. Entró y echó un vistazo a los armarios, los cajones, los archivadores. Cartas, dosieres, informes de beneficios, estados de cuentas y minutas ocupaban por completo la mesa.

Cruzó la estancia, abrió un armario y sacó un archivador blanco. Estaba en su sitio de siempre, a la izquierda: lo sabía porque lo había sacado muchas otras veces antes. Su padre, sin embargo, nunca se había enterado. Solo entraba allí cuando él no estaba en casa.

Abrió el archivador y miró su certificado de adopción. Amarilleaba un poco. A fin de cuentas, hacía más de veinte años que se había convertido en una Berzelius.

Se acordó del día en que estaba sentada en el pasillo de la oficina de servicios sociales, con las manos sobre el regazo y los ojos fijos en ellas.

De vez en cuando levantaba la mano para tocarse la nuca, cubierta por un ancho vendaje.

—No hagas eso, cielo —le dijo Beatrice Malm, la trabajadora social, cuando salió de su despacho.

—Pero es que me pica —respondió ella.

—Pues deja que te pique. Solo un rato, mientras estén aquí.
—Beatrice miró el reloj de la pared—. Va a ser fantástico —dijo,
intentando tranquilizarla, pero a Jana se le aceleró el corazón al
oír su tono.

Entonces llegaron ellos. El hombre iba delante; la mujer, tres
pasos por detrás. Él tenía los labios fuertemente apretados. Ella, en
cambio, lucía una amplia sonrisa.

—Estos son Karl y Margaretha Berzelius —dijo Beatrice Malm,
mirándola.

Se levantó de la silla sin mirarlos y masculló un saludo.

—¿Y los papeles? —preguntó Karl.

—Todo está en orden. Clasificado, como pidió.

—Estupendo.

Karl giró sobre sus talones y se dirigió al ascensor.

—Vamos, cariño —dijo Margaretha, tendiéndole la mano a la
niña.

Jana no se atrevió al principio: dudó unos segundos antes de
darle la mano a su nueva madre. Era una mano fresca y suave.

Recorrieron el pasillo y entraron en el ascensor.

Jana hizo amago de tocarse el pelo, pero bajó la mano al ver la mirada de la trabajadora social a través de la puerta abierta del ascensor.

—¡Cuídenla bien!

Fueron las últimas palabras que oyó antes de que el ascensor
volviera a cerrarse.

Solo entonces levantó la mano y se rascó.

Aquella costumbre de rascarse fue lo primero en lo que se fijó
su padre, la primera molestia, pensó Jana al cerrar el archivador y
devolverlo al armario.

Vio un estuche rojo en el lado izquierdo de la mesa. Lo abrió y
miró el collar que contenía. Recordaba que se lo habían regalado
hacía mucho, muchísimo tiempo. *Para JB, de KB.*

Estuvo mirándolo un rato y luego lo tocó, indecisa al principio. Después lo sacó del estuche y lo observó, colgando de sus dedos.

Se lo puso en el cuello y sintió la fría cadena sobre su piel cálida.

En ese momento oyó a su madre, que la llamaba desde la planta baja.

—Jana, ¿dónde estás?

Levantó la mano para quitarse el collar, pero cambió de idea y se lo dejó puesto.

Salió del despacho, dejando el estuche rojo sobre el escritorio, abierto y vacío.

—¿No contesta?

Mia Bolander iba sentada en el asiento del copiloto, junto a Henrik. Su cabello rubio asomaba bajo el gorro. Tenía las mejillas coloradas y las manos metidas entre los muslos para calentárselas.

—No —contestó Henrik mientras oía saltar el buzón de voz de Josefin Ek por segunda vez.

—Inténtalo otra vez, entonces.

—Lo intentaremos más tarde. Seguramente estará ocupada con la sesión de mañana. Volvamos a comisaría —dijo él.

Arrancó y se alejó bruscamente del centro de arte: tan deprisa que el coche patinó, invadiendo el carril contrario. Recuperó el control y frenó con cuidado. Se detuvieron ante un semáforo en rojo.

Dejó escapar un fuerte suspiro.

—¿Qué tal va eso? —preguntó Mia.

—Bien.

—¿Y Emma, cómo está?

Suspiró otra vez, pensando en su mujer. Pensaba en ella constantemente, aunque intentaba no hacerlo porque pensar en ella le hacía sentirse culpable.

—También bien —contestó automáticamente—. ¿Y tú?

—Yo estoy en una especie de encrucijada —contestó Mia.

—¿Y eso?

—No tengo claro si lanzarme o no. Con Martin, quiero decir.

Henrik suspiró, pensando en cuánto le desagradaba verse arrastrado a hablar de la vida privada de su compañera.

—Pero solo os habéis visto una vez, ¿no? —preguntó.

—Dos, en realidad. Anoche también me acosté con él.

—Pero, Mia, no deberías…

—Si vas a sermonearme, más vale que te calles.

Observó los coches que venían en dirección contraria, siguiéndolos con la mirada.

—Pero ¿crees que…? ¿Es algo serio? —preguntó él.

—No creo, aunque él parece habérselo tomado muy a pecho —respondió Mia.

—¿Te lo ha *dicho*? —preguntó Henrik dando un respingo.

—¿A qué te refieres?

—¿Te ha dicho que te quiere?

—No exactamente, pero se comporta como si me quisiera.

—¿Tú se lo has dicho?

—¿Que le quiero? Por amor de Dios, yo nunca digo esas cosas primero.

—¿Qué sientes por él?

—Puede que lo haga. Lanzarme, quiero decir.

—Pero no puedes planteártelo así.

—¿Qué quieres decir con eso?

—Francamente, Mia, Martin Strömberg no es precisamente el yerno ideal. Acabamos de interrogarle por ser…, en fin, quien es.

—Pero olvidas que quizá yo no busque al yerno ideal.

—¿Qué buscas, entonces? ¿A un delincuente?

Le miró, muy seria.

—Qué aburrido eres, Henrik. Pero, vale, me olvidaré de él, entonces.

—Deberías hacerlo. Ya encontrarás a otro. A alguien mejor, Mia.

—Puede ser —masculló cuando el semáforo se puso en verde.

* * *

Durante los últimos kilómetros, antes de llegar a la costa, le embargó una especie de paz interior que le permitió levantar el pie del acelerador. No había motivo para estresarse. La mula podía necesitar unos minutos más para aligerarse del resto de su carga.

Condujo más despacio, entre campos nevados y árboles sin hojas. Sentía temblar el motor cuando las ruedas pisaban los bordes cubiertos de hielo de la carretera.

Apoyó la cabeza en el asiento y sonrió, pensando que era hora de librarse de ella, de dejar sitio para otra.

A medio kilómetro de la costa, apagó las luces. No quería arriesgarse a que alguien las viera. A que le vieran a él. Solo hacía falta un vecino entrometido para que hubiera que trasladar todo el tinglado.

Era un fastidio que la luna brillara tanto esa noche. Le preocupaba.

«Escóndete detrás de una nube, joder», pensó con la mirada fija en el inmenso y terco cuerpo celeste que brillaba, de un blanco deslumbrante, por encima de las copas de los abetos.

Por fin salió del coche y se quedó quieto, con los brazos junto a los costados, escuchando, atento a cualquier indicio de vida. Luego echó a andar hacia el edificio. Cruzó a grandes zancadas la capa de nieve, que le llegaba al tobillo, procurando mantenerse a la sombra de los árboles, oculto a la luz de la luna.

«Ya es hora», se dijo justo antes de reparar en las huellas de pisadas que se alejaban del edificio.

Unas huellas que no eran suyas.

Arreciaba el viento, igual que la nieve.

Henrik Levin quería irse a casa y llevar a los niños al parque a montar en trineo. Sabía que disfrutarían de lo lindo en la capa de nieve intacta de la loma que se alzaba detrás de su casa.

149

Él también se lo pasaría en grande lanzándose en trineo colina abajo, con el viento y el frío dándole en la cara.

Pero no se levantó de la silla. Era como si buscara una razón para quedarse.

Pensó en las chicas tailandesas. ¿No deberían hacer más averiguaciones sobre ellas? Dos anotaciones más en las estadísticas de delitos relacionados con el narcotráfico. Dos casos más sin resolver.

Luego pensó en Robin Stenberg.

Sacó las fotografías y el inventario que había hecho Anneli tras registrar el piso de la víctima. Leyó por encima la lista escrita con esmero y compuesta por todo tipo de cosas, desde las sábanas de la cama hasta el contenido de la nevera, y pensó que tenía que haber una pista allí, en alguna parte. Algo que les revelara de qué iba todo aquello.

Oyó que llamaban suavemente y miró hacia la puerta. Apareció Mia con la chaqueta colgada del brazo. Entró en el despacho y se apoyó en la pared, con la cabeza ladeada.

—Estás muy pensativo —comentó.

—Estaba pensando en Robin. Es raro que el asesino no haya dejado ni rastro —dijo—. Lo que significa que fue un asesinato premeditado. Y si fue premeditado, tiene que haber un móvil claro. Y si hay un móvil claro, tendríamos que ser capaces de encontrarlo. No lo entiendo.

—Tienes razón —dijo ella—. Pero estoy segura de que se trata de algo relacionado con las drogas.

—Sí.

Se quedaron callados unos segundos.

—Y luego está la chica tailandesa —prosiguió él.

—¿La que murió de sobredosis?

—Sí, también, pero estaba pensando más bien en su amiga, la que desapareció del tren. Tenemos que encontrarla. Aunque repito que en mi opinión ya es demasiado tarde. Seguramente habrá expulsado la mercancía y habrá vuelto a Tailandia. —Henrik suspiró.

—Todavía no —repuso ella—. Yo creo que está sentada en un orinal, en algún sitio de Norrköping, intentando cagar.

Henrik volvió a suspirar.

—Espero que tengas razón y que la encontremos, porque me da la sensación de que está pasando algo gordo. —Señaló con la cabeza hacia la ventana.

—¿Algo gordo? ¿Qué quieres decir?

—Tengo la impresión de que está pasando algo raro. Y nuestras fuentes aún no han abierto la boca.

—Tenemos aquí a la Brigada Nacional de Homicidios.

—Lo sé, pero aun así estoy un poco asustado.

—¿Asustado? —preguntó Mia—. ¿Y qué es lo que te asusta?

—Que esté pasando algo terrible que no entendemos. Aún no tenemos todas las piezas del rompecabezas.

Pim se internó en el bosque, corriendo con todas sus fuerzas hacia lo oscuro, donde los árboles se apiñaban, casi rozándose. La nieve había cubierto los senderos y las piedras y borrado todos los contornos del paisaje. Cada paso que daba dejaba una huella profunda y delatora.

Saltó por encima de una rama caída, resbaló y cayó al suelo. Se levantó rápidamente y aguzó el oído. Sus jadeos rasgaban el silencio y formaban nubecillas en el aire gélido. Intentó sofocar su respiración, pero el fuerte latido de su corazón reemplazó a aquel sonido.

Con movimientos nerviosos, se giró en todas direcciones tratando de ver si alguien la seguía. Pero la oscuridad lo distorsionaba todo, igual que había amplificado su pánico al oír el ruido del coche.

De pronto vio un rayo de luz a su derecha. Brilló un instante y desapareció enseguida. Reapareció al cabo de un momento. Pim escudriñó la oscuridad, intentando descubrir de dónde venía la luz. Reapareció de nuevo, osciló entre los troncos de los árboles y desapareció, volvió a aparecer, osciló y desapareció. Era tan rítmica como un corazón dando lentamente sus últimos latidos.

De pronto oyó el crujido de una rama. Los pasos en la nieve se acercaban.

No se atrevió a seguir inmóvil, giró sobre los talones y echó a correr con todas sus fuerzas.

Corría para salvar la vida.

—¿Te apetece un poco más?

Margaretha Berzelius levantó la jarra de *glögg*. Sobre la mesa había platillos y cuencos llenos de pasas, almendras, galletas de jengibre y queso azul. En medio, en una bandeja de plata, se alzaba un bizcocho de azafrán con cobertura blanca y dorada azúcar cande. Jana contempló la mesa esmeradamente dispuesta, alargó su taza y dejó que su madre se la llenara. Se la llevó a los labios y bebió un sorbo.

—¿Está frío?

—No.

Su madre se sentó frente a ella y también se llenó su taza.

—Estás mintiendo —dijo con una sonrisa.

—Solo para que no tengas que calentarlo otra vez.

Margaretha cortó con cuidado el bizcocho y puso una porción en el plato de Jana y otra en el suyo. Pero en lugar de comer se quedó mirando a su hija.

—¿Seguro que estás bien? Pareces cansada.

—No, estoy bien.

Jana la miró a los ojos y sintió que se tensaba. No le gustaba hablar de su vida privada. Era como si las palabras se le atascaran dentro, atrapadas por sus pensamientos. Le resultaba más fácil escudarse tras la jerga neutra de su profesión. Abreviar, no entrar en detalles, prescindir de todo comentario personal. Hablar solo de trabajo.

—Hacía mucho tiempo que no venías —comentó su madre.

—Sí.

—¿Por qué no llamas más a menudo?

—No he tenido tiempo. Además, las cosas no van bien con papá.

—Me gustaría que hablaras con él.

—¿Por qué no me lo has dicho antes?

—Porque de todos modos no me habrías hecho caso —repuso su madre.

Jana no respondió. Fijó los ojos en un punto del jardín. Le pareció ver que algo se movía, pero costaba distinguir los contornos en la densa oscuridad de la tarde.

—¿Dónde está? —preguntó sin dejar de mirar por la ventana.

—Ha tenido que ir a una reunión.

Jana asintió en silencio, pensando que era innecesario que su madre dijera que había «tenido» que ir. Su padre no *tenía* que hacer nada. Era dueño de sus actos. Había preferido ir a una reunión. Había *elegido* no verla.

—¿Qué tal el trabajo? —preguntó su madre.

—Bien. —Jana la miró.

Margaretha enderezó la espalda, cogió la cuchara de plata y comió un trozo de bizcocho.

—He oído que estás instruyendo el caso de esa chica que murió en el tren.

—¿Quién te lo ha dicho?

—Jana, tú sabes que siempre le ha interesado tu trabajo.

—Murió de sobredosis.

—Sí, ya me he enterado, y su amiga está desaparecida.

—Sí, desapareció.

—¿Aún no la habéis encontrado?

—No sabemos dónde buscarla.

—Qué asunto tan horroroso —murmuró su madre.

Guardaron silencio. Jana miró de nuevo por la ventana y vio que todo estaba perfectamente inmóvil. Pensó en la chica desaparecida. Seguramente la estaba explotando una red de narcotráfico que la obligaba a tragar cápsulas llenas de droga, igual que a ella la habían explotado en tiempos, convirtiéndola en una niña soldado, obligada a participar en el juego sangriento que rodeaba el tráfico de drogas, las mismas drogas que aquellas chicas tailandesas introducían en el país dentro de sus cuerpos.

Cuanto más lo pensaba, más le picaba la nuca.

Estaba a punto de echarse el pelo hacia un lado para rascársela cuando, inesperadamente, se le ocurrió una pregunta. Una de las muchas preguntas que nunca le hacía a su madre.

—¿Por qué me adoptasteis?

Margaretha se quedó de piedra, mirándola, con la comida aún en la boca. Suspiró y dejó lentamente la cuchara de plata sobre el plato.

—Porque deseábamos tener una hija, por supuesto. Y yo me estaba haciendo mayor —dijo con una sonrisa.

—Pero ¿por qué decidisteis que fuera una adopción cerrada?

—¿Cómo sabes eso?

Le pareció que la puerta de la calle se abría y se cerraba.

—Tengo que irme —dijo rápidamente, y se levantó.

—Jana...

Se apartó de la mesa y salió al pasillo sin responder. Su madre la siguió, y Jana notó su mirada fija en ella mientras localizaba sus zapatos en el estante, junto a la puerta.

—Por favor, ¿no puedes quedarte un poco más?

Miró los zapatos relucientes y perfectamente bruñidos. Vio unas manchas de humedad en la alfombra y dedujo que su padre había vuelto. Pero no estaba solo: en el zapatero había también un par de botas de suela ancha y puntera reforzada.

Se volvió hacia su madre.

—Adiós, madre.

—¿Vendrás por Navidad? Puedes venir, ¿verdad? Hazlo por mí.

Dudó con la mano en el picaporte.

—De acuerdo —dijo—, pero solo por ti.

Compuso su sonrisa ensayada y cruzó la puerta.

* * *

Henrik Levin caminaba con las manos en los bolsillos, mirando la fila de casas y las velas de adviento de las ventanas. Hacía una noche fría y oscura. La nieve crujía bajo sus pies.

Abrió la puerta y se quitó los zapatos. Los zapatos de Emma y los de los niños no estaban en el zapatero, y tampoco estaban sus abrigos.

Se pasó la mano por la boca y se quedó parado un momento, mirando el carrito de bebé blanco que había en el recibidor. Estiró los brazos, agarró el asa y lo movió adelante y atrás.

No llevaba etiqueta, pero parecía caro.

Encendió la luz de la cocina y leyó la nota que había en la mesa. *Estamos en casa de mi madre.*

Hojeó distraídamente el montón de publicidad que había junto a la nota, abrió la nevera y echó un vistazo dentro. Sacó queso, mantequilla y jamón.

Tostó dos rebanadas de pan, pero las dejó en el tostador cuando ya estaban hechas. Miraba fijamente el jardín en sombras. Las sartas de luces navideñas oscilaban entre las ramas de los manzanos, mecidas por el viento. Vio la cocina reflejada en el cristal oscuro y pensó de nuevo en Robin Stenberg.

Había algo en aquel caso que no cuadraba. Al llevarse el sándwich a la boca, reparó en lo que era.

Tal vez no fuera nada relevante, pero sin perder un segundo volvió a guardar la comida en el frigorífico, limpió la encimera, se puso el abrigo y salió de casa.

La larga rama se combó, empujada por su cuerpo, y se partió por la mitad. Siguió corriendo con los ojos fijos en las huellas de la nieve.

Era pan comido. La chica no tenía ninguna posibilidad de escapar.

Tras bordear un peñasco, se detuvo, cerró los ojos y escuchó. Al principio solo oyó el bullir de un río, pero al concentrarse escuchó vagos sonidos delante de él. El crujido de la nieve, pasos rápidos y ansiosos.

La chica ya no estaba lejos.

Sonrió, abrió los ojos y emprendió de nuevo la persecución.

La puerta de la jefatura de policía se abrió con un chirrido. La escalera estaba en silencio; casi reinaba una atmósfera apacible.

Henrik Levin subió rápidamente, abrió la puerta de su despacho, encendió la luz y entró. Buscó el inventario de las pruebas materiales halladas en el apartamento de Robin Stenberg, pero no lo encontró.

Sonó su móvil.

Aquel ruido inesperado hizo que su organismo comenzara a bombear adrenalina.

—¿Sí? —contestó enseguida.

—¿Dónde estás? —preguntó Emma en voz baja.

—Llegaré a casa pronto.

—¿Cuándo es pronto?

—Pues… pronto.

—¿Dentro de media hora?

—Espero que sí.

—¿Estás en el trabajo?

—Sí. Estaba comprobando una cosa.

Oyó las voces de Felix y Vilma de fondo. Llamaban a Emma, le preguntaban si podían ver una película.

—Está bien —contestó ella, y se quedó callada un segundo.

Volvieron a oírse las voces de los niños suplicándole que les dejara ver la película, empeñados en verla enseguida, en ese mismo instante.

—Veo que te has pasado por casa —dijo su mujer.

—Sí, pero he vuelto a irme enseguida.

Emma se quedó callada otra vez, como si esperara que dijera algo. Entonces se acordó.

—El carrito es estupendo. Muy bonito, y tan blanco.

—Gracias.

—Tengo que colgar.

—Vale. Entonces, nos vemos *pronto* —insistió ella.

—Sí —contestó, y añadió—: Te quiero. —Pero ella ya había colgado.

Se guardó el teléfono en el bolsillo y siguió buscando. Encendió el flexo de la mesa y trató de orientarlo con una mano mientras con la otra seguía buscando. Por fin encontró el inventario de Anneli entre los papeles, lo ojeó de nuevo y, pasado un momento, descubrió lo que andaba buscando: el contenido de la nevera de Robin Stenberg.

«Justo lo que recordaba», pensó.

Sussie les había dicho que su hijo era vegetariano. Entonces, ¿por qué tenía un paquete de jamón en el frigorífico?

Karl Berzelius oyó cerrarse la puerta del cuarto de baño.

Cruzó el pasillo y escuchó sus propios pasos en el suelo. No estaba distraído exactamente, pero tampoco se sentía del todo concentrado cuando entró en su despacho para preparar la reunión secreta que estaba a punto de tener lugar: una conversación a solas con un buen amigo. Todo lo que dijeran quedaría entre aquellas cuatro paredes. Como siempre había ocurrido.

Una vena comenzó a latir en su sien derecha cuando vio el estuchito rojo sobre el escritorio. Se acercó a él intentando mantener la calma y respirar. Sabía que su hija acababa de estar en casa. No, su hija, no: *Jana*.

Y saltaba a la vista que había entrado allí.

Esa certeza le irritó.

¿Qué había hecho? ¿Qué había visto? ¿Por qué había entrado en su despacho?

Miró desconcertado las estanterías, los papeles, los archivadores y las carpetas. La angustia y el miedo le oprimían el pecho como un peso.

Pestañeó varias veces intentando tranquilizarse, pero no consiguió borrar la arruga de preocupación de su frente.

¿Qué había hecho Jana allí?

Miró de nuevo el estuche rojo. Estaba vacío, con la tapa abierta.

Cuando se abrió la puerta del cuarto de baño y oyó pasos en el pasillo, dio tres grandes zancadas, cogió el estuche y lo tiró a la papelera que había junto a la mesa. Acto seguido se sentó y se preparó para la conversación que estaba a punto de comenzar.

CAPÍTULO 16

El río tenía varios metros de ancho. El fragor de su cauce sofocaba cualquier otro ruido. Pim ya no oía quebrarse las ramas. Dio varias vueltas, consciente de que él podía alcanzarla en cualquier momento.

Miró indecisa el agua turbulenta y oscura.

Se metió en el río.

Era el único modo de ocultar sus pasos.

El agua le llegó hasta las rodillas. Estaba tan fría que le dolieron los huesos, pero aun así echó a correr de nuevo. Corrió a contracorriente con pasos largos, levantando las rodillas como si tratara de sustraerse al agua gélida que se agitaba a sus pies. Pero el agua salpicaba por todas partes y se empapó la ropa hasta la cintura.

Fue apartando las ramas que colgaban sobre el río y siguió adelante pese a que tenía la sensación de que sus movimientos se habían hecho más lentos.

Ya no sentía los pies.

Dio un paso, plantó mal el pie y cayó de bruces al agua, que la cubrió por completo. Estaba tan fría que creyó que se le paraba el corazón.

Entonces lo oyó. El chasquido de una rama.

Escudriñó la oscuridad, aguzando el oído. Empezaban a entumecérsele las manos cuando trepó por la orilla del río, donde encontró un montón de rocas de buen tamaño. Temblando, se metió tras ellas.

Oyó romperse otra rama, más cerca. El hombre que la perseguía seguramente había oído sus chapoteos.

Pegó la espalda a las rocas, levantó las rodillas y se rodeó las piernas con los brazos.

Las lágrimas se le agolparon detrás de los párpados, pero consiguió refrenarlas.

De nuevo el buzón de voz.

Esta vez era la voz de Mia la que le instaba a dejar un mensaje.

Ola, en cambio, había contestado a la primera, y Henrik Levin ya le oía acercarse por el pasillo. Iba prácticamente corriendo. ¿Tan ansioso estaba?

—Cuenta, cuenta —dijo, sentándose de inmediato con su ordenador sobre el regazo.

Henrik señaló la mesa donde el inventario permanecía abierto.

—Bueno, como te decía, Robin Stenberg era vegetariano y sin embargo había un paquete de jamón en su nevera. Ya sé que no es un dato como para echar las campanas al vuelo pero…

—Sí, la verdad es que no es la cosa más emocionante que he oído en mi vida.

—Pero al parecer era vegetariano desde hacía muchos años, así que, a no ser que de pronto se hubiera hecho otra vez carnívoro, creo que no vivía solo en ese apartamento. Quiero averiguar con quién compartía piso. Sabemos muy pocas cosas de su vida privada, pero ya has revisado su ordenador, ¿no?

—Sí, claro, y está todo documentado. Tenía varias cuentas en las redes sociales. Todas privadas, aunque en Twitter daba la dirección de correo Eternal_sunshine@gmail.com. Y es muy constante en su actividad online.

—¿Qué quieres decir?

—Que utiliza ese prefijo de correo muy a menudo como nombre de usuario. Le gusta mucho lo de Eternal_sunshine.

—Estupendo. Busca a todo aquel que haya chateado con Eternal_sunshine.

—Ya lo he hecho. Estoy revisando los nombres, pero son muchísimos: Ilovebeethoven, soonerorlater, cyberfrog, cheesecurl, moltas666, phantomsmurf…

—¿No puedes vincular nombres reales a esos apodos?

—Sí, claro que puedo, pero eso requiere tiempo y ni siquiera sabemos si esas personas conocían a Robin. Puede que sea un poco innecesario…

Henrik suspiró al mismo tiempo que sonaba su móvil.

—¿Mia? —contestó.

—Eh, no, soy Josefin Ek. Ha estado buscándome. Lamento no haber respondido antes, pero estaba dirigiendo un concierto de Navidad y acabo de ver sus llamadas.

—Sí —dijo Henrik—, la estaba buscando porque sé que trabaja en el Kulturhuset.

—Así es.

—Y que es la responsable del Band Camp de los domingos.

—Sí.

—¿Conoce a Robin Stenberg?

—Sí, le conozco. Bueno, o le conocía. Me he enterado de lo que le ha pasado. Es horrible. —Josefin se quedó callada.

—Tengo entendido que frecuentaba el centro de arte municipal —dijo Henrik.

—Sí, venía mucho por aquí —respondió ella.

—¿También los domingos?

—Sobre todo los domingos. El Band Camp es principalmente un espacio de ensayo abierto para chicas.

—¿Solo para chicas?

—Sí.

—Entonces, ¿a qué iba allí?

—Venía cuando tocaba Ida.

Henrik levantó las cejas.

—¿Quién es Ida?

—Su novia.

—¿Su novia? —Henrik se levantó y se pasó la mano por el pelo—. ¿Cómo se apellida?

—Empieza por e. Ekberg, Ekstedt, Ekström…

Henrik dio unos pasos por el despacho, se detuvo y se volvió hacia Ola, que había vuelto su ordenador hacia él. Una joven rubia con coleta le sonreía desde la pantalla.

—Eklund —dijo el técnico—. Se llama Ida Eklund.

Las huellas terminaban al borde del río.

Miró en ambas direcciones tratando de descubrir si la chica había ido río arriba o río abajo.

Decidió no seguir por el cauce y continuó en paralelo al río. Haciéndose bocina con las manos, la llamó un par de veces.

La luna se alzaba casi encima de él, pero ya no maldecía su presencia. Al contrario: agradecía la intensa luz que se colaba por entre las ramas de los abetos y alumbraba la nieve, tiñendo de gris claro cuanto había a su alrededor. Aun así, no vio a la chica.

La llamó de nuevo.

Vio algo grande por el rabillo del ojo, pero era solo un ciervo que, de un salto, se perdió en la oscuridad del bosque.

Observó al animal asustado hasta que dejó de verlo y el leve ruido de sus pisadas se fue alejando. Por fin, solo oyó el borboteo del agua. Por lo demás, reinaba el silencio.

Al darse cuenta de que la chica había desaparecido en la oscuridad igual que el ciervo, se puso tan furioso que soltó un grito.

—¡Sal de una vez, puta!

Vio que le temblaban las manos y las cerró con fuerza. No podía estar muy lejos, se dijo. Joder, no podía estar muy lejos.

Sonrió al pensar en la poca ropa que llevaba encima. «Volverá suplicando», pensó, y siguió caminando a lo largo del río.

* * *

Tumbada en la bañera de su casa, Jana Berzelius contemplaba distraídamente la espuma que flotaba a su alrededor. No se había quitado el collar antes de meterse en el agua caliente. Lo acarició con los dedos y pensó en su madre, que un rato antes le había confirmado lo que ya sabía: que su adopción había sido cerrada. Pero ¿por qué la habían tramitado de modo que no pudiera averiguar quiénes eran sus padres biológicos?

Empezó a sentirse incómoda: el agua estaba tan caliente que la agobiaba.

Bajó el brazo y cogió la copa de vino que había dejado en el suelo. Fue bebiendo a sorbitos el vino blanco y frío mientras pensaba en su padre.

Karl Berzelius tenía sus prioridades. Para él, el trabajo era siempre lo primero. Durante todos esos años, había procurado rodearse de personas convenientes y como resultado de ello tenía un enorme círculo de amigos. A veces daba grandes fiestas en la casa de Lindö; otras, celebraba cenas más íntimas. También mantenía reuniones frecuentes.

Debido a ello, a Jana no le había extrañado ver un par de botas desconocidas en el recibidor de la casa de sus padres. Lo que sí le extrañó fue que tuvieran la puntera reforzada con acero.

Su padre debía de tener muy pocos amigos (si es que tenía alguno) que usaran botas con puntera reforzada.

Se preguntó quién era aquella persona que su padre no se había molestado en presentarle.

Pequeñas gotas de sudor se formaron en su frente.

Quitó el tapón pero siguió recostada en la bañera, viendo cómo bajaba el nivel del agua y la espuma se pegaba a su piel.

Vació la copa de vino, se inclinó hacia delante y se abrazó las rodillas arrimándoselas al pecho mientras goteaba agua de sus pezones.

Su carne, acalorada un momento antes, se enfrió rápidamente, y aquella sensación le pareció liberadora.

*　*　*

Henrik Levin miró otra vez la fotografía, observando la mirada de la chica de cabello rubio. Era pecosa y entornaba los ojos hacia el sol. Tenía las gafas de sol apoyadas sobre la frente como una diadema.

—¿Tan pronto la has encontrado? —comentó.

—No ha sido difícil —respondió Ola—. Robin chateaba mucho con una tal idaaa_star, que le había enviado una fotografía titulada «Miss U». Y ya sabes que a los jovencitos de hoy en día les encanta relacionarse a través de las redes sociales como Twitter, Instagram, Snapchat o Kik.

—¿A través de Facebook no?

—No. La mayoría de la gente que usa Facebook tiene entre treinta y cuarenta años, como tú. Tú tienes cuenta, ¿no?

—No —respondió Henrik.

—¡¿Qué?! —exclamó Ola—. Será una broma.

—No, no me gustan esas cosas.

—¿Cuántos hay como tú?

—Más de los que piensas.

—Seguro, aunque yo diría que sois una especie en peligro de extinción.

—No estoy tan seguro de eso. Además, pronto cerrarán Internet, ya lo verás.

Ola soltó una carcajada.

—Vale, lo que tú digas. El caso es que he echado un vistazo a todas las Idas que he encontrado en las redes sociales que usa la gente *moderna* y he encontrado a una tal Ida Eklund que tenía la foto de ese chat como foto de perfil de Instagram.

—¿También tienes su dirección?

—Calle Emil Hedelius, número 260.

—Gracias —dijo Henrik—. Me pregunto si sabrá lo ocurrido y por qué no se ha puesto en contacto con nosotros si lo sabe.

—¿La madre de Robin Stenberg no estaba al corriente de su existencia?

—Si lo estaba, no nos dijo nada.

—¿Qué piensas hacer ahora?

Henrik miró el reloj. Eran casi las seis.

—Tengo que intentar encontrar a Ida. ¿Tienes algún número de teléfono?

—Espera un segundo. —Ola volvió a teclear en su ordenador—. Por lo que veo, tiene un solo número registrado.

—Dámelo. —Henrik anotó el número que le dictó el informático y se acercó el teléfono a la oreja—. Salta el buzón de voz —dijo—. Voy a ir a su casa. Espero que Mia pueda acompañarme.

Lanzó otra ojeada al reloj. «Mia ya debería estar aquí», se dijo mientras marcaba su número. La había llamado varias veces, sin éxito. Pero, para su sorpresa, respondió al primer pitido de la línea.

—Hora de trabajar —dijo Henrik con voz cantarina.

—¿Y eso por qué? —masculló ella.

—Vamos a hablar con la novia de Robin.

—Robin no tenía novia. ¿No?

—En cualquier caso, vamos a hablar con una chica que se llamaba Ida. Ahora mismo.

—Pero… tengo que cambiarme.

—Vale. Puedo pasar a recogerte.

—No estoy en casa.

—¿Cómo que no estás en casa? ¿Dónde estás?

Se le encogió el estómago al oír el grito. Sonaba tan cerca… Él estaba tan cerca…

Empezó a temblar incontrolablemente. Ya no sentía los pies. Ni tampoco los dedos de las manos. Se meció adelante y atrás, intentando calentarse las piernas.

Oyó pasos y trató de recoger aún más las piernas, de acurrucarse lo más posible detrás de las rocas.

Los pasos sonaban muy cerca, pero de pronto se hicieron más débiles, hasta que dejó de oírlos.

¿Estaba esperando? ¿Intentaba tenderle una trampa?

Se quedó completamente quieta, sin apenas atreverse a respirar.

Esperó cinco minutos. Luego se incorporó con piernas temblorosas y, escondida tras las ramas de los árboles, echó a andar nuevamente. Avanzaba paso a paso, con cautela, lo más sigilosamente posible, aguzando el oído por si oía romperse una rama o algún ruido sospechoso.

Cuando se había alejado cien pasos de las rocas, empezó a correr. Sus pasos resonaban en la nieve. Ya no sentía el frío. Corría en línea recta, sabedora de que el bosque tenía que acabarse en algún momento. En algún momento, llegaría a un lugar que no fuera blanco y gélido.

Que no fuera pura nieve.

Mia Bolander arrojó su chaqueta al asiento de atrás del coche y se sentó con un suspiro. Miró por el parabrisas la máquina quitanieves que se movía de un lado a otro ante ellos.

Henrik intentó que le mirara a los ojos.

—¿Qué pasa? —preguntó ella.

—Creía que habías dicho que no ibas a volver a verle.

—¿Y?

—Nada, solo que…

—¿No puede una cambiar de idea?

—Claro que sí.

—Pues entonces.

Atravesaron Norrköping en silencio en medio de la nevada. Cuando cruzaron la rotonda de Klockaretorpet, Henrik agarró el volante con las dos manos para impedir que el coche patinara.

Un gnomo de madera les sonrió, bonachón, cuando llamaron al timbre del número 260 de la calle Emil Hedelius.

Se abrió la puerta y apareció un hombre en pantalones vaqueros, con una larga melena que le caía por la espalda. Henrik se presentó y le estrechó la mano.

—Soy Magnus —dijo el hombre.

—Estamos buscando a Ida.

—¿Qué ha hecho?

—Solo queremos hablar con ella. ¿Vive aquí?

—Sí.

—¿Quién es? —preguntó alguien desde el interior de la casa adosada.

—¿Está en casa? —dijo Henrik.

—Magnus, ¿quién es?

Oyeron pasos en la escalera y un momento después apareció una mujer. Iba completamente cubierta por una chaqueta de punto que le llegaba hasta los pies. Tenía los ojos enrojecidos y las mejillas hundidas.

—Henrik Levin, de la policía. Esta es mi compañera, la agente Mia Bolander.

—Yo soy Petra —dijo la mujer.

Henrik trató de armarse de valor para soportar la expresión de su rostro, pero no lo consiguió del todo. Ya había visto su mirada de pánico.

—Sí, bien —dijo—. Estamos buscando a Ida. Tranquilícense, no es sospechosa de ningún delito. Solo queremos hablar con ella.

—No está en casa —dijo Petra.

—¿Saben dónde podemos encontrarla?

—Está… en casa de un amigo.

Henrik oyó una nota de miedo en su voz.

—¿Puedo preguntarle…? —comenzó a decir, y miró a Mia. Ella estaba pensando lo mismo, tenía la misma pregunta en la punta de la lengua.

—¿Cómo se llama ese amigo? —concluyó Mia en su lugar.

—Pues… —empezó a decir Magnus, y se rio con nerviosismo—. La verdad es que no lo sabemos.

—¿No lo saben?

Magnus respiró hondo.

—Bueno, es todo tan nuevo… Lo único que sabemos es que se hace llamar… ¿Cómo era, Petra?

—Eternal_sunshine.

Henrik tragó saliva.

—¿Podemos pasar?

Su cabello conservaba aún la humedad de la ducha cuando Jana Berzelius se sentó en el sofá con su MacBook sobre las rodillas. Pasó las siguientes dos horas buscando en Internet. Sus pesquisas tomaron distintas direcciones porque no estaba del todo segura de qué andaba buscando. Había varios interrogantes que la inquietaban. El primero de ellos, por qué su adopción había estado envuelta en el más absoluto secreto.

En Suecia regía la norma de que todos los trámites con la administración del estado fueran de dominio público. Era uno de los principios fundacionales de la democracia sueca. Había, sin embargo, ciertas informaciones que se hallaban protegidas por el principio de confidencialidad; por ejemplo, los datos que podían considerarse más sensibles respecto a las circunstancias personales de un ciudadano. Dentro de los servicios sociales, imperaba la confidencialidad en todo lo tocante a las relaciones interpersonales. Por tanto, no era tan raro que una adopción fuera cerrada, se dijo Jana levantando el ordenador de su regazo para que se enfriara un poco.

Volvió a colocárselo sobre las rodillas y apoyó las manos en el teclado.

El segundo interrogante que la inquietaba tenía que ver con la pasión que demostraba Karl Berzelius por su trabajo. En ese aspecto, no le fue difícil recabar información. Encontró artículos de periódico fechados en 1991 en los que se le citaba en relación con la detención de un sujeto de treinta y seis años acusado de haber cometido diversos delitos financieros. Cuando la policía registró el chalé adosado del sospechoso en busca de sus libros de cuentas, encontró cien kilos de narcóticos bajo la escalera. El hombre de treinta y seis años fue imputado por narcotráfico junto con otro individuo. Según el fiscal Karl Berzelius, existían vínculos evidentes entre los dos procesados, que pasarían «numerosos años en prisión por posesión y tráfico de estupefacientes».

La carrera de su padre como fiscal era recta como una flecha. Según el gráfico publicado por un periódico, ganó casi todos los casos en los que intervino durante la primera mitad de la década de 1990. En un editorial dedicado al fomento de una administración de justicia más positiva (un debate iniciado por el colegio de abogados), se hacía una breve semblanza de su figura, siendo ya fiscal general. El trasfondo de dicha iniciativa era el aumento sorprendente de la agresividad en las relaciones entre fiscales y abogados defensores durante los procesos judiciales, una tendencia que se venía observando desde hacía varios años y que se había manifestado con particular claridad en ciertos procesos que concitaron la atención de los medios, como el llamado «Caso Objetivo del Juego», instruido contra una banda mafiosa de Nyköping que se dedicaba, entre otras cosas, a las apuestas ilegales y a la extorsión sirviéndose de métodos violentos. Uno de los procesados aseguró una y otra vez que tanto la policía como los fiscales estaban empeñados en causar su ruina y en que la investigación había sido manipulada. Según afirmaba, habían ocultado pruebas importantes y obviado pistas que habrían cambiado el curso de las investigaciones. El Tribunal de Apelación determinó en su veredicto que no había pruebas que apoyaran tales alegaciones y que «las autoridades competentes habían cumplido su labor con objetividad y respeto escrupuloso por la ley».

Jana dejó a un lado su portátil y pensó que su padre no solo había seguido una trayectoria profesional recta como una flecha, sino que había cosechado un éxito fuera de lo común.

Tanto que casi parecía excesivo.

Tras pasar más de una hora recorriendo la loma de un lado a otro sin ver ni un solo indicio de vida, se dio por vencido. Lleno de frustración, regresó al edificio.

La mula había corrido hacia el bosque en línea recta, alejándose del edificio, y se había escapado. Furioso, fustigó la pared con las cuerdas.

Nadie podía escapar. Nunca.

Era la regla número uno.

Pensó frenéticamente. Sacó su móvil, pero se detuvo en el último instante.

Aún no era momento de llamar. No tenía nada de lo que informar. Esa semana ya había perdido todo un cargamento, y sus jefes no estaban nada contentos con él.

Ahora, también había perdido a la otra mula, que aún llevaba dos cápsulas dentro. La entrega no estaba asegurada. Así que, ¿qué podía decirles? ¿Que las cosas se habían torcido otra vez?

No hizo la llamada.

En realidad, era todo bastante sencillo.

El responsable de llevar las cuentas era él. Solo él sabía exactamente cuántas cápsulas se había tragado la chica. Podía mentir y decirles que solo se había tragado cuarenta y ocho. O mentir un poco más y decirles que ya se había encargado de ella; que la había liquidado; que estaba muerta.

A fin de cuentas, el bosque era muy espeso.

Y hacía un frío de cojones.

La cocina era nueva: tenía encimeras de roble, armarios blancos, una nevera con frontal de acero inoxidable y dos hornos. La lámpara que colgaba del techo estaba adornada con diez velas consumidas a medias.

—Ida no contesta ahora mismo —dijo Magnus al dejar su móvil sobre la mesa—. Salta el buzón de voz.

Miró a Henrik a los ojos y tragó saliva.

—¿Es normal que no conteste? —preguntó Henrik.

—Pasa a veces. Cuando hemos discutido, normalmente no contesta.

—¿Discuten a menudo?

—Lo normal, tratándose de una adolescente.

—Pero ¿por qué quieren hablar con ella? —preguntó Petra—. ¿Qué ha hecho?

—No ha hecho nada —respondió Henrik con calma.

—¿Es por ese chico, entonces? ¿Ha hecho algo?

—El joven apodado Eternal_sunshine se llamaba en realidad Robin Stenberg —explicó Henrik, y exhaló un suspiró—. Esta mañana le encontraron muerto en su apartamento.

—¿Muerto? —Petra se tapó la boca con las manos.

—Lo siento, pero no podemos decirles nada más —añadió Henrik.

—¿Y qué pasa con Ida? —preguntó Petra ansiosamente—. ¿Le ha ocurrido algo a Ida?

—Nos…

—¿Está bien? —la interrumpió Petra—. Está bien, ¿verdad?

Henrik levantó la mirada.

—No tenemos razones para creer lo contrario. Pero tenemos que encontrarla, como es lógico.

—¿Cómo es que no sabían cómo se llamaba de verdad su amigo? —preguntó Mia.

—Como les decía antes, es una cosa muy nueva —dijo Magnus, suspirando—. Ida le conoció hace poco en un foro de Internet. Justo ayer estuvimos hablando de eso. No nos parecía buena idea que se quedara a dormir en casa de alguien a quien no conocíamos. A fin de cuentas, solo tiene dieciséis años. Por lo menos queríamos conocerle. Nos parecía lo más lógico.

—Entonces, ¿discutieron? —preguntó Mia.

—Solo le dije lo que pensaba —contestó Petra—. Y cuando ayer no vino a dormir, empezamos a llamarla, pero no contestaba.

—¿Cómo saben que ese chico se apodaba Eternal_sunshine?

—Lo vi ayer en su móvil —dijo Petra—. Iba a colgar algo de ropa en su armario y justo cuando entré en su cuarto vibró su teléfono y…, en fin, le eché un vistazo. Dicen que conviene vigilar esas

171

cosas, ya saben. Lo dicen en la tele, así que… Ponía «Eternal_sunshine» y, claro, le pregunté a Ida qué era eso. Porque, ¿quién graba el número de un amigo y pone «Eternal_sunshine»? Al principio pensé que era una empresa, o una secta o algo así.

—Ustedes creen que era una relación muy reciente —dijo Henrik—, pero, por lo que hemos averiguado hasta ahora, llevaban un tiempo viéndose, en el Kulturhuset y posiblemente también en otros sitios.

El silencio descendió sobre la mesa. Magnus carraspeó.

—Sí, desde luego es posible que hayan estado viéndose sin que nosotros lo supiéramos. No puede uno estar al tanto de todo. Para nosotros empezó a ser problemático cuando Ida se empeñó en quedarse a dormir en su casa…

—Nos daba miedo que se estuviera aprovechando de ella —añadió Petra—. Hay tanta gente rara en Internet…

—Pero, suponiendo que ayer no fuera a casa de Robin Stenberg —dijo Henrik—, ¿dónde creen que pudo ir? ¿Tienen alguna idea de dónde puede estar?

—No —murmuró Magnus con mirada inexpresiva.

—¿Dónde está mi Ida? —preguntó Petra levantando la voz.

—Vamos a seguir buscándola —le aseguró Henrik—. Pero les pido por favor que piensen dónde puede haber ido. ¿Podría estar en casa de algún amigo o amiga? ¿Hay algún otro sitio al que haya podido ir?

Magnus volvió la cabeza cuando Petra empezó a musitar para sí.

—Ida, mi pequeña Ida…

—Vamos a hacer todo lo que podamos por… —comenzó a decir Henrik.

—Por favor —le interrumpió Petra—, dígame que está bien.

Henrik tensó los músculos de la mandíbula.

—Dígame que está bien, dígamelo. Tiene que estar bien.

—Vamos a encontrarla —le aseguró él con calma, y lanzó una mirada a Mia pidiéndole ayuda.

—Dígame que está bien. Dígamelo —insistió Petra.

—Estoy seguro de que vamos a encontrarla —dijo Henrik.

—¡Dígamelo!

Él bajó los ojos. No quería ver la mirada de desesperación de la mujer. Los pensamientos giraban en su cabeza como un torbellino, hasta que ya no pudo pensar más. Sintió que las palabras acudían a su boca y no pudo contenerlas.

—Ida está bien —dijo.

CAPÍTULO 17

La máquina quitanieves recorría velozmente el centelleante paisaje invernal. Sentado dentro de la cabina iba Christian Bergvall. La nieve se arremolinaba blanca tras él y se teñía fugazmente de naranja por las luces de emergencia antes de desaparecer en la oscuridad de la cuneta. La pala de la máquina levantaba chispas al rozar el duro asfalto.

De vez en cuando, Christian veía brillar puntos de luz en el bosque, cuando los faros de la máquina se reflejaban en los ojos de algún animal. Se preguntaba si sería un ciervo o un reno. Sabía que no era un jabalí porque los ojos de los jabalíes no reflejan la luz, de ahí que fuera tan difícil verlos en la oscuridad.

Pero sabía también que la población de jabalíes aumentaba de año en año y que no era posible impedir su expansión. Ni los accidentes que causaban.

La primera vez que atropelló un jabalí, iba en su Volkswagen Passat. En aquella ocasión cometió dos errores graves. En primer lugar, conducía demasiado deprisa, por lo que el impacto fue muy fuerte, lo que podría haberse evitado.

Y, en segundo lugar, detuvo inmediatamente el coche tras el accidente para ver cómo estaba el animal. El jabalí estaba tendido en el suelo, pero seguía consciente. Se levantó y atacó. Y los jabalíes tienen grandes colmillos, afilados como cuchillos.

Pagó aquel error con treinta y siete puntos en la pierna.

Cuando salió de la curva de la carretera 209 en dirección a Brytsbo, iba bastante deprisa. El estruendo de la pala que raspaba la nieve del suelo, la levantaba y la arrojaba a los lados de la calzada, llenaba la cabina.

Sintió que el cansancio empezaba a apoderarse de él y se puso a canturrear para mantenerse despierto. Solo quedaban dos horas para que acabara su turno.

De pronto vio una sombra y frenó tan bruscamente como pudo.

Había alguien en la carretera.

Se apartó a un lado, apagó el motor y salió de la cabina.

Tenía que decírselo.

O quizá fuera preferible marcharse del apartamento de Martin y no volver más, ni contestar al teléfono. Tal vez, a pesar de todo, era preferible quedarse en casa, sola.

A Mia Bolander nunca le había gustado estar sola. Prefería la compañía de los demás: en el trabajo, en su tiempo libre y en la cama. Pero seguir viéndose con Martin Strömberg únicamente para no estar sola no era buena idea, en absoluto. Le convenía buscarse a otro chico. O, mejor, a un hombre. Ella no estaba hecha para mantener relaciones que duraran más allá de una noche. Era así, no tenía vuelta de hoja.

Pero en ese momento no tenía ganas de pensar en lo que debía decirle a Martin, en los argumentos que utilizaría para poner fin a su relación.

Estaban tumbados en la cama de matrimonio, desnudos. Mia apoyaba la cabeza sobre su pecho.

—Qué callada eres, Mia —dijo él—. Siempre tan reservada. ¿No serás del servicio secreto? —Se rio como si no hubiera hecho ya aquella broma otras veces—. Estabas tan graciosa cuando viniste con tu compañero…

Empezó a reírse con estridencia.

—Sí, ya me lo has dicho —dijo ella.

—Ojalá te hubiera hecho una foto.

Entonces pareció darse cuenta de que Mia no estaba de humor para bromas.

—¿Estás preocupada por algo, Mia? Este no es momento para estar preocupada. Casi es Navidad y, si te portas muy muy bien, Papá Noel te traerá regalos. ¿Qué quieres por Navidad, por cierto?

Ella levantó la cabeza y le miró para ver si hablaba en serio.

—Nada —contestó.

—¿Nada?

—¡Nada!

Volvió a apoyar la cabeza en su pecho y observó sus pezones extrañamente grandes y el vello que los rodeaba. Al pasear la mirada por la habitación, reparó en la estantería casi vacía, en la que el polvo formaba líneas rectas allí donde antes había habido cedés. Ahora, los discos estaban dispersos por el suelo. Habían estado poniendo música durante la noche y esa mañana, en un viejo equipo de música con dos enormes altavoces que se erguían como torres negras en un rincón de la habitación. Mia pensaba que no sobreviviría a una noche escuchando a los Ace of Base, pero, pensándolo bien, tampoco creía que fuera a salir nunca con un hombre al que le gustaba chupar los dedos de los pies de sus amantes.

Tenía que romper con él, no había duda.

—¿Un jersey, quizá? —preguntó Martin—. ¿O unos pendientes?

—No me gustan los pendientes —contestó sentándose en la cama.

—Entonces dime qué te gusta.

—Los pendientes, no.

—¿No?

—No.

—Pero algo querrás.

—No.

Le miró y sintió crecer su irritación. Lo que había entre ellos no era real. Y ahora se arrepentía de haber recurrido a aquel imbécil, de haber hecho la estupidez de volver a verle. No se sentía a gusto con él. En realidad, era imposible que congeniaran: ni ahora, ni nunca.

Martin había vuelto a gemir en voz alta y, aunque ella había bostezado durante el acto, él no se había dado por aludido: había seguido encima de ella, dentro de ella, y Mia había sentido el impulso de taparse los oídos para no tener que seguir oyéndole. Aquel puto gemido la sacaba de quicio. Le habían dado ganas de gritarle que parara, que era preferible echarse a dormir que malgastar el tiempo de esa manera, porque no tenían nada en común ni lo tendrían nunca.

—Ya te he comprado una cosa —dijo él.

—¿Qué has dicho?

—Que ya te he comprado una cosa.

—¿Qué?

—Tendrás que esperar para verlo.

—Dime qué has comprado —insistió ella.

—Algo bonito.

—¿El qué?

—Si te lo digo, no será una sorpresa.

—No me gustan las sorpresas.

—Pero a mí sí.

—Entonces dame una pista.

—No —contestó él levantándose de la cama.

Entró en el cuarto de baño y cerró la puerta.

Mia se levantó, se pasó la camiseta por la cabeza, se hizo una coleta y subió la persiana. Aunque era por la mañana, reinaba la oscuridad.

Al sacar sus vaqueros de debajo de la cama, se fijó en una bolsa que había allí, con una caja negra dentro. Era una caja grande y negra, con un nombre grabado. Conocía aquel nombre: era el de una marca exclusiva de relojes.

Prestó atención por si oía ruido en el baño. No se oía nada, Martin no había tirado de la cadena ni había abierto el grifo del lavabo, así que calculó que disponía de unos minutos para ver qué había dentro de la caja. Quitó la tapa.

Se quedó boquiabierta al ver el reloj. Era pequeño y muy muy bonito. Lo tocó, ansiosa por ponérselo en la muñeca, por saber lo que se sentía al llevar un reloj tan caro.

Oyó el ruido de la cadena. Se apresuró a meter la caja y la bolsa bajo la cama, se puso los vaqueros y salió al pasillo. Martin estaba apoyado contra el marco de la puerta con los brazos cruzados. Vio que estaba completamente desnudo, con la minga colgándole entre las piernas.

«Esto ya es el colmo», se dijo, y le sorprendió darse cuenta de cuánto deseaba poner fin a aquello.

—Así que la señorita policía se va a atender su próximo caso.

—Siempre al pie del cañón —contestó ella.

Martin se rio y batió las pestañas con gesto coqueto. Mia se puso la chaqueta, abrió la puerta y le miró.

—Estás loco, ¿lo sabías?

Compuso una sonrisa, cerró la puerta y bajó por la escalera a toda prisa. Al cruzar el césped, respiró hondo varias veces. Se metió las manos en los bolsillos y maldijo para sus adentros. Quería romper con él, pero no podía. Al menos, de momento.

No podía romper con él hasta Navidad.

O, más concretamente, hasta que le regalara el reloj.

Tiritaba y la temblaban las manos.

¿Había tenido un sueño? En todo caso, no había sido el sueño de siempre. No había en él violencia, ni borbotones de sangre. No aparecía la cicatriz, ni aquella voz que le gritaba, ni las manos que la sujetaban con fuerza, que la golpeaban para que aprendiera a soportar el dolor y no cejara, para que aprendiera a ser lo que se esperaba de ella: un arma mortífera.

Para eso la había entrenado Gavril Bolanaki.

Y en eso, en efecto, se había convertido.

Jana Berzelius abrió los ojos y contempló su habitación. Oyó el silencio y respiró profundamente.

Debía de haber estado soñando: había oído a alguien decir su nombre. ¿O había oído un ruido en su apartamento?

Estiró los dedos y se miró las manos para ver si se había clavado las uñas en las palmas, pero no vio ninguna marca. Así que tenía razón: no había sido el sueño de siempre.

Apoyándose en el codo, se llevó la mano al collar y decidió que no había razón para seguir durmiendo. Prefería levantarse.

Cogió su móvil y vio que tenía una llamada perdida de Henrik Levin. ¿Tan pronto?

Se sentó, marcó y esperó a que contestara.

—Henrik —dijo él.

—Me has llamado. ¿Qué ocurre? —preguntó.

—Siento llamarte a estas horas, pero hemos encontrado a la chica del tren, la que desapareció. Al menos, todo apunta a que es ella.

—¿Está viva?

—Sí.

—Voy para allá.

La silla crujió cuando Henrik Levin se sentó junto a Mia Bolander en la unidad de cuidados intensivos del hospital Vrinnevi. Miraron ambos a la mujer que yacía en la cama con expresión ausente. No les costó reconocer su cara, que habían estudiado con atención en las fotografías extraídas de las cámaras de seguridad de la estación.

Había también un intérprete, al que habían hecho venir para que la conversación transcurriera sin malentendidos. El único ruido que se oía en la habitación eran los siseos y pitidos que emitían las máquinas que controlaban la respiración, el pulso y el ritmo cardíaco de la joven.

Llamaron suavemente a la puerta y entró Jana Berzelius. Saludó rápidamente a Henrik y Mia y se sentó a su lado.

Como la presencia de dos agentes de policía, una fiscal y un intérprete podía resultar apabullante, decidieron que Henrik se encargara de dirigir la conversación. Era importante ganarse la confianza de la chica.

—¿Todavía no habéis empezado? —le preguntó en voz baja Jana.

—No, estaba esperando.

La joven tosió y Henrik apartó la mirada de los vendajes de sus muñecas y sus brazos y la fijó en los hematomas y rozaduras que quedaban a la vista por encima de la manta y, a continuación, en la vía que tenía puesta en el brazo.

El médico les había dicho que su estado general era malo. Tenía fiebre alta, pero tiritaba como si siguiera padeciendo hipotermia como consecuencia de su exposición a la gélida noche invernal.

Según les había explicado el doctor, tenía síntomas de congelación en tres dedos de los pies. Tal vez hubiera que amputarlos, aunque el médico no quería pronunciarse al respecto todavía. Era difícil determinar el alcance de la necrosis y preferían esperar antes de tomar una decisión.

La joven yacía muy recta, con los brazos estirados sobre la manta. Junto a la cama, en la mesa, había un vaso de agua tibia del que la enfermera la había ayudado a beber antes de permitir que los dos policías la interrogaran.

—¿La puerta está cerrada? —preguntó la chica—. ¿Lo está? ¿Han cerrado bien?

—Ahora estás a salvo —le aseguró Henrik con calma.

Ella meneó la cabeza como si no le creyera.

—Estamos aquí para ayudarte —añadió él, e hizo una seña al intérprete para indicarle que empezara—. Pero necesitamos saber dónde has estado y lo que te ha ocurrido.

—No lo sé —contestó ella—. No tengo ni idea. Estaba en una habitación muy fría. Hacía muchísimo frío.

Empezó a llorar. Henrik cambió una mirada con Jana y aguardó a que la joven recuperara el aliento.

—Esa habitación de la que hablas —prosiguió—, ¿sabes dónde está?

—No, no lo sé —respondió ella con desconcierto.

Henrik vio que movía las piernas debajo de la manta. Le repitió que estaba a salvo y que todo iba a arreglarse. La chica le miró a los ojos sin responder.

—¿Cómo te llamas? —preguntó Henrik.

Ella bajó los ojos.

—Pimnapat Pandith, pero me llaman Pim.

Él se recostó en su silla y se apoyó relajadamente en los reposabrazos. Advirtió que Jana estaba tomando notas en un cuaderno.

—Tu amiga… —comenzó a decir, e hizo una pausa al ver que Pim se echaba a llorar—. ¿Vinisteis en el tren desde Copenhague?

Ella asintió lentamente.

—¿Qué ibais a hacer aquí?

—Veníamos de vacaciones…

Henrik cruzó las piernas.

—Sí —dijo—. Lamentamos mucho lo que le ocurrió a tu amiga, y no quiero disgustarte, pero… sabemos que llevaba aproximadamente cincuenta bolas de heroína en el estómago y damos por sentado que tú…

—Sus ojos… —le interrumpió Pim—. Tenía las pupilas pequeñísimas. Pequeñísimas. Dijo que quería dormir, que quería dormir, y no pude despertarla. No se despertaba. —Se sacudió, sollozando, y el tubo de la vía comenzó a oscilar.

Henrik esperó un par de minutos para darle tiempo a que se repusiera.

—¿Cómo se llamaba tu amiga? —preguntó cuando vio que respiraba con más calma.

Pim dudó un momento, tosió y levantó la mirada.

—Siriporn.

—Siriporn Chaiyen. ¿Es así?

—Sí —contestó.

—Es lo que pone en su pasaporte. Pero su pasaporte era falso, de modo que doy por sentado que ese no era su verdadero nombre. Creo que se llamaba Noi. ¿Me equivoco?

Vio que la mirada de Pim vagaba por la habitación.

—La llamábamos Noi.

—¿Y cómo se llamaba en realidad?

—Chaniporn —masculló metiendo las manos bajo la manta.

—¿Y su apellido?

—No lo sé.

—¿Quién os proporcionó los pasaportes?

—Nadie.

Jana pareció a punto de formular una pregunta, pero se refrenó.

—Puesto que el pasaporte de tu amiga era falso, será mejor que te preguntemos otra vez cómo te llamas —dijo Henrik.

—Ya se lo he dicho —respondió Pim sollozando—. Me llamo Pimnapat y me llaman Pim.

—¿Y qué nombre figuraba en tu pasaporte? —insistió Henrik.

—El que le he dicho. Pimnapat.

—¿Estás segura?

—Sí.

Jana anotó algo en su cuaderno. Henrik se frotó la nariz mientras pensaba.

—Entonces, si preguntamos en la línea aérea, encontraremos una Pimnapat en un vuelo procedente de… —No acabó la frase—. Sabemos que quieres que te dejen en paz —añadió—, pero durante los próximos días tendremos que hablar contigo con más detalle y, aunque sea desagradable, ahora tenemos que hacerte unas preguntas. Pero no hay motivo para que te asustes. No va a pasarte nada.

La chica cerró los ojos y se mordió el labio. Sus ojos se movieron bajo los párpados, haciendo temblar sus cortas pestañas negras.

—Todavía me persigue, ¿verdad? —susurró.

—¿Quién? —preguntó Henrik.

—Me persigue —repitió ella.

—¿Quién te persigue? ¿Hay alguien buscándote?

—No, no quiero, no quiero…

—Aquí no corres peligro —le aseguró Henrik con voz suave.

Ella suspiró, abrió los ojos y miró al intérprete.

—Pero tenemos que… —dijo Henrik—. ¿Qué tenía que pasar cuando llegarais a Norrköping? ¿Ibais a encontraros con alguien, o teníais que poneros en contacto con alguna persona?

Pim no respondió.

—¿Tú sabías que Noi tenía que hacer esa «entrega»?

—No, yo no sabía nada. Íbamos de vacaciones…

—¿A Norrköping? —preguntó Mia con escepticismo—. ¿Viajasteis desde… desde donde viajarais para venir de vacaciones a Norrköping?

Henrik la miró con enojo.

—Sí —contestó Pim.

—¿Quién le encargó el trabajo a Noi? —preguntó él.

—No lo sé.

—Está bien. —Henrik decidió cambiar de táctica—. ¿Puedes decirme algo sobre el lugar donde estabas? Has dicho que era una habitación.

—Hacía frío en la habitación…

—¿Qué más? ¿Había muebles?

—Agua. Había agua por todas partes.

—Agua. ¿Agua corriente? ¿Olas?

—Madera. Y dos pisos.

—¿El edificio tenía dos pisos? —preguntó Henrik.

—Sí.

Jana volvió a escribir en su cuaderno.

A Pim se le quebró la voz. Levantó las manos y se tapó la cara.

—Había tanta nieve… —sollozó—. Corrí por la nieve. Él me perseguía. Pero pude escaparme. Me había atado.

—¿Por qué te ató?

—Para que no me escapara.

—¿Por algún otro motivo?

—No.

—¿No es posible que quisiera asegurarse de que evacuabas lo que te habías tragado en un lugar que él tuviera controlado?

—Yo no me tragué nada. Noi, sí. Yo solo la acompañaba. —Apartó las manos de la cara y comenzó a pellizcar la manta—. ¿Cuándo puedo irme a casa? Tengo una hermana pequeña esperándome.

—¿Dónde te está esperando?

No contestó.

—Necesitamos saber dónde vives.

Guardó silencio.

—Vas a tener que quedarte aquí una temporada —añadió Henrik.

—¡No! Tengo que irme a casa —dijo ella—. ¡Pero él tiene mi pasaporte! ¡Quiero mi pasaporte!

—Tranquilízate, te ayudaremos a volver a casa. Pero primero tienes que decirnos la verdad, toda la verdad. Necesitamos saber qué ibas a hacer aquí, en Suecia, y quién te ha mantenido retenida.

—No quiero volver allí —dijo la chica—. Yo solo quería salir de allí, y traté de ayudarla, pero no pude. Tuve que huir.

—¿Querías ayudar a Noi?

—No quería dejarla sola, pero tuve que hacerlo. Tuve que dejarla.

—Escúchame —dijo Henrik en tono tranquilo—. ¿A quién tuviste que dejar? ¿Te refieres a Noi, en el tren?

—No, a la chica sentada en el suelo.

—¿A qué chica? Has dicho «a la chica». ¿A quién te refieres?

—Estaba conmigo.

—¿En la habitación donde te tenían retenida?

—Sí.

—¿Había otra chica allí?

—Sí.

CAPÍTULO 18

Gunnar Öhrn tiró de la cadenita dorada que colgaba de la lámpara de mesa. La pantalla verde se iluminó con una luz suave.

Gunnar se sentó a la mesa y miró el candelabro de adviento. Era rojo, con siete velas y pequeñas coronas de plástico en la base de cada vela.

Era la segunda semana de Adviento. La cuenta atrás para Navidad estaba en su apogeo.

Fijó la mirada en el ordenador que tenía delante y vio su imagen reflejada en la pantalla negra. Apenas se reconoció. Estaba pálido y gris. Tenía ojeras.

Y el pelo desgreñado.

¿Cuánto tiempo hacía que no se lo cortaba?

Lo había olvidado, quizá porque estaba cansado. Quizá porque era viejo. Ignoraba cuál era el motivo.

Oyó que llamaban y vio abrirse la puerta. De pronto apareció aquel idiota. Pero no entró: se quedó en la puerta con una mano en el pomo y una sonrisa burlona en la cara.

—¿A qué huele?

—¿Qué quieres decir?

—Huele a algo…

Anders Wester levantó la nariz y husmeó como un puñetero perro de caza.

—Ah, ya sé. Huele a pan de jengibre.

—¿Y?

—¿No estarás atiborrándote como un cerdo en el despacho?

—No. Anneli ha comprado un jabón nuevo.

—Así que ahora vas por ahí oliendo a pan de jengibre. Eso sí que es difundir el espíritu navideño.

—Vale ya.

Anders sonrió otra vez, burlón. Siguió en la puerta, pasándose la mano por la calva.

—Así que habéis avanzado en el caso —comentó.

—Eso parece.

—Pero no la encontrasteis vosotros.

Gunnar apretó los dientes y tomó aire por la nariz.

—La encontró el conductor de una quitanieves en la carretera 209.

—¿Dónde está ahora?

—En el hospital.

—¿Y dónde ha estado desde que huyó del tren?

—Eso no está nada claro. La chica no conoce muy bien esto, que digamos. Pero esperamos saber algo más concreto a lo largo del día. La estamos interrogando.

—¿Y el secuestrador? ¿Qué pensáis hacer al respecto?

—Pareces un periodista. ¿Vas a escribir un artículo o qué?

Anders soltó el pomo de la puerta y cruzó los brazos.

—Solo quería saber qué tenéis previsto.

—Vamos a tener una reunión dentro de una hora.

—Bien. Más vale que así sea.

—Acabo de decir que vamos a tener una reunión.

—Y yo acabo de animarte a ello.

—No necesito que me animes a nada.

Anders volvió a componer aquella sonrisita, puso la mano en el pomo y cerró la puerta. Luego volvió a abrirla.

—Oye, Gunnar —dijo—. La próxima vez prueba con otro aroma. El pan de jengibre no va contigo.

* * *

Pim miró el techo y sintió que el frío penetraba en su piel a través de la vía conectada a su brazo. Al mismo tiempo, notó el calor de las lágrimas que le corrían por las mejillas y se le metían en los oídos. La enfermera le tendió un pañuelo de papel, pero Pim estaba tan débil que no pudo cogerlo. Henrik cruzó una mirada con Jana y Mia.

—¿Puedes describir a la chica? —preguntó él con cautela.

Pim escuchó mientras el intérprete traducía la pregunta.

—¿Puedes describírnosla?

—Cuando me fui, se puso a gritar. Yo no quería dejarla allí, pero tenía que marcharme antes de que él volviera. Tuve que dejarla.

Cerró los ojos y se acordó de cómo miraba la chica hacia arriba, desde los escalones hacia el piso de arriba. Estaba muy quieta y callada, sentada en el suelo. Solo el movimiento de sus ojos delataba el miedo, el horror y la angustia de sentía. Pim había visto su cara: se habían mirado la una a la otra.

—¿Puedes decirnos algo más sobre ella? ¿Hablasteis?

Pim solo oyó el susurro y el pitido de las máquinas. No podía mantener los ojos abiertos. Parpadeó, pero solo vio oscuridad.

Oyó la respiración agitada y nerviosa del policía. Su voz, en cambio, sonó serena cuando repitió la pregunta.

—¿Puedes decirnos algo más sobre la chica?

Abrió los ojos y negó con la cabeza.

—Estaba muy asustada —dijo con labios temblorosos—. Lloraba todo el tiempo.

Se le quebró la voz. Estaba pensando cómo había corrido por entre la espesa nieve. No quería volver a sentir aquel frío. Solo quería irse a casa, volver al sol y al calor, con Mai. La policía no podía retenerla. Ya no tenía nada dentro. Las últimas dos cápsulas habían quedado en el bosque, en alguna parte.

—¿Te acuerdas de su nombre? —preguntó él.

—No lo sé —susurró Pim.

—¿Era Ida?

Mia le miró extrañada. Pim no respondió.

—Tenemos que dejar descansar a Pim un rato —dijo la enfermera mientras secaba las lágrimas que corrían por las mejillas de la joven.

Henrik decidió no hacerle caso. Sacó su móvil y fue pasando
fotografías hasta que encontró una de Ida Eklund. Tenía los ojos
azules, muy grandes. El largo cabello rubio le caía sobre el hombro,
recogido en una trenza enmarañada. Sonreía a la cámara.

—¿Es esta la chica que estaba contigo?

Pim miró el teléfono entornando los ojos.

—No sé —dijo con voz casi inaudible.

Se volvió de lado y se tapó la cabeza con la manta.

—Fíjate bien —dijo Henrik.

Pero Pim no dijo nada más. Se había encerrado en sí misma.

Hacía un frío polar cuando Henrik Levin, Mia Bolander y Jana
Berzelius salieron por la entrada principal del hospital Vrinnevi.
Mia se encorvó de inmediato, tratando de retener el calor.

—Oye, ¿a qué ha venido lo de Ida? —preguntó—. ¿Cómo va a
estar Ida metida en esto? ¿Es que se te han agotado las ideas, Henrik?

—Espera, espera, empieza desde el principio —dijo Jana—.
¿Quién es Ida?

—Ayer encontramos a un joven asesinado en su apartamento.

—¿Robin Stenberg? Me lo dijo Per Åström.

—Sí, exacto. Al principio pensamos que estaba solo, que no tenía pareja, pero por lo visto salía con una tal Ida Eklund.

—Me estoy congelando —comentó Mia—. ¿Tenemos que
quedarnos aquí fuera?

—¿Y esa Ida ha desaparecido? —preguntó Jana.

Henrik hizo un gesto afirmativo.

—Resumiendo: Ida les dijo a sus padres que iba a quedarse a
dormir en casa de su novio, y los padres se enfadaron porque no conocían al novio. Ida decidió ignorar sus protestas, y suponemos que
anteanoche durmió en casa de Robin. Todavía no lo hemos confirmado, pero de momento esa es nuestra hipótesis.

—¿Hola? —Mia se abrazó el torso, pero no consiguió que le hicieran caso.

—Entonces, ¿es posible que estuviera presente cuando asesinaron a Robin Stenberg? —preguntó Jana, notando que se le erizaba el vello de los brazos.

—Como te decía, de momento no tenemos ninguna certeza, pero sí, es muy probable que estuviera en el piso cuando Robin fue asesinado.

—Pero ¿por qué iba a estar Ida en el mismo sitio que Pim? —preguntó Mia, tiritando—. ¿Por Robin Stenberg? ¿No es un poco descabellado pensar que una chica de dieciséis años que todavía estaba en el instituto y un vegetariano de veinte tienen algo que ver con este caso? Usa tus neuronas, Henrik.

—Ya sé que parece improbable, pero teniendo en cuenta que Robin había tenido problemas con las drogas, cabe la posibilidad de que tuviera algún vínculo con nuestro hombre. Y, cuando Pim ha hablado de esa otra chica, se me ha ocurrido preguntarle si era Ida.

—Ya, eso es genial. Ahora, dame las llaves del coche.

—¿Tanto frío tienes? —preguntó él.

—Sí. No todo el mundo puede permitirse ropa de abrigo de marca —respondió mirando a Jana con fastidio.

Henrik se sacó las llaves del bolsillo y se las dio. Mia se dirigió al aparcamiento sin perder un segundo.

—¡Te espero en el coche! —gritó por encima del hombro.

Jana la siguió con la mirada. Agarraba tan fuerte su maletín que se le transparentaban los nudillos.

—¿Crees que esa tal Ida presenció el asesinato de Stenberg? —preguntó.

—Sí —respondió Henrik.

Jana se volvió hacia él y le miró directamente a los ojos.

—¿Y dónde está ahora?

—Eso es lo que tenemos que descubrir —contestó él sin desviar la mirada.

CAPÍTULO 19

Henrik Levin levantó la vista cuando Anders Wester entró en la sala y ocupó su sitio en la mesa, en torno a la cual ya se hallaban sentados Gunnar, Mia, Ola, Jana y Per.

—¿Van a pedir el procesamiento de algún sospechoso? —preguntó Anders con las cejas levantadas.

—No, aún no hemos llegado a ese punto —contestó Henrik en tono dubitativo, mirando a Gunnar.

—Y aun así están presentes nada menos que dos representantes de la fiscalía —comentó Anders lanzando una mirada a Jana y Per.

Per se estiró un poco, incómodo. Jana, en cambio, no movió un músculo.

—Puede que aquí colaboremos con la fiscalía de un modo al que no estás acostumbrado —repuso Gunnar—. Aunque, por otro lado, nosotros tampoco estamos acostumbrados a contar con la presencia de la Brigada Nacional de Homicidios. Pero gracias por señalarlo y bienvenido a la reunión. ¿Empezamos? —preguntó volviéndose hacia Henrik.

—Sí, bueno —comenzó a decir Henrik—, la noche del pasado jueves, Pimnapat Pandith, a la que podemos referirnos como Pim, llega a Norrköping en tren con su amiga Siriporn Chaiyen. Siriporn, que también responde al nombre de Noi, muere de sobredosis. Asustada, Pim huye del tren, pero en la estación hay un hombre esperándola en un coche. Según lo que ella misma nos ha contado, la conducen a una habitación que describe como fría y próxima a una zona de agua. Podría ser una casa de verano abandonada, un cobertizo, una caseta para barcas o algo por el estilo.

—Pero una caseta para barcas no tendría dos plantas, ¿no? —le interrumpió Mia—. Yo me inclino a creer que era una casa abandonada o algo así.

Henrik asintió con la cabeza y agregó:

—En cualquier caso, Pim consigue escapar de la habitación, o de la casa, y la encuentra Christian Bergvall, que llama a emergencias. En estos momentos está siendo atendida en el hospital. De momento seguirá allí, vigilada por un agente, puesto que es probable que posea información importante que quizá alguien no quiera que averigüemos.

—Confiamos en poder interrogarla de nuevo —terció Jana—, especialmente respecto al hombre que la recogió en la estación de tren.

—¿Qué sabemos hasta ahora de las personas para las que trabajaba? —preguntó Anders.

—En estos momentos, no mucho —respondió Henrik.

—Pero estamos trabajando en ello —se apresuró a añadir Gunnar.

—¿Cómo, si se me permite preguntarlo?

—Tenemos previsto seguir interrogando a Pim, por supuesto —dijo Jana.

—Sí —agregó Henrik—, pero también hemos conseguido una descripción del hombre que la recogió. Y hemos hecho algunos progresos respecto al pasaporte de la joven fallecida, ¿no es así, Ola?

El informático se inclinó hacia delante. Llevaba el gorro de punto un poco echado hacia atrás, de modo que parecía la cumbre puntiaguda de una montaña.

—Thai Airways nos ha confirmado que Siriporn Chaiyen embarcó en un vuelo que salió de Bangkok y aterrizó en el aeropuerto de Kastrup, en Copenhague, el jueves por la mañana.

—¿Y Pim? ¿O Pimnapat, quiero decir? —preguntó Mia.

—Eso es más complicado —respondió Ola—. No hay ni un solo nombre en la lista de pasajeros que empiece por «Pim».

—Es posible que llegara en otro vuelo —comentó Henrik.

—O que esté mintiendo —repuso Mia— y que figure en la lista de pasajeros con su verdadero nombre.

—¿Cómo se reservaron los billetes? ¿Lo sabemos? —preguntó Jana.

—El billete —puntualizó Ola—. Solo reservaron un billete a nombre de Siriporn Chaiyen.

—¿Por Internet?

—A través de una agencia de viajes de Bangkok.

—¿Y el pago?

—No disponemos de ninguna información al respecto, así que es probable que fuera en efectivo. —Ola se pasó la mano por el gorro—. Sería más fácil si tuviéramos su pasaporte —dijo—. Pero tarde o temprano averiguaremos su nombre.

—No sé —repuso Henrik.

No estaba en absoluto seguro de que Pim fuera a decírselo por propia voluntad.

—Pero ¿qué ha dicho hasta ahora sobre el contrabando de drogas? —preguntó Anders.

—Se muestra muy imprecisa al respecto —contestó Jana.

—En efecto —añadió Henrik—. Pero cree que el hombre que la recogió en la estación se equivocó con ella. Asegura que solo viajaba con Noi para hacerle compañía. Que no tiene nada que ver con las drogas.

—¿Y qué opinamos nosotros al respecto? —preguntó Anders.

—Que es muy dudoso —respondió Henrik, e hizo una breve pausa—. En fin, si de momento no hay más preguntas acerca de las tailandesas, he pensado que podíamos pasar al caso número dos: Robin Stenberg —añadió mientras hojeaba sus papeles—. Fue hallado asesinado en su domicilio ayer, y el asesino o asesinos siguen sueltos.

»La investigación forense acaba de concluir y... debo decir que no ha arrojado ningún resultado positivo. Un paquete de jamón en la nevera de un vegetariano es la mejor pista que tenemos hasta el momento. Sabemos asimismo que Robin había sido detenido en alguna ocasión por posesión de heroína y que por tanto podría tener alguna relación con el caso de las tailandesas.

—¿No es una conclusión precipitada? —preguntó Anders—. ¿Vincular el asesinato de Robin Stenberg con el tráfico de estupefacientes?

—No estamos dando nada por sentado —repuso Gunnar.

—Bueno, algo es algo —comentó Anders con una sonrisa.

—Pero aún no sabemos con seguridad si Robin Stenberg seguía consumiendo drogas —terció Per.

—No, todavía no —repuso Henrik—. De momento, lo único que sabemos es que Robin Stenberg tenía una relación íntima con una joven de dieciséis años llamada Ida Eklund, que casualmente se encuentra en paradero desconocido desde el viernes por la tarde. Todo indica que se hallaba en el apartamento de Robin Stenberg el viernes por la noche. —Henrik hizo otra pausa.

—¿Cabe la posibilidad de que esté implicada en el asesinato? —preguntó Per echándose hacia delante.

—Naturalmente —respondió Henrik—. Pero, por cómo se cometió el asesinato, dudo que el asesino fuera tan joven. Opino que se trata de un asesino profesional. Pero es solo una opinión personal.

—Sí, y también crees que Ida Eklund puede ser la chica que, según la tailandesa, estaba encerrada con ella —señaló Mia.

—¿Hay algo que apunte en esa dirección? —inquirió Gunnar.

Henrik miró a Mia con fastidio.

—De momento, nada —dijo—. Fue solo algo que se me ocurrió cuando estábamos hablando con la chica tailandesa. Una chica desaparece mientras en otro sitio aparece otra.

—Entonces, ¿Ida Eklund podría estar en cualquier otro lugar? —preguntó Gunnar.

—Sí, por supuesto —respondió Henrik—. Y es posible que se haya marchado por propia voluntad.

Jana levantó la vista de su cuaderno.

—Entonces, aún no tenemos noticias sobre su paradero —dijo.

—No. —Henrik meneó la cabeza.

—Muy bien, pero, volviendo a esa tailandesa, esa tal Pim —dijo Anders—, ¿qué ha dicho sobre ese sitio, sobre esa habitación?

—Casi nada. —Henrik se acercó al mapa detallado que colgaba de la pared. Un punto rojo marcaba el lugar donde había sido hallada Pim, en la carretera 209—. Iba a pie y es probable que avanzara muy despacio. Lo lógico es que no haya podido recorrer más de tres kilómetros por hora, teniendo en cuenta lo helada y entumecida que estaba.

Ya había medido con una regla la distancia máxima que podía haber recorrido la chica a ese paso. Trazó una línea hacia el sur desde el punto rojo y, sirviéndose de un compás, dibujó un amplio círculo.

—Asegura que había agua —prosiguió—, lo que significa que debemos centrar la búsqueda en la zona de la costa. Empezaremos por el norte, cerca de Marviken, Viddviken y las zonas aledañas. —Señaló de nuevo el mapa—. Deberíamos encontrar el lugar donde la tuvieron retenida en esta zona. En estos momentos hay diversas patrullas buscándolo.

—¿Cuántos edificios hay en esa zona? —preguntó Per.

—Estamos intentando averiguarlo. —Henrik tomó asiento—. Pero, puesto que de momento no sabemos gran cosa acerca del lugar, deberíamos pasar a la cuestión de qué sabemos del secuestrador. Es decir, que llevaba un coche con matrícula falsa, que vestía ropa oscura y que tenía el cabello también oscuro.

—¿Solo eso? —preguntó Gunnar.

—Sí —respondió Henrik.

—Entonces convendría convocar una rueda de prensa —comentó Gunnar.

—¿Y pedir la colaboración ciudadana para encontrar a ese tipo? —preguntó Henrik—. No creo que…

—¿Se te ocurre algo mejor? —preguntó su jefe.

—Pero ¿no tenemos suficientes indicios para empezar a investigar? —repuso Henrik—. Lo que quiero decir es que otras pistas podrían conducirnos en la dirección equivocada. Ya tenemos a gente buscando en la zona donde fue encontrada la chica tailandesa.

—O quizá nos lleven en la dirección correcta. Puede que alguien haya visto algo en la estación o en la costa. ¡No estamos persiguiendo a un fantasma! —Gunnar apoyó los codos en la mesa y se pasó las manos por la cara—. Ahora mismo, solo la chica tailandesa sabe quién es ese hombre —dijo.

—Pero se niega a hablar —comentó Mia.

—Entonces tendremos que asegurarnos de que hable —repuso su jefe.

—Bueno, así que por fin tenemos algo en común —le dijo Per Åström a Jana Berzelius cuando los otros miembros del equipo salieron de la sala de reuniones.

—No te entiendo —respondió ella.

—La investigación.

—Eso aún está por ver. De momento, no hay ninguna prueba concluyente que vincule a la joven tailandesa con el asesinato de Robin Stenberg.

—¿Las drogas?

—Es un indicio muy débil, por ahora.

—Entonces estás de suerte, porque, si de verdad hay algún vínculo entre los dos casos, puede que tengas que verme más a menudo —comentó Per.

—Voy a tomarme eso como una muestra de acoso hacia una compañera de trabajo —replicó Jana mientras le veía descolgar de la silla su chaqueta verde corta.

Se preguntaba por qué se empeñaba en llevar aquella chaqueta con capucha, demasiado informal para aquel entorno. Era mucho más apropiada para las pistas de esquí de Åre.

—¿Qué prefieres? ¿Aquí o en la calle?

—¿Qué?

—La comida. Tú tienes que comer y yo también, así que, ya que estamos, podemos comer juntos, ¿no?

Jana le miró con fastidio.

—¿Qué? —preguntó levantando las manos.

—Nada. —Jana se echó la chaqueta sobre los hombros.

—Mejor en la calle, ¿verdad? Me apetece salir de aquí. En la cafetería de la comisaría pueden vernos juntos, y no me apetece. La gente podría hacerse ideas raras, como que estamos saliendo juntos o algo así.

Jana apoyó una mano en la cadera, ladeó la cabeza y miró su amplia y molesta sonrisa.

—¡Venga! —dijo él, riendo.

—¿Dónde podemos ir?

—Lo decidiremos por el camino —respondió Per.

Al salir de la jefatura de policía, les salió al paso un remolino de brillantes copos de nieve. Hacía más frío que antes y Jana cruzó los brazos para darse calor.

—¿*Sushi*? —preguntó Per—. O McDonald's. Muchas veces acabo comiendo allí.

—Entonces te vendrá bien cambiar un poco de aires —respondió ella—. Hay un buen restaurante tailandés en el casco antiguo.

Subieron a pie por Kungsgatan, junto a hombres y mujeres que empujaban carritos de bebés y gente que había salido a correr. Pasaron frente a un mendigo que sostenía un vaso de papel lleno de monedas, que sacudía con la esperanza de llamar la atención de los transeúntes. Torcieron a la izquierda, hacia Sandgatan y siguieron por el puente, en cuya barandilla negra se apoyaban tres hombres cubiertos con gruesos monos, con sendas cañas de pescar en las manos. Los copos de nieve formaban una película blanca sobre sus hombros y sus gorros de lana.

Per no paró de hablar. Jana encaminó la conversación hacia él y su trabajo, lo que no le resultó difícil. Cuando él le hacía alguna pregunta, contestaba escuetamente y enseguida le devolvía la pregunta o se quedaba callada. No tenía previsto almorzar con nadie ese día, pero mientras caminaba con Per bajo la nieve, se dio cuenta con asombro de que poco a poco iba olvidándose de Robin Stenberg e Ida Eklund, y de que le agradaba su compañía.

Henrik Levin respiró hondo al salir del coche y pensó que el invierno no tenía mucho olor. ¿A qué olía la nieve exactamente?

Mia caminaba a su lado, mensajeándose con Martin Strömberg.

—Ya puedes guardar el teléfono —señaló Henrik al llamar al timbre.

Estaban frente a la casa adosada de los Eklund y oyeron resonar melódicamente el timbre en su interior.

Un momento después, Petra abrió la puerta con una sonrisa en la cara. Al ver a Henrik y Mia, retrocedió unos pasos.

—Pasen, pasen —dijo, y al pasar junto al perchero tiró al suelo sin querer una chaqueta. La recogió, riendo, y volvió a colgarla.

—Es la de Ida —dijo—. ¡Perdonen, pero es que estoy tan contenta de que haya vuelto…!

Les hizo señas de que entraran y la siguieron por el pasillo, hasta la cocina, donde sacó unas tazas y les invitó a sentarse a la mesa. En ese momento entró Magnus y les saludó.

—¡Ida, ya ha llegado la policía! —gritó Petra.

La joven entró de inmediato, se subió la cremallera de la sudadera y se sentó entre sus padres, esquivando sus miradas. Tenía los ojos rojos e hinchados de llorar.

—Me llamo Henrik Levin y soy inspector jefe de policía. Esta es mi compañera, la agente Mia Bolander —se presentó Henrik.

—No he estado escondida, si eso es lo que creen —repuso la chica con impaciencia, como si ya lo hubiera explicado muchas veces.

—No lo creemos —dijo Henrik—, pero queremos saber dónde has estado.

—Me quedé a dormir en casa de un amigo.

—¿Que se llama…?

—Que se llama… —masculló de mal humor, cruzando los brazos—. Estuve en casa de Sofia, ¿dónde si no voy a estar?

—Evidentemente, Sofia es otra nueva amiga de la que no sabíamos nada —explicó Magnus.

—Es que no tenéis por qué saberlo todo —replicó su hija con un suspiro.

—¿Y Sofia puede confirmar que estuviste allí? —le preguntó Henrik.

—Sí, claro que puede —afirmó la chica—. Y su madre también.

Petra asintió con la cabeza.

—Es verdad —dijo—. Ya he hablado con ellas. Sofia parece muy lista y responsable.

—¿Y eso qué tiene que ver? —preguntó Ida.

—Nada, solo que… —Petra se quedó callada; luego suspiró y miró a Henrik a los ojos.

En ese momento sonó el teléfono de Mia. Le echó un vistazo y pulsó un botón para rechazar la llamada.

—Como sabes, hemos venido a hablar de Robin Stenberg —prosiguió Henrik—. ¿Erais pareja?

Ida apoyó los codos en la mesa y la barbilla en las manos.

—Puede ser —contestó.

—¿Lo erais o no?

—Sí y no.

—Ida —dijo Magnus—, ¿por qué no respondes como es debido?

—Sí, vale, estábamos juntos.

—¿Cuánto tiempo hace que le conocías?

—Unos cuatro meses.

Sus ojos se llenaron de lágrimas. Magnus le pasó el brazo por los hombros, pero ella le apartó.

—¿Sabes si consumía drogas? —preguntó Henrik.

—Creo que sí.

—¿Qué? —Petra se volvió hacia su hija—. Santo cielo, eso no.

—¿Por qué lo crees? —añadió Henrik.

—Porque tenía escritas varias canciones sobre eso. Parecía que sabía de lo que hablaba.

—Pero ¿alguna vez le viste drogado?

—No, pero no estábamos juntos todo el tiempo.

—¿Sabes con quién más salía?

—No, pero le gustaba ir por el centro de arte municipal y otros locales de ensayo, como El Puente y esas cosas.

—¿El Puente?

—Está por la zona industrial, no sé dónde.

Henrik hizo un gesto afirmativo.

—¿Tú también has probado las drogas?

La chica negó con la cabeza. Petra se quedó mirándola.

—¡De verdad! ¡No las he probado!

—¿Es cierto que estuviste en casa de Robin el viernes? —preguntó Henrik.

—Sí.

—¿Cuándo estuviste allí?

—¿A qué hora llegué, quiere decir, o qué?

—Sí, eso.

La chica se secó los ojos con el brazo.

—De aquí te fuiste a las cuatro —apuntó Petra.

—Tengo boca para hablar, ¿no?

—Sí, claro. Solo quería…

Ida se quedó callada con los labios apretados.

—Entonces, ¿saliste de casa a las cuatro en punto? —insistió Henrik.

—Sí —masculló Ida—. Y fui a casa de Robin.

—¿Qué hicisteis allí?

—Lo normal.

—¿O sea?

—Pues pasar el rato, no sé. Ver películas y esas cosas.

—¿Notaste algo extraño durante el tiempo que estuviste allí?

—Bueno, yo quería salir y hacer algo, pero a él no le apetecía. Normalmente es él el que se empeña en salir, pero el viernes no quería. Se negó.

—¿Y qué pasó?

—Que salí sola. ¿A quién le apetece quedarse en casa sin hacer nada un viernes por la noche? A mí no, así que me fui. Eran como las ocho, puede que las ocho y media, no me acuerdo exactamente. Y…

Le temblaron los labios. Fue como si de pronto cobrara conciencia de que Robin había muerto.

—Estaba muy mosqueada, le dije que era un muermo, que no quería más que quedarse allí sentado todo el tiempo.

—¿Cómo reaccionó él? —preguntó Henrik, y oyó sonar de nuevo el móvil de Mia.

—Me dijo que podía salir todo lo que quisiera, que le daba igual, mientras no tuviera que acompañarme. No sé, estos últimos días estaba muy raro. No quería ni ir a la tienda a comprar. Al final fue, pero estuvo muy raro, no sé.

—¿Raro en qué sentido?

—Tenía mucha prisa, quería acabar enseguida.

—¿Había algún motivo para que se comportara así?

Ida bajó la mirada, pensó un momento y asintió lentamente.

—Sí —dijo, indecisa—. Era como si tuviera miedo.

—¿De qué? —preguntó Henrik.

La chica tragó saliva mientras pensaba. Henrik insistió. No pensaba cejar ahora, cuando Ida parecía a punto de revelar algo más, de darles quizás una pista.

—No me lo dijo —contestó la chica.

—¿Tienes idea de por qué podía estar asustado?

A Ida volvieron a temblarle los labios, pero se repuso y volvió a adoptar una expresión dura y desafiante.

—Ida —dijo Magnus—, tienes que decírselo si lo…

—¡Sí, ya lo sé! Pero no sé si… Me dijo que había visto algo.

—¿Cuándo te dijo eso?

—El miércoles, cuando llegó a casa. Yo estaba esperándole y después de ducharse me pareció que estaba un poco raro, así que le pregunté qué le pasaba. Entonces me dijo que le había pasado una cosa.

—¿Qué cosa?

—¡Eso es lo que no sé! No me dijo qué era. Se sentó delante del ordenador y luego se acercó a la ventana, abrió un poco la persiana, miró fuera y volvió a cerrar. Hizo lo mismo muchas veces. Al final me cansé y me fui a casa. El viernes estuvo igual de raro.

—¿Y no tienes idea de qué le pasaba?

Ida se removió en la silla, incómoda.

—Sí, bueno… A veces le… compraba a un tío mayor, y pensé que a lo mejor tenía que ver con eso.

—¿Qué era lo que compraba? —preguntó Henrik.

—¿Qué compraba, Ida? —repitió Magnus.

—Bueno, le gustaba… fumar un poco y…

—¿Alguna vez le acompañaste cuando se encontró con ese hombre mayor?

—No, nunca.

—Muy bien —dijo Henrik con calma, mientras trataba de ordenar sus ideas—. Pero, volviendo al viernes, ¿saliste del apartamento de Robin en torno a las ocho u ocho y media?

—Sí. Me fui a coger el autobús. La parada está justo enfrente de su casa.

—¿Viste a alguien en la escalera o por los alrededores?

—No me encontré con ningún camello, si se refiere a eso —contestó la chica en tono sarcástico.

—Pero ¿observaste algo?

—¿Observar? —repitió—. Bueno, vi… —Se interrumpió cuando volvió a sonar el teléfono de Mia.

—Perdón —dijo Mia—. Tengo que contestar. —Se levantó de la mesa y desapareció en el pasillo.

Henrik la oyó decir:

—Hola, Martin.

Suspiró, volviéndose hacia Ida.

—Dime qué es lo que viste.

—Cuando estaba allí, en la parada, vi a una mujer que se alejaba del edificio, o puede que solo estuviera pasando por delante, no sé. Me fijé en ella porque iba, no sé, muy bien vestida. No encajaba en aquel barrio, ya sabe.

—No, explícamelo.

—Bueno, por aquella zona es raro ver a gente así.

—Ida, eso que dices es ofensivo para con las personas que viven allí —la amonestó Magnus.

—Pero ¿cómo voy a explicarlo, entonces? Vale, parecía que estaba forrada, ¿mejor así? Tenía el pelo liso y muy brillante, llevaba un pañuelo precioso y se montó en un BMW grande de cojones. Cuando me independice, yo también tendré uno así.

—Pues más vale que empieces a ahorrar —comentó Magnus.

—¿Por qué? A lo mejor me toca la lotería, o me lío con un tío rico, nunca se sabe.

—No —suspiró su padre.

—¿Estás segura de que era un BMW? —preguntó Henrik.

—Totalmente. No se ven ese tipo de coches en aquel barrio. Pero a lo mejor eso tampoco tendría que decirlo —dijo con voz un poco ahogada.

—¿Viste la matrícula del BMW?

—No, estaba demasiado lejos.

—¿Y observaste algo más?

—Bueno... —Suspiró—. Estuve un buen rato mirando a esa mujer. Pero cuando se fue en el coche, vi salir a un hombre del portal del edificio.

Henrik vio por el rabillo del ojo que Mia aparecía en la puerta.

—Del edificio de Robin, digo —añadió Ida—. Y... se montó en un coche que estaba allí aparcado, en la calle.

—¿Qué aspecto tenía? —dijo Henrik.

—Tenía el pelo oscuro y los ojos también.

—¿Recuerdas cómo era el coche al que subió?

—Solo recuerdo que era oscuro, nada más.

—¿Y la marca?

—No, era un coche normal. Un Volvo o algo así.

Henrik sintió que el corazón empezaba a latirle con fuerza en el pecho. Miró a Mia y vio que su compañera estaba pensando lo mismo. Un Volvo oscuro. ¿Sería el coche de la estación de tren?

Ola Söderström manejaba velozmente el teclado, inspeccionando de nuevo el ordenador de Robin Stenberg. Ya había revisado las conversaciones privadas de Robin y ahora, al repasar las *cookies*, encontró varias páginas de contenido social subversivo.

Estaba sentado en su despacho de la jefatura de policía, con los pies sobre la mesa. Comía patatas fritas directamente de la bolsa y meneaba la cabeza al ritmo de la música que salía por el altavoz inalámbrico al que estaba conectado su iPhone.

Bajo el apodo de Eternal_sunshine, Robin había escrito diversos comentarios y artículos e incluso había iniciado un debate en una página titulada *Defiende los Derechos Humanos* que servía de foro a quienes denunciaban *los planes ocultos de los gobiernos, el gran capital y sus burocracias.* Eternal_sunshine comentaba un artículo periodístico acerca de la premio Nobel de la Paz Aung San Suu Kyi. Incluso opinaba acerca de un artículo sobre la lucha por las libertades en Timor Oriental y la violenta ocupación indonesia.

Ola se limpió las manos grasientas en los vaqueros, bajó los pies y se acercó el teclado.

Siguió revisando la carpeta de *cookies* y encontró un hilo iniciado por Eternal_sunshine apenas un par de días antes. Leyó rápidamente la discusión, publicada en un foro llamado Flashback. Trataba de una agresión.

Una agresión sucedida en Knäppingsborg.

* * *

Hicieron en silencio la mayor parte del trayecto en coche, pero a Henrik no le importó. A Mia, en cambio, sí.

—¿Estás enfadado o qué? —preguntó.

—No, no estoy enfadado. Pero no creo que fuera necesario que contestaras al teléfono mientras hablábamos con Ida Eklund —respondió Henrik, asiendo con fuerza el volante—. Ha sido muy poco profesional, en mi opinión.

—Puede que fuera importante.

—Lo que estábamos haciendo *era* importante.

Mia le miró con enfado.

—Pero estabas tú.

—Tú ya sabes lo que quiero decir.

—Muy bien, entonces lo siento, joder.

Frunció los labios, volvió la cara y se puso a mirar por la ventanilla. Cuando terminó la canción navideña que sonaba en la radio, se volvió de nuevo hacia Henrik.

—Cuéntamelo.

—¿El qué?

—Qué es lo que me perdí durante el interrogatorio, eso por lo que estás tan enfadado.

—Yo no estoy enfadado. —Se pasó la mano por la cara y añadió—: Ida dice que vio a un hombre moreno que conducía un coche…

—Que probablemente era un Volvo, eso lo oí. ¿Dijo algo más o qué?

Henrik pensó en la mujer descrita por Ida y sintió que el desasosiego empezaba a agitarse dentro de su pecho. Le inquietaba sobremanera aquella extraña coincidencia. ¿Debía decirle a Mia que Ida había descrito a una mujer que conducía un BMW grande y llamativo, una mujer que guardaba un curioso parecido con Jana Berzelius?

Vaciló. Si Jana no era la mujer a la que Ida había visto en Spelmansgatan, hablando de ello solo conseguiría levantar sospechas innecesarias.

204

—No, nada, en realidad —contestó—. Ninguna novedad.

—Bueno, entonces —repuso Mia—, no me he perdido nada.

Siguieron circulando en silencio, pero Mia ya no parecía molesta. Henrik, en cambio, sí.

No estaba en su maletín, ni en ninguna otra parte.

Jana Berzelius miró a Per Åström, que cogió la cuenta que les había llevado la camarera del restaurante Sing Thai.

Del techo colgaban lámparas redondas, y había plantas de yuca y estatuas y figurillas doradas en todas las ventanas.

—¿Te acuerdas de si llevaba puesto mi pañuelo al venir hacia aquí? —preguntó, mirando en torno a la silla.

Levantó el mantel blanco y echó un vistazo bajo la mesa.

—No, no lo llevabas —contestó Per.

—Ayer lo tenía cuando fui a comisaría.

—A lo mejor te lo dejaste allí.

Jana consultó su reloj.

—¿Teníamos que venir *andando* hasta aquí? —preguntó.

—¿Tienes prisa? —preguntó él—. Es domingo.

—No pensaba estar dos horas almorzando. Mañana tengo que ir al juzgado.

—Entonces, tendrás cosas que preparar.

—Sí.

—¿Y no puedes ir a buscar tu pañuelo mañana?

—También he dejado el coche aparcado allí, así que de todos modos tengo que volver.

Acabó de beberse su agua y se levantó. Miró por la ventana cuando un coche patinó al intentar subir la cuesta; por fin consiguió afianzarse en el asfalto y se perdió de vista.

—Sé lo que estás pensando —dijo Per.

Se volvió hacia él.

—Imposible —dijo en tono cortante mientras se ceñía el cinturón del abrigo.

—No, en serio. Sé lo que estás pensando. Y estoy de acuerdo en que deberíamos tomar un taxi para volver.

Antes de que pudiera responder, Per sacó su móvil.

Jana agarró su maletín y esperó fuera, junto a la puerta del restaurante. Se fijó en que había una colilla en el suelo. El filtro amarillo y aplastado y el papel sucio se disolvían lentamente en medio de la nieve derretida.

—Llegará enseguida —le informó Per al salir.

—Bien —dijo ella sin apartar la mirada de la colilla.

—Entonces, ¿estás diciendo que Robin Stenberg fue testigo de una agresión el miércoles por la noche?

Henrik Levin se pasó la mano por el mentón y notó el roce rasposo de su vello. Miró el semblante enérgico de Ola. Mia estaba mordisqueando una galleta de jengibre y sostenía cuatro más en la mano.

—Sí —respondió Ola—. He encontrado a Eternal_sunshine en Flashback, un foro acerca de delitos y crímenes.

—¿Y estás seguro de que es él? Porque cualquiera podría llamarse Eternal_sunshine, ¿no?

—No, en este caso no. Los foros como ese solo permiten que un participante utilice determinado nombre de usuario. Además, la dirección IP también encaja. El comentario procede de su ordenador. Es Robin, no hay duda.

—¿Y qué dice? —preguntó Henrik.

—Tomad. —Ola les pasó unas hojas de papel—. Leedlo vosotros mismos.

Henrik cogió los papeles y se sentó en un taburete para empezar a leer. El hilo comenzaba a las 11:42 de la noche del miércoles.

Robin escribía:

[¿Alguien sabe algo de una agresión ocurrida esta noche?]

Dos minutos después, contestaba una persona que se hacía llamar Redflag.

[¿Qué agresión? ¿Los agresores eran suecos?]

[En Knäppingsborg. En la entrada a Järnbrogatan. Un hombre y una mujer.]

[¿Violación?]

[No lo parecía. ¿Nadie ha visto ni oído nada? Un hombre con capucha y ropa oscura, puede que con chaqueta de cuero o algo así. Estaba sentado encima de una mujer, dándole una paliza. ¿Nadie sabe nada? Tenía que haber alguien por allí, ha sido a eso de las diez.]

Contestaba un tal Nothingtolooose.

[¿Cómo sabes todo eso? ¿No serás tú el agresor?]

[No. Pero alguien tiene que haber visto algo.]

Donotdo escribía:

[Habrá sido la típica riña de pareja. No hay que darle tanta importancia.]

[¿Que no hay que darle «tanta importancia»?], escribía Robin. [No sé cómo habrán sido tus relaciones de pareja, si te parece normal que tu pareja te pegue.]

Donotdo: [Soy de la opinión de que no hay ni una sola mujer que sea completamente inocente. Ella habrá hecho algo para provocarle. O sea, que se lo merecía.]

Nothingtolooose: [¿Estás loco o qué? ¿Desde cuándo se merece una mujer que la peguen, aunque haya provocado a su pareja? Si un hombre no tiene cojones para NO pegar a su mujer, habría que encerrarlo de por vida.]

Donotdo: [Doy por sentado que eres una mujer.]

Nothingtolooose: [Sin comentarios.]

Robin añadía: [El tío escapó corriendo.]

Nothingtolooose: [Menudo cobarde.]

Redflag: [Si hubiera que aventurar posibles sospechosos, podríamos dividirlos en dos grupos. 1) Agresor desconocido. 2) Agresor relacionado con la víctima. Espero que la mujer se recupere y que él acabe entre rejas.]

Redflag: [Me apuesto algo a que el que la pegó era un exnovio.]

Golddigger: [No encuentro ninguna información. En la prensa no hay nada. Es raro.]

Nothingtolooose: [A lo mejor es mentira.]

[No.], contestaba Robin. [Es cierto.]

Redflag: [Menuda gilipollez. No sería la primera vez que se inventan cosas así, y además la historia suena muy rara. Pero podría ser. Yo no he estado en el centro esta noche, así que no tengo ni idea.]

[Pero yo sí. Y lo he visto todo.], insistía Robin.

Redflag: [¿Viste cómo pasaba?]

Robin: [Sí.]

Redflag: [Entonces danos más detalles.]

Henrik miró a Ola, que seguía de pie. Se quedó parado un momento, mirando la cara del informático y su gorro gris, por debajo del cual asomaba el pelo en torno a las orejas, mientras esperaba a que Mia acabara de leer.

—¿No escribió nada más? —preguntó ella.

—No —respondió Ola—. Pero está claro que vio algo que le preocupó.

—¿No tenemos ninguna información sobre esa agresión? —preguntó Henrik, meneando los papeles.

—No. Lo he comprobado. No hubo ninguna denuncia.

—Está bien —dijo Henrik.

—Y es una lástima —añadió Ola—, porque Robin habría hecho mejor denunciando la agresión, en vez de perder el tiempo preguntando en un foro de Internet.

—Pero, espera, puede que sí la denunciara —dijo Henrik.

Tiró los papeles sobre su mesa al levantarse y se dirigió al despacho de Anneli.

Anneli Lindgren dejó su bolso en el sitio de siempre, junto a su mesa. Se sentó, leyó varios correos que acababan de llegar, cerró los ojos y comenzó a describir círculos con la cabeza, lentamente. Estaba muy tensa.

Notó entonces una mano cálida sobre su cuello. Unos dedos que envolvían sus músculos tensos y comenzaban a masajearlos poco a poco.

—Dios mío, qué maravilla —dijo sin abrir los ojos.

Gimió cuando la presión de aquellas manos se hizo más firme. Gunnar siempre había tenido un talento especial para descubrir sus contracturas y nunca se cansaba de darle masajes. Siguió, hasta que los músculos se distendieron por fin.

Anneli no le había oído entrar en el despacho, pero se alegraba enormemente de que estuviera allí. Tal vez la había visto a través de la puerta y, al ver que se tocaba el cuello, había comprendido que necesitaba un masaje.

Sonrió, abrió los ojos y miró la cara reflejada en la pantalla de su ordenador.

¡No era Gunnar!

—¿Se puede saber qué haces? —siseó, girándose bruscamente.

—Relajarte un poco —dijo Anders en tono zalamero.

—Para —ordenó ella.

—Parecía que te estaba gustando.

Anneli sintió que se sonrojaba y volvió a darle la espalda.

—Creía que eras otra persona —dijo—. Quiero que te vayas.

—¿Seguro? —preguntó él.

—Vete, Anders. Ahora mismo.

Él no respondió. Anneli sintió que su silla se inclinaba ligeramente. Él se había inclinado hacia delante y, acercando su cara a la de ella, le susurró al oído:

—Hasta luego…, Anneli.

Oyó que sus pasos se alejaban y que la puerta se cerraba lentamente. Sin embargo, seguía notando la presión de sus dedos en la piel.

Estaba furiosa. Furiosa porque se hubiera tomado la libertad de entrar en su despacho y acercarse a ella. Pero sobre todo estaba furiosa porque Anders tuviera razón: le había gustado.

—Cálmate —se dijo—. Cálmate de una vez.

＊＊＊

Con una rápida inclinación de cabeza. Nada más. Así fue como saludó Henrik Levin a Anders Wester cuando se encontraron en el pasillo, frente al despacho de Anneli. Henrik tocó suavemente a la puerta antes de abrir.

—Adelante —dijo ella con brusquedad.

Le miró un momento y luego desvió los ojos y se puso a revolver los papeles de su mesa.

—¿Te pillo en mal momento? —preguntó él.

—No, claro que no. —Se volvió hacia él y sonrió—. ¿Qué puedo hacer por ti?

—Necesito tu ayuda. Cuando registramos el piso de Robin, encontramos un tique con un número, ¿verdad?

—Sí. —Anneli miró su ordenador—. ¿Quieres verlo?

—Sí, por favor.

El tique no tardó en aparecer en la pantalla. En su parte de arriba se leía en letras mayúsculas: *Bienvenido a la Comisaría de Policía*.

—Precisamente quería comentártelo —dijo Anneli—. Como ves, sacó el tique el viernes a las 10:41 de la mañana.

—Así que estuvo aquí el mismo día de su asesinato —dijo Henrik.

—Sí.

—Es muy raro, porque Ola lo ha comprobado y no consta que estuviera en comisaría.

CAPÍTULO 20

Pim estaba reclinada en la cama del hospital, con los brazos cruzados. Tenías las heridas limpias y vendadas, pero el dolor de los dedos de los pies se había intensificado, extendiéndose por la pierna. En algunos sitios, la piel se había ennegrecido.

La hipotermia había derivado en neumonía y, como consecuencia de ello, la habían trasladado a una habitación de pequeñas dimensiones en el pabellón de aislamiento, la sala 20 del hospital Vrinnevi.

Tenía que estar allí sola, acompañada únicamente por el molesto zumbido de las máquinas que la rodeaban. Sentía que el cuerpo le pesaba, hundido en el colchón.

Paseó la mirada por la habitación pensando en su hermana pequeña, Mai, y una oleada de angustia se apoderó de ella por hallarse todavía allí, en aquel país tan frío. Retiró lentamente la manta, sacó las piernas de la cama y se sentó. Se quedó así un momento mientras recuperaba el aliento y trataba de mover los dedos de los pies.

Se estremeció cuando sus pies descalzos tocaron el suelo. Intentó incorporarse, pero se cayó. Tendida de espaldas en el suelo, fijó un momento la mirada en el techo y luego se puso de lado. Con una mueca de dolor, logró ponerse de rodillas. Apoyándose en el bastidor de la cama, se incorporó y se tambaleó un instante. Le temblaban las piernas.

Cerró los ojos y procuró calmarse. Prestó atención por si oía ruidos fuera de la habitación, pero no oyó nada: ni pasos, ni voces.

Dio un paso adelante.

Y otro más.

Sintió que le volvían las fuerzas y dio dos pasos más, y luego otros dos. Estiró el brazo y abrió la puerta. La silla donde solía sentarse el guardia estaba vacía y el pasillo parecía desierto. No había ni una enfermera a la vista.

Pim echó a correr. Corrió todo lo que rápido que pudo hacia las puertas de cristal. Se quedó sin aliento casi enseguida, pero aun así siguió corriendo con piernas temblorosas.

Alguien la llamó.

—¡Eh!

Quedaban veinte pasos para llegar al final del pasillo.

Pero ¿dónde estaba el ascensor?

Sus pies desnudos golpeaban el suelo. Su camisón se agitaba rozándole la piel.

Diez pasos.

Cruzó la puerta.

¡No había ascensor!

Ni salida.

Se tambaleó, trató de agarrarse a la pared, pero cayó al suelo. Iba a intentar levantarse cuando vio que el guardia se acercaba a ella con una taza de café en la mano.

—Oye, ¿dónde crees que vas?

No protestó cuando la condujo de vuelta a la habitación. Pensaba únicamente que, si volvía a presentársele la ocasión de escapar, correría en dirección contraria.

Henrik Levin vio que un hombre sacaba un número de la máquina dispensadora y se quedaba con el tique en la mano. Vestía vaqueros, camisa y una chaqueta de cuero marrón que le quedaba dos tallas grande. O eso, o era muy pesada, a juzgar por cómo le colgaba de los hombros. El hombre se sentó y miró la pantalla, que acababa de cambiar. Último número en ser atendido: 918.

El hombre movió los labios como si contara cuánta gente había delante de él.

Henrik fijó la mirada en el mostrador y vio que la recepcionista de cabello corto les hacía una seña afirmativa con la cabeza.

—¿Puedo ayudarles en algo? —preguntó.

—¿Trabajó usted el viernes pasado? —dijo Henrik.

—Sí. —La mujer se quitó los auriculares.

—¿Sabe si un joven llamado Robin Stenberg pasó por aquí?

—Uf —dijo la recepcionista con expresión preocupada—. Es imposible acordarse del nombre de toda la gente que viene.

—Estuvo aquí por la mañana —añadió Henrik—. Sobre las diez y media.

—A ver... —La mujer dudó, preocupada todavía.

Henrik observó la sala de espera y notó que varias personas le miraban interrogativamente, preguntándose por qué no aparecía el siguiente número en el visor. ¿Por qué tardaban tanto?

Una señora mayor, con el pelo morado, se levantó y avanzó unos pasos, como si se preparara para acercarse al mostrador en cuanto cambiara el número. Evidentemente, era la siguiente en la cola.

—Robin Stenberg tenía el cabello negro y ocho estrellas tatuadas en la sien —explicó Henrik—. ¿Le suena esa descripción?

—Ah, entonces creo que ya sé a quién se refiere. —La recepcionista sonrió—. Se acercó y dijo que tenía que contarnos una cosa. Le pregunté si quería presentar una denuncia, pero me dijo que no, que solo quería hablar con alguien. Le pregunté si era urgente y me contestó que no, así que le sugerí que llamara al número de atención al ciudadano de la policía, pero se enfadó y me dijo que en realidad necesitaba hablar con alguien enseguida. O sea, que le entró la urgencia en ese momento.

—¿Qué hizo usted?

—Le conduje a una sala de interrogatorio.

—¿Con quién habló?

—Con Axel Lundin.

—¿El señor Lundin está aquí?

—No, hoy libraba.

—¿No tendrá su número de teléfono?

—Espere. —La mujer echó mano de un listado.

Anotó rápidamente el número en una hojita de papel y se lo dio a Henrik. Luego volvió a ponerse los auriculares y dijo:

—Tengo que seguir atendiendo.

—Gracias por su ayuda —repuso Henrik en el instante en que cambiaba el número del tablero electrónico.

—¡Número 919! —anunció la recepcionista, y Henrik oyó resonar los pasos de la señora de cabello morado.

Cinco minutos después, estaba de vuelta en su despacho. Su silla chirrió cuando tomó asiento. Encendió el ordenador y comenzó a buscar en los archivos. Si Robin Stenberg había acudido a la jefatura de policía a presentar una denuncia, el funcionario administrativo Axel Lundin debería haber grabado la conversación en calidad de afidávit. Una vez grabada, una declaración no podía borrarse, ni cambiarse de sitio. Quedaba archivada en el sistema por los siglos de los siglos.

Henrik miró fijamente la pantalla.

Ola tenía razón.

No había ninguna declaración registrada a nombre de Robin Stenberg.

«Qué raro», pensó.

Levantó el teléfono y marcó el número de Axel Lundin. La línea sonó dos veces.

—Aquí Axel.

Parecía relajado.

—Hola, soy Henrik Levin, somos compañeros de trabajo. Soy inspector jefe y necesito hablar con usted sobre…

Clic.

Henrik se quedó mirando su móvil. La llamada se había cortado. Llamó otra vez, pero nadie contestó.

«Aquí pasa algo raro», pensó de nuevo. «Muy raro».

* * *

Ola tardó treinta segundos en encontrar la dirección de Axel Lundin. Henrik Levin, en cambio, tardó veinte minutos en encontrar aparcamiento.

Llamó a Axel una última vez, pero no obtuvo respuesta.

El edificio no tenía portero automático, solo un panel numérico que abría la puerta. Justo en el momento en que sacudía el picaporte para ver si la puerta se abría, salió del portal una señora mayor con un chihuahua de pelo largo en brazos.

Dejó al perro en el suelo.

—Disculpe… —dijo Henrik.

—¿Sí? —La señora le miró.

—Busco a Axel Lundin. Vive aquí, ¿verdad?

—Sí. —Le observó con atención—. ¿Y usted quién es?

—Somos compañeros de trabajo…

—Pues entonces no se han cruzado por los pelos. —La mujer miró calle abajo—. Es ese de ahí, el que está al lado del coche.

—Gracias —contestó Henrik—. Le agradezco su ayuda.

Axel ya se había metido en su coche, de modo que Henrik dio media vuelta, regresó corriendo al suyo y comenzó a seguir el Porsche gris de Axel Lundin por las calles de la ciudad.

Dejaron atrás el campus universitario, aminoraron la marcha y giraron a la derecha en Sandgatan, en dirección a la zona industrial. Axel aparcó en Garvaregatan, se apeó de un salto y entró en el número 6.

Henrik observó la deteriorada fachada del edificio, salió del coche y echó un vistazo a las ventanas a oscuras. No distinguió gran cosa. ¿Qué hacía Axel allí?

De pronto sintió un frío atroz. Era ya por la tarde y hacía horas que no comía ni bebía nada. Se disponía a volver al coche cuando se fijó en un letrero que había encima del portal número 6.

Aunque estaba roto, aún se distinguían las letras. *El Puente*.

Sacó rápidamente su móvil para llamar a Mia y pedirle que acudiera enseguida, pero la línea estaba ocupada.

***

—A lo mejor nos vemos mañana en el juzgado —dijo Per Åström justo antes de que Jana Berzelius cerrara la puerta del taxi.

Se había visto obligada a escuchar música navideña durante todo el trayecto, y una cuña de la emisora de radio había anunciado que seguirían emitiéndola continuamente hasta Nochebuena. Jana no podía imaginar nada peor.

Se subió el cuello del abrigo y miró el edificio de la jefatura de policía.

Estaba oscureciendo y ya había luz en algunas ventanas. Una hora después, a las tres de la tarde, sería noche cerrada.

La oscuridad no le molestaba, al contrario: le gustaba. En ella se sentía cómoda y a salvo.

Una pareja mayor caminaba por la acera, a cierta distancia de ella. Por lo demás, la calle estaba desierta. Entró por la puerta de cristal, al calor del edificio. Subió sin prisa por la escalera, hasta la segunda planta, entró en la sala de reuniones y buscó con la mirada su pañuelo.

No estaba allí.

Se agachó y lo buscó por el suelo.

No estaba.

Luego recorrió el pasillo y se asomó al despacho de Henrik. Allí tampoco estaba. En el despacho contiguo, Mia estaba sentada con los pies en la mesa y el móvil pegado a la oreja.

Jana se apoyó en el marco de la puerta. Mia hablaba de un modo extraño, con voz sedosa y poco natural. Jana oyó algo parecido a «te echo de menos» antes de que la agente se retirara el teléfono de la oreja y mirara hacia la puerta.

—¿Es que no puede una ni hablar por teléfono en paz? ¿Qué quieres?

—Solo quería preguntarte si has visto mi pañuelo. Es negro. De Louis Vuitton.

—No, no lo he visto. Pregunta por ahí.

Mia se volvió y se acercó de nuevo el teléfono a la oreja.

—Perdona —le dijo a su interlocutor.

Jana siguió por el pasillo. Estuvo a punto de tropezar con Ola, que pasó casi corriendo a su lado. El informático se paró en la puerta del despacho de Mia y Jana oyó que le decía que colgara.

—Llama a Henrik. Va camino de un edificio que…

—¿Qué ha pasado?

—Tú llámale. Está en la zona industrial, en Garvaregatan número 6. Ya te lo explicará él.

Jana se sobresaltó al oír la dirección. Sintió que un escalofrío recorría su espalda y le subía hasta el cuello, extendiéndose luego hasta las yemas de sus dedos.

¡Garvaregatan número 6!

Se quedó muy quieta, esperando a Ola, que volvía a su despacho.

—¿Dónde has dicho que estaba Henrik? Necesito hablar con él de una cosa.

—Está buscando a un hombre. Por lo visto, cree que anda no muy lejos de aquí.

—Gracias, lo tendré en cuenta —repuso Jana con voz mesurada.

Lo último que quería era que la policía registrara el edificio.

Abrió la puerta de la escalera y bajó corriendo. Resbaló por el camino, pero se recobró rápidamente. Bajó los últimos escalones de un salto, salió al aparcamiento subterráneo y avanzó en diagonal por el frío y duro cemento. Vio tres coches patrulla agrupados y pasó de largo, hacia su coche.

Oyó un ruido estrepitoso cuando pisó una rejilla de alcantarilla y aceleró el paso. Caminó todo lo rápido que pudo y, cuando le quedaban solo unos metros para llegar al coche, echó a correr.

Puso en marcha su BMW X6 y pisó el acelerador.

El hambre y el cansancio empezaban a hacer mella en él.

Sentado en su coche, en Garvaregatan, Henrik Levin esperaba la llegada de Mia Bolander. Con una mano posada en el volante,

217

miraba fijamente el edificio. Vio movimiento por el rabillo del ojo y observó que una urraca levantaba el vuelo. Siguió con la mirada el vuelo del pájaro, se inclinó hacia delante y lo vio desaparecer detrás del tejado.

Al sentir que le sonaban las tripas, se puso a hurgar en el compartimento de la puerta de su lado. Solo encontró una servilleta. Miró luego en la guantera, pero allí no había nada, salvo el manual del coche. Palpó los bolsillos de su chaqueta y sus vaqueros. Nada, ni siquiera un chicle. Por último, levantó la tapa del compartimento que había entre los asientos y rebuscó entre bolígrafos y recibos, buscando algo comestible. No se dio cuenta de que una mujer se acercaba a toda prisa por la calle.

Y no era Mia Bolander.

Jana Berzelius había aparcado a un par de manzanas de Garvaregatan y ahora corría por el puente de Järnvägsbron con los ojos fijos en el suelo, procurando mantenerse en la sombra.

Sabía que debía dar media vuelta y marcharse de allí, pero aun así abrió de un tirón la puerta del número 6. Haciendo caso omiso del ascensor, subió a toda prisa por la escalera, camino del último piso. Cada paso que daba levantaba un torbellino de polvo. Era consciente de que se estaba dejando dominar por el pánico. ¿Qué hacía allí?

No podía trasladar las cajas sin que la vieran. Y tirarlas también estaba descartado. Se sentía acorralada.

¿Y si registraban todo el edificio?

Oyó voces tres pisos más arriba. Se paró y aguzó el oído. Eran dos hombres y farfullaban como si se les trabara la lengua.

Por lo menos no eran policías.

Los hombres se quedaron callados y levantaron la vista cuando apareció en la escalera. Estaban pegados el uno al otro, apoyados contra la pared llena de nombres y palabras malsonantes grabados en el yeso. Parecían estar compartiendo una cerveza. Uno de ellos era rubio y tenía los ojos azules. El otro era moreno y tenía una cicatriz en la mejilla.

Jana clavó la mirada en el suelo, confiando en que no le prestaran atención. Pero no sirvió de nada.

—Eh, oye —dijo el rubio, interponiéndose en su camino con una sonrisa burlona—. ¿A dónde va una chavalita como tú?

—Déjame pasar —ordenó ella.

—Esta escalera es mía —replicó el hombre—. Soy el dueño de todo esto, para que lo sepas. Y si quieres que te deje pasar, vas a tener que pagar.

—Déjame pasar —repitió Jana.

—Si me pagas. —Se acercó a ella y un olor a sudor rancio invadió sus fosas nasales.

—No pienso pagarte nada.

—Pues entonces tendré que obligarte.

Jana advirtió que se sacaba algo del bolsillo. Oyó un chasquido cuando accionó la navaja automática.

Sintió que aquella calma que conocía tan bien la embargaba de nuevo. Levantó lentamente la cabeza y miró al hombre rubio a los ojos.

—Déjame pasar —repitió—. Si no me dejas pasar ahora mismo, lo lamentarás.

Él dio un paso atrás y la apuntó con la navaja. La miraba con sorna, entornando los ojos con expresión amenazadora.

—Ten cuidado con lo que haces —le advirtió Jana, atenta a sus movimientos bruscos y descoordinados.

—Y si no ¿qué? —preguntó él—. ¿Vas a escupirme? ¿A arañarme con tus uñas pintadas?

—Te quitaré la navaja y te partiré la rodilla de una patada.

El rubio se echó a reír.

—¿Has oído eso, Mogge? Dice que me va a partir la rodilla. Ahora sí que estoy asustado. ¡Uuuuh!

—Cállale la boca a esa putita —dijo el moreno.

—¿Qué me has llamado? —preguntó Jana.

—Putita. Te gusta, ¿eh?

El rubio dio un paso adelante. El ataque fue instantáneo. Jana vio el brillo de la hoja de la navaja y agachó la cabeza.

—Te lo advierto por última vez —dijo—. Deja esa navaja.

—Voy a hacerte callar —contestó el hombre, y Jana se giró para esquivar otra arremetida.

Estiró los dedos y dejó de pensar conscientemente. Todo sucedió muy deprisa. Actuaba por instinto. Sus movimientos se sucedieron, uno tras otro, con la velocidad de un reflejo.

Torció la muñeca del hombre y se sirvió de la otra mano para desviar su impulso. Luego le arrancó la navaja y la empuñó. Cambió de postura y le lanzó una patada a la rodilla. Cuando el hombre se dobló por la cintura, ella se giró y le asestó otra patada.

El hombre cayó al suelo de espaldas, inconsciente.

Jana miró al otro, que seguía de pie, con la espalda pegada a la pared. Giró la navaja y la lanzó. La punta atravesó limpiamente la mano del hombre y se clavó en la pared. Un chorro de sangre salpicó el suelo. El hombre comenzó a aullar al darse cuenta de que estaba clavado a la pared.

Jana se acercó a él.

—Será mejor que no te desmayes —dijo—. Si te desmayas, la navaja te cortará toda la mano y te quedará una cicatriz mucho peor que la que tienes en la cara, para toda la vida. Pero, si te quedas de pie, solo tendrán que darte un par de puntos.

Luego giró sobre sus talones y siguió subiendo por la escalera, hacia el trastero del desván.

Desde la calle, el número 6 de Garvaregatan parecía desierto y abandonado. Las ventanas estaban tan negras como el firmamento. Henrik Levin y Mia Bolander permanecían de pie frente a la puerta.

—¿De verdad vamos a entrar? —preguntó Mia, tiritando.

—Sí, vamos a entrar —respondió él, y tiró de la manilla de la puerta.

Estaba cerrada.

—¿Para qué querría alguien guardar aquí sus cosas? No hay un alma por estos alrededores. Y tenemos otras cosas que hacer, Henrik. Vámonos.

—He visto a Axel Lundin entrar aquí... —Se interrumpió al oír un grito. Se miraron—. Vamos a echar un vistazo. Yo voy por la derecha, tú ve por la izquierda.

Oyó alejarse los pasos de Mia a su espalda. La gravilla crujió bajo sus pies hasta que dobló la esquina y la nieve blanda amortiguó el ruido.

Pasó junto a una puerta pintarrajeada con mensajes ilegibles. Vio una luz tenue en una de las ventanas del sótano y, un instante después, le pareció ver una sombra que se movía.

Apretó el paso, buscando una entrada. Dio la vuelta y regresó hacia el portal. Había una ventana con el cristal roto. Era estrecha, pero podía entrarse por ella. Se introdujo a duras penas por el hueco y maldijo para sus adentros cuando los cristales rotos, que sobresalían como cuchillas del marco de la ventana, le rajaron la chaqueta.

Treinta segundos después se hallaba en el sótano. Al principio le pareció que estaba oscuro como boca de lobo, pero poco a poco sus ojos se fueron acostumbrando a la oscuridad y por fin logró distinguir algunas formas.

Olía a humedad y a orines. Tirada en el suelo había una camiseta mojada, además de rollos de papel higiénico aplastados por la humedad, latas de cerveza y paquetes de tabaco vacíos, colillas y un condón usado. Parecía un refugio para indigentes, un escondrijo en el que drogarse y dormir antes de trasladarse a un parque o a la cama de un hospital, quizá.

Henrik escuchó atentamente.

Un ruido. Una especie de golpeteo.

Siguió el ruido, lamentando haberse separado de Mia. Sacó su móvil y, en voz baja, le dijo dónde estaba y le pidió que se reuniera con él. Al volver a guardarse el teléfono en el bolsillo, oyó un ruido de cristales rotos.

221

Luego, a través de una puerta, alcanzó a ver el resto del sótano: un largo pasillo con puertas a ambos lados. Una luz mortecina lo bañaba todo.

Oyó un murmullo de voces y comprendió que había varias personas allí dentro. A través de una puerta situada un poco más allá, distinguió una cara pálida que le miraba fijamente, con ojos dilatados y temerosos.

—Axel, solo quiero hablar contigo —dijo.

El hombre dio un paso atrás.

—Quédate donde estás —ordenó Henrik—. Solo quiero hablar.

Pero el hombre cerró la puerta de golpe. Henrik oyó pasos precipitados y comprendió que estaban huyendo. Buscó atropelladamente su teléfono y pidió refuerzos mientras echaba a correr tras ellos.

La puerta chirrió cuando Jana Berzelius abrió el trastero y entró. Recorrió con la mirada el cuartucho. El banco de madera, el armario empotrado con el candado abierto. Las paredes de color amarillo pálido.

Pero ¿dónde estaban sus cajas? Las cajas que contenían las pruebas de su oscuro pasado.

Tardó un segundo en asimilar que el banco estaba vacío. Las cajas habían desaparecido.

El horror y la confusión que sintió la dejaron sin aliento. Sintió que le daba vueltas la cabeza y rompió a sudar. Se le humedecieron las manos, la espalda, la frente. Cerró los ojos con fuerza, con la esperanza de que las cajas estuvieran allí cuando volviera a abrirlos. Pero no estaban.

Tuvo que hacer un esfuerzo por concentrarse.

Tirado en el suelo, había un dibujo de una cara. Danilo. El retrato que ella misma había hecho.

No estaba allí por casualidad. Era una especie de saludo.

Cerró los ojos, se dejó caer en el suelo y apoyó la cara en las manos. Danilo había entrado en el trastero y le había robado sus diarios, sus diarios secretos, su posesión más valiosa.

Pero ¿cómo había sabido que guardaba sus cosas allí? ¿La había estado vigilando?

Se levantó bruscamente y examinó la puerta, pero nada indicaba que la hubieran forzado. Seguramente Danilo había abierto la cerradura con una ganzúa.

Parada en medio del cuartucho, se sintió desnuda. Nunca se había sentido tan vulnerable e impotente como en ese momento. Danilo lo tenía todo en sus manos: la evidencia material de un pasado que podía costarle su carrera, su vida entera. Todo lo que tenía. Absolutamente todo.

Pero ¿para qué quería aquellas cajas? ¿Eran una especie de seguro para impedirle tomar medidas contra él?

Miró el dibujo.

Pensó en su decisión de olvidarse de Danilo, de pasar página. De nuevo se hallaba en una encrucijada.

Esta vez, fue fácil tomar la decisión. Ya había fantaseado otras veces con su muerte. Ahora, dejó de fantasear y comenzó a planearla.

Danilo se arrepentiría de haber iniciado aquella guerra.

A Henrik Levin no le gustaba la oscuridad, pero se obligó a no pensar en ello mientras corría por el pasillo del sótano, sosteniendo el arma.

Abrió la puerta del final del pasillo y vio un sofá en el rincón, un colchón sucio en el suelo y una mesa de billar en el centro de la habitación.

Allí no había nadie. Ya no se oían pasos.

Aguzó el oído y entró. De pronto tuvo la sensación de que le estaban observando. Se giró con el arma en alto y arañó la pared con la boca del cañón. Se volvió de nuevo, conteniendo la respiración, pero solo vio el pasillo mal iluminado del sótano.

Una luz azul apareció entre los barrotes de las ventanas y Henrik comprendió que por fin habían llegado los refuerzos.

***

La gravilla arañó el suelo cuando Jana Berzelius abrió la puerta y salió a la escalera. A través de la ventana, vio que dos coches patrulla y numerosos agentes de policía se habían congregado abajo, en la calle.

Debían de haber encontrado algo, se dijo. Pero *a ella* no podían encontrarla allí.

Tenía que dar con otra salida.

Volvió a entrar rápidamente en el trastero.

Sabía que debía darse prisa. Tenía que encontrar una forma de escabullirse. Seguramente solo disponía de unos minutos antes de que la policía bloqueara todas las salidas.

Los efectivos de la policía se desplegaron de inmediato por todo el edificio. Henrik Levin oyó estruendo de pasos por encima de su cabeza, en el piso de arriba. Seguía en la habitación de la mesa de billar. Estaba a punto de salir cuando oyó un ruido. Un sonido metálico, como una tubería rozando una superficie de piedra.

Procedía de la habitación de al lado.

Salió al pasillo sin apresurarse, con la pistola en alto, y pegó la espalda a la pared. Miró cautelosamente a través de la puerta y de pronto vio a Axel Lundin de pie en medio de la habitación a oscuras, listo para atacar. Pero lo que empuñaba no era una tubería, sino una palanca de hierro, y apenas tres zancadas le separaban de Henrik.

Tenía una mirada ausente y desquiciada, y se mecía adelante y atrás con todo el cuerpo.

—¡Suelta eso! —gritó Henrik, dejándose ver.

Axel dio un paso adelante. Henrik retrocedió tambaleándose hacia el pasillo y Axel le siguió blandiendo la barra de hierro y obligándole a dar varios pasos atrás.

—¡Suelta la puta palanca! —ordenó Mia Bolander, que había aparecido por una puerta, detrás del hombre, y con los pies firmemente plantados en el suelo le apuntaba a la cabeza con su pistola—. ¡Suéltala, he dicho!

* * *

Jana Berzelius se guardó el dibujo de Danilo en el bolsillo, apartó el banco de la pared y abrió la única salida: una trampilla del techo.

Agarrándose con ambas manos, se impulsó hacia arriba y se introdujo en el hueco que dejaba el falso techo. Luego cerró la trampilla sin hacer ruido. Avanzó arrastrándose, buscando una abertura. Por fin encontró una rejilla de ventilación y le asestó una fuerte patada. La rejilla cedió de inmediato, dejando al descubierto un agujero que daba a la azotea.

Salió con los pies por delante a la resbaladiza azotea. Estaba a punto de dar un paso cuando casi perdió el equilibrio: algo la retenía.

Su chaqueta se había enganchado en el agujero de la rejilla de ventilación. Se la quitó y tiró de ella hasta que consiguió desprenderla.

Luego cruzó la azotea sin hacer ruido y se perdió de vista.

Henrik Levin agachó la cabeza para pasar bajo las tuberías del techo y regresó al cuarto en el que había encontrado a Axel Lundin, al que habían conducido a un coche patrulla, detenido.

También había encontrado a dos hombres borrachos en la escalera, donde uno de ellos estaba intentando sacarle al otro una navaja que tenía clavada en la mano. Tras tomarles declaración brevemente, les habían remitido a los servicios sociales.

Mia tosió. Estaba justo detrás de él y se tapaba la nariz para no sentir el hedor a moho y orines. En la otra mano sostenía una linterna.

El suelo estaba desnivelado y bajo las suelas de sus zapatos crujían trocitos de cristal. Hacía un frío atroz.

—Estaba justo ahí —comentó Henrik al empujar la puerta que tenía delante—. De aquí es de donde venía la luz.

Mia entró y pulsó el interruptor de la luz, sin resultado: la bombilla pelada del techo no se encendió. Alguien la había roto. Recorrió

225

el suelo con el haz de luz de la linterna. La habitación estaba vacía. Solo había en ella cristales rotos, gravilla, periódicos y envoltorios de comida aplastados.

—Vamos a mirar en la otra habitación. —Henrik se dirigió hacia la puerta.

—Espera. —Mia apuntó con la linterna hacia un punto de la pared de bloques de hormigón y la mantuvo fija en uno de los bloques—. Ahí —dijo, señalando un bloque situado a la izquierda.

Se arrodilló junto a la pared. El bloque sobresalía ligeramente y debajo de él había un montoncito de polvo y guijarros minúsculos. Mia apoyó la linterna en el suelo y trató de retirar el bloque, pero no consiguió moverlo. Henrik también lo intentó, sin resultados.

—Tiene que salir —dijo ella.

Cogió la linterna, alumbró el bloque y empezó a golpearlo.

—Seguramente por eso llevaba Axel esa palanca —comentó Henrik mientras daba zapatazos en el suelo con impaciencia, detrás de Mia—. Venga, ya está —dijo cuando el bloque empezó a moverse.

Por fin Mia consiguió asir el bloque y retirarlo. Cayó al suelo con estruendo, dejando al descubierto un hueco de buen tamaño.

Mia lo alumbró con la linterna.

Contenía varias bolsas bien empaquetadas.

Todas ellas llenas de bolitas blancas.

—Qué fuerte —comentó Mia.

CAPÍTULO 21

Al abrir la puerta del coche, Mia Bolander se fijó en que había un perro atado junto a una valla. Levantaba alternativamente las patas, tratando de escapar del frío que exhalaba el suelo. Meneó el muñón del rabo y la miró con desesperación. Después, comenzó a gemir como si le suplicara que lo desatara. Mia pensó que, en cierto modo, ella se sentía igual: atada por culpa de un puto reloj de marca. Pero ansiaba aquel reloj. Se lo pondría todos los días de la semana. Solo tenía que encontrar la forma de que Martin se lo diera antes de Navidad.

Echó un vistazo al paquete envuelto que había en el asiento del copiloto y pensó que también tendría que comprarles regalos navideños a su madre y su hermano. Pero ¿con qué dinero? No lo sabía. No tenía ni idea, de hecho. ¿Cuánto podía gastarse? ¿Treinta coronas? ¿Cien, quizá? Cien no eran tantas, en realidad. El problema era que no las tenía.

Vio su cara reflejada en el retrovisor, la inspeccionó atentamente y sintió rechazo al ver sus facciones hinchadas. Detestaba el motivo por el que tenía aquella cara. Odiaba llevar la vergüenza pintada en la frente, en las mejillas, en los ojos, la vergüenza por no poder permitirse nada.

Enfadada, salió del coche, cerró de un portazo y echó andar por el caminito despejado de nieve que llevaba a la casa blanca.

Una racha de viento meció la hamaca del jardín. Mia respiró

227

una profunda bocanada de aire gélido mientras esperaba a que se abriera la puerta.

—Bienvenida —dijo Stig Ottling.

Miró la alfombra de plástico de la entrada y las paredes blancas, bordeadas por una cenefa verde clara.

—¿Vive solo? —preguntó.

—Ahora sí. —Stig hizo un gesto con la mano—. Pase —dijo—. No hace falta que se descalce, si no quiere.

—Si usted lo dice —repuso ella.

—¿Tiene sed? —preguntó él entrando en la cocina.

—Un vaso de agua me vendría genial. —Mia le siguió.

Stig abrió la nevera y sacó una jarra de agua.

—Fría y refrescante —dijo al poner un vaso sobre la mesa.

Ella se sentó y, al beber un trago, notó que el agua se había impregnado de otro sabor. Un sabor a cebolla, seguramente.

—Se trata de su finca del número 6 de Garvaregatan —explicó.

—Sí, ya me lo dijo. Yo prefiero llamar al edificio por su antiguo nombre.

—¿Cuál es?

—Fábrica de Lana Nyborg.

—Muy bien. Bueno, se da la circunstancia de que dos yonquis, dos hombres, quiero decir, aseguran que una mujer les atacó en su fábrica de lana. Según ellos, la mujer estaba subiendo por la escalera. Así que en primer lugar debo preguntarle para qué se utiliza el edificio.

—Bueno, últimamente para poca cosa. Estoy esperando el permiso de obras del ayuntamiento para empezar la remodelación. Pensamos reformarlo por completo, convertirlo en apartamentos y esas cosas. Pero es un proceso que lleva su tiempo. Así que de momento no rinde prácticamente ningún beneficio.

—¿Quiere decir que está vacío?

—Antes alquilaba habitaciones y tal, pero ya no.

—Pero ya tiene algunos inquilinos, ¿no?

228

—Bueno, sé que hay drogadictos y ocupas que utilizan la fábrica de lana, naturalmente, pero en estos momentos no puedo hacer gran cosa por impedirlo.

—Por lo demás, ¿el edificio está vacío? ¿No hay inquilinos *legales*?

—No, no es fácil conseguirlos. He intentado alquilar trasteros en el desván para cubrir parte de los gastos, porque está relativamente acondicionado, pero no está siendo fácil. Precisamente hace un par de días, le alquilé uno a una mujer.

—Es curioso que alguien quiera pagar un alquiler allí —comentó Mia—. ¿Se acuerda del nombre de esa mujer?

—Ahora mismo no. Era monísima. Llevaba guantes de piel. Si fuera veinte años más joven... Bueno, cuarenta, mejor dicho.

—Ya comprendo —dijo Mia—. ¿Puedo ver el contrato?

—Claro, claro. Voy a traérselo —dijo Stig, y salió de la cocina.

Mia se quedó mirando su vaso de agua, pensando en cuánto odiaba aquellas visitas rutinarias.

Stig volvió con un archivador rectangular que dejó sobre la mesa. Fue pasando papeles y contratos de alquiler, hasta que se detuvo en uno.

—Espere un segundo —dijo, y empezó otra vez. Fue pasando el dedo por nombres y fechas, hoja por hoja, finca por finca—. Está aquí, el nombre que está buscando. Empieza por jota, de eso me acuerdo. —Siguió pasando páginas—. Aquí está. Este es el nombre que busca.

Dio la vuelta al archivador y señaló una esquina con el dedo.

—JB —dijo—. Jenny Bengtsson.

Se le pegaron los zapatos al suelo de vinilo cuando movió las piernas. Henrik Levin observó atentamente a Axel Lundin. Lo primero en lo que reparó fue la marca de nacimiento que tenía en la mano. Luego se fijó en el ancho surco de su frente. Tenía el cabello y los ojos oscuros.

Debía de estar falto de sueño, se dijo Henrik, porque al sentarse frente a él no pudo evitar pensar que Axel Lundin respondía tanto a la descripción del hombre al que se vio en la estación de tren el jueves por la noche, como a la del individuo al que Ida Eklund había visto salir del portal de Robin Stenberg la noche siguiente.

Sentado junto a Axel estaba su abogado, Peter Ramstedt, jugueteando con sus gemelos dorados.

Axel explicó que el viernes por la noche estaba en casa, en su piso, pero Henrik no supo si creerle, dado que no tenía coartada.

—Y el jueves por la noche, en torno a las diez, ¿dónde estaba?

—Seguramente también en casa.

—¿Seguramente? ¿No se encontraría por casualidad en la estación de tren?

—Estaba en casa.

—De acuerdo. —Henrik consultó sus papeles—. Tal vez pueda decirme, entonces, qué hacía ayer en el número 6 de Garvaregatan.

—¿Por qué? —preguntó Axel—. Está claro que ya lo han descubierto.

Henrik tragó saliva varias veces, tratando de controlar su enfado. Sentía un rechazo tan intenso por el despreciable abogado sentado frente a él que no sabía cómo enfocar el interrogatorio.

—Voy a formularle la misma pregunta una y otra vez hasta que me dé una respuesta —afirmó con la mayor calma de que fue capaz.

—¿Qué es lo que quiere, hombre? —preguntó Peter Ramstedt ladeando la cabeza.

—Axel está detenido por amenazar a un agente de policía y hallarse en posesión de sustancias prohibidas por la ley —replicó Henrik.

—Eso ya lo sabemos.

—Tenía que defenderme —dijo Axel—. Pensaba que... —Apoyó la cara en las manos y suspiró profundamente.

—¿Qué pensaba? —preguntó Henrik.

—Que era otra persona.

—¿Quién, por ejemplo? Díganoslo.

—No quiero hablar con usted.

—Pues el caso es que yo —repuso Henrik— ardo en deseos de hablar con alguien que pueda ayudarme a resolver una investigación.

—Yo no tengo nada que ver con ningún asesinato.

—He dicho «investigación». ¿Quién ha hablado de asesinato?

Axel bajó la mirada.

—Muy bien, quizá haya que empezar por ahí —prosiguió Henrik—. ¿Sabe quién es Robin Stenberg?

—No.

—¿Nunca ha conocido a nadie llamado Robin Stenberg?

—No, que yo sepa.

—Según la información de que disponemos, visitaba Bryggan a menudo.

—Pero yo no suelo encontrarme con mis...

—¿Con sus qué? ¿Sus clientes? ¿Qué iba a decir?

Axel negó con la cabeza sin apartar la mirada de la mesa.

Henrik se inclinó hacia delante y juntó los dedos. Le estaba costando quedarse quieto.

—¿Sabía —dijo— que hay personas que se dedican a destruir o hacer desaparecer pruebas? A veces es por pura ignorancia, como por ejemplo cuando un agente contamina el escenario de un crimen con su ADN. Es sumamente molesto.

Axel levantó la cabeza y pestañeó dos veces.

—¿Adónde quiere ir a parar? —preguntó Peter Ramstedt.

—Pero más molesto aún —añadió Henrik entre dientes— es que te oculten pruebas o información. Para nosotros, los agentes de policía, es importante recabar pruebas materiales, como es lógico, o acceder a información relevante con la mayor prontitud posible. Y cuesta hacer bien tu trabajo si te encuentras con obstáculos por el camino. Un compañero en el que no se puede confiar, por ejemplo.

—No le sigo —comentó Peter.

—¡Su cliente es un agente de la ley!

—Sí, pero...

—El viernes, un joven llamado Robin Stenberg acudió a la comisaría de policía. Vino aquí porque quería hablar con alguien. Y habló con usted, Axel.

Su voz se había endurecido. Respiró hondo para tranquilizarse y se repitió que tenía que impedir que sus emociones dirigieran la conversación. Debía dominarse para no demostrar que, en su opinión, Axel Lundin era una vergüenza para todo el cuerpo de policía.

—¿De qué quería hablar? —preguntó.

—No me acuerdo. —Axel fijó de nuevo la mirada en la mesa.

—Entonces, ¿admite que habló con él?

—No, solo digo que…

—Robin quería informar de una agresión, ¿no es cierto?

—Sí —contestó lentamente.

—Quería informar de una agresión. Le explicó con detalle lo ocurrido, se fue a casa y al día siguiente apareció muerto en su apartamento. Tal vez su muerte podría haberse evitado si su declaración hubiera quedado debidamente registrada en nuestros archivos. Pero usted no dejó constancia de ella, ¿verdad, Axel?

—Eso es mucho suponer —protestó Peter Ramstedt.

Pero Henrik no le hizo caso. Miraba fijamente a Axel, que de pronto parecía asustado. El suyo no era, sin embargo, el miedo que solía ver en los detenidos a los que interrogaba. Axel no temía que cayera sobre él el peso de la ley. Temía por su vida.

—¿Cómo se ha enterado? —preguntó en voz baja.

—Encontramos un tique en su apartamento, un número con el logotipo del Cuerpo de Policía. La recepcionista nos confirmó que había estado aquí y nos dijo que había hablado con usted.

Axel miró a su alrededor con nerviosismo.

—¿Qué quería decirle Robin? ¿Y por qué ocultó usted su declaración?

—Puede que me equivocara, pero no me pareció importante. El chico no parecía de fiar.

—Entonces, ¿la ignoró sin más?

—¿Qué importa eso ahora?

—Importa, desde luego, y usted lo sabe. Todas las declaraciones tienen que quedar registradas. ¿Por qué no dejó constancia de su visita?

—En primer lugar, no se trataba de una agresión. Había visto a un hombre y a una mujer peleándose, y me pareció que disponía de tan poca información que no podía ser de ninguna utilidad.

Henrik se inclinó hacia delante y juntó las manos sobre la mesa.

—¿Reconoce a esta mujer?

Le mostró una fotografía de Pimnapat Pandith.

—No. —Meneó la cabeza y miró de nuevo la foto—. No, no, no. ¿Quién es? —preguntó mirando a Henrik.

—Dígamelo usted —replicó él.

—¡No lo sé! —insistió.

La sala quedó en silencio. Axel se miró las manos.

—En estos momentos estamos registrando su domicilio —le informó Henrik—. Seguramente vamos a encontrar en él la respuesta a muchos interrogantes. Pero ¿no cree que es mejor que nos lo cuente todo usted mismo? Vamos, empecemos de nuevo, desde el principio. Al parecer, tiene usted un «trastero» en el número 6 de Garvaregatan.

CAPÍTULO 22

Jana Berzelius abrió su bolso, sacó la navaja y la sopesó. Parada en el pasillo de su casa, la movió adelante y atrás. Primero lentamente; después, más deprisa. La hoja afilada hendió el aire.

Todavía no había asumido las enormes implicaciones de lo ocurrido: Danilo se había llevado sus notas y diarios y le había dejado un mensaje sirviéndose de un retrato suyo dibujado por ella.

Era terriblemente humillante.

¿Qué quería?

Adelantó la mano izquierda, que tenía vacía, y ejecutó un rápido movimiento de ataque con la derecha. Luego lo repitió una vez más. Equilibró el peso de su cuerpo, contó hasta tres y atacó de nuevo, lanzando seguidamente una patada. Empuñó la navaja de otro modo y volvió a atacar. Sus movimientos eran ágiles, ensayados, y resultarían extremadamente eficaces frente a un oponente.

El sudor le corría por la frente cuando de pronto sonó su móvil. La voz de Per Åström parecía un poco indecisa, como si no supiera qué palabras iban a salir de su boca.

—Verás —dijo—, da la casualidad de que me sobra una entrada para el partido de *hockey* de esta noche. Los White Horses contra…

—No me gusta el *hockey* —le interrumpió ella, todavía con la navaja en la mano.

—Lo sé, pero he pensado…

—Así que sabes que voy a decirte que no.

—Sí.

—Entonces, ¿por qué me lo preguntas?

—Porque en esta vida hay que arriesgarse. No hace falta que mires el partido. Puedes limitarte a comer palomitas —dijo Per.

—Esta noche tengo cosas que hacer.

—¿Qué, por ejemplo?

Se quedó callada. No se le ocurría ninguna mentirijilla.

—¿Otro día, entonces?

—Dentro de una hora tengo que estar en el juzgado —repuso ella.

Miró el suelo y dejó que el pelo le cayera sobre la cara.

—¿Algo interesante?

Jana suspiró, irritada por sus preguntas.

—Ahora mismo no tengo tiempo de hablar, Per. Pero se trata de una agresión en un bar.

—Hablando de agresiones —dijo él—, ¿te has enterado de que hemos encontrado un posible móvil para el asesinato de Robin Stenberg? Puede que su muerte no tenga nada que ver con las drogas. Por lo visto presenció una pelea entre una mujer y un hombre en Knäppingsborg, o, bueno, algún tipo de agresión.

Jana respiró hondo y sintió que su corazón latía aún más deprisa. Agarró con fuerza la navaja.

—¿Cómo lo sabes?

—Robin escribió sobre ello.

—¿Que escribió sobre ello? ¿Qué quieres decir? ¿Dónde?

Se dio cuenta de que parecía demasiado ansiosa, demasiado alterada. Cerró los ojos y apretó los dientes.

—En Internet —respondió Per—, en el foro Flashback. Ola ha encontrado sus mensajes. Y también hemos encontrado a Ida Eklund.

—Sí, eso ya lo sabía. ¿Ha dicho algo?

—¿Qué, por ejemplo?

—¿Ha dicho algo?

—Vaya, sí que te interesa el tema. Si vienes esta noche conmigo al *hockey*, te contaré más...

—No, cuéntamelo ahora.

Él respiró hondo.

—Ida estuvo en casa de Robin Stenberg el viernes por la noche y asegura que vio a una mujer y a un hombre frente al edificio antes de coger el autobús. Pero ¿por qué lo preguntas? ¿Es que estás pensando en hacerte cargo de la investigación? ¿Debo ponerme nervioso?

—Creo que debería preocuparte más con quién vas a ir al *hockey* esta noche.

—Entonces, ¿no has cambiado de idea? Las palomitas del Himmelstadslund Arena están buenísimas.

—Adiós, Per.

Colgó, entró en su despacho, dejó la navaja sobre la mesa y encendió el ordenador. Sus dedos volaron sobre el teclado, quizá con demasiada velocidad: se equivocaba constantemente y tenía que volver atrás y borrar. Se dio cuenta de que estaba permitiendo que su mente se acelerara, que saltara de una idea a la siguiente.

Refrenándose, tecleó *Flashback* y pulsó la tecla de *Enter*.

Apareció una ilustración de un gato blanquinegro con un cigarrillo colgándole de la comisura de la boca. Echó un vistazo a varios temas, como *Ordenadores e Informática*, *Delitos y casos criminales* y *Cotilleos sobre famosos*. Utilizó la función de búsqueda para buscar los comentarios de Robin Stenberg.

Pero la búsqueda dio cero resultados: no había ningún mensaje publicado a nombre de Robin Stenberg.

Comenzó a buscar utilizando todas las palabras clave que se le ocurrieron que podían tener alguna relación con Danilo y con ella. No encontró nada.

Empezó de nuevo y encontró un hilo acerca de una mujer que había sido agredida por dos hombres en Estocolmo. Sesenta y tres personas habían respondido al *post*; muchas de ella, aseguraban saber quiénes eran los agresores.

Pulsó la función de búsqueda, escribió *agresión en Norrköping* y obtuvo varios resultados. Por fin encontró lo que estaba buscando.

Estuvo sentada largo rato leyendo el hilo acerca de la presunta agresión en Knäppingsborg.

Utilizando el apodo Eternal_sunshine, Robin lo había contado todo con detalle. Estaba todo allí, expuesto a la vista para que cualquiera pudiera leerlo. Hablaba de ella y de Danilo.

Suspiró aliviada, sin embargo, al darse cuenta de que nadie había visto nada, nadie sabía nada. El único testigo era Robin Stenberg, y estaba muerto.

Cogió la navaja y volvió a guardarla en su bolso.

Anneli Lindgren se hallaba en la puerta de la cocina del apartamento de Axel Lundin. Los electrodomésticos eran nuevos y la encimera brillaba como un espejo. La casa entera rebosaba comodidades, como si estuviera sacada de las páginas de una revista de decoración.

Entró en la cocina y empezó a abrir cajones. Inspeccionó cada plato, cada fuente y cada cuenco. Abrió la nevera y sacó la comida, revisó todos los tarros, botellas y recipientes. Abrió las bolsas de verduras y *pytt-i-panna* (un picadillo de salchichas y patatas) que encontró en el congelador. Luego entró en el amplio y diáfano cuarto de estar decorado en tonos blancos y grises. Un sofá modular con diván, una televisión de pantalla plana adosada a la pared, una lámpara que describía un arco sobre una mesa rectangular con tablero blanco y patas plateadas. Varios aparadores con cajones.

Fue abriendo los cajones y alumbrándolos con la linterna desde abajo, en busca de portezuelas o huecos escondidos.

Levantó las plantas y examinó los tiestos, pero solo encontró tierra.

Luego se quedó parada en medio de la sala pensativamente.

Examinó las paredes y la luz del techo. Se agachó e inspeccionó el suelo de través, pero no encontró nada fuera de lo normal: solo una mochila vacía y raída en un rincón.

Fijó la mirada en la enorme estantería, arrimó una silla y empezó a buscar detrás de los libros por si había algo escondido allí. Examinó estante por estante y amontonó los libros en el suelo tras hojear algunos al azar. Transcurrida media hora, devolvió a su lugar el último libro y reparó en que todos trataban de deportes.

Suspiró, paseando de nuevo la mirada por la estancia.

Al bajarse de la silla, pisó mal y se torció el tobillo. Gritó y se dejó caer al suelo. Mientras estaba allí sentada, masajeándose el tobillo dolorido, se fijó en el interior de un cuartito que parecía un despacho. En el suelo había un disco duro externo de tamaño extra grande. No le habría dado importancia de no ser porque el panel de atrás sobresalía ligeramente. Era como si lo hubieran desatornillado y no hubieran podido volver a colocarlo en su posición original.

Había infinitos motivos para utilizar un disco duro externo: guardar copias de seguridad de otros discos duros, almacenar información importante que podía correr peligro en Internet o descargar información sensible o archivos grandes, como películas, música o fotografías, por ejemplo. Su intuición le decía, sin embargo, que Axel Lundin daba un uso completamente distinto a aquel disco duro.

Fue a buscar sus herramientas y desatornilló el panel trasero. Pero no había ni rastro de lo que esperaba encontrar: bolsas de droga. El disco duro era en realidad una carcasa vacía.

El sitio perfecto para que Axel Lundin escondiera su dinero.

Tardó veinte minutos en encontrar el piso de Jenny Bengtsson en Odalgatan.

La puerta se abrió segundos después de que Mia Bolander llamara al timbre.

—¿Sí? ¿Qué quiere?

Mia pensó de inmediato que Stig Ottling tenía un gusto pésimo en cuestión de mujeres. Miró a Jenny de arriba abajo: gafas de aviador amarillas, diversos collares y cabello castaño oscuro y lustroso. Sonrió ligeramente al ver el color de su cabello, porque era lo único que encajaba con la descripción que le había dado Ottling. «Monísima, y un cuerno».

—¿Jenny Bengtsson? —preguntó.

—Sí —contestó la mujer mirándola con escepticismo.

Mantenía la mano en el picaporte, como si estuviera a punto de cerrarle la puerta en las narices. Miró por encima del hombro de Mia para ver si estaba sola.

—Soy agente de policía —se apresuró a decir Mia enseñándole su placa.

—Ajá —dijo Jenny en tono interrogativo.

—La he llamado por teléfono, pero no contestaba.

—Ah, era usted. No suelo contestar cuando me llaman de un número bloqueado o que no reconozco.

Mia se guardó la insignia en el bolsillo.

—Necesito hablar con usted —dijo—. ¿La pillo en buen momento?

—Claro, solo estaba estudiando para un examen.

—Quería preguntarle por un trastero.

—Ajá. —Levantó las cejas por detrás de las gafas.

—¿Puedo pasar?

—Bueno, hoy no he limpiado ni nada. Pero pase.

Se apartó y Mia entró y cerró la puerta. Decidió efectuar el interrogatorio en el recibidor.

—Como le decía, se trata de un trastero que tiene alquilado.

—¿Qué ha pasado? ¿Han entrado a robar? Uf, odio que siempre estén pasando estas cosas. Hace tres semanas algún idiota me mangó la bici. Y era nueva. Hasta tenía una cesta. Me costó quinientas coronas solo asegurarla.

—No, no se trata de un robo.

—¿No?

—Quería saber si ya se ha pasado por allí.

—¿Qué?

—¿Ha tenido ocasión de ir a su trastero?

—Claro que sí. ¿Qué pregunta es esa?

Mia sonrió con acritud.

—¿Cuándo estuvo allí por última vez?

Jenny respiró hondo, pensativa.

—Hace dos semanas, creo.

—¿Qué?

—Sí, hace dos semanas. ¿Por qué? ¿Qué pasa?

—Espere un segundo…

Mia se rascó la cabeza y sacó el contrato de alquiler que le había dado Stig Ottling.

—Pero usted alquiló el trastero este fin de semana, el sábado.

—No. Hace ya mucho tiempo que lo tengo alquilado.

—¿No es esta su firma?

Jenny miró la firma y se echó a reír.

—No, yo no escribo así.

—Pero ¿tiene un trastero alquilado en Garvaregatan?

La mujer volvió a reírse.

—No, qué va.

—Entonces, ¿no abusa de las drogas? —preguntó Henrik Levin mirando a Axel con desconfianza.

Cada vez hacía más calor en la sala de interrogatorio.

—No —respondió Axel—. Nunca las he consumido.

—¿Cómo ha podido resistirse?

—No lo sé. Nunca he probado nada, ni un cigarro. No quiero que esa mierda entre en mi cuerpo.

—Prefiere que entre en el de otros —comentó Henrik— y les convierta en adictos.

—No, no es cierto.

—¿No? ¿Qué iba a hacer entonces con todas esas bolas de heroína?

—No sé qué pretende, pero no puede demostrar nada.

—No creo que necesite demostrar nada. Ya está con el agua al cuello. Va a ir a la cárcel.

—¿Quién lo dice? —preguntó Axel.

—Sí, ¿quién? —repitió Peter Ramstedt levantando las cejas.

—Lo dicen los hombres con los que estaba en Garvaregatan, Axel.

—Esos no han dicho nada —contestó en tono tajante.

—Lo han confesado todo —mintió Henrik—. Así que sí, va a ir a la cárcel y, como funcionario de la policía, sin duda sabrá que, cuanto más coopere, más suave será la sentencia.

Axel se mordió el labio compulsivamente.

—He visto escondites de muchas clases —prosiguió Henrik—. Había un tipo que tenía la mercancía escondida dentro de una tubería de calefacción forrada con aislante. Había sacado un poco de aislante de un codo para abrir un pequeño hueco. No lo habríamos descubierto de no ser porque había olvidado barrer los trocitos de aislante que habían caído al suelo. También había millones de huellas, igual que en su escondrijo.

Axel Lundin se rodeó el cuerpo con los brazos. De pronto se había puesto blanco como una sábana.

—Encontramos varios posibles escondites en Garvaregatan y, cuando le registraron, encontraron en sus bolsillos varias bolsas llenas de bolas de heroína. ¿Por qué? ¿Iba a alguna parte?

Axel no respondió.

—¿Se asustó cuando le llamé ayer?

Peter Ramstedt se rio.

—¿No puede ceñirse a preguntas relevantes?

—Es una pregunta relevante. Creo que su cliente se asustó tanto cuando le llamé, que corrió a su escondite para recoger todo lo que había allí.

Axel se removió en su silla pero guardó silencio. Henrik esperó un momento antes de continuar.

—También considero relevante preguntarle quién le proporciona la droga —dijo.

—¿Por qué lo pregunta?

—Puede que haya oído hablar de la mujer a la que encontramos en el tren, hace unos días.

Axel pareció ponerse nervioso.

—Yo no sé nada de lo que pasa antes, ni quiero saberlo. Lo único que me importa es que la mercancía me llegue a tiempo.

—Puede que le importe si le digo que la mujer en cuestión murió a consecuencia de lo que portaba en el estómago.

—Ya sé que murió, pero yo no tengo nada que ver con eso. No es asunto mío —respondió estirando las manos.

—¿De quién es asunto, entonces? —preguntó Henrik.

Axel volvió a revolverse en la silla.

—De otro, mío no. Yo... yo soy un don nadie. Una mierdecilla insignificante, así de pequeña. —Levantó el índice y el pulgar, separándolos poco más de un centímetro—. Así de minúsculo soy. ¿Lo entiende?

—Entonces ¿quién dirige el tinglado? Dígamelo ya, Axel. Vamos.

—¡Él! ¡Está ahí fuera! —Axel señaló la ventana—. Está completamente loco, como una puta regadera, no tiene conciencia.

—¿De quién habla? —preguntó Henrik, pero Axel siguió señalando la ventana.

—No pueden soltarme ahora, joder —dijo.

—No hay mucho riesgo de que eso suceda.

Peter Ramstedt pareció a punto de replicar, pero Axel se le adelantó.

—Si salgo, estoy muerto —dijo—. No me dejará en paz. Vendrá a por mí.

Henrik Levin respiró hondo y luego habló en tono sereno.

—¿Quién va a ir a por usted?

Axel movió las piernas con nerviosismo. No contestó.

—Escuche —continuó Henrik—, vamos a revisarlo todo. Su teléfono, sus amigos... Encontraremos a la persona de la que habla.

—Espero por su bien que no la encuentren —dijo Axel—. Todo el que le conoce en persona, acaba muerto.

—¿Me confundió con él en el sótano de Garvaregatan? ¿Por eso me amenazó con la palanca?

—No, yo nunca he visto al Anciano.

—¿Qué ha dicho?

Axel le miró con perplejidad.

—¿Qué?

—Ha dicho «el Anciano».

—No.

—Sí, le he oído decirlo. ¿Ve esa grabadora que hay encima de la mesa? Demostrará que ha dicho ese nombre en concreto.

Axel se tapó la cara con las manos.

—¿Quién es el Anciano? —preguntó Henrik.

Axel suspiró.

—Nadie.

—¿Quién le llama «el Anciano»? ¿Por qué le llaman así? ¿Es un hombre mayor?

Axel no contestó.

—Tarde o temprano tendrá que contestar a estas preguntas.

—Usted no lo entiende. —Sacudió la cabeza, abatido.

—¿Qué es lo que no entiendo? ¿Fue el Anciano quien mató a Robin? —preguntó Henrik.

Axel soltó una risa nerviosa.

—No, no lo entiende. No existe. Nadie sabe quién es. ¡Nadie! —Cerró los ojos y se tapó la boca con las manos—. No hables, no hables, no hables —masculló.

El abogado le puso una mano en la espalda y le dijo que se calmase.

—No puedo decir nada —insistió Axel—, porque sé cómo se las gasta esa gente, lo que hacen y cómo lo hacen.

—Vuelve a hablar en plural. Para que tengamos alguna oportunidad de detener a esas personas, tiene que ayudarnos a encontrarlas, no protegerlas.

Axel le miró y siguió moviendo los pies bajo la mesa aún más rápido.

—Venga —dijo Henrik—, deme nombres.

—¿Y qué gano yo con eso?

—Limítese a contestar. ¿Quién mató a Robin Stenberg y por qué? ¿Quién le dijo que no dejara constancia de su declaración?

Axel tragó saliva y se retorció las manos. Henrik oyó los chirridos de la silla, sacudida por los movimientos compulsivos de Axel.

—Conteste —ordenó.

Axel le miró a los ojos y masculló:

—De acuerdo, puedo darle un nombre.

—Dígame cuál.

—Puede buscar a…

—Sí.

—Puede buscar a un tal Danilo Peña.

CAPÍTULO 23

Mia Bolander no entendía nada. Estaba con Stig Ottling en el trastero del número 6 de Garvaregatan. O en la vieja fábrica de algodón, o como quisiera llamarla Ottling.

Alguien se había hecho pasar por Jenny Bengtsson y había firmado un contrato de arrendamiento por un año. Pero ¿por qué? ¿Por qué en este edificio en particular?

Mia observó los armarios, las paredes, el suelo y el banco de madera. Luego sacó su móvil y fotografió el trastero desde distintos ángulos. Examinó la puerta y el techo.

—No es precisamente lo que esperaba —le comentó a Stig cuando volvían al coche—. Un trastero vacío, digo. ¿Puede venir conmigo a jefatura a prestar declaración? A fin de cuentas, se trata de un delito de suplantación de identidad.

—Sí, claro —contestó Ottling.

Subieron al coche y, mientras Mia salía marcha atrás, sus pensamientos oscilaban como un péndulo. ¿Para qué alquila alguien un trastero usando un nombre falso? ¿Para ocultar algo?

Pero el trastero estaba vacío. No había ni una sola caja, ni vitrinas de cristal, ni figurillas de porcelana, ni una bicicleta, ni un árbol de Navidad artificial. Ninguna de las cosas que la gente solía guardar en los trasteros. Allí no había nada en absoluto.

Por otra parte, el arrendador tampoco parecía del todo normal. Quizá la persona que había alquilado el trastero aún no había tenido ocasión de utilizarlo. ¿Cuál era su fin? ¿Guardar bienes robados, quizá?

La única pista que tenían era la declaración de dos idiotas que aseguraban que una mujer les había dado una paliza. ¿Quién admitía eso voluntariamente?

Pero quizá estuvieran diciendo la verdad, aunque ambos tuvieran una discapacidad parcial y estuvieran claramente ebrios.

Quizá, a fin de cuentas, hubiera por ahí una mujer elegante que sabía cómo manejar una navaja.

Anneli Lindgren volvió la cabeza cuando oyó cerrarse la puerta de fuera.

Anders Wester entró vestido con americana marrón, camisa blanca y zapatos de puntera reforzada. Se situó tras ella, cruzó los brazos y observó atentamente sus movimientos mientras Anneli iba guardando los fajos de billetes en bolsas de plástico blancas.

—Mira lo que he encontrado —dijo sin mirarle—. Aquí hay un montón de dinero.

—Te felicito —repuso Anders—. ¿Lo has contado?

Su forma de mirarla le daba escalofríos.

—¿Qué haces aquí? —preguntó.

—Alguien tiene que protegerte.

—Por eso hay varios compañeros en la puerta.

—Aquí dentro, quiero decir. Podría haber alguien escondido en un armario. O debajo de la cama. Aquí vive un delincuente, ¿recuerdas?

Anneli resopló y se levantó, pasó junto a Anders como si no estuviera allí y guardó las bolsas de dinero en su maletín.

Luego entró en el dormitorio de Axel y se puso a buscar entre pantalones, camisetas y camisas. Sacó el cajón de la ropa interior, lo vació sobre la cama e inspeccionó cada prenda.

—¿Esperas encontrar otro alijo aquí? —preguntó él.

La había seguido y estaba de pie a un par de metros de ella, mirándola de arriba abajo.

Anneli no contestó. Siguió con su trabajo.

—Solo estoy bromeando, Anneli. Perdona. Ya sabes que estoy especializado en narcóticos. Por eso estoy aquí.

Se adentró de un par de zancadas en la habitación, se colocó tras ella y, enlazándola por la cintura, aspiró el olor de su pelo. Ella trató de zafarse, pero de todos modos Anders subió las manos y le apretó los pechos.

—Esta también solía ser mi especialidad —susurró él al soltarla.

Anneli se giró bruscamente y sostuvo la intensa mirada de Anders, pero las palabras que tenía en la garganta parecieron disolverse de pronto. Siguió revisando la ropa interior.

—No deberías haber venido —dijo.

—¿No?

—No.

—Entonces dime que me vaya.

Ella no respondió, no se volvió, no quería que él viera que se había puesto colorada.

Sintió entonces que volvía a acercarse. Jadeaba más profundamente. Sus manos se deslizaron de nuevo hasta sus pechos, recorrieron sus caderas y le separaron las piernas. Anneli estaba a punto de abrir la boca para suplicarle que parara.

—No hagas ruido —dijo él, levantándole la camiseta.

—Entonces, ¿tenemos un nombre del que tirar? —preguntó Gunnar Öhrn al cerrar la puerta de la sala de reuniones.

Henrik Levin estaba de pie, apoyado en la mesa. Mia Bolander se había sentado en su sitio de siempre.

—Sí —dijo Henrik—. Dos, en realidad. Primero, Danilo Peña, al que mencionó Axel Lundin. Ya hemos empezado a investigarlo. Tengo a gente trabajando en ello. Confío en que dentro de poco tengamos su fotografía.

—Bien —dijo Gunnar—. ¿Y el otro nombre?

—En el transcurso de la investigación ha surgido varias veces un apodo, «el Anciano».

—Ah, ya. ¿Qué sabemos sobre él?

Henrik carraspeó.

—Nada aún, en realidad. Es como un fantasma.

—¿Y no es posible que ese tal Danilo y el Anciano sean la misma persona? —preguntó Gunnar.

—Podría ser, pero tengo la sensación de que son dos personas distintas.

—Siempre hay alguien detrás del telón, un tipo misterioso, y luego siempre resulta que es un delincuente como otro cualquiera —comentó.

—Pero da la sensación de que este es un cabecilla distinto, un tipo de capo con el que no nos habíamos tropezado antes —repuso Henrik—. Nadie suelta prenda, nadie ha visto a ese Anciano, nadie sabe quién es. Y sin embargo todo el mundo le teme.

—¿Axel tampoco ha dado ninguna pista sobre su identidad? —preguntó Gunnar.

—Como te decía, parece asustado.

—Claro que está asustado. Todos los soplones lo están.

—Y Robin Stenberg parecía temer por su vida —terció Mia.

—Esa agresión que presenció… —dijo Gunnar—. Robin vio algo que no debía ver, y es lógico pensar que quisiera confirmarlo. Por eso inició ese hilo en Flashback. Puede que después le amenazaran y que finalmente fuera a denunciarlo a comisaría.

—Y tuvo la mala suerte de encontrarse con Axel Lundin —comentó Mia.

—A quien quizá ya conocía… de El Puente —añadió Henrik.

—Tenemos que conseguir que Axel nos cuente algo más —dijo ella.

—Va a ser difícil —opinó Henrik—. Le tiene más miedo al Anciano que a nosotros.

—Pero no es del todo imposible que Axel sea el hombre de la estación y el que fue visto saliendo del portal de Stenberg.

—Pero Axel no es un asesino.

—Eso no puedes afirmarlo mientras no tengamos pruebas que...

—Axel no pinta casi nada en este tinglado. El que nos interesa es el jefazo, el Anciano.

La sala quedó en silencio.

—¿A alguien se le ha ocurrido pensar que quizás el Anciano sea una mujer? —preguntó Mia.

—¿Qué te hace pensar eso? —preguntó Gunnar.

—Es solo una idea. Puede que sea simple casualidad, pero hay una mujer misteriosa rondando por el edificio de Garvaregatan.

—¿Te refieres a la que, según esos indigentes, apuñaló a uno de ellos en la escalera? —preguntó Henrik—. Pero ¿acaso es cierto?

—No sé si están diciendo la verdad, pero está claro que les dio un buen susto.

—Eso es interesante —comentó Gunnar—. ¿Podría ser la misma a la que vieron frente al portal de Stenberg?

—Sí, y no hay duda de que sabe manejar un cuchillo —repuso Mia.

CAPÍTULO 24

El café que tenía en la mano temblaba mientras Henrik Levin conducía por la carretera helada y desigual. Se fijó en los blancos velos de nieve que habían caído sobre Gamla Övägen. En el asiento del copiloto había un sobre que contenía dos fotografías en color. Una era de Danilo Peña. La otra era de Axel Lundin.

Henrik aparcó y, con el sobre en la mano derecha, cruzó el vestíbulo del hospital Vrinnevi.

Pim, que estaba sentada en el borde de la cama, se volvió hacia él. El cabello negro le caía sobre la cara. Parecía muy pequeña, muy frágil y pálida.

Henrik la saludó al entrar.

—He oído que has intentado escapar —dijo, y esperó a que el intérprete tradujera sus palabras.

—Solo quería irme a casa —contestó la chica en voz baja.

—Podrás irte a casa, pero primero quiero pedirte que nos ayudes —prosiguió él—. La última vez que estuve aquí, hablaste de una chica. ¿Te acuerdas?

Pim hizo un gesto afirmativo con la cabeza.

—¿Qué aspecto tenía?

—Como yo —susurró—. Pero tenía una gran cicatriz en la frente. —Se señaló la frente, cerca del arranque del pelo.

—¿Llegó allí contigo?

—No, ya estaba allí.

—¿Ya estaba allí?

—Sí, en la planta de arriba.

—Ahora, haz un esfuerzo por concentrarte. ¿Te acuerdas de su nombre?

Se rascó el brazo, pensativa.

—Se llamaba Isra.

—¿Hablaste con ella?

—No mucho. Se puso a llorar cuando él le arrancó la cinta de la boca y se marchó. Le pregunté cómo se llamaba, pero no me atreví a hablar más con ella porque, si él nos oía, seguro que nos hacía algo.

—Tengo aquí dos fotografías de dos hombres. Quiero que les eches un vistazo y que me digas si reconoces a alguno de ellos.

Henrik sacó las fotos del sobre y las puso delante de Pim.

—Míralas con atención. ¿Reconoces a alguno de estos hombres?

La chica miró indecisa las fotografías, como si temiera lo que podía ver en ellas. Un instante después, se llevó las manos a la boca.

—¡Es él! —gritó, señalando con el dedo.

Sus ojos reflejaban miedo.

Henrik cogió la fotografía que había señalado. Observó al hombre de cabello oscuro, ojos marrones y facciones cinceladas.

—¿Fue él quien te retuvo? —preguntó.

—Sí —contestó Pim.

—¿Estás completamente segura?

—Sí.

Henrik volvió a mirar la fotografía y sintió un estremecimiento al ver la mirada de aquel hombre. Cogió el teléfono y llamó primero a Gunnar Öhrn y a continuación a la fiscal encargada de las diligencias previas: Jana Berzelius.

Jana Berzelius entró en el juzgado de Norrköping sobriamente vestida con una chaqueta negra entallada y pantalones a juego. Su blusa era de un blanco cremoso, con el cuello redondo, y los zapatos que había decidido ponerse ese día eran de Yves Saint Laurent, de tacón alto y puntera afilada.

Una voz femenina instó a todas las partes implicadas a personarse en la sala 2, donde iba a celebrarse la vista del caso B3980-13, relativo a una agresión sucedida en un bar.

Jana comprobó que había silenciado el móvil y vio que Henrik Levin la había llamado.

Se apartó un poco y escuchó el mensaje que le había dejado en el buzón de voz. Era breve, pero lo que le comunicaba en él hizo que le diera vueltas la cabeza.

«Quería informarte de que hemos hecho algunos progresos en el caso de la chica tailandesa. Primero, ya tenemos el nombre de la chica que estaba retenida con ella. Creemos que se llama Isra. Y segundo, creemos haber identificado al hombre que recogió a Pim en la estación y la mantuvo secuestrada. Pim le ha reconocido en una fotografía. Se llama Danilo Peña y…»

Jana no oyó nada más después de aquello. Miró frenéticamente las paredes, las puertas y a las personas sentadas en la sala del juzgado. Se escabulló, marcó el código de entrada de una sala de reuniones, entró precipitadamente y se tapó la boca con la mano para ahogar un grito. A pesar de que empezaba a dolerle el pecho, escuchó de nuevo el mensaje de Henrik.

«…le reconoció en una fotografía. Se llamaba Danilo Peña y…»

Arrojó el teléfono contra la pared y una grieta de buen tamaño apareció en la pantalla. Se sentó y procuró respirar con calma y concentrarse, pero no pudo. Se levantó de nuevo, tratando de sacudirse el pánico que se había apoderado de ella.

¿Era Danilo quien había mantenido secuestrada a Pim?

Oyó de nuevo el aviso por los altavoces y salió de la sala de reuniones. Seguía teniendo la respiración agitada cuando regresó a la sala del juzgado. De pronto, estar allí le parecía una inmensa pérdida de tiempo. Tenía que protegerse, salvaguardar su vida.

Oyó lejanamente que el juez de distrito daba comienzo a la sesión saludando a los presentes y presentando a los tres jueces legos y al secretario judicial. Jana no le escuchaba, sin embargo: tenía la mirada fija en la puerta cerrada. Solo pensaba en una cosa: en Danilo Peña.

—El Ministerio Fiscal está representado por la fiscal Jana Berzelius —añadió el juez, y a continuación presentó al imputado, al demandante y a sus respectivos letrados, así como al procurador de la parte damnificada.

El corazón le latía con violencia. Seguía con la mirada fija en la puerta.

—A instancias de la fiscalía, llamamos a declarar a Samir Ranji, que ha sido debidamente informado del requerimiento de este tribunal y, según tengo entendido, está esperando fuera. Creo que no hay ningún motivo que impida celebrar hoy mismo la vista.

—Sí, lo hay —afirmó Jana poniéndose en pie—. Señoría, me veo obligada a solicitar que se posponga la vista.

Henrik Levin se acariciaba una ceja con los dedos de la mano derecha, adelante y atrás, pausadamente, mientras pensaba en lo extraño que era que Axel Lundin les hubiera dado el nombre de la persona que había mantenido retenida a Pim. Todo parecía coincidir. Robin Stenberg les había conducido a Axel Lundin, que a su vez les había llevado hasta Danilo Peña, aquel hombre moreno y misterioso. ¿Les conduciría Peña hasta el Anciano?

Echó un vistazo a su móvil y se puso de nuevo a pensar en Jana Berzelius. Estaba perplejo, no sabía qué pensar de la declaración de Ida Eklund, que afirmaba haber visto a una mujer bien vestida subirse a un gran BMW frente al edificio de Robin Stenberg la noche de autos. Pero ¿qué podía hacer Jana allí? ¡Jana, nada menos!

Lo curioso (o quizá no tanto) era que cabía la posibilidad de que esa misma mujer elegantemente vestida fuera la misma que el día anterior había subido la escalera del edificio de Garvaregatan.

Allí había demostrado que sabía manejar una navaja. Eso, suponiendo que aquellos dos indigentes no hubieran sido víctimas de una alucinación.

Claro que tal vez fuera él quien alucinaba por contemplar siquiera la posibilidad de que aquella mujer bien vestida fuera Jana. Tenía que haber más de una mujer elegante en Norrköping que condujera un BMW oscuro. Jana Berzelius debía tener una doble.

Ladeó un poco la pantalla del ordenador hacia la derecha y buscó su nombre en Internet. Aparecieron numerosos artículos con declaraciones de Jana acerca de procesos judiciales.

—¿Qué haces?

Se giró y vio a Mia Bolander en la puerta, con la chaqueta en la mano.

—Estaba buscando un par de cosas —contestó mientras intentaba en vano cerrar Google.

—¿Por qué buscas a Jana?

Al mirarla a los ojos, sintió que aquella sensación inquietante se colaba de nuevo en su pecho y comprendió que no podía seguir ocultándole la verdad.

Suspiró como si quisiera demostrarle que aquello se le hacía muy cuesta arriba.

—Tengo una declaración de un testigo algo problemática…

—¿Cuál?

—Fue cuando hablamos con Ida Eklund y tú te fuiste a hablar por teléfono…

Le contó lo que le inquietaba: que cabía la posibilidad de que Jana hubiera estado en Spelmansgatan la noche de autos, frente al edificio de Robin.

—¿Por qué no me lo has dicho antes?

—Porque…

El desasosiego volvió a apoderarse de él. Se estremeció.

—Henrik —dijo ella con calma—, todo esto es ridículo, pero ¿por qué no me habías dicho nada?

—No sé. A ti también te parece absurdo que estuviera allí, pero… no sé. Esperaba poder preguntárselo a ella directamente, pero da la impresión de que nos está evitando…

—Tienes que decírselo al resto del equipo —dijo Mia.

—Lo sé, pero hay otra cosa. —La miró, preocupado—. La descripción de Ida coincide punto por punto con la de la mujer que, según dicen esos indigentes, les atacó con una navaja. Y el asesino de Robin empleó un cuchillo con precisión de cirujano, si se me permite describirlo así.

Mia se quedó mirándole.

—¿Jana Berzelius? —dijo, y soltó una risita—. ¿Has comprobado si antes se dedicaba a lanzar cuchillos en un circo?

—No, claro que no.

—Venga ya, Henrik. ¿De verdad crees que esa estirada de Jana es una especie de asesina profesional? Me parece que va siendo hora de que te tomes la baja paternal. —Le miró fijamente—. Además, ocultar información sobre un caso es un asunto muy serio.

—Claro que sí, ya lo sé.

—Me sorprende que lo hayas hecho —dijo con una sonrisa—. Podrían expedientarte por esto.

—Exacto. Así que no digas nada.

Mia miró por la ventana.

—En serio, Henrik, ¿qué interés tienes en que no se sepa? Podría equivaler a encubrir a un criminal.

—Espera un momento —dijo él—. No has parado de sonreír en todo este rato. Evidentemente, tú tampoco te lo crees. Es muy posible que no se haya acercado ni de lejos al barrio de Robin.

Ella asintió, pensativa.

—Pero, ahora que lo dices, siempre ha sido tan… rara.

—No, qué va.

—¿No?

—No. A mí, no me lo parece, por lo menos.

—Ah, ya entiendo.

—¿Qué entiendes?

—Que te gusta.

—Sí, me gusta como fiscal. Nada más.

—Algo más habrá, si intentas protegerla.

—Venga ya. Yo no intento protegerla. Es simplemente que todavía no he tenido ocasión de hablar con ella.

—No me digas.

—Lo que me parece raro es que parezca alegrarte tanto poder acusarla de algo.

—No, lo raro es que no nos mantengas informados de tus hipótesis. Es muy impropio de ti, Henrik.

—Mira, según Ida, había una mujer en la calle cuando salió del edificio de Robin. Por su descripción podría ser Jana, pero también es muy muy posible que fuera otra persona. No Jana Berzelius. Tiene que haber otras mujeres guapas que conduzcan BMW negros, ¿no crees?

—¿Guapa? —exclamó Mia—. ¿Por eso la defiendes? ¿Porque te parece guapa?

—Deja ya de incordiarme.

—¿A qué viene eso?

—No se puede razonar contigo. Fuera de broma, ¿de verdad crees que Jana podría haber asesinado a Robin Stenberg?

—No, pero...

—Exacto, no. Por eso precisamente no quería contártelo. Solo te interesan las soluciones más simples. Y eso es peligroso, Mia. Tú sabes perfectamente que en una investigación seria no tienen cabida las suposiciones infundadas.

—Ni tampoco las emociones —replicó ella.

—¿Puedes irte, por favor?

—Sí, me voy. La verdad es que hoy no pienso trabajar más. No hemos parado en todo el fin de semana, así que me largo.

«Qué bien», estuvo a punto de decirle Henrik, pero ella ya se había ido. Al quedarse a solas en el despacho, tuvo la sensación de que no debería haberle dicho nada a su compañera sobre Jana Berzelius.

No debería haber dicho nada en absoluto.

CAPÍTULO 25

Per Åström fijó la mirada en la pelota. Resonó como un latigazo al chocar con su raqueta de tenis. Un revés directo a dos manos, justo a la línea.

Se desplazó rápidamente a la derecha, siguiendo con la vista el movimiento de la bola al pasar sobre la red, y volvió a desplazarse. Otro latigazo cuando Johan devolvió el golpe. Per se agachó ligeramente, encontró su centro de gravedad, se movió de nuevo y golpeó la pelota. Un *drive* cruzado. El cabello rubio se le movió hacia un lado. Tenía la frente llena de sudor.

Llevaba una hora jugando y en las pistas de tenis solo quedaban Johan y él. Los dos habían acabado los partidos que pensaban jugar, pero estaban demasiado inquietos para irse a casa y habían acordado espontáneamente jugar otro partido juntos. Se había hecho tarde y las otras canchas estaban desiertas. Fuera, grandes copos de nieve fresca caían girando del cielo oscurecido.

Johan levantó la mano y dijo que lo dejaba por hoy. Se acercaron a la red y se dieron las gracias mutuamente por un buen partido.

—¿Te atreves a volver a jugar conmigo? —preguntó Per.

—Claro que sí. ¿Mañana a la misma hora?

—Por mí estupendo. Te llamo, Johan…

—Klingsberg.

—Eso. Klingsberg.

Per recogió su botella de agua y sus pelotas de tenis y las guardó en la bolsa. Oyó cerrarse la puerta cuando se marchó Klingsberg.

Cuando entró en el vestuario, le recibió una vaharada de aire caliente. Los espejos estaban empañados.

Una de las duchas estaba abierta. Alguien debía de haberse olvidado de cerrar el grifo, pensó Per.

Dejó la bolsa sobre el banco y se acercó a la ducha, estiró el brazo y giró el grifo hasta que dejó de correr el agua.

Regresó al banco, se sentó, se quitó la camiseta mojada de sudor y sacó su móvil de la bolsa.

No tenía llamadas perdidas.

Ni tampoco mensajes.

Se secó el sudor de la frente con la camiseta, frotándosela lentamente, absorto en sus pensamientos. La había llamado el día anterior para preguntarle si quería ir con él al partido de *hockey*. Esa mañana había vuelto a llamarla y le había dejado un mensaje preguntándole si le apetecía cenar con él. No había contestado. Per interpretaba su silencio como un no, y acababa de enterarse de que había solicitado el aplazamiento de la vista porque había aparecido un nuevo testigo en el caso de la agresión en el bar y quería tener tiempo para interrogarlo antes de que se reiniciara el proceso. No había nada de raro en ello, claro, pero lo cierto era que no le había devuelto las llamadas. ¿Se había puesto pesado, quizá? Si así era, podría habérselo dicho, al menos.

Cogió el móvil y volvió a marcar su número.

—Hola.

Mia Bolander sonrió al ver la expresión perpleja de Martin Strömberg y pensó que estaba feísimo cuando levantaba así las cejas.

—¿Qué llevas ahí?

—Una sorpresa. —Le guiñó un ojo.

—¡Ajá! —exclamó él, riendo—. Pasa.

Mia entró en el apartamento, notó el olor a tabaco y empezó a quitarse las botas.

—No mires —le advirtió.

—No estoy mirando. —Martin se tapó los ojos con las manos.

Ella le observó atentamente mientras se quitaba la chaqueta.

—¡Estás mirando!

—¡No! —Se rio, sacudiendo la cabeza—. Pero he oído ruido como de papeles.

Mia advirtió que tenía manchas de sudor en los sobacos de la camiseta ajustada.

—Aquí tienes —dijo, tendiéndole el paquete que había ocultado a su espalda—. O quizá debería decir «¡Feliz Navidad!».

—Pero todavía no es Navidad.

—No podía esperar.

Martin estrujó el paquete.

—Es blando —dijo—. ¿Qué puede ser? ¿Un gorro? ¿Unos calcetines?

—Ábrelo y lo verás.

—No, primero tengo que darte tu regalo.

Mia entró en el cuarto de estar, tensa de emoción, y se sentó en el sofá. Cuando volvió Martin, apenas podía contenerse. Él le tendió un paquete cuadrado. Mia estiró el brazo para cogerlo, pero Martin no pudo resistirse a bromear un poco.

—¿Me das un beso a cambio?

—Dame el paquete —dijo ella con la mano tendida.

—¿Un besito? —Él batió las pestañas.

Mia le lanzó una sonrisa agria y le sostuvo la mirada hasta que le entregó el paquete. Lo abrió con cuidado, tratando de disfrutar del instante en que abriría el regalo más lujoso que le habían hecho nunca y que probablemente le harían.

—¡Un pañuelo! ¡Gracias, Mia!

Martin se echó el pañuelo negro sobre los hombros.

—¿Te gusta? —preguntó ella.

—¡Claro que sí! Me encanta. Pero ¿qué significa LV?

—Louis Vuitton.

—Ah. Pero ¿no es una marca de mujer?

—No, también es para hombre.

—Uf, es impresionante.

Mia retiró el papel de regalo y miró un instante la caja. Después, quitó rápidamente la tapa.

Entonces fue ella quien puso cara de perplejidad.

—¿Una huevera?

—Ya sé que no es gran cosa…, y ahora que me has hecho este regalo tan bonito…

Mia dejó la caja, negándose a tocar la copita de cerámica rosa en la que se leía ¡Que tengas una *huevísima mañana!*

—Puedes cambiarla por una azul si quieres —dijo Martin—. O verde.

—¿Qué ha pasado con el reloj?

—¿El reloj? ¿Qué reloj?

—¡El reloj que habías comprado, el que tenías debajo de la cama! ¿A quién se lo has regalado? ¿A quién?

—¡Venga, cálmate!

—¿Te estás viendo con otra?

—¡No! ¡Por amor de Dios, era para mi madre! ¿Es que has estado registrando mi casa?

Mia se levantó y salió al recibidor.

—¡Espera! Mia, ¿adónde vas? —Él la siguió.

Mia se puso rápidamente los zapatos, cogió su chaqueta y abrió la puerta de un tirón.

—¿Sabes qué? —dijo en tono cansino, volviéndose hacia él—. Por mí puedes irte al infierno.

La camiseta negra susurró ligeramente cuando Jana Berzelius se la pasó por la cabeza. De pie en la entrada, se puso los zapatos y buscó en el armario una cazadora oscura.

Se movía metódicamente y con decisión. Ya solo le quedaba una alternativa, un camino que seguir. Danilo no estaba en su casa de Södertälje.

Una hora antes se había pasado por Svedjevägen, en el barrio de Ronna, en Södertälje. Había pasado a pie por delante del alto edificio de pisos, con sus terrazas verdes, azules y naranjas. Había entrado en el portal del número treinta y seis, había cogido el ascensor hasta el séptimo piso y se había acercado con cautela, sin hacer ruido, a la puerta de apartamento.

Había estado en aquel mismo lugar un par de veces durante los últimos meses, con la esperanza de que él llegara a casa en algún momento. Pero el piso siempre estaba vacío. Y ahora, además, habían quitado el nombre de la puerta. Danilo ya no vivía allí.

Ya solo quedaba una persona que podía saber dónde estaba. Solo una.

Sacó de un cajón un fino gorro negro y se lo puso. Los guantes eran muy ajustados. Abrió y cerró los puños para dar de sí el cuero.

Se miró al espejo de la entrada, hizo un gesto de asentimiento y cerró la puerta de su apartamento. Bajó rápidamente la escalera, calándose bien el gorro y hundiendo las manos en los bolsillos.

Henrik Levin detuvo el coche frente al garaje y caminó lentamente hacia la puerta de su casa de Smedby, un barrio del sur de Norrköping. Suspiró al pensar que no había hecho ningún progreso respecto a Danilo Peña. Habían registrado su domicilio en Södertälje, pero el piso parecía abandonado. Saltaba a la vista que Danilo no vivía allí desde hacía tiempo. Todas las habitaciones estaban vacías. No había muebles, solo una jarapa en el pasillo y un colchón en el cuarto de estar.

Sus llaves tintinearon cuando las dejó en la mesita de la entrada. Se quitó los zapatos, respiró hondo y notó los olores familiares de su casa. Le daba vueltas la cabeza cuando entró en la cocina. Se acercó a la encimera tambaleándose un poco, hizo intento de coger un vaso, lo volcó, lo cogió de nuevo y lo llenó de agua. Bebió a grandes tragos y respiró hondo, tratando de reponerse.

En ese momento, oyó que se abría la puerta del cuarto de baño. Se volvió y la vio allí parada, con el pelo revuelto y una mirada inquisitiva en los ojos.

—¿Qué tal?

Henrik no contestó enseguida. Dio unos pasos adelante y la abrazó. Aspiró el olor de su camisón, sintió sus dedos en la espalda y se apretó un poco contra su tripa redonda y prominente.

Fue ella la primera en soltarse. Dio un paso atrás y le examinó con atención. Henrik le sostuvo la mirada. Solo entonces se dio cuenta de lo cansado que estaba.

—Yo… —balbució, pero no supo qué decir. Clavó la mirada en el suelo y tuvo la impresión de que se movía.

—¿Henrik? —dijo ella.

—¿Sí?

—¿Cómo estás?

—Bien.

—Estás mintiendo.

—Un poco.

Emma sonrió.

—Dímelo.

—Preferiría no hacerlo —contestó él, advirtiendo cómo sacaba ella el labio inferior.

—Ven —dijo su mujer.

—¿Adónde vamos?

—Al sofá. Me apetece que nos sentemos un rato.

Henrik sonrió, le dio la mano y dejó que tirara de él.

CAPÍTULO 26

El pasillo estaba en silencio.

Aquella zona del hospital era de acceso restringido. Para entrar, había que hablar con el control de enfermería, cuyo número figuraba en un cartel blanco.

El olor a desinfectante que inundaba el edificio se adhirió a su ropa cuando Jana Berzelius avanzó por el pasillo con paso sigiloso.

Mantuvo los ojos fijos en el suelo de vinilo, siguiendo las marcas de las ruedas de las camillas.

El gorro le cubría por completo el cabello.

Cuando se abrieron las puertas del ascensor, se escondió detrás de una columna y fingió estar esperando a alguien. Un celador pasó a su lado empujando una cama ocupada por un anciano. Antes de que se cerraran las puertas del ascensor, se coló dentro y pulsó el botón del pabellón de aislamiento, manteniéndose pegada a un rincón para que la cámara de seguridad situada encima del panel captara su imagen lo menos posible. Cuando la voz automática le dio la bienvenida a la planta, se aseguró de que no había nadie en el pasillo antes de salir.

Esperó de pie junto a una puerta de cristal cerrada. Pasados cinco minutos, la puerta se abrió y salieron dos enfermeras vestidas de blanco. El mecanismo zumbó ruidosamente sobre su cabeza cuando se metió a hurtadillas por la puerta. Pegándose a la pared, miró furtivamente a su alrededor por si veía algún movimiento.

Oyó voces y vio luz en una habitación, pasillo adelante.

Agarró con firmeza el picaporte, abrió la puerta de la primera habitación que encontró y entró en ella. Echó una ojeada a las dos camas, pero no vio a la persona que estaba buscando. Abrió despacio la puerta del pasillo y se asomó fuera. Vio que se abría una puerta y que una enfermera salía sonriendo y se volvía de nuevo hacia la habitación.

—Si necesitas otra manta eléctrica, dímelo —dijo antes de alejarse por el pasillo.

Jana se quedó quieta, esperó un momento y luego avanzó con rapidez. Abrió la puerta que acababa de cerrar la enfermera, entró en la habitación y se quedó allí parada, iluminada por la luz de la cama.

En ella yacía una chica joven con la espalda vuelta hacia Jana.

—Hola, Pim —dijo.

Anneli Lindgren cerró la puerta de su casa con cuidado, se quitó la chaqueta y vio su rostro cansado en el espejo del recibidor. Entró directamente en el cuarto de baño y se lavó las manos escrupulosamente, dos veces. Se olfateó los brazos, pero no detectó el olor de Anders en su piel. Se tiró de la camisa arrugada y entonces reparó en el bulto del bolsillo de su pantalón.

Masculló una maldición al darse cuenta de que se había olvidado por completo de aquello. Sacó la bolsa transparente en la que había guardado sus bragas. ¡Pensaba tirarlas lejos de casa! ¿Qué iba a hacer con ellas ahora? Pensó en tirarlas a la basura, pero finalmente decidió ocultar la bolsa debajo de las toallas del armario del cuarto de baño. Luego se soltó el pelo y se rehízo el moño antes de entrar en la cocina.

Buscó a Gunnar con la mirada, pero no estaba allí. Vio que salía una luz parpadeante del dormitorio y comprendió que la tele estaba puesta.

—¡Hola! —dijo, lanzando una mirada al televisor—. ¿Qué estás viendo?

—Una película.

—Ya lo veo, pero ¿cómo se titula?

—No sé, algo de caza.

—¿No tienes el sonido puesto?

—No, a veces me apetece el silencio.

—¿Adam está durmiendo?

—No sé. Está en su cuarto.

Anneli se quedó allí un momento, siguiendo la acción que se desarrollaba en la pantalla.

—¿No te vas a la cama? —preguntó Gunnar.

—Dentro de un rato. Primero quiero comer algo. Y darme una ducha.

—¿Qué tal hoy?

—Bien.

—¿Y con Anders?

—¿A qué te refieres?

—Habéis estado juntos en casa de Axel Lundin.

—¿Cómo lo sabes?

—Soy el investigador jefe, por si no te acuerdas. ¿Trabajáis bien juntos? ¿Os echáis una mano y esas cosas?

—No seas tonto.

—Solo era una pregunta.

—Le estás dando una importancia que no tiene —repuso ella—. Deja de hablarme de él constantemente.

—No sé si voy a poder.

Anneli tragó saliva y se sentó al borde de la cama. Acababa de fijarse en que Gunnar se había cortado el pelo.

—Te has cortado el pelo —dijo.

—Sí. Me he pasado por la peluquería antes de volver a casa.

—Te queda bien.

—No debería habérmelo cortado.

—¿Por qué?

—Porque ha sido muy caro. Podría haberme gastado ese dinero en otra cosa. Pero ya está hecho.

Anneli suspiró y se levantó.

—Yo... —dijo—. Iba a comer algo.

—Sí, ya me lo has dicho.

Gunnar apagó la tele y la habitación quedó a oscuras. Se tumbó de lado y se tapó con el edredón hasta los hombros.

—¿No vas a acabar de ver la película? —preguntó ella.

—No.

—¿Por qué?

—Ya sé cómo acaba.

Anneli se quedó allí un momento, cambiando el peso del cuerpo de un pie a otro, despacio y en silencio. Después dio media vuelta y salió del dormitorio. En la cocina, sacó dos rebanadas de pan crujiente, decidió no untarlas con mantequilla y puso tres lonchas de queso en cada una. Se sentó a la mesa a comer, pero se dio cuenta de que se le había quitado el apetito.

Se levantó y tiró el pan con queso a la basura. Entró en el baño para ducharse.

Estuvo treinta y ocho minutos bajo la ducha.

—¿Qué hace usted aquí? —preguntó Pim en inglés, con los ojos como platos.

En su camisa, sobre el pecho izquierdo, se leía *Concejo Municipal*. Miraba atemorizada a Jana Berzelius.

—No te asustes —le dijo Jana, también en inglés—. Solo quiero hacerte una pregunta.

—¿Sobre qué?

—Tengo que preguntarte... El hombre que te mantuvo secuestrada...

Pim se volvió rápidamente de lado, dándole la espalda.

—Escúchame, ¡es importante!

Pero la chica no contestó.

—Necesito encontrarle y tú eres la única que sabe dónde está.

—Ya les he dicho todo lo que sé.

—Entonces vamos a repasarlo otra vez.

—No sé dónde está.

—Pero sabes dónde estuviste retenida.

De pronto, Pim dijo algo en tailandés.

—No te he entendido —dijo Jana.

—He dicho que no quiero hablar con usted.

Levantó la mano para pulsar el botón de emergencia. Jana reaccionó al instante: se lanzó hacia delante y la agarró del brazo, deteniéndola cuando su mano estaba a punto de tocar el botón. Le retorció el brazo y le tapó la boca con la mano.

—No vuelvas a hacer eso —dijo mirando sus ojos aterrorizados—. Cuando aparte la mano, vas a decirme exactamente dónde estuviste. ¿De acuerdo?

Pim tragó saliva y asintió en silencio.

Jana apartó despacio la mano pero no le soltó el brazo.

—No lo sé, pero… se oía agua.

—Muy bien —dijo Jana.

—Hacía frío.

—¿Y? ¿Qué más?

—Nada más.

—¿Y había otra chica en la habitación, una tal Isra?

—Sí.

Jana se quedó pensando un momento.

—Ese hombre que te secuestró, ¿te pegó con un látigo?

Pim la miró, confusa.

—No.

—¿Te arañó?

Otra mirada de desconcierto.

—No.

—¿Te hizo cortes?

—¡No!

—Entones… —Jana volvió a agarrarla con fuerza y le examinó el brazo y las manos—, ¿cómo te hiciste estos arañazos? Enséñame el cuello.

Pim ladeó la cabeza. Las heridas que tenía en el cuello formaban una maraña de cruces y rayas. Algunas eran profundas; otras, anchas.

—Creo que estuviste en algún sitio lleno de árboles. Y que te hiciste estos arañazos con las ramas al escapar. ¿Me equivoco?

La chica se puso colorada y movió una pierna debajo del edredón.

—No sé dónde está ese sitio —dijo con voz queda.

—Me basta con que me lo describas.

Pim se mordió el labio, respiró hondo y finalmente le habló de un cobertizo para barcas, de un riachuelo y de una luz extraña.

Y de un bosque muy denso.

CAPÍTULO 27

El viento laceraba sus mejillas.

El pescador Roger Johnson hizo una seña con la cabeza a su padre, Sture Johnson, y contempló el mar. Sintió mecerse el barco con las olas y vio un banco de peces en el radar, pero siguió adelante, hacia el lugar donde habían tendido la red el día anterior, en aguas del archipiélago de Arkösund.

Roger había empezado a pescar furtivamente aleccionado por su padre. El permiso de pesca de Sture dejaba bien claro que solo podía pescar arenque del Báltico. Nada más. A Sture, sin embargo, le traía sin cuidado.

Había también otra normativa acerca de lo que se consideraban aguas públicas y aguas privadas. La ley afirmaba que las aguas del archipiélago de Östergötland eran en su mayor parte de uso privado y pertenecían a las fincas de tierra firme. Las aguas de acceso público empezaban, por lo general, a unos trescientos metros de las islas más alejadas. Pero a Sture también le traía sin cuidado. De ahí que su hijo y él pasaran muchas noches pescando furtivamente, con redes y métodos ilegales. Cogían muchos peces: salmones, lucios del norte y percas europeas a montones, que luego vendían a muy buen precio.

—¡Despacio ahora!

Roger hizo un ademán con la mano, se inclinó sobre la barandilla, estiró el brazo para agarrar el flotador y levantó el sedal. Tiró

269

de la red poco a poco, sacudiéndola para que los peces cayeran dentro del barco. Los que habían quedado prendidos en la red, los dejó allí hasta que regresaran a tierra.

Roger procedía con paciencia, sacudiendo suavemente la red. Tiró un poco más, pero se detuvo al ver de pronto algo extraño en el agua.

Tiró de nuevo, pero la red pesaba tanto que tuvo que hacer un esfuerzo para levantarla. Tiró y tiró, cada vez más nervioso.

Luego retrocedió asustado.

Sintió una náusea al darse cuenta de qué era lo que estaba viendo.

El cadáver de una mujer colgaba de la red.

La pared tembló del golpe.

Jana Berzelius la golpeó de nuevo. Dos, tres, cuatro veces.

Estaba ansiosa, impaciente. Trataba de relajarse lanzando golpes, pero no lo conseguía. Algo la obsesionaba, una idea la acosaba sin descanso, ocupando casi todo su espacio mental.

Tenía que encontrar a Danilo antes de que le encontrara la policía.

Se giró y lanzó otro golpe al aire con los dos puños, apuntó con el pie y lanzó una patada y luego otra. Se lo imaginaba de pie ante ella, con la cabeza agachada y una mirada turbia. Golpeó con más fuerza. Solo daba al aire, pero se imaginaba que sus golpes daban en el blanco. Lanzó el puño derecho, luego el izquierdo, una patada. Levantó la rodilla izquierda y asestó rápidamente otra patada con la derecha, apuntó a la pared y golpeó de nuevo.

Bang.

Bang.

Bang.

Se detuvo y, jadeando, se sentó en el suelo de su dormitorio y se abrazó las rodillas.

Tenía que encontrarle. Tenía que descubrir dónde encerraba a sus mulas.

Se miró las manos y volvió a repasar mentalmente su conversación con Pim. Le intrigaba especialmente esa extraña luz de la que hablaba la chica. Tenía la impresión de que era un foco cuya luz se colaba entre los árboles del bosque.

Empezaría buscando a lo largo de la costa, y conocía un sitio que podía servirle de punto de partida, cerca de la carretera 209 en dirección a Arkösund.

La casa de verano de sus padres.

Recogió sus cosas de aseo y las llevó al dormitorio. Dobló algunas prendas, una muda de ropa interior y unos calcetines, y lo guardó todo en una mochila.

Luego sacó la navaja y la sopesó antes de guardársela en la cinturilla del pantalón, a la espalda. Cogió la mochila y la dejó en el suelo de la entrada.

Echó un último vistazo a su piso. Tenía la sensación de que tardaría un tiempo en regresar.

Luego cerró la puerta, bajó rápidamente las escaleras y salió de Knäppingsborg sin mirar atrás.

CAPÍTULO 28

Per Åström apagó su afeitadora eléctrica y escuchó. Sí, estaba sonando el timbre. Dejó la máquina en el cargador y salió del cuarto de baño. En siete largas zancadas estaba en el recibidor. El timbre volvió a sonar. Henrik Levin estaba en el descansillo, con un largo desgarrón en la chaqueta.

—Ya sé que es temprano —dijo—, pero sabía que a estas horas te pillaría en casa.

—¿Qué pasa? —preguntó Per.

—Conoces a Jana Berzelius, ¿verdad?

—Sí, claro que la conozco —contestó Per, nervioso.

—¿La conoces bien?

—¿Por qué lo preguntas?

—¿La conoces como compañera de trabajo o como amiga?

—Como compañera de trabajo.

—Se te ha puesto el cuello colorado.

—¿Qué es esto? ¿Un interrogatorio? —preguntó Per.

—No, pero a la gente se le suele poner el cuello colorado cuando se avergüenza de algo. O se le mueven los ojos. Y a ti te están pasando las dos cosas. Así que voy a preguntártelo otra vez: ¿la conoces como compañera de trabajo o como amiga?

Per miró a ambos lados del descansillo.

—Pasa —le dijo. Le indicó que entrara y le señaló el sofá—. Siéntate, por favor.

272

Pero Henrik ignoró el sofá y se quedó de pie junto al ventanal.

—Menudas vistas —dijo.

—Sí, siempre sé lo que se está cociendo en la puerta del bar de copas de ahí abajo.

Per señaló con la cabeza hacia la esquina de Sankt Persgatan y sonrió.

Henrik le sostuvo la mirada, muy serio.

—He venido a preguntarte si sabes dónde está Jana Berzelius. He estado en su casa y he llamado a la puerta, pero no contesta. Y hace tiempo que no la veo. Tampoco contesta a mis llamadas, lo que es un poco raro teniendo en cuenta que está instruyendo la investigación y normalmente siempre está disponible. Quería preguntarte si has hablado con ella.

Per negó con la cabeza.

—No sé si debería decirte esto —prosiguió Henrik—, pero tenemos novedades en el caso del asesinato de Robin Stenberg y necesito contactar con ella. Como tú estás a cargo de la investigación, he pensado que…

Per se quedó callado y volvió a mirar por la ventana.

—Me da la sensación de que se trata de algo de lo que no debe enterarse todo el mundo —comentó, tratando de mirar a Henrik a los ojos.

—¿Por qué lo dices?

—Si no, no habrías venido a mi casa tan temprano.

—Muy bien… Ida Eklund afirma que vio a una mujer cuya descripción encaja perfectamente con la de Jana Berzelius frente al edificio donde vivía Robin Stenberg, el viernes a la hora del asesinato —dijo Henrik lentamente, y observó la reacción de Per.

Pero el abogado no reaccionó como esperaba Henrik. Se echó a reír.

—¿Qué te hace tanta gracia?

—¡Estamos hablando de una compañera, no de una sospechosa!

—Lo sé —contestó Henrik cansinamente.

Se sentó en el sofá, se recostó y observó al hombre rubio sentado frente a él. Sus ojos, de distinto color, tenían una mirada al mismo tiempo cordial y penetrante.

—Además —añadió Per—, tiene coartada.

—¿Cómo lo sabes?

—Porque estuve con ella el viernes.

—¿Estás…? —comenzó a decir Henrik—. Quiero decir que si… ¿Sois pareja?

Per volvió a reírse, soltando una larga carcajada.

—Jana no es de las que tienen pareja. Nunca la he visto con un hombre, ni he oído que tuviera novio.

—¿Novia, entonces?

—Tampoco la he visto con mujeres. Prefiere los hombres, eso sí lo sé.

—Entonces, ¿solo sois amigos?

—Podría decirse así, seguramente. Hablamos mucho, cenamos juntos de vez en cuando y esas cosas. Somos compañeros de trabajo, como te decía.

Henrik suspiró.

—De acuerdo —dijo—. Pero aun así tengo que hablar con ella.

—¿No me crees?

—Sí, claro que te creo. Cenasteis juntos. ¿En qué restaurante?

—En el Ardor. Puedes llamarles. Teníamos mesa reservada.

—Ya sabes que tengo que comprobarlo.

Per se quedó callado un momento.

—¿Puedo preguntarte…? —dijo—. Esa tal Ida Eklund ¿ha identificado a Jana? ¿La ha reconocido en una fotografía?

—No, no exactamente. Pero, por su descripción, esa mujer podría ser Jana perfectamente…

—Pero ¿no le has enseñado una foto suya?

—No.

Per pareció desconcertado.

—¿Hay más novedades en la investigación? ¿Alguna otra cosa

que indique que Jana puede haber tenido algo que ver con la muerte de Robin Stenberg?

—No.

—Entonces, ¿por qué la estás investigando?

—No la estoy investigando.

—¿No? Pues estás haciendo muchas preguntas.

—Solo intento constatar algo.

—¿Que podría ser sospechosa?

—No, justo lo contrario.

—No te entiendo.

—Confidencialmente te diré… —dijo Henrik.

—¿Sí?

—Que considero a Jana Berzelius una compañera de trabajo y una fiscal excelente, que quede claro.

—Estupendo —dijo Per—, en eso estamos de acuerdo. Pero el hecho de que estés aquí —agregó Per— resulta…

—¿Incómodo?

—Si se llega a saber que hemos hablado de esto…

—Nadie sabe que he venido.

—Pero ¿eres consciente de que esto es muy irregular?

—Totalmente.

Despertó al oír cerrarse una puerta, pero se quedó tumbada en posición fetal debajo del edredón.

Había pasado toda la noche procurando esquivarle. Él había hecho lo mismo. Habían permanecido tumbados en sus respectivos lados de la cama, dándose la espalda el uno al otro. Los dos completamente despiertos, sin decir nada.

Anneli Lindgren se levantó y miró por la ventana. La nieve seguía cayendo del cielo gris ceniza. Vio el grueso manto blanco que cubría la calzada, las huellas de un gato que había cruzado la calle en diagonal, los montículos de nieve que se habían formado al pie de los buzones.

Se estremeció y sintió que se le ponía la carne de gallina. Hacía frío en el piso, como si hubieran abierto las ventanas para ventilarlo.

Entró en el cuarto de Adam y vio que su hijo todavía dormía, con la boca abierta. Sabía que tenía que despertarle, pero decidió dejarle dormir un poco más.

El suelo crujió ruidosamente bajo sus pies descalzos.

Justo cuando estiraba el brazo para abrir la puerta del baño, oyó la alarma del móvil de Adam y a su hijo rebullir bajo el edredón para apagarla. Luego volvió a hacerse el silencio.

Encendió la luz y se metió en la ducha. Se duchó rápidamente, dejando que el agua caliente aclarara su cuerpo. Estaba pensando en el día anterior, en Anders.

Salió de la ducha, se envolvió en una toalla y abrió la puerta del armario. Metió la mano detrás de las toallas, pero no encontró la bolsa con sus bragas.

Metió la mano otra vez, palpó a un lado y a otro, sacó todas las toallas, las dejó en el suelo y las sacudió.

La bolsa no aparecía.

Sintió que un frío helador le subía por la columna y notó que un extraño gemido escapaba de su garganta.

Se quedó petrificada al oír que alguien tocaba suavemente a la puerta.

—¿Mamá?

Grandes nubarrones de color acero se cernían amenazadoramente sobre Norrköping. Henrik Levin los miró antes de entrar en la jefatura de policía. Saludó tranquilamente a Gunnar Öhrn, que estaba sentado a su mesa con expresión preocupada.

—Esa otra chica de la que habla Pim, ¿qué estamos haciendo para encontrarla? ¡Nada! ¡Estamos aquí, de brazos cruzados!

—Gunnar —dijo Henrik con calma—, hacemos lo que podemos. Tenemos que encontrar a ese tal Danilo Peña.

Gunnar no le hizo caso. Soltó un bufido.

—Puede que esa chica ni siquiera exista. Casi espero que Pim esté mintiendo…

—Yo creo que existe —repuso Henrik—. Y creo que, si encontramos a Danilo, la encontraremos a ella.

—Entonces, ¿por qué aún no le hemos encontrado? —inquirió Gunnar.

—No tiene antecedentes delictivos.

—Pero algo habrá hecho o le habrán hecho. No se convierte uno en asesino y traficante de drogas de la noche a la mañana, y menos aún a este nivel.

—Puede que tengamos que empezar de cero, lanzar nuevas hipótesis…

—¿*Empezar de cero?* No podemos empezar de cero. Como decías, conocemos la identidad de un sujeto que podría ser, uno, el secuestrador de Pim, dos, el asesino de Robin Stenberg y, tres, el cerebro que controla la red de narcotráfico de Norrköping —dijo Gunnar levantando los dedos mientras hablaba—. ¡No podemos dar marcha atrás! —Se frotó la cara con las manos—. ¿Y dónde se ha metido Jana, a todo esto?

—No lo sé.

—Pues menuda mierda. —Suspiró y relajó los hombros—. Perdona, Henrik —dijo—, pero ¿por qué avanzamos tan despacio?

—Alguien debe de haber advertido a Danilo Peña de que andamos tras él —contestó—. Porque, si no vive en el domicilio en que está empadronado, ¿dónde vive?

—Buena pregunta.

Gunnar suspiró y se meció suavemente en la silla.

—Eres un buen detective —comentó, y añadió—: No como los demás.

—¿Estás pensando en alguien en concreto?

—En Mia, claro. Lo siento, pero es una amenaza para todo el equipo. —Gunnar se echó hacia delante y le miró con tristeza—. Anders nos tiene enfilados, Henrik. No quiero que tome el mando. Sois *mi* equipo. Y quiero que siga siendo así.

—Pero solo está aquí temporalmente.

—Y ya ha estropeado suficientes cosas.

—No entiendo.

—Tampoco hace falta que lo entiendas. —Se quedó callado y se limpió el sudor de la frente con la palma. Después, se la secó en la pernera del pantalón—. Da la impresión de que esta brigada está patas arriba —añadió—. Y será aún peor cuando entre en vigor la reestructuración.

—¿Estás preocupado? —preguntó Henrik.

—Por el futuro, sí. Hay ciertos puestos de mando que no existen en el nuevo organigrama.

—Entonces ¿no sabes qué puesto vas a ocupar?

—Ni siquiera sé si habrá hueco para mí. El comité de reestructuración ha dejado muy claro que, en los peldaños inferiores del escalafón, todo el mundo conservará su rango y su salario. No hay peligro de que esas personas se queden en paro, así que hay ciertas garantías, en todo caso.

—Claro.

—Pero estaría bien saber quién va a ser mi jefe el año que viene.

—¿Qué dice Carin Radler?

—Nada. ¿Qué puede decir?

Henrik se encogió de hombros. Gunnar apoyó las manos sobre las rodillas.

—Habrá que esperar, a ver qué pasa —masculló—. De momento soy yo quien toma las decisiones y voy a asegurarme de que esta investigación vaya como la seda.

—Bien —dijo Henrik—. ¿Y cómo quieres hacerlo?

Gunnar dejó vagar la mirada por el despacho y a continuación la fijó en la ventana.

—Ya hemos emitido una orden de busca y captura contra Danilo Peña. Quiero que además pidamos la colaboración ciudadana para encontrarlo.

En ese momento sonó su móvil. Lo dejó sonar tres veces antes de contestar.

—Sí, ¿qué pasa? —Se levantó con el rostro crispado de pronto—. ¿Qué cojones has dicho? ¿Cómo que está muerto?

Colgaba completamente inmóvil, con los brazos a los lados, inertes. Tenía la cara muy pálida y los ojos abiertos de par en par.

Mia Bolander y Henrik Levin miraban fijamente el cadáver de Axel Lundin. No podían entrar en la celda. El lugar de los hechos debía permanecer intacto.

Mia trató de fijarse en los detalles, pero apenas podía apartar la mirada del ahorcado.

La pequeña celda estaba alicatada y tenía ventanas con persianas metálicas fijas. En un rincón descansaban la manta y la almohada que se le proporcionaban a cada recluso.

Había pintadas en el techo y en la puerta.

Axel Lundin vestía camiseta y calzoncillos tipo *boxer*. Había una gran mancha oscura en los calzoncillos y, en el suelo, debajo del cadáver, se había formado un charco de orina.

—Hay que ser débil de cojones, en mi opinión —comentó apoyando una mano en la cadera—. Para suicidarse, digo. Nunca he entendido por qué se suicida la gente. Es como si no quisieran asumir responsabilidades, ¿no?

Henrik no respondió. Se limitó a respirar hondo por la nariz.

—Este tío se habrá quitado de en medio porque se fue de la lengua y luego se sintió culpable —prosiguió ella.

—No creo que fuera culpa lo que sentía —repuso Henrik mirando hacia el techo. Los pantalones oprimían el cuello de Axel como un nudo corredizo—. En su cabeza solo había sitio para una cosa: para el miedo. Dijo que no quería que le soltáramos, ¿recuerdas?

—¿Y por qué iba a querer marcharse de este sitio tan acogedor? Sobre todo, teniendo en cuenta que hasta aquí llega el delicioso aroma de la celda de los borrachos. Umm, qué delicia.

—Vale ya —dijo Henrik—. Llama a Anneli y dile que venga.

—Llámala tú, mejor.

Mia le dio la espalda y se dirigió a la salida con paso decidido. Oyó sonar el teléfono de Henrik y le oyó hablar con frases breves y escuetas, como de costumbre, pero advirtió que su voz adquiría un tono de perplejidad. Se detuvo y se volvió a mirar a su compañero.

—Más trabajo —dijo él, blanco como una sábana, al colgar.

—¿Qué pasa?

—Más cadáveres. Me temo que hemos encontrado a la tercera chica.

CAPÍTULO 29

La nieve de alrededor de la casa estaba intacta y llegaba hasta los alféizares de las ventanas.

Jana Berzelius palpó debajo de la maceta, sacó la llave larga y estrecha, la introdujo en la cerradura y la hizo girar.

La puerta de madera se abrió con un suave crujido.

Era una casa grande y señorial, de fachada amarilla con rebordes blancos. Anchos escalones de piedra conducían a la puerta de doble hoja, también blanca. La casa se erguía, aislada y majestuosa, junto al mar, cerca de Grunsöströmmen. Aquella zona estaba llena de casas de veraneo, entre las que se alzaba alguna que otra vivienda habitada todo el año. Casi doscientos metros separaban la finca de la casa de los vecinos más próximos, que en ese momento se hallaban ausentes. La siguiente casa estaba casi a trescientos metros. Desde allí podía iniciar la búsqueda de Danilo sin que nadie la molestara.

Entró y dejó que la puerta se cerrara a su espalda mientras, parada en el vestíbulo, escuchaba atentamente.

Se adentró unos pasos en el salón y vio el sillón orejero, de espaldas a la terraza. Pensó en su padre allí sentado, verano tras verano, con el periódico en la mano. Así le recordaba siempre, al menos cuando ella era pequeña.

Un recuerdo afloró fugazmente a su memoria, desapareció y volvió a aflorar como si insistiera en reclamar su atención. Fue durante su primer verano en aquella casa. Tenía nueve años y estaba detrás del sillón de cuero marrón, sentada espalda contra espalda con su padre, escuchando en secreto la conversación de los adultos. Su padre había recibido la visita de un amigo al que ella no conocía y su madre había ido al pueblo a hacer unos recados.

Tenía ganas de hacer pis, tantas que apenas podía contenerse. Estaba a punto de levantarse cuando oyó que su padre se enfadaba.

—Tiene que irse —decía Karl Berzelius.

—Eso no puede ser y tú lo sabes.

—Si hubiera sabido…

—¿No te gustan las sorpresas?

—Así no.

—Fuiste tú quien accedió.

—¿Tuve elección, acaso?

—Sabes perfectamente que era la única solución.

Su padre se quedó callado.

—¿Cuánto tiempo tiene que quedarse?

—Eso pregúntaselo a tu mujer. Seguro que se llevará una desilusión si no puede quedarse con su querida hija.

—No la llames así.

—¿Cómo? ¿Hija? Eso es para mí, una hija. Y para ti también debería serlo. Deberías hacerte a la idea.

—Jamás.

Se hizo el silencio unos instantes. Su padre se removió en el sillón y el cuero chirrió.

—Contéstame. ¿Cuánto tiempo tiene que quedarse con nosotros? —insistió.

—Para siempre.

—¡No lo dirás en serio!

—No quieres que le diga a tu esposa por qué vive la niña con vosotros, ¿verdad?

—No me gusta tu tono.

—Solo quiero asegurarme de que sabes que no queda otro remedio.

Jana juntó las piernas. Había dejado de escuchar la conversación, angustiada por la posibilidad de orinarse en los pantalones.

—Escúchame, Karl. Hicimos un trato.

—¿Y qué pasa si lo rompo?

Al oír la risa desdeñosa del amigo de su padre, Jana apretó los labios, cerró los ojos y deseó no haberse escondido allí. No sentía nada, salvo el dolor de su vientre. Oía únicamente sus gemidos mudos y solo pensaba en su deseo de levantarse y correr al cuarto de baño.

—Escúchame. Tienes que hacerte cargo de ella. Es la mejor solución. Para todos —añadió el desconocido.

—Tú no lo entiendes. Es una salvaje —repuso su padre.

—Pues dómala, entonces.

—Es violenta.

—No me extraña nada, teniendo en cuenta lo que ha pasado. Pero ella no sabe por qué es así. No tiene ni idea, Karl, y la violencia se irá disipando con el paso del tiempo. Solo tienes que hacerte a la idea y encariñarte poco a poco con ella. Ahora es tuya. Es tu hija.

Jana oyó que su padre agarraba con fuerza el cuero del sillón.

—¿Y el chico?

—Lo tenemos bajo control.

—¿Qué será de él?

—Todavía no lo hemos decidido.

—¿Y la niña no recuerda nada de lo que le ha pasado? ¿Ni siquiera se acuerda de él?

—Como te decía, no recuerda nada, Karl.

—Pero ¿y si vuelven a encontrarse?

—Nunca volverán a encontrarse. Créeme, sus caminos no volverán a coincidir.

Jana hizo un último intento de contenerse, pero no podía más. Quería huir, salir corriendo del cuarto de estar y alejarse de allí, marcharse muy lejos.

—Creo que nos hace falta una copa —dijo su padre, y entonces se levantó y se acercó al armario de las bebidas.

Ella aprovechó la oportunidad para escapar: se escabulló rápidamente, con los ojos fijos en el suelo y sin mirar atrás ni una sola vez. No llegó a ver al hombre con el que estaba hablando su padre, ni había vuelto a pensar en ello.

Hasta ahora.

Anneli Lindgren miró por la ventanilla del asiento trasero del coche de Henrik. El inspector y Mia iban sentados delante.

Se frotó los ojos, agotada después de haber pasado dos horas trabajando en la celda de Axel Lundin. Ahora iba camino de Arkösund, a examinar otro cadáver. Esta vez, el de una joven hallada muerta en una red de pesca.

Apoyó el codo en la ventanilla y observó su anillo, aquella sortija barata que Gunnar le compró cuando todo era nuevo, cuando apenas llevaban juntos un mes. Una alianza de oro liso, sin gemas, grabados ni bordes pulidos.

Ella, sin embargo, la había llevado todos esos años.

Le encantaba, adoraba aquel estúpido anillo que llevaba en el dedo.

«¿Qué he hecho?», se preguntó con un suspiro.

Notó que alguien la observaba y se tropezó con la mirada de Henrik en el espejo retrovisor.

—¿Cansada?

—Sí —dijo en voz baja.

—¿Encontraste algo?

—Nada de interés, aparte del dinero. Recogí algunas muestras, pero no sé… Por desgracia, allí no había nada, excepto las huellas dactilares de Axel.

—Yo pensaba más bien en la celda donde ha muerto. Ahora vienes de allí, ¿no?

—Sí. —Anneli bajó la mirada y pasó un dedo por el estuche de la cámara que tenía a su lado—. He cogido… he cogido una muestra de… Quiero decir que he estado recogiendo muestras. Creo que se ha suicidado, lisa y llanamente. Los guardias se descuidaron y…

—¿Tú crees? —preguntó Mia en tono escéptico—. No pareces del todo convencida.

Se quedaron callados y el ruido de la calefacción inundó el coche.

—Bueno —prosiguió Anneli—, como bien sabéis, los detectives de homicidios como nosotros y otros agentes de policía que tienen acceso al escenario de un crimen tienen registradas sus huellas dactilares y su ADN.

—Sí.

—Había una cosa que me extrañaba, así que he hecho una búsqueda rápida. Pero todavía está incompleta.

—¿Incompleta? ¿Cómo que incompleta? —preguntó Henrik—. Te refieres a lo que tenía debajo de las uñas, ¿verdad?

—Sí. He encontrado células dérmicas y fragmentos de tejido bajo sus uñas.

—¿De quién eran?

Anneli volvió a tragar saliva.

—Es demasiado pronto para estar seguros —dijo.

—¡Vamos, dínoslo de una vez! —la instó Henrik.

—A nosotros puedes decírnoslo —añadió Mia.

Anneli se miró el regazo.

—No —contestó, tocando otra vez la cámara—. Cabe la posibilidad de que el resultado sea incorrecto. No quiero que lleguéis a conclusiones precipitadas. He mandado las muestras al Laboratorio Nacional.

—¡Pero qué dices! —exclamó Mia en tono de queja—. ¿Es que no te fías de nosotros?

—Claro que sí, pero no quiero soltar una bomba y que luego resulte ser mentira.

—Pues entonces mete prisa a los del laboratorio —dijo Henrik.

—Sí, claro —contestó Anneli, y volvió a mirar por la ventana.

No quería volver a mirar a los ojos a Henrik. Sabía que mentía muy mal.

* * *

Un mapa. Necesitaba un mapa.

Jana Berzelius abrió la aplicación de su móvil y buscó un mapa digital de Bråviken y el archipiélago de Arkösund. La raja de la pantalla le impedía verlo con claridad. Calculaba, además, que la cobertura no sería especialmente buena en la costa y sabía que iba a necesitar un mapa en papel. Tenía que haber alguno en la casa.

Pasó veinte minutos buscando en armarios, cajones y estanterías. Registró de arriba abajo el escritorio del salón, pero no encontró ningún mapa.

Entró en la cocina y bebió un gran vaso de agua. Secó el vaso y lo devolvió al estante antes de proseguir su búsqueda en la primera planta.

Entró en la biblioteca. La estancia tenía más de treinta y cinco metros cuadrados. Una de las paredes estaba dominada por una estantería empotrada que llegaba del suelo al techo, llena de libros de ficción, biografías y ensayos. Había también unos cincuenta archivadores repletos de papeles que documentaban la trayectoria profesional de su padre, como *souvenirs* de su carrera meteórica.

La pared de enfrente estaba ocupada por un sofá y varios sillones y por un amplio escritorio colocado de tal modo que la persona que se sentaba tras él dominaba toda la habitación. El suelo crujió cuando Jana se acercó al escritorio perfectamente ordenado. Había unos cuantos papeles amontonados a un lado y varios bolígrafos en una taza. Hojeó distraídamente los papeles, echó un vistazo alrededor y sacudió la cabeza, resignada.

Se fijó entonces en los archivadores, ordenados por años. El primero databa de 1989. Olvidándose momentáneamente del mapa que buscaba, se dejó vencer por la curiosidad y sacó uno de los archivadores. Lo puso sobre el escritorio, lo abrió y se puso a hojear los documentos jurídicos que contenía. Estaba a punto de cerrarlo para devolverlo a la estantería cuando reparó en que su padre había hecho anotaciones en los márgenes de algunas hojas. Su letra era tan pequeña que costaba leerla.

***

Mia Bolander se desperezó impúdicamente en el asiento y se volvió hacia Henrik confiando en que su compañero la mirara. ¿Por qué aceptaban que Anneli les ocultara información? Al enterarse de que Henrik se había callado lo de Jana, había sentido que la dejaba de lado.

—¡Pero así no se puede trabajar, joder! —exclamó de repente.

—¿De qué estás hablando? —preguntó Henrik.

—Se supone que tenemos que trabajar en equipo. Pero si cada uno se calla lo que averigua, ¿cómo vamos a saber si avanzamos todos en la misma dirección?

—Déjalo ya —repuso Henrik con firmeza.

Se quedaron callados.

—Entonces, ¿es una ahogada? —preguntó ella por hablar de algo y romper aquel embarazoso silencio. Ya no sabía si Henrik confiaba en ella.

—Sí —contestó él—. Seguramente es la chica con la que estaba Pim. La han encontrado dos pescadores.

—Se llamaba Isra, ¿no?

Henrik asintió en silencio.

—¿Cuándo la han encontrado?

—A las siete de la mañana.

—¿Y no nos han llamado hasta las ocho y media?

—Por lo visto en esa zona no hay cobertura.

—¿Y no tenían una radio a bordo?

—Evidentemente, no.

Guardaron silencio de nuevo.

Dejaron atrás Östra Husby y llegaron a Vikbolandet, donde una gruesa capa de nieve cubría los campos. La angosta carretera se hizo aún más estrecha. Algo más de media hora después, vieron un aparcamiento de buen tamaño. Salieron del coche y se encaminaron al muelle. Olía a salitre y a pescado.

El barco estaba en un extremo del muelle. Los pescadores habían cubierto el cadáver con una lona para protegerlo, o para no tener que verlo, quizá.

Anneli le entregó la cámara a Mia y se puso los finos guantes antes de agacharse. Cogió la cámara y fotografió el barco. Mia y Henrik se quedaron atrás. Aquel era su dominio. Ellos eran simples observadores. Se inclinó hacia delante y retiró con cuidado la lona. El cuerpo de la mujer yacía reclinado con las piernas estiradas. Tenía la ropa rota y empapada. Su piel era blanca como la nieve, pero tenía pequeñas llagas en las manos y una herida más grande y ancha alrededor de una muñeca. El cabello oscuro le caía a mechones sobre la cara.

La fotografió desde todos los ángulos imaginables.

—Tengo que fotografiarle la cara —dijo mirando Henrik, que dio un paso adelante.

Había hablado con voz suave, pero la pequeña inclinación de cabeza con la que acompañó sus palabras indicaba que era una orden. Mia vio que su compañero se ponía los guantes, subía al barco y apartaba cuidadosamente el cabello de la joven.

—Mira —dijo Henrik, señalándole la frente.

Mia se inclinó y miró la frente de la chica una vez, y luego otra. No tenía ninguna cicatriz.

—No es Isra —dijo.

Henrik Levin estaba de pie en el muelle. Con el teléfono pegado a la oreja, miraba hacia el mar. El viento agitaba su chaqueta mientras escuchaba la voz irritada de Gunnar Öhrn. Su jefe rara vez perdía la paciencia. Era conocido por su talante flemático, pero aquella investigación parecía estar sacándole de quicio.

—¿Por qué estás tan seguro de que no es ella? —preguntó.

—Pim describió a Isra con bastante detalle. Entre otras cosas, dijo que tenía una cicatriz en la frente. Esta chica no tiene ni rastro de una cicatriz. Es otra persona.

—Pero puede que Pim se equivoque —repuso Gunnar.

—No lo creo —contestó Henrik.

Gunnar dejó escapar un suspiro.

—¿Por qué tengo la sensación de que esa chica ahogada no existe?

—¿Qué quieres decir con que no existe?

—Que no vamos a poder identificarla.

Silencio de nuevo. Henrik pensó en aquellas pobres infelices. Una chica de rasgos asiáticos con pasaporte falso, muerta en un tren. Una joven de rasgos asiáticos hallada muerta en el mar. Y Pim, una chica asiática con pasaporte falso que había logrado huir de su secuestrador. Tres chicas asiáticas en una semana.

Y había una cuarta sin identificar que respondía al nombre de Isra y tenía una cicatriz en la frente.

—Parece que se están deshaciendo de las chicas —comentó Henrik.

—Por eso tenemos que resolver de una vez este caso —repuso Gunnar.

—Me aseguraré de que Björn Ahlmann se encargue de la autopsia.

—Sí, hazlo. ¿Sabemos cuánto tiempo llevaba en el agua?

—Anneli calcula que un día, más o menos.

—Entonces ya no hay duda —dijo Gunnar.

—¿De qué?

—De que tenemos que dar una rueda de prensa. Hay que informar al público antes de que se filtre la noticia y empiecen las especulaciones.

Jana Berzelius llevaba ya casi una hora mirando hoja por hoja los sumarios judiciales que su padre tenía archivados. Estaba sentada en el suelo, rodeada de archivadores. Su padre había reunido la información con todo cuidado, sistemáticamente. Había más de un centenar de casos documentados, de 1989 en adelante. En la mayoría de ellos, Karl Berzelius figuraba como fiscal y, posteriormente, como fiscal general. Jana había leído acerca de algunos en Internet, con cierta sensación de orgullo. Sencillamente, le habían impresionado las hazañas de su padre en la sala del tribunal.

Pero lo que veía en los márgenes de aquella documentación la inquietaba. Karl había escrito pequeñas anotaciones en bolígrafo rojo. Tal vez solo fueran comentarios hechos al azar, distraídamente, mientras reflexionaba sobre algo. Jana no estaba familiarizada con los casos, y en tan poco tiempo resultaba imposible comprender lo que significaban aquellas anotaciones al margen.

Entre tanto, el reloj seguía avanzando.

No disponía de mucho tiempo. Cerró los archivadores que tenía en el regazo, consciente de que debía concentrarse en encontrar a Danilo.

«¡Céntrate!»

A través de la ventana abuhardillada, veía los remolinos que formaba la nieve.

Escuchó cómo aullaba el viento allí fuera y se alegró al pensar que pronto volverían a verse, Danilo y ella. Recuperaría sus diarios y sus posesiones más preciadas y luego le haría callar para siempre. Silenciaría a la única persona que conocía su verdadera identidad. De una vez por todas.

Se levantó y, dejando los archivadores en el suelo, siguió buscando un mapa.

CAPÍTULO 30

Gunnar Öhrn carraspeó, cerró los ojos y rezó porque los periodistas no formularan ninguna pregunta comprometida, aunque sabía que era tan inútil como rezar porque no lloviera en verano.

Sara Arvidsson, la responsable de prensa, se inclinó hacia el micrófono del atril y los murmullos que se oían en la sala fueron acallándose.

—Les hemos convocado a esta rueda de prensa emitida en directo para informarles de que estamos buscando a un hombre llamado Danilo Nahuel Peña, de quien tenemos razones para creer que está implicado en el asesinato del joven de veintiún años Robin Stenberg, en Norrköping, el viernes pasado.

Hojeó algunos papeles, se aclaró la garganta y prosiguió:

—Esta es una fotografía de Danilo Peña. Tiene el cabello oscuro, unos treinta años de edad y mide un metro ochenta y tres. Creemos que se desplaza en coche, probablemente en un Volvo con matrícula GUV 174.

—¿Es el único sospechoso? —preguntó un hombre sentado en la primera fila.

—Todavía es pronto para aseverar nada al respecto, pero, dadas las circunstancias, es urgente que le localicemos.

—¿Qué relación le unía a la víctima? —preguntó una mujer pelirroja desde el fondo de la sala.

—No podemos decirles nada más de momento —respondió Sara.

—¿Conocen el móvil? ¿Saben por qué fue asesinado Stenberg?

—En estos momentos no podemos revelar ningún otro dato sobre la investigación, que sigue en marcha.

—Hoy ha habido una muerte en la cárcel. ¿Qué medidas han tomado al respecto? —preguntó un hombre con bigote.

—Es un suceso trágico, naturalmente, tanto para la familia de la víctima como para nuestro personal. Hemos abierto una investigación y estamos haciendo todo lo posible por esclarecer lo ocurrido.

—Pero ¿cómo ha podido suceder algo así?

—No puedo revelarles nada más al respecto. Eso se encargará de dilucidarlo la investigación.

—¿Cómo ha muerto el recluso?

—No voy a decir nada más respecto a las circunstancias relativas al caso. Hemos convocado esta rueda de prensa para hablarles de Danilo Nahuel Peña, al que estamos buscando en estos momentos.

Volvieron a oírse murmullos y Sara indicó a los periodistas que guardaran silencio.

—Entonces, ese tal Danilo —dijo el del bigote—, ¿tenía algún vínculo con Robin Stenberg?

—Creemos que no.

—¿Tiene antecedentes delictivos?

—No, pero hemos decidido hacer pública su identidad y su fotografía porque creemos que se trata de un individuo peligroso.

Per Åström examinó la carta del restaurante Enoteket mientras hacía cola para pedir.

Tres hombres trajeados discutían animadamente acerca de un programa informático que tenían que entregarle a un cliente la semana siguiente. Per, que no pudo evitar escuchar su conversación, apenas se dio cuenta de que le tocaba pedir.

—¿Qué desea? —preguntó el hombre que atendía el mostrador.

Pidió el plato de pescado del día para llevar, pagó con tarjeta, buscó una mesa cerca de la caja y se sentó a esperar que estuviera listo su pedido.

Mientras contemplaba el patio interior por los grandes ventanales, pensó en Jana Berzelius. Cogió el teléfono y la llamó, pero no obtuvo respuesta. Era la cuarta vez que no respondía. Tampoco se había puesto en contacto con Henrik.

¿Dónde demonios se había metido?

El camarero le llamó por su nombre y Per fue a recoger la bolsa blanca que contenía su almuerzo. El piso de Jana no estaba lejos y decidió pasarse por allí.

Una leve angustia le encogió el estómago cuando dejó la bicicleta frente al edificio y, tras ponerle el seguro, subió corriendo la escalera. Tocó tres veces con los nudillos, pulsó el timbre otras tres e incluso la llamó a gritos. Pero nadie abrió la puerta.

Cogió su bici y la pasó por encima del montículo de nieve que se había formado entre la acera y la calzada. Sacudió la nieve que se había adherido a la rueda delantera y comenzó a pedalear vigorosamente. Dio un bandazo para esquivar a dos mujeres rubias que llevaban un carrito de bebé, cambió de marcha, aumentó la velocidad y cruzó en diagonal Drottninggatan en dirección a las oficinas de la fiscalía.

Aparcó la bici frente a la entrada y marcó el código de acceso en el panel de la puerta. Subió corriendo los siete tramos de escaleras con la bolsa de papel en la mano, confiando en que Jana estuviera en su despacho.

Jana Berzelius registró cada rincón de la casa, hasta que por fin descubrió una carta náutica enmarcada en uno de los cuartos de invitados. Descolgó con cuidado el marco, sacó la lámina amarillenta y la dejó en el suelo.

El mapa terrestre de su móvil mostraba claramente una masa boscosa y diversas fincas a lo largo de la costa de Arkösund, pero quedaban más lejos, en Vikbolandet, en el archipiélago de Norrköping. El pueblo estaba situado en un promontorio rodeado por kilómetros y kilómetros de costa. El cobertizo en el que habían mantenido prisionera a Pim tenía que estar por allí, en alguna parte.

Si lograba encontrarlo, era casi seguro que daría con Danilo.

Sintió que un escalofrío le recorría la espalda y examinó de nuevo el mapa del móvil.

Pim había hablado de un riachuelo, y Jana comenzó a dibujar rayas en la carta náutica, señalando todos los cursos fluviales, pero pronto se dio cuenta de que había demasiadas rayas y que sería casi imposible encontrar el riachuelo al que se refería Pim.

Empezó de nuevo, señalando los principales cauces fluviales cercanos a la costa. Contó diez.

Agrandó el mapa del móvil tratando de distinguir algún cobertizo para barcas a lo largo de aquellos riachuelos, pero era imposible. Las construcciones que veía podían ser igualmente casas de campo o cobertizos de herramientas.

Dio un paso atrás y observó las marcas que había hecho en el mapa. La mayoría estaban en el lado norte, pero la policía ya había registrado aquella zona sin encontrar nada.

Entonces vio varias zonas amarillas en forma de cono en la carta náutica. Comprendió entonces que la extraña luz intermitente que había visto Pim debía ser la del faro de Viskär.

Observó las marcas que había dibujado en la costa sur. La luz del faro podía llegar muy lejos, pero se veía con más fuerza en los alrededores de Kälebo. Allí había numerosos edificios entre los que elegir, pero sonrió al darse cuenta de que solo dos de ellos se hallaban cerca de un curso fluvial y muy cerca del mar.

Enrolló la carta náutica, salió de la habitación y buscó una linterna. Al bajar rápidamente por la escalera, notó el roce de la navaja que llevaba en la cinturilla del pantalón, a la altura de los riñones.

Tal vez Danilo estuviera en uno de aquellos edificios.

Era una posibilidad remota, claro, pero tenía que intentarlo.

***

Henrik Levin encontró una servilleta en un cajón de su mesa y se sonó la nariz ruidosamente. Sentado en la silla de su despacho, miró hacia delante y posó los ojos en un viejo artículo sobre el caso de Gavril Bolanaki colgado aún en su tablón de corcho.

En apariencia, al menos, no se habían registrado alteraciones en el mercado de las drogas hasta la desaparición de Bolanaki. De pronto, sin embargo, se había desatado el caos. Los narcotraficantes se estaban sirviendo de jóvenes extranjeras a las que explotaban brutalmente y cuyos cadáveres abandonaban luego sin contemplaciones. Su pavoroso tinglado había quedado al descubierto. La cuestión era cuántas chicas había implicadas.

Henrik pensó en la chica muerta en el tren y en la aparecida en la red. Pensó en Pim, que había podido escapar, y en la chica que tal vez aún permanecía secuestrada. Pensó en el asesinato casi quirúrgico de Robin Stenberg, que había acudido a la policía a pesar de estar asustado, y en Axel Lundin, que al parecer se había quitado la vida, posiblemente también por miedo.

«Pero nadie sabe quién es. Nadie le ha visto. Es como una sombra».

Eran muchas víctimas, y todas apuntaban hacia Danilo Peña.

Henrik se pasó la mano por el pelo mientras repasaba de cabeza las pistas del caso, como ya había hecho centenares de veces antes. Isra, la joven con la que Pim había compartido cautiverio, estaba por ahí, en alguna parte. Tenían que encontrarla antes de que su cadáver también acabara en el mar.

Pensó de nuevo en la chica ahogada. Sacó su teléfono y llamó al forense Björn Ahlmann, que respondió al instante.

—Björn, soy Henrik Levin. Necesito tu ayuda. Llámame cuando tengas delante a la chica ahogada.

—Acaba de llegar, pero aún no he tenido tiempo de…

—Tengo que preguntarte una cosa.

***

Per Åström abrió la puerta del despacho de Jana Berzelius. Estaba impecablemente ordenado. Papeles agrupados en pulcros montones, archivadores perfectamente derechos, limpio, inmaculado, sin una sola mota de polvo.

Pero Jana no estaba allí.

Se fijó en la fotografía de la pared. La había visto otras veces, pero nunca le había dado importancia.

Dio un paso adelante y la examinó más de cerca.

Había algo en ella que le hizo arrugar el ceño, aunque no supo señalar qué era exactamente. Tal vez tuviera que ver con las personas retratadas en ella. Observó sus ojos, su rígida expresión facial. Un hombre, una mujer y una niña. Karl, Margaretha y Jana Berzelius.

Pensó en las fotos de su familia, de cuando él era pequeño, en sus fotos con sus padres y sus dos hermanos. Reflejaban alegría, buen humor, felicidad. Cien instantáneas de la misma fiesta de cumpleaños, hechas desde todos los ángulos posibles, con globos, tartas y regalos. Primeros días de colegio, últimos días de curso. Fotografías jugando en el parque, de vacaciones en el mar, en una piscina, en la playa. En bicicleta, en patines de ruedas y patines de hielo. Con esquís y trineos. Su vida estaba documentada, inmortalizada y archivada en miles de millones de píxeles. Pensó luego en la fotografía que tenía delante. Una fotografía que carecía por completo de vida. ¿Por qué la había puesto Jana en la pared?

Calculó que en la foto tenía nueve o diez años. Su cabello era negro como las plumas de un cuervo, liso y lustroso. Tenía las manos junto a los costados y llevaba puesto un vestido blanco y zapatos de charol negros. Tenía la boca cerrada, pero Per creyó detectar en sus labios una leve sonrisa. Sus ojos eran profundos y oscuros.

Jana aparecía en el medio, entre sus padres. De fondo se veía una puerta blanca de doble hoja, de madera labrada.

Per se acercó un poco más y estudió con la mirada la puerta de lo que supuso era la casa de verano de la familia Berzelius.

Luego dio media vuelta, salió del despacho y se encontró con el fiscal jefe.

—Tengo un problema, y de los gordos —le dijo Torsten de inmediato.

—¿Jurídico? —preguntó Per.

—No, conyugal. Mi mujer quiere tener otro perro. Yo creo que deberíamos esperar un poco más, porque hace muy poco que tuvimos que despedirnos del pobre Scamp, pero a lo mejor conviene que le haga caso, aunque solo sea porque me deje en paz. En fin, ¿qué tal va eso, jovencito?

Per respiró hondo y le contó que no sabía nada de Jana desde que había pedido el aplazamiento de la vista en el juzgado de distrito.

—También me he pasado por su casa, y no contesta al teléfono.

—Puede que esté enferma.

—Entonces debería haber llamado.

—Ya veo que pareces preocupado.

—Me extrañó mucho que pidiera el aplazamiento de la vista. No es propio de ella.

—Si le hubiera pasado algo, su padre me habría avisado —dijo Torsten.

—¿Le conoces?

—Sí, hablamos con frecuencia. Karl es de la vieja escuela, siempre tan formal. Le gusta mantenerse informado.

—¿Mantenerse informado?

—De lo que hace su hija.

—¿De su trabajo, quieres decir?

—Sí, quizá sea preferible expresarlo así.

Per se acarició la barbilla.

—¿Hay alguna razón para que la vigile? —preguntó.

—¿A qué te refieres?

—¿Jana no tiene mucho contacto con él?

—No, ya conoces a Jana. Es muy reservada, pero también es una fiscal excelente. Casi más competente que su padre. Pero no se lo digas a él.

—Entonces, ¿por qué le preocupa lo que haga?

—Karl es muy controlador —repuso Torsten—. Por eso creo que, si le hubiera pasado algo a Jana, seguro que él lo sabría. Yo que tú, hablaría con él.

A través de las puertas y las paredes, Henrik oía las voces de sus compañeros, el zumbido de los ordenadores y el murmullo del aire acondicionado. Muy a lo lejos, oyó la bocina de un tren. Volvió a acercarse el teléfono al oído.

—Bueno, ¿qué querías preguntarme? —preguntó Björn.

—¿Estás delante del cadáver?

—¿Es necesario que me lo preguntes?

—¿Tiene heridas en los brazos?

—Sí, pero es normal —repuso Björn—. Los cadáveres que permanecen sumergidos suelen adoptar una posición característica, con la cabeza, los brazos y las piernas hacia abajo, la espalda elevada y una extraña torsión en las caderas. La descomposición se inicia en la cabeza debido a que la sangre se concentra en el cráneo, y la cabeza puede presentar heridas debidas al roce con el fondo, a causa del movimiento del agua. También pueden aparecer heridas similares en brazos y piernas.

Henrik contempló los brazos delgados y pálidos de la fotografía que tenía delante.

—Pero —dijo— en la muñeca izquierda tiene una herida más grande o, mejor dicho, más ancha.

—Correcto.

—¿Podría haber sido causada por otro tipo de rozamiento?

—¿Adónde quieres ir a parar?

—Cuando encontramos a Pim, tenía heridas, arañazos y rozaduras importantes. También tenía unas heridas anchas en las muñecas, como cintas rojas, causadas por las cuerdas con las que la habían atado. ¿Cabe la posibilidad de que la víctima haya estado también atada por las muñecas?

—Sí, es muy posible, desde luego.

—De acuerdo, gracias. Solo quería que me lo confirmaras —dijo Henrik poniéndose en pie.

Salió al pasillo precipitadamente, se cruzó con Ola, que le miró sorprendido, y entró en la sala de reuniones. Se acercó al gran mapa que había en la pared y puso el dedo en el círculo que marcaba el lugar donde había aparecido Pim.

—¿Qué estás mirando? —preguntó Ola desde la puerta.

—¿Dónde encontraron a la chica ahogada?

—¿Te refieres a la que…?

—¡Dime dónde la encontraron!

Ola se apartó de la puerta y volvió enseguida con su portátil, que colocó sobre la mesa. Echó una ojeada a la pantalla y a continuación se situó detrás de Henrik y observó el mapa.

—Según los pescadores, fue aquí —dijo, señalando un punto del archipiélago de Arkösund—. ¿Por qué?

—La chica llevaba más o menos un día en el agua. ¿Cabe la posibilidad de que en ese tiempo llegara hasta aquí desde tierra? —dijo Henrik, mostrando la distancia que había entre la tierra y el mar.

—No, para eso tendría que haber soplado un viento huracanado —repuso Ola.

—Entonces, tuvieron que arrojarla al mar. —Señaló otra vez el mapa—. Mira —dijo—, a Pim la encontraron en la 209 cerca de Brytsbo, y en esa zona hay costa tanto al norte como al sur.

—Sí, pero ya hemos registrado toda la costa norte. Marviken, Viddviken, Jonsberg. Hemos buscado en todas partes.

—Pero a la chica ahogada la encontraron aquí. —Henrik movió el dedo hacia abajo, hasta la parte sur del mapa—. ¿Qué hay en el medio?

Ola dio un paso adelante.

—Kälebo —dijo—. Justo al lado del mar.

—Exacto —contestó Henrik—. Pim dijo que el sitio donde la tenían encerrada estaba cerca del agua y, si a la mujer ahogada la arrojaron al mar, tuvieron que hacerlo desde una embarcación. Tenemos una reunión dentro de una hora, pero antes quiero que hagas un listado con todas las edificaciones que hay en esta franja de la costa, en Kälebo: casas de veraneo, trasteros, cobertizos para barcas, todo. Creo que tanto la casa donde tuvieron a Pim como el barco están en esta zona.

La puerta del coche se cerró casi sin hacer ruido. Jana Berzelius permaneció inmóvil, escuchando, pero solo oyó silencio.

Aunque caía una fuerte nevada, allí, en el denso bosque de abetos, los copos no la alcanzaban. Dio un paso adelante y sintió la blandura del suelo. El camino que conducía a la casa era largo y describía dos grandes curvas.

El mapa no era del todo preciso. La casa estaba cerca del mar, en efecto, pero no justo a su lado. Tenía dos ventanas, una chimenea ancha y una puerta angosta. Alrededor del fresno que crecía delante había un banco de madera circular, demasiado grande para un tronco tan estrecho. Saltaba a la vista que el banco se usaba en verano para refugiarse a la sombra, pensó Jana mientras contemplaba la espesa capa de nieve que cubría el banco bajo las ramas desnudas y congeladas del árbol.

Se detuvo a tres metros de la desvencijada puerta de roble. La observó y volvió a aguzar el oído. Nadie había quitado la nieve alrededor del umbral, y tampoco había pisadas o marcas de neumáticos en la nieve.

Rodeó la casa asomándose por las ventanas y constató que estaba desierta. Dirigió la mirada hacia los acantilados y bajó con paso decidido hacia el mar, buscando un cobertizo para barcas, pero solo encontró una pequeña caseta en la que no se molestó en mirar.

Decepcionada, regresó al coche, desplegó la carta náutica y la consultó de nuevo con la esperanza de encontrar un cobertizo por allí cerca.

Per Åström vio su sombra recortarse en la puerta principal de la mansión de Lindö. Irguió la espalda cuando se abrió la puerta.

—Hola, me llamo Per Åström y…

—Sé quién es usted —respondió Karl Berzelius.

—Creo que no nos han presentado.

—Aun así, sé quién es.

Per se pasó la mano por el pelo rubio.

—Disculpe —dijo—, lamento molestarle, pero…

—¿Qué es lo que quiere?

—He venido por su hija. ¿Me permite entrar?

Per notó que la respiración de Karl se agitaba de pronto.

—¿Puedo entrar? —insistió.

Sus palabras quedaron suspendidas en el aire gélido. Karl no respondió y Per tuvo la sensación de que pensaba dejarle allí, a la intemperie.

—¿Tiene usted idea de dónde puede encontrarse su hija?

—¿A qué se refiere?

—Estoy empezando a pensar que le ha ocurrido algo.

—¿Qué le hace creer eso?

—He ido a su casa. Hoy no se ha pasado por la oficina, ni por el juzgado. Por ninguno de los sitios que suele frecuentar.

—Puede que sencillamente no quiera verle.

Per le miró a los ojos, pero no replicó.

—Solo quiero saber dónde puede estar. Me ha hablado alguna vez de una casa de veraneo y he pensado… ¿Sabe usted si podría estar allí?

—Si se llama casa de veraneo es por algún motivo.

—Lo sé, pero se me ha ocurrido que…

—Adiós —dijo Karl, y empezó a cerrar la puerta.

—Entonces, ¿no tiene idea de dónde está? —preguntó Per introduciendo el pie entre la puerta y el marco.

—Jana hace su vida y yo no me meto en ella.

—Qué raro —dijo Per—. Porque acabo de hablar con Torsten Granath y me ha comentado que le gusta mantenerse informado sobre ella.

Karl entornó los ojos.

—¿Eso le ha dicho?

Per retiró el pie y separó ligeramente las piernas mientras trataba de ordenar sus ideas.

—¿Cuándo fue la última vez que…? —empezó a preguntar.

—No sé a dónde quiere ir a parar con sus preguntas —le interrumpió Karl—. La última vez que vi a Jana fue el martes uno de mayo, a las siete de la tarde.

—Estamos en diciembre —señaló Per.

—Gracias por la información —replicó Karl.

—Entonces, ¿no la ha visto desde…?

—No, no nos vemos a menudo. No hay motivo para que nos veamos. Mi mujer, en cambio, prefiere mantener el contacto con ella. Y, ya que tiene usted tanta curiosidad, Jana estuvo aquí el otro día. Pero eso sin duda ya lo sabía. ¿Algo más?

—Si tiene noticias suyas, ¿tendría la amabilidad de avisarme?

—No cuente con ello —respondió Karl, y cerró la puerta.

Ola Söderström imprimió el listado de las fincas y edificaciones que había encontrado a lo largo de la costa de Kälebo. Lo había hecho con gran detalle, consultando mapas viejos y nuevos y compilando direcciones, datos catastrales y toda la información que pudo encontrar. Tenía doce páginas. Oyó el zumbido de la impresora en la habitación de al lado.

Se puso a tamborilear con los dedos sobre la mesa y luego se levantó para ir a buscar las hojas impresas. Cuando estaba a unos pasos de la impresora, vio a Anders Wester parado junto a la máquina, mirando el listado.

Ola sintió que una sacudida de emoción y nerviosismo recorría su cuerpo. No todos los días tenía ocasión de charlar con el jefazo. Joder, tenía que pensar a toda prisa. Tenía que parecer avispado y no hacer el ridículo ni meter la pata.

—Hola —dijo con la mayor naturalidad posible.

Anders se giró y le lanzó una mirada inexpresiva que Ola no supo interpretar. Era solo una mirada.

—¿Para qué es esto? —preguntó Anders mientras se ajustaba el cuello de la camisa.

—¿A qué se refiere?

—A estas direcciones.

—Son para la reunión. He hecho un listado con todas las posibles direcciones de Kälebo. Henrik cree que nos hemos equivocado de zona al buscar y después de la reunión voy a repartir el listado entre las patrullas para que vayan a echar un vistazo a estos sitios. Creemos que la casa puede estar allí. Me refiero a la casa donde tenían retenida a la chica tailandesa —añadió, y se recriminó a sí mismo por hablar sin ton ni son.

—¿Por qué nadie me ha informado de esto?

—Yo creía… —dijo Ola, y se interrumpió.

Se hizo el silencio, uno de esos silencios repentinos que se producen cuando alguien no sabe qué decirle a su interlocutor.

—Creía que lo sabía —añadió Ola, rascándose el gorro de color azul claro—. Que había hablado con Gunnar. O con Henrik.

—No, no he hablado con ellos.

—¿Seguro?

«No, ya la has pifiado», pensó Ola. Claro que estaba seguro. ¿Cómo se atrevía a preguntarle eso al jefe la Brigada Nacional de Homicidios?

—Bueno, ahora ya lo sé —repuso Anders, entregándole los papeles—. Gracias por la información.

Ola cogió las hojas. ¿Qué podía decir? ¿Gracias? ¿De nada?

—Vamos a reunirnos ahora mismo —dijo Anders.

—¿Ahora?

—Sí, ahora mismo. Avise a todo el mundo.

—Pero…

—¿Tiene alguna objeción?

—No, yo… —Ola no supo qué más decir.

* * *

303

A pesar de que vestía un polo de manga corta, el sudor le corría por la espalda, las axilas y la frente. La presión que notaba en el pecho le hizo tambalearse y buscar apoyo en la barandilla.

Gunnar Öhrn cerró los ojos un momento y esperó. Antes de abrir los ojos, sintió cómo se desvanecía el dolor. Lentamente, siguió subiendo las escaleras de la comisaría. La rueda de prensa acababa de terminar, y él había tomado el camino más largo para regresar a su despacho, pensando en despejarse un poco.

Ahora se veía obligado a volver a la realidad. Tenían otro asesinato entre manos, otra chica muerta. Aún no lo habían hecho público. La sola idea le angustiaba. Miró el reloj y vio que eran las cuatro y media. Deseaba con toda su alma evitar a Anders Wester, no ver su mirada acusatoria y su sonrisa repulsiva, ni escuchar sus ácidos comentarios acerca de los «fallos» de la investigación.

Tardó cuatro minutos en llegar a su departamento.

Estaba sin respiración. Se detuvo y aspiró profundamente, como si hubiera estado conteniendo el aliento.

Luego siguió caminando en línea recta, dejó atrás su despacho y se paró frente a la sala de reuniones, no porque el equipo estuviera allí, esperando, como estaba previsto, sino porque Anders Wester ya había dado comienzo a la reunión.

Gunnar vaciló, poseído por el impulso repentino de alejarse de allí.

«Que ese imbécil se haga cargo de todo».

Por pura rabia, sacó su móvil, buscó entre sus contactos, regresó a su despacho y cerró de un portazo.

La comisaria Carin Radler respondió al tercer pitido de la línea.

—¿Tan lentos somos aquí en Norrköping que vas a permitir que un capullo de Estocolmo se haga cargo de la investigación? —la increpó Gunnar sin saludarla siquiera.

Ella suspiró.

—Yo también me alegro de oírte. Ahora escúchame, Gunnar…

—Solo quiero saber tu opinión.

—Ya la conoces.

—¿Crees que somos todos unos incompetentes?

—Ya lo he dicho antes, pero tal vez convenga que lo repita: Anders Wester solo intenta ayudar. Su experiencia y su conocimiento del mundo del narcotráfico…

—¡Cállate!

—¡Gunnar!

—Y nosotros somos una panda de ineptos, ¿es eso?

—La verdad es que estoy empezando a perder la confianza en ti.

—Adiós.

Gunnar suspiró. Era consciente de que acababa de clavar el último clavo de su ataúd, pero no podía soportarlo más. Se puso la chaqueta, salió del despacho y se dirigió a la calle. Recorrió de nuevo las calles del centro. Conocía cada calle, cada acerca, cada escalera. Aun así, se sentía como un forastero.

Ya no pensaba en aquel imbécil.

Pensaba en Anneli.

Estaba al mismo tiempo furioso y triste.

Tenía miedo.

Nunca había estado tan acojonado.

Mia Bolander había visto a través de las paredes de cristal de la sala de reuniones cómo se alejaba su jefe por el pasillo. Al principio pensó que iba a buscar algún informe o algún dosier para la reunión, pero al cabo de quince minutos llegó a la conclusión de que no iba a volver. O sea, que Anders Wester seguiría dirigiendo la reunión.

Fijó la mirada en él y pensó que allí de pie, junto a Ola, parecía un fantoche. «Es un mierda», pensó con un suspiro. En aquel momento, todo el mundo le irritaba.

Paseó la mirada alrededor de la mesa y cayó en la cuenta de que Jana Berzelius tampoco se había presentado. Por amor de Dios, estaba instruyendo la investigación.

Llevaba ya varios días sin dar señales de vida, pensó Mia. Y eso que más de una vez le había restregado por la cara que ella *sí* se tomaba muy en serio su trabajo.

Si la encargada de instruir las diligencias previas no cumplía con su labor, podían apartarla del caso. Expedientarla, incluso.

Sería una lástima que eso ocurriera. Una auténtica lástima, se dijo mientras Anders empezaba a parlotear otra vez.

—No les entretengo más —dijo—, pero queda un punto importante que tratar. Ola ha estado haciendo labores de reconocimiento, por llamarlas de algún modo.

—Sí —dijo el informático—. He hecho un listado con todas las fincas que hay a lo largo de la costa, en las proximidades de Kälebo. Seguramente vamos a tardar toda la tarde y la noche en comprobar todas las direcciones.

—¿Tanto? —preguntó Henrik.

—Hay doce páginas de direcciones que revisar —contestó Ola.

—Pues más vale que nos pongamos manos a la obra —repuso Anders.

—Sí. Yo me encargo de que... —dijo Ola.

—No —le interrumpió Anders—. No sé dónde está su jefe, pero yo me encargaré de que las patrullas reciban las instrucciones precisas. Deme la lista.

Ola se quedó callado.

—Pero puedo hacerlo yo. No me cuesta ningún...

—Gracias por el ofrecimiento —contestó Anders—, pero creo que será más eficaz que cada uno haga lo que se le da mejor. Y sin duda usted tiene cosas más importantes que hacer, Ola. ¿O tiene alguna objeción al respecto?

—No —respondió Ola, entregándole el fajo de papeles.

CAPÍTULO 31

Caían gruesos copos de nieve cuando Henrik Levin atravesó el centro de la ciudad. Regresaba a casa con una sonrisa, pensando en que iba a pasar otra tarde con su familia, y ya iban dos seguidas. Apoyó la mano en las dos cajas de *pizza* que había dejado en el asiento del copiloto para que no resbalaran y cayeran al suelo cuando tomó la rotonda.

El tráfico se había calmado. Los colegios estaban a oscuras. Los patios de las guarderías, desiertos. Una pareja permanecía sentada en una marquesina de autobús. Abrazados, miraban el cielo, contemplando la nevada.

Antes de marcharse del despacho, Henrik había llamado al restaurante Ardor para confirmar que Per Åström había cenado allí con una mujer, el viernes a las ocho y media. Constatarlo le había tranquilizado, desde luego, aunque seguía inquietándole la ausencia de Jana Berzelius. ¿Dónde podía estar? Pensaba pedirle a un agente que le enseñara a Ida Eklund una fotografía de Jana. De ese modo sabrían con toda seguridad si la mujer a la que había visto era ella o no.

Aparcó en el camino de entrada a su casa, llevó las *pizzas* a la cocina y levantó la tapa.

—¡Ya estoy en casa! —gritó.

—Pero ya hemos cenado.

Emma estaba en la puerta, con las manos hundidas en la larga chaqueta de punto en la que se envolvía.

—Dije que iba a traer la cena.

—Sí, hace dos horas.

—¿Qué hago con las *pizzas*, entonces?

—Haz lo que quieras.

—¿Las congelo?

—Haz lo que quieras.

—No quiero discutir. Dime qué hago con ellas.

—Ya te he dicho que hagas…

Emma se quedó callada. Su cara de agotamiento se crispó de pronto en una expresión de dolor insoportable. Se dobló por la cintura y, agarrándose al respaldo de una silla, gritó:

—¡Ahhhh!

Henrik se acercó a ella de un salto y la abrazó, pero ella no soltó la silla.

—¿Qué pasa? ¡Dime qué pasa!

—La tripa —contestó ella entre dientes—. ¡Me duele muchísimo!

—¿Ya es la hora? ¿Ya es la hora? ¿Nos vamos al hospital?

—No, este dolor no es el de siempre. Es… ¡Ahhhh! No sé qué es, pero me duele muchísimo. Por favor, Henrik… ¡Ayúdame!

Había sido un día muy largo. Cuando Anneli Lindgren abrió la puerta, notó enseguida que Gunnar ya estaba en casa, seguramente preparando la cena. Tortitas de patata, quizá, o salmón a la plancha.

De pronto, los recuerdos de su pasado común se agolparon en su cabeza. Pensó en la época en que estaban solos, cuando aún no había nacido Adam y estaban enamorados; cuando empezaban a descubrirse el uno al otro; cuando aquellas primeras frases salieron de la boca de Gunnar; cuando le dijo, nervioso, que la quería. Pensó en su primera cena, y en cómo la abrazó más tarde e hicieron el amor, y después comieron patatas fritas en la cama y volvieron a amarse. En aquel entonces todo era nuevo. Pero de eso hacía ya muchísimo tiempo.

Alineó los zapatos del recibidor antes de entrar en la cocina.

Gunnar estaba sentado a la mesa con un vaso de *whisky* y una lata de maíz abierta delante de él. No había sacado platos ni cubiertos. El pescado estaba en la sartén, ya hecho, el fuego estaba apagado y los tomates permanecían sobre la tabla, sin cortar.

—¿Por qué no has ido a la reunión? —preguntó Anneli—. ¿Ha pasado algo?

—No sé, ¿ha pasado algo? —preguntó con voz queda, acercándose la lata de maíz.

Miró su contenido un momento. Luego fue cogiendo granos de maíz y echándolos en el *whisky*. Entre grano y grano, dejaba pasar unos segundos.

—¿Por qué haces eso? —preguntó Anneli.

—Estoy contando.

—¿Qué estás contando?

—Años.

Ella sonrió, desconcertada.

—¿Años?

—Sí.

—¿Qué años?

—¡Adivina!

Anneli intentó sonreír otra vez, pero una sensación angustiosa comenzó a agitarse en su pecho.

—Diez —contó Gunnar mientras seguía echando maíz en el vaso—. Once, doce... —Cayeron unas gotas de *whisky* en la mesa—. Dieciocho, diecinueve...

Ella vio que dejaba la mano suspendida sobre el vaso unos instantes antes de soltar el último grano.

—Y veinte —dijo él con un largo suspiro.

Anneli sintió frío. Su angustia estaba a punto de convertirse en pánico.

—Veinte años —dijo Gunnar, mirándola a los ojos.

—No te entiendo.

—Llevamos juntos veinte años. Veinte años viviendo juntos intermitentemente, a veces sí, a veces no, yendo de acá para allá. Y aunque así han sido las cosas, nunca pensé que me harías esto. Creía que significaba más para ti, que concedías más valor a nuestra relación, que creías que valía la pena luchar por ella. Ahora sé que no es así. Ahora sé que lo que hay entre nosotros, o lo que había, no significa nada para ti.

—No entiendo nada —dijo ella.

—Yo tampoco —repuso Gunnar.

Se sacó algo del bolsillo. Lo escondió un momento en la mano y luego lo arrojó sobre la mesa. Ella se quedó mirando la bolsa.

—Mis bragas —dijo.

—Estaban entre las toallas. No es muy buen escondite, ya deberías saberlo. Y además metidas en una bolsa, como un puto *souvenir*.

—Pero Anders y yo... Nosotros... —Se quedó callada.

—¿Vosotros qué?

—Nada.

—Sí, explícamelo. Me muero de ganas por saber todos los detalles. ¡Cuéntamelo, por favor! ¿Lo hicisteis en la cama? ¿En el cuarto de baño, quizá? ¿O encima de la puta mesa?

—Baja la voz, por favor. Piensa en Adam.

Pero Gunnar siguió gritando:

—¿Ya estás contenta? ¿Eh? Por fin te lo has vuelto a tirar. —Le tembló la voz—. ¿Y por qué precisamente a él? ¿Eh? ¿Por qué tenía que ser con él? ¿Tienes idea de cómo me siento?

Volcó el vaso de un manotazo. El *whisky* y el maíz se derramaron por la mesa y cayeron al suelo.

Anneli sintió su mirada furiosa fija en ella. Se sentía tan débil que no acertó a decir ni una sola palabra.

—Quiero que te marches —dijo Gunnar.

—Pero, escúchame, Gunnar, deja que te explique...

—Vete —dijo él levantando la voz—. Y llévate esto.

Le tiró la bolsa con las bragas. Ella la cogió, avergonzada.

Luego dio media vuelta, salió de la cocina y entró en el recibidor. Sin pararse a ver Adam, abrió la puerta y salió a la noche heladora.

* * *

Emma chillaba, reclinada en el asiento del copiloto. Apretaba tan fuerte el cuero del asiento que lo doblaba.

Su hija pequeña, Vilma, también gritaba. Sentado a su lado, Felix guardaba silencio, pero sus ojos dilatados hablaban por sí solos.

—Voy todo lo rápido que puedo —dijo Henrik, y sintió que el coche patinaba en la calzada resbaladiza.

Miró a Emma, que apoyaba la cabeza en el cristal de la ventanilla. Jadeaba un poco antes de gritar otra vez.

Tuvo que parar en un semáforo en rojo y se inclinó todo lo que pudo sobre el volante para arrancar en cuanto tuviera vía libre. Mantuvo el pie en el pedal, revolucionando el motor.

—Ya casi hemos llegado —dijo, tratando de parecer tranquilo.

Quería demostrar que controlaba la situación, que no estaba preocupado.

Pero su voz temblorosa le delató.

La carretera se dividía.

Jana Berzelius decidió tomar la bifurcación de la izquierda, pero se vio obligada a dar la vuelta al llegar a una barrera. Después avanzó dos kilómetros y medio por el camino de la derecha y aparcó en la cuneta, detrás de un montón de troncos.

Comprobó que seguía llevando la navaja y acto seguido echó a andar hacia el mar. Avanzaba con rapidez, sintiendo bombear la adrenalina con cada paso que daba. Estaba deseando encontrarse con él.

«¡Tú y yo, Danilo!»

De pronto la cegó un resplandor. Echó mano de la navaja automáticamente. Siguió el movimiento de la luz entre los árboles hasta que desapareció. Aquello confirmaba que estaba en el buen camino.

Apretó el paso, cada vez más ansiosa, y tuvo que obligarse a parar. Se dijo que debía calmarse, proceder con cautela, no asumir riesgos innecesarios.

El bosque comenzó a aclararse y el fragor del mar fue intensificándose a medida que se acercaba a los acantilados. Miraba continuamente a su alrededor mientras avanzaba, pero no vio nada, salvo árboles y nieve. Hizo el último trecho corriendo, se paró en seco al llegar al borde del mar y de nuevo sintió que la frustración se le agolpaba en la garganta.

Hasta donde alcanzaba la vista, no había ni un solo edificio.

Solo mar y acantilados.

El viento sacudía su pelo y tiraba de su ropa.

Estaba a punto de dar media vuelta cuando reparó en un poste de madera que había en el mar. Sobresalía entre las placas de hielo, no muy lejos del lugar donde se hallaba. Bajó por el acantilado rocoso, resbalando varias veces. Vio varios postes que asomaban del agua helada y comprendió que formaban un embarcadero.

Miró en derredor, tratando de encontrar un modo de acercarse al agua, pero tuvo que retroceder para rodear unos abetos que crecían torcidos, sacudidos constantemente por el viento del mar. Procuraba apartar las ramas, pero le laceraban la cara una y otra vez. Le escocían las mejillas, pero no le importó. Solo pensaba en llegar a la orilla.

Cuando por fin alcanzó su meta, se quedó paralizada.

Parpadeó una vez.

Creyó estar viendo visiones, pero no.

Allí había un cobertizo para barcas.

Abrieron de un empujón las puertas del ala de Tocoginecología y Obstetricia. Henrik Levin trató de seguir al personal sanitario que empujaba la camilla de Emma, pero con Vilma en brazos y teniendo que tirar de Felix, se quedó rezagado.

Una enfermera le dijo algo, pero Henrik no la escuchó. Solo quería seguir a Emma.

Estaba furioso y asustado. La enfermera desapareció, pero sus palabras quedaron suspendidas en el aire.

—Nosotros nos hacemos cargo de ella —la oyó decir Henrik.

Se detuvo e intentó dejar a Vilma en el suelo, pero la niña se aferró a su cuello. Solo entonces oyó sollozar a Emma.

Se quedó allí, petrificado, viendo cómo se cerraban las puertas de la sala de reconocimientos.

Jana Berzelius sacó la navaja. Se agachó y avanzó con rapidez, sin hacer ruido, hacia el cobertizo. El viento racheado sacudía su pelo en todas direcciones.

El pequeño cobertizo se alzaba justo al borde del mar, protegido por empinados farallones y pinos escuálidos. No tenía ventanas, solo una puerta de doble hoja que daba hacia los árboles.

Allí tampoco había huellas en la nieve. O hacía tiempo que nadie se pasaba por allí, o la densa nevada había cubierto las pisadas.

Procurando no resbalar, avanzó con cautela, poniendo un pie delante del otro. Primero el derecho y luego el izquierdo.

Se detuvo con la espalda pegada a la pared del edificio. Escuchó, pero solo se oía el aullido del viento y el chapoteo del mar. Era imposible distinguir cualquier otro sonido.

Palpó con cuidado la madera blanda y húmeda de la puerta y descubrió que no estaba cerrada con llave. Respiró hondo, contó hasta tres, abrió de un tirón y entró.

Sostenía la navaja con una mano y la linterna con la otra. Se detuvo y escuchó de nuevo mientras recorría el suelo y el techo con el rayo de luz de la linterna. Era un cobertizo grande, con una escalera medio podrida que llevaba a un altillo.

Siguió adelante. Había huecos entre las planchas de las paredes y hacía frío y humedad. Aún se oía el viento, pero sonaba amortiguado.

Al darse cuenta de que estaba sola, aflojó la mano con la que empuñaba la navaja y se la guardó de nuevo en la cinturilla.

Danilo no estaba allí.

La rabia se apoderó súbitamente de ella sin que pudiera hacer nada por impedirlo. Golpeó la pared con el puño. Una y otra vez.

Había confiado en que estuviera allí, lo deseaba con todas sus fuerzas, y con cada golpe que asestaba se maldecía por ser tan idiota, por haberse hecho ilusiones infundadas. ¿Por qué iba a quedarse Danilo allí, sabiendo que Pim podía identificarle?

Reconcentró toda su ira en sí misma y dejó de pensar en él. Siguió golpeando la pared hasta que no pudo más y se dejó caer al suelo, de espaldas a la pared. Se levantó de inmediato, sin embargo. Su chaqueta se había enganchado en algo que sobresalía de la pared. Oyó rasgarse la tela y al volverse vio una plancha que tenía el borde afilado. Reparó entonces en que había un hilillo de sangre seca en la pared.

Dio un paso atrás, miró el suelo y vio que había manchas de sangre semejantes a gotas de lluvia. Habían formado charcos minúsculos, de un color rojo oscuro.

Inspeccionó de nuevo el cobertizo con la mirada. Una de las planchas sobresalía del suelo. La alumbró con la linterna, se agachó y tiró de ella. Pensó de pronto que el contenido de sus cajas podía estar allí. Pero solo había una bolsa de plástico.

Su contenido la dejó desconcertada. Una camisa, algo de dinero y una docena de pasaportes.

Los pasaportes eran de mujeres asiáticas. Los nombres no le decían nada, y los hojeó rápidamente. Estaba a punto de volver a guardarlos en la bolsa cuando de pronto vio una cara que reconoció: Pim la miraba desde una de las fotografías.

Pero el nombre que figuraba en el pasaporte no era Pimnapat Pandith, sino Hataya Tingnapan.

En ese momento oyó un ruido en el altillo. Se guardó el pasaporte y unos billetes en el bolsillo, apagó la linterna y se encogió todo lo que pudo. Conteniendo el aliento, aguzó el oído.

Alguien estaba llorando.

Se acercó a la escalera a tientas y apoyó el pie en el primer peldaño, que emitió un crujido de advertencia. Se obligó a subir muy despacio.

Otro sollozo.

314

Siguió avanzando con el mayor sigilo posible. Se detuvo y escuchó, pero no oyó ningún movimiento arriba. Volvió a encender la linterna. La luz rebotó por las paredes, recorrió el suelo, se reflejó en una cadena e iluminó por fin una cara.

Una chica.

Estaba muy quieta. Tenía los ojos cerrados y la cara tan pálida como el cristal esmerilado.

—¿Isra? —preguntó Jana en voz baja.

Densas ráfagas de nieve azotaban la calzada. Anneli Lindgren sintió que el coche resbalaba lentamente hacia la acera. Frenó, soltó el embrague y agarró con firmeza el volante para no perder el control mientras las cuatro ruedas patinaban en el asfalto congelado.

Se detuvo en una plaza de aparcamiento, escondió la cara entre las manos y dejó que las lágrimas le mojaran las palmas.

Estaba completamente agotada. Todo se había ido al infierno. Al infierno, todo.

Salió del coche y se quedó parada delante de él, rodeándose el torso con los brazos. Respiró hondo.

Unos metros más allá, a la luz de los faros, vio un parque infantil. Un columpio colgado de un bastidor metálico se mecía lentamente sobre altos montículos de nieve. El hierro helado producía un agudo chirrido, lastimero y crispante.

Se sacó del bolsillo la bolsa con sus bragas, se acercó al parque y la tiró a una papelera. Luego volvió a subir al coche y siguió camino hacia la jefatura de policía.

Trató de concentrarse, pero las ideas se agolpaban en su cabeza, formando un remolino, sin llegar a completarse. Era todo tan absurdamente sencillo y al mismo tiempo tan complicado…

Estaba temblando cuando salió del coche en la rampa del aparcamiento. El coche no se había calentado aún, y ella no iba bien abrigada. Tenía los dedos rojos y entumecidos. Cruzó la planta a toda prisa, frotándose las manos heladas en un intento de devolverles su calor.

Cogió el ascensor para subir a su despacho y se sentó a su mesa. Pretendía distraerse trabajando. Sacó unos guantes y unas torundas de algodón. Antes de ponerse los guantes, miró su anillo, aquel anillo barato.

El anillo que tanto le había gustado.

Se lo quitó y lo sostuvo delante de su cara.

Pensó en cuánto seguía gustándole.

Volvió a deslizárselo en el dedo, se puso los guantes y empezó a trabajar.

La chica pestañeó, deslumbrada por la luz. Jana Berzelius bajó la linterna.

—¿Isra? —repitió.

La joven gimió y la miró con terror. Estaba sentada en un colchón, con las manos atadas con una cuerda a la espalda. Tenía la boca tapada con cinta aislante algo floja y estaba encadenada a la pared. A su lado había un lavabo sin grifo. Su chaqueta estaba sucia y las mantas que la rodeaban, húmedas. El cabello negro se le adhería a la cara.

—No voy a hacerte daño —dijo Jana en inglés—. Voy a asegurarme de que salgas de aquí. Pero tengo que ir a pedir ayuda.

Hizo ademán de regresar a la escalera.

La chica comenzó a gemir de nuevo y a patalear, aterrorizada. Bufaba y se sacudía, tirando de las cuerdas. Empezó a gritar a pesar de su mordaza, con una mirada de pánico.

—Escúchame —le dijo Jana, tapándole la boca con la mano—. Si el hombre que te tiene aquí encerrada vuelve y ve que no estás, desaparecerá para siempre y nunca le atraparemos. Y otras chicas acabarán igual que tú. Tienes que quedarte aquí de momento, ¿entiendes? Te prometo que volveré.

La chica asintió con la cabeza, atemorizada.

—No va a ocurrirte nada ahora que te hemos encontrado —le aseguró Jana—. Pero, cuando aparte la mano, no puedes gritar. No debes hacer ruido. No queremos que él nos oiga.

Retiró lentamente la mano, se incorporó y miró a Isra, que se sacudía, sollozando.

—Todo va a salir bien —afirmó Jana antes de bajar por la escalera.

Se detuvo en el último peldaño para comprobar que veía claramente la puerta y luego siguió avanzando por el suelo de madera. Se asomó fuera y aguardó un momento mientras aguzaba el oído.

El embarcadero crujió ruidosamente cuando dejó el mar atrás. Mientras volvía a subir por el acantilado, se detuvo y se dio la vuelta. Confiaba en que la nieve que caía ocultara sus pisadas. Observó el muelle y el cobertizo, contempló el horizonte y de pronto se estremeció, embargada por la sobrecogedora sensación de que todo estaba a punto de alcanzar su conclusión lógica.

—¿Papá? —dijo Felix con expresión preocupada.

Henrik Levin miró a su hijo, le atrajo hacia sí y estuvo abrazándole un rato sin decir palabra.

—Papá, no puedo respirar.

—Ah, perdona, cariño.

Henrik le soltó. Miró a Vilma, que estaba sentada a la mesa de juegos, jugando con bloques de colores.

—¿Papá? —repitió Felix con más urgencia.

—¿Sí?

—¿Qué le pasa a mami?

Le puso la mano bajo la barbilla y le hizo mirarle a los ojos.

—A mami le duele un poco la barriga. Pero no es peligroso.

—A mí también me duele la barriga —dijo Vilma frotándose un ojo con la mano.

—Pues yo sé cómo arreglarlo.

—¿Cómo?

—Vamos a comprar unos helados.

—¡Sí!

—¿Podemos pedir el sabor que queramos? —preguntó Felix con los ojos muy abiertos.

—¿Henrik?

Era la voz de Ingrid Carlsson, la madre de Emma, que en ese momento entró corriendo por la puerta.

—¡Abuela! —gritó Felix, y la recibió con un abrazo.

—¿Qué ha pasado? ¿Emma está bien? —preguntó Ingrid.

—Siento haberte llamado y haberte dado este susto.

—¡Cómo no ibas a llamarme! Pero no he entendido bien lo que decías. ¿Cómo está?

—Está bien, solo tiene dolor en el abdomen —contestó Henrik.

—¿Y el bebé? ¿Le ha pasado algo al bebé?

—Todavía no lo sé. Acaban de ingresarla. Pero estoy seguro de que no va a pasar nada.

Otra vez se le quebró la voz.

Miró a los ojos a su suegra e hizo un gesto afirmativo con la cabeza. Sabía que así resultaría más convincente.

—¿Os venís a casa con la abuela? —preguntó Ingrid, cogiendo a Felix de la mano y tendiéndole la otra a Vilma.

La niña se negó a cogerla y se abrazó a la pierna de Henrik.

—Yo quiero quedarme con papá.

—No puede ser, cielo. Yo tengo que cuidar de mami —dijo él—. Tenéis que iros con la abuela.

—Pero ¿y los helados?

—Les he prometido unos helados —le dijo Henrik a Ingrid en tono de disculpa.

—Y podemos elegir el sabor que queramos —añadió Felix.

—Estupendo —dijo Ingrid—. Tomaremos helado y un poco de chocolate caliente y luego leeremos un cuento antes de dormir.

—¿Podemos traerle un helado a mamá? Papá dice que, si te duele la tripa, hay que comer helado.

—Entonces compraremos uno para mamá y lo guardaremos en el congelador hasta que vuelva a casa —dijo Ingrid, agarrando a Vilma de la mano—. Decidle adiós a papá.

—Adiós —dijeron a coro.

—Adiós —respondió Henrik, y los vio salir de la sala.

Después se dejó caer en una silla y cerró los ojos un momento.

Per Åström cambió de marcha y cruzó con la bici el prado de Himmelstalund, en dirección al centro de la ciudad. Pedaleaba con todas sus fuerzas para no enfriarse después de su partido de tenis en el Racketstadion con Johan Klingsberg, al que había derrotado por tres sets a uno, con un saque directo como colofón.

Se ducharía cuando llegara a casa.

Siguió Södra Promenaden y pasó frente al instituto De Geer. Colgándose del hombro la bici, abrió la puerta de su edificio en Skomakaregatan y subió por la escalera hasta su piso en la última planta. Dejó la bici junto al recibidor y se quitó el fino cortavientos y el forro polar que llevaba debajo.

En la cocina, bebió un vaso grande de agua mineral y peló un plátano que se comió en cinco bocados. Luego peló otro y se lo comió en siete.

Seguía sin tener noticias de Jana Berzelius.

Estaba cada vez más inquieto.

Tenía ganas de llamar a Henrik Levin para preguntarle si sabía algo de ella, pero sabía que no debía hacerlo. Debía esperar, como hacía siempre con Jana. Le gustaba estar sola, y él lo respetaba, aunque no siempre le resultara fácil.

Pensó en llamarla una última vez. Pero no, ya la había llamado demasiadas.

¿Había algún otro modo de localizarla?

Podía hablar con alguien que supiera de tecnología móvil. Pero ¿con quién? No tenía ni idea. En primer lugar, legalmente solo podía rastrearse el paradero de alguien sin su consentimiento utilizando la tecnología móvil con el fin de resolver un delito. Y, en segundo lugar, se arriesgaba a hacer el ridículo, o incluso a que se malinterpretara su actitud como acoso. En otras palabras, si hablaba con alguien, tenía que ser con una persona a la que conociera bien y que se tomara sus preocupaciones en serio. Preferiblemente, con un agente de policía. Pero a pesar de que llevaba años frecuentando la comisaría, no conocía a tantos agentes.

Pensó de nuevo en Henrik Levin, pero Levin distaba mucho de ser un experto en tecnología punta. Otra posibilidad era Ola Söderström.

Tendría que preguntarle a él qué podía hacer.

Ola lo sabría.

Henrik oyó carraspear a alguien y levantó la vista.

Delante de él había una doctora con flequillo y ojos azules. Henrik no la había oído llegar.

—La paciente evoluciona bien —dijo.

—¿Se refiere a Emma? —preguntó él.

—Sí. Evoluciona bien, pero tiene que quedarse en observación esta noche.

—¿Qué es lo que le pasa?

—No lo sabemos. Sus constantes vitales son normales. Ha vomitado una vez y después de vomitar el dolor de vientre ha remitido. Pero como el embarazo está tan avanzado, no queremos correr ningún riesgo y mandarla a casa. Creo que usted sí debería irse y dormir unas horas.

—¿Puedo entrar a verla?

—Está durmiendo.

—Solo para darle las buenas noches.

La doctora esbozó una sonrisa.

—Sí, adelante —dijo.

Henrik se levantó, ahogó un bostezo y entró a ver a Emma, que estaba tumbada boca arriba, bien arropada, con los ojos cerrados y la cara muy pálida. El pelo le caía sobre el cuello.

La agarró de la mano, escuchó su respiración y, de manera natural, comenzó a respirar al mismo ritmo. Era sedante. Esperó un momento, la besó en la mano y salió de la habitación.

Se pasó la mano por el pelo y salió del ascensor en la planta baja. El aire frío le propinó una bofetada cuando se dirigió al aparcamiento. Necesitaba estar fuera, dar un corto paseo.

El pequeño aparcamiento del hospital maternal estaba lleno. Henrik rodeó el edificio con el coche y cedió el paso a dos furgones de carga antes de salir a la calle.

Estaba a punto de meter segunda cuando vio algo por el rabillo del ojo. Giró la cabeza y creyó ver un coche aparcado detrás de uno de los edificios del hospital.

Un coche negro. Un BMW X6.

Solo conocía a una persona que tuviera ese coche. Jana Berzelius.

Se irguió en el asiento, miró de nuevo hacia el coche y notó que una extraña sensación recorría su cuerpo. Ya no podía marcharse.

Echó un vistazo por el retrovisor, dio marcha atrás y, dando media vuelta, se dirigió al edificio para ver el vehículo más de cerca. Pero era una calle de un solo carril, en sentido contrario, y no podía incumplir las normas de tráfico. Rodeó el edificio y frenó bruscamente al acercarse al lugar donde un minuto antes estaba el BMW. Miró por todas partes, pero el coche había desaparecido.

Se frotó los ojos y miró calle abajo.

Estaba desierta.

—Cálmate —se dijo, convencido de que el cansancio le había jugado una mala pasada.

Sabía que debía irse derecho a casa y meterse en la cama. Era lo correcto. La única posibilidad razonable.

Giró el volante y se dirigió a la salida.

Pim abrió los ojos y miró la habitación a oscuras. Se oían pasos sordos en el pasillo, pero no podía haber sido eso lo que la había despertado.

Escuchó.

Oyó el chasquido de una puerta al cerrarse.

El pitido de un timbre. Luego, todo quedó en silencio.

Estaba tan preocupada por su hermana Mai que le había costado conciliar el sueño. Después se había puesto a pensar en aquellos días horribles que había pasado en el cobertizo y se prometió a sí misma que, si conseguía volver a casa, nunca volvería a pasar por aquello. Nunca, nunca, nunca.

Se estiró y bostezó. Se quedó tumbada un momento, con los ojos cerrados, e intentó dormir, pero de pronto le incomodaba la almohada. Metió la mano debajo y notó algo duro. Se incorporó bruscamente y retiró la almohada.

Un pasaporte y un montón de billetes suecos.

Cogió el pasaporte y lo abrió, y luego se lo apretó contra el pecho con todas sus fuerzas.

Lo abrió de nuevo para cerciorarse de que era real, de que era de verdad su pasaporte.

De entre sus hojas cayó un trocito de papel.

Alguien había escrito en tinta negra: *Gracias*.

CAPÍTULO 32

Era primera hora de la mañana y Henrik Levin estaba sentado en su despacho. Pensaba en Emma y se sentía impotente. No podía hacer nada, nada dependía de él. Lo único que estaba en su mano hasta cierto punto era resolver el caso en el que estaba trabajando. Pero se sentía perdido.

Ola interrumpió sus cavilaciones al aparecer en la puerta con un rollo de papeles en la mano.

—Lo siento mucho —dijo el informático.

Henrik no le entendió. ¿Sabía Ola lo que le había pasado a Emma? Posiblemente sí. La comisaría era una oficina como otra cualquiera, y los chismorreos viajaban a toda velocidad por sus pasillos. Pero, en este caso, Ola debía de haberse enterado por otros medios.

—Gracias. Así son las cosas. Ahora mismo no puedo hacer gran cosa, solo cruzar los dedos y confiar en que pronto se encuentre mejor.

—No te entiendo —dijo Ola con visible desconcierto.

—Emma —dijo Henrik en un tono que daba a entender que la cosa no era tan grave como para que tuvieran que ahondar en el tema.

—¿Le ha pasado algo?

—Está... —empezó a contestar, pero se detuvo.

Ola no lo sabía.

—No es nada, olvídalo. Te he entendido mal. ¿A qué te referías?

—A Kälebo. —Ola desdobló los papeles y los extendió sobre la mesa, delante de Henrik—. Nuestras patrullas han pasado toda la noche revisando los edificios de la zona y no han encontrado a ninguna chica tailandesa.

Henrik suspiró sonoramente. Luego cogió los papeles y les echó un vistazo.

—Once páginas de direcciones y no hemos encontrado nada.

—No, y ya es mala pata —comentó Ola—. Son doce páginas, por cierto.

Henrik volvió a hojearlas, contando con cuidado.

—Yo cuento once.

—Pero yo imprimí doce, y los coches patrulla las han recibido todas. Me... —Ola cogió las hojas y las contó—. Falta una —dijo, mirando perplejo a Henrik.

Tenía que abrigarse si quería esperar a Danilo escondida fuera del cobertizo. Jana Berzelius acababa de volver a la casa de veraneo de sus padres. Subió a la planta de arriba, sacó la ropa que llevaba en la mochila y se la puso sin perder un instante.

Al volver al pasillo pasó frente a la biblioteca y se fijó en los archivadores que había dejado en el suelo. Convenía que volviera a ponerlos en su sitio, se dijo.

Uno tras otro, los devolvió a la estantería, colocándolos en el lugar exacto que ocupaban antes.

Su padre no notaría nada.

Justo cuando iba a cerrar el último, se detuvo. Posó el dedo índice en uno de los documentos y empezó a leer. Su padre había hecho una anotación acerca del veredicto de un juicio: *GB*, había escrito.

Jana se había fijado antes en aquellas iniciales. Pasó algunas páginas y releyó atentamente los comentarios escritos de puño y letra de su padre. A veces eran tres renglones. Otras, llenaban casi todo el margen de la página:

SC dictaminó que la causa debía instruirse como un delito de narcotráfico de mediana gravedad. Ambos imputados fueron sentenciados a siete meses de prisión (GB salió beneficiado).

Su asombro fue en aumento a medida que leía atentamente los comentarios.

Testigo clave Anton Ekstam, silenciado (GB).

¿Silenciado?
Respiró hondo y sacó su móvil. Abrió el navegador y buscó «Anton Ekstam». La primera página que apareció era un listado de personas desaparecidas en Östergötland en la década de 2000.

En octubre de 2002, Anton Ekstam, de 31 años y natural de Motala, desapareció sin dejar rastro. La policía y sus familiares llevaron a cabo una búsqueda intensiva durante dos semanas, pero Anton no llegó a aparecer.

Jana miró de nuevo los archivadores, tratando de entender lo que estaba a punto de descubrir.
Al abrir el quinto archivador, llegó a una conclusión extremadamente desagradable. Allí estaba:

Bolanaki contactó con la testigo Lina Bergvall para «aclarar ciertos puntos poco claros de la vista oral».

¿Bolanaki?
Jana solo conocía a un Bolanaki.
Gavril Bolanaki: GB.
Colocó los archivadores en el suelo, se incorporó y los miró. Abiertos, formaban un círculo a su alrededor. Se arrodilló y comenzó a hojearlos de nuevo, comparando anotaciones.

Las iniciales *GB* aparecían en numerosas páginas, siempre en relación con procesos judiciales.

Leyó rápidamente más anotaciones de su padre.

Testigo recusado por «mala memoria».
Se alegó falta de pruebas.
Demostradas irregularidades en la detención.

Lo que antes parecía una carrera extraordinariamente exitosa en el Ministerio Fiscal, de pronto daba la impresión de ser algo muy distinto.

Jana se agachó para cambiar el orden de los archivadores y de pronto se quedó petrificada. La luz de los faros de un coche apareció entre las cortinas, proyectando sombras movedizas en las paredes. Miró rápidamente por la ventana, confiando en que fuera una máquina quitanieves. Pero era el Mercedes negro de su padre. Se había detenido delante de la casa, al lado de su BMW.

Colocó precipitadamente los archivadores en la estantería. Cogió la mochila, corrió escalera abajo, entró en la cocina y, metiéndose detrás de la cortina, miró por la ventana.

No entendía nada. Se quedó perpleja al ver salir a su padre del coche. No sabía si era por la impresión de verle allí o porque no estaba preparada para enfrentarse a él en ese momento. Las ideas se sucedían vertiginosamente dentro de su cabeza, aturdida aún por lo que creía haber descubierto en los archivadores de la biblioteca.

Karl dobló la esquina en dirección a la entrada y se perdió de vista.

Ella estiró el cuello, pero no le vio.

¿Qué hacía allí?

Salió sin perder un instante de la cocina, se puso los zapatos y agarró su mochila. Oyó pasos al otro lado de la puerta y no tuvo más remedio que retroceder hacia el fondo de la casa. Agachándose para no ser vista, se dirigió al cuarto de estar.

* * *

Los fluorescentes de la sala de reuniones se encendieron parpadeando cuando Gunnar Öhrn pulsó el interruptor.

Había convocado una reunión del equipo, cuyos miembros habían ido congregándose alrededor de la mesa, uno tras otro. De las doce sillas que rodeaban la mesa ovalada, cinco estaban ocupadas por Gunnar, Henrik, Mia, Ola y Per. Solo faltaban Anneli y Jana.

Gunnar vio luz en el despacho de Anneli y supuso que se presentaría en la reunión.

—¿Dónde está Jana? ¿Alguien lo sabe? —preguntó, mirando primero a Henrik y luego a Per.

Ambos negaron con la cabeza.

Sintió una oleada de cansancio y se alegró de haberse tomado 500 mg de ibuprofeno antes de salir de casa. Solía ayudarle a sobrellevar las resacas, y le estaba sirviendo para amortiguar la jaqueca que se le había declarado la noche anterior, después de la discusión con Anneli. Eso por no hablar del estrés que le había causado descubrir que las patrullas no habían inspeccionado parte de los alrededores de Kälebo la noche anterior. Había sentido cierta satisfacción maliciosa, sin embargo, al darse cuenta de que era Anders Wester quien dirigía la operación en Kälebo. Aquel cretino podía coger su «cooperación» y metérsela por el culo.

—Esto es una ampliación de la zona que faltaba en la lista —explicó Ola, señalando con la cabeza la fotografía que mostraba el proyector. Se levantó e indicó la fotografía algo borrosa—. El fallo no es tan grave porque en realidad solo hay dos edificaciones registradas en esta zona, pero para que entendáis dónde están…

Se acercó al mapa colgado de la pared.

—La fotografía es de esta zona —dijo, señalando un lugar a unos cinco centímetros de la equis que mostraba el lugar donde había sido encontrada Pim—. A Pim la encontraron aquí, y a la chica ahogada aquí —prosiguió, e indicó en el mapa el archipiélago de Arkösund.

—¿Y esas dos edificaciones qué son? —preguntó Gunnar.

Ola regresó a su silla, se sentó y consultó el papel que tenía en la mesa, delante de él.

—La primera es una casa de veraneo construida en 1940. Sigue en pie, justo aquí.

Se inclinaron todos para ver el punto que Ola enfocaba en la fotografía.

—Pero no está justo en la orilla —observó Henrik.

Un suspiro colectivo de decepción pareció recorrer la sala.

—¿Y la otra edificación? —preguntó Gunnar.

Ola consultó el documento, a pesar de que ya sabía lo que decía.

—A eso iba —dijo—. Ahí había también una casa, una casita de veraneo que se quemó en octubre de 2005. Fue de propiedad privada hasta 1970, cuando pasó a manos del Ministerio de Defensa gracias a una donación. A partir de 1971, se podía alquilar si uno trabajaba para el ministerio.

—¿Y ahora?

Ola señaló la fotografía agrandada. Henrik le echó una rápida ojeada. Mar, acantilados y un bosque.

—Yo no veo nada —dijo.

—Mira otra vez. —Ola fue ampliando la fotografía digital paso a paso. Señaló un punto a unos ochocientos metros de la casa que acababa de mostrarles.

Henrik se inclinó un poco más hacia delante.

—Un cobertizo para barcas —dijo.

—Sí —repuso Ola.

—Pide un helicóptero —ordenó Gunnar sin apartar los ojos de la pantalla.

Miraba fijamente el cobertizo situado justo al borde del agua. Tenían que actuar de inmediato, con la esperanza de haber dado en el clavo.

CAPÍTULO 33

Karl Berzelius abrió la puerta de la casa y entró en el vestíbulo. Se le habían quedado los pies fríos. No encendió la luz. Avanzó a oscuras, atento a cualquier ruido. Pero la casa estaba en silencio.

—¿Jana? —preguntó sin levantar apenas la voz tras asomarse a varias habitaciones—. ¿Estás aquí? Quiero hablar contigo.

Se acercó con paso firme al sillón orejero, que se sacudió ligeramente cuando tomó asiento. El cuero chirrió cuando cruzó las piernas.

—Tienes que salir. Sal para que hablemos. Sé que… —Se le quebró la voz. Respiró hondo y luego añadió—: Sé que estás sentada detrás de mí. A mi espalda. Detrás del sillón. Sal ya.

Como no sucedió nada, se levantó lentamente y miró detrás del sillón, pero allí no había nadie. Parado en medio de la sala, esperó un instante. Luego avanzó por la alfombra.

—Jana —dijo en tono suave—, tenemos mucho de lo que hablar.

Dio media vuelta y miró hacia el pasillo. La puerta de la cocina estaba entornada. Fijó de nuevo la mirada en la escalera.

Pero tanto la escalera como el pasillo estaban vacíos.

Fue pasando rápidamente de habitación en habitación. Se detuvo en la puerta de uno de los cuartos de invitados. Era un cuarto pequeño, con una cama individual, un escritorio y una estantería, tres grandes ventanas y una alfombra de estameña en el suelo.

La alfombra estaba doblada, como si alguien la hubiera pisado.

—¡Escúchame, Jana! —dijo endureciendo el tono de voz. La blandura, el disfraz, habían desaparecido.

Entró con paso decidido en la habitación y encendió la lámpara. Se detuvo y se estremeció. Hacía mucho frío allí.

Paseó la mirada por la cama, por la mesa, por la estantería. Dio un paso hacia las ventanas y reparó en que la lámpara se reflejaba en sus muchos paneles de cristal. Prestó atención y oyó el mar. «No debería oírlo tan claramente», se dijo, y en ese instante notó una ráfaga de viento gélido. Comprendió entonces que una de las ventanas estaba abierta.

Regresó al jardín y avanzó entre la nieve hasta la parte de atrás de la casa. Deteniéndose a escasos metros de la ventana abierta, vio que las pisadas se alejaban de ella, midió a ojo la distancia entre ellas y dedujo que Jana había escapado corriendo.

Echó a correr tras ella.

Tanto las pisadas como la nieve desaparecían de pronto pasado un abeto, cerca de los acantilados. Se detuvo y recorrió la finca con la mirada.

A la derecha, bajo un tejado y bien tapadas por una lona verde, solía haber dos lanchas motoras.

Ahora, en cambio, solo había una.

Anneli Lindgren cruzó rápidamente el pasillo, acelerando a cada paso que daba.

Al acercarse al despacho de Gunnar, sintió que se le aflojaba la goma de pelo y que su coleta empezaba a deshacerse lentamente.

El despacho estaba vacío, de modo que se dirigió a la sala de reuniones, donde el equipo acababa de dar por terminada la reunión. Reinaba una atmósfera de tensión.

Se cruzó con Henrik, Mia y Per en el pasillo y saludó a Ola con una inclinación de cabeza. El informático tenía el teléfono pegado a la oreja y parecía nervioso. Gunnar se encontraba al fondo de la sala, con los ojos fijos en el mapa. No la miró, pero Anneli estaba segura de que la había visto entrar.

Se fue derecha a él, se detuvo e intentó que la mirara.

—Tengo que decirte una cosa —dijo con la respiración agitada, tratando de recuperar el aliento. Advirtió que se habían quedado solos en la sala.

—Aléjate de mí —replicó él.

—Tengo que hablar contigo —insistió ella en un tono grave y firme, muy distinto al que había adoptado la última vez que habían hablado.

Esperó a que él respondiera, pero Gunnar no dijo nada. Guardó silencio y siguió mirando el mapa.

—Sé que la he cagado y que quizá nunca me perdones —dijo ella—, pero...

Gunnar se volvió hacia ella.

—No quiero oír tus disculpas, así que ahórratelas. ¿Dónde estuviste anoche, por cierto?

Anneli se quedó mirándole.

—Aquí, en la oficina. Gunnar...

—No quiero oír nada más.

—Lo sé, pero se trata de la investigación. —Respiró hondo de nuevo y exhaló lentamente. Él, sin embargo, siguió callado—. Te estás portando como un idiota —dijo—. Yo...

—Ah, conque el idiota soy yo.

—¡Escúchame de una vez! Tengo que decirte una cosa.

—Pues dila, entonces. —La miró a los ojos.

—¿Te acuerdas de esa muestra que tomé de los restos que Axel Lundin tenía bajo las uñas?

—¿La del análisis incompleto? Sí. Henrik y Mia están enfadados porque no quieres decirles nada.

—El análisis *estaba* incompleto —insistió ella.

Durante tres largos segundos, solo se oyó el ruido del sistema de ventilación.

—¿Qué intentas decir? —preguntó Gunnar.

—Que ya sé el resultado.

CAPÍTULO 34

Agachada, Jana Berzelius observaba el cobertizo situado apenas a cincuenta metros de distancia. Desde allí no se veía su lancha. La había dejado anclada en una cala cercana, procurando esconderla a la vista, y había hecho el último trecho a pie.

Llevaba un rato sentada en el mismo sitio, detrás de un arbusto cubierto de nieve, atenta a todo cuanto la rodeaba.

Pero no veía a Danilo.

Aún no había dado señales de vida.

No podía liberar todavía a Isra. Era su as en la manga. Mientras siguiera allí, Danilo no podría esfumarse por completo.

Tenía que moverse para conservar el calor. Trepó por el acantilado, buscando un lugar más cercano al cobertizo que le sirviera de punto de observación. Se detuvo detrás de un abeto, a unos veinte metros del cobertizo, se volvió hacia la edificación y esperó.

De pronto se abrió la puerta.

Alguien salía.

Vio una figura en el vano y se agachó rápidamente. Miró de nuevo con cautela, pero la figura había desaparecido.

¿Había vuelto Danilo? ¿Y dónde estaba ahora? ¿Había vuelto a entrar en el cobertizo o había salido?

No podía esperar más. Tenía que actuar con presteza, ahora que sabía que había alguien allí. Pero le preocupaba que hubiera empezado a clarear. La luz grisácea le dificultaba las cosas si pretendía acercarse a la casa sin que la vieran.

Se tumbó en el suelo y comenzó a avanzar arrastrándose, cobijada por las ramas de los arbustos. Avanzaba despacio para no dejarse ver, consciente de que el cerebro advertía los movimientos súbitos y las bruscas interrupciones de la quietud. Nadie se sobresaltaba al ver acercarse una tortuga, pero si al ver un leopardo corriendo a toda velocidad. Avanzó con calma, metódicamente, sirviéndose de brazos y piernas para adelantar el cuerpo, sin levantar la cabeza. Moduló su velocidad y siguió avanzando lentamente, sin detenerse, hasta que llegó al cobertizo.

Entonces se puso en pie y aguzó el oído.

No oyó nada.

Se desplazó unos pasos hacia un lado y pegó la espalda a la puerta.

Por dentro estaba tensa y alerta.

Por fuera, parecía relajada y en calma.

Se sacó la navaja de la cinturilla y la apretó un par de veces para que la sangre afluyera a su mano.

Contó hasta tres.

Uno. Dos. Tres.

Entró en el cobertizo.

Adelantando la navaja, escuchó en la oscuridad. Trató de oír a Isra, pero no oyó nada.

Parada en medio de la habitación helada, sintió el olor a humedad y podredumbre y oyó un goteo que, al caer sobre una superficie metálica, producía un eco.

Subió despacio la escalera, peldaño a peldaño, y notó cómo la adrenalina invadía su cuerpo. Se agazapó sobre las tablas húmedas del suelo y avanzó hacia el rincón.

—¿Isra? —susurró.

Pero no obtuvo respuesta.

El cobertizo crujía y gemía a su alrededor y oyó que, fuera, el aullido del viento se intensificaba. No podía seguir avanzando.

Tratando de respirar sin hacer ruido, escudriñó el rincón y vio las cuerdas en el suelo. Nada más.

Isra ya no estaba.

Había leves indicios, detalles sutiles que Gunnar Öhrn podría haber pasado por alto si no hubiera estado tan atento. Una gota de sudor en la sien, las manos debajo de la mesa. Dedujo que la funcionaria de prisiones Anne Lindbom estaba nerviosa.

Sentado frente a ella, Gunnar dudó un momento de sí mismo. Pero al ver que le temblaba el párpado, se convenció de que aquella mujer estaba ocultando algo.

Antes de iniciar la conversación, lanzó una ojeada a la puerta de su despacho para constatar que estaba cerrada.

—¿Fue usted quien encontró muerto a Axel Lundin en su celda? —preguntó, hojeando el informe redactado por Asuntos Internos tras el suicidio de Lundin.

—Sí, era mi turno.

—¿Puede describir con sus propias palabras qué ocurrió en el momento de encontrar el cadáver?

—Ya lo he hecho. Está en el informe.

—Sí, aquí dice que se asomó usted por la ventanilla de la puerta de la celda cada hora, como anotó en la hoja de control de su turno. También dice que en esos momentos estaba usted trabajando sola, que salió un rato de la zona de las celdas para ir a comer algo y que, cuando regresó, encontró muerto a Axel Lundin.

—Sí.

—Entonces, ¿abandonó su puesto y cruzó el vestíbulo para ir a la cafetería?

—Sí.

—Entonces, ¿por qué no aparece en las grabaciones de las cámaras de seguridad del vestíbulo?

Anne lanzó una mirada nerviosa a la habitación.

—¿Y cómo explica —prosiguió Gunnar— que solo haya quedado registrado que pasó la tarjeta de seguridad al salir, pero no al entrar?

—Salí de la zona de las celdas.

—Pero eso no puede ser. ¿Cómo volvió a entrar sin usar la tarjeta? Es necesaria una tarjeta de seguridad para acceder a esa zona, ¿verdad?

—Sí.

—Y afirma usted que estaba sola en la zona de las celdas. ¿Le abrió algún recluso?

—No.

—¿Qué ocurrió, entonces?

El sudor le corría por ambas sienes. Sus manos temblaban bajo la mesa.

—Hemos examinado la grabación de las cámaras de seguridad. Sabemos que no estaba sola.

Gunnar vio que tragaba saliva.

—Sabemos quién estaba con usted cuando murió Axel.

Se puso colorada al instante. Se mordió el labio con fuerza y esquivó su mirada.

—No podía decir nada —repuso con voz casi inaudible, y metió las manos entre las rodillas como si quisiera impedir que le temblaran.

—Entiendo —dijo Gunnar.

—Tuve que dejarle entrar. Dijo que haría daño a mis hijos si no le obedecía.

Levantó la cara. Tenía lágrimas en los ojos.

—¿También le dejó entrar en la celda de Axel Lundin?

—Sí. No tuve elección.

El estrés le perseguía como un zorro acosando a una liebre. Henrik Levin comprobó su arma reglamentaria, una Sig Sauer, y notó que el calor de su cuerpo empezaba a transmitirse al metal.

La caza había comenzado.

Mia entró en la sala, también con un arma enfundada.

—¿Listo? —preguntó—. El helicóptero llegará dentro de cinco minutos.

—Ya voy —repuso Henrik.

Se puso la chaqueta, pero no se molestó en abrochársela.

—¿Te has enterado? Pim ha desaparecido del hospital.

—¿Qué? —Henrik se volvió bruscamente.

—Acabo de enterarme. Su habitación estaba vacía cuando entró el personal de planta. La han buscado por todas partes, pero no está.

—Pero había un guardia vigilándola.

—Sí, pero ya intentó escaparse una vez, ¿verdad?

—Sí.

—Pues esta vez lo ha conseguido, es así de sencillo.

Henrik suspiró. De pronto se sentía completamente agotado.

—Deberías llamar a Jana para avisarla de que su testigo ha desaparecido —dijo Mia.

—No, no serviría de nada. No consigo localizarla.

—Entonces, ¿sigues protegiéndola?

—Vete a paseo —contestó Henrik—. ¡Yo no la estoy protegiendo!

—Pero ¿has intentado encontrarla?

—Tiene una coartada para la noche del asesinato de Robin Stenberg, y mandé a un agente a hablar de nuevo con Ida. Le enseñó varias fotografías, entre ellas una de Jana.

—¿Y?

—La chica no estaba segura en absoluto de que fuera ella. Estamos haciendo una montaña de un grano de arena. Ahora mismo, no podemos dedicarnos a eso.

—Entonces, ¿vas a aparcar el asunto?

—Sí, voy a aparcarlo. Porque dentro de cinco minutos, o de tres, mejor dicho, tenemos que llevar a cabo una misión sumamente importante.

—¿Y qué haces aquí parado, entonces?

Henrik suspiró.

—Estoy contestando a tus ridículas preguntas.

Mia se rio y se alejó por el pasillo. Henrik estaba a punto de seguirla cuando Gunnar gritó:

—¡Esperad!

—Tenemos que irnos. Ha llegado el helicóptero…

—No, se cancela la misión. El helicóptero tendrá que esperar —dijo Gunnar—. Anneli ha descubierto algo.

—¿Sobre qué?

—Sobre Anders Wester.

Primero oyó únicamente un sonido que el viento disipó rápidamente. Pero, cuando volvió a oírlo, comprendió de inmediato que se trataba del ruido propio del pánico: alguien estaba gritando.

Jana Berzelius rodeó el cobertizo. El viento la zarandeó cuando recorrió a paso rápido el embarcadero. Oyó un ruido de chapoteo procedente del agua repleta de témpanos de hielo. Se dio la vuelta y miró en derredor, pero no vio nada. Corrió por las maderas resbaladizas del suelo, vio el agua que se agitaba bajo sus pies, resbaló, recuperó el equilibrio y siguió avanzando contra el viento hacia el extremo del muelle.

Unas cadenas de hierro oxidadas colgaban de los postes. El agua se había congelado en ellas y de sus eslabones colgaban pequeños carámbanos.

Se frotó la cara con la manga de la chaqueta para quitarse la nieve que le había entrado en los ojos, se inclinó cuidadosamente hacia delante y se asomó al agua negra.

De pronto vio salir una cara a la superficie. Era Isra. Agitaba los brazos, luchando por respirar.

Jana se puso de rodillas, se inclinó y estiró el brazo.

—Dame la mano —ordenó.

Sintió los dedos congelados de la muchacha a través de los guantes de piel. Trató de agarrarla, pero Isra no tenía fuerzas y Jana sintió que sus dedos se le escapaban.

La chica agitó los brazos, frenética, salpicando agua a su alrededor.

Entonces Jana oyó pasos en el embarcadero. Se giró lentamente. Y le vio.

Tenía la cabeza agachada y los ojos oscuros. Llevaba la capucha puesta, había cerrado los puños y apretaba los dientes.

—Hola, Jana —dijo—. Tenía la corazonada de que acabarías apareciendo.

Anneli Lindgren se quedó callada y miró a Henrik, a Mia, a Ola y a Per, que estaban sentados alrededor de la mesa, boquiabiertos. Habían vuelto a la sala de reuniones. De pie a su lado, Gunnar hizo un gesto afirmativo con la cabeza.

—Entonces, ¿quieres decir —preguntó Henrik— que se han encontrado rastros de ADN de Anders Wester en el cadáver de Axel Lundin?

—Sí —asintió Anneli—. Axel tenía tejido dérmico de Wester bajo las uñas.

—Entonces… —comenzó a decir Mia, pero se calló, como si necesitara pensarlo de nuevo—. Si no fuera el jefe de la Brigada Nacional de Homicidios, no me costaría creerlo, pero… En fin, no sé —añadió—. ¿Qué opinas tú?

—Yo no *opino* nada. Solo estoy exponiendo los hechos comprobados. Axel Lundin recibió la visita de Anders Wester justo antes de morir.

—¿Crees que Wester tuvo algo que ver con su muerte? ¿Eso es lo que estás pensando? —preguntó Mia—. No lo entiendo.

—Bueno, yo creo que estoy empezando a entenderlo —comentó Henrik—. Eso explicaría por qué Wester se ha quedado en Norrköping y por qué se ha tomado tanto interés por el caso. Ese asunto de la cooperación es solo una tapadera.

—Ese imbécil está metido en el ajo —dijo Gunnar en un tono que hacía pensar que no entendía la magnitud de aquel descubrimiento.

—Entonces, ¿el Anciano es él? —preguntó Mia—. Pero ¿qué coño le está pasando al Cuerpo de Policía? Primero Axel y ahora Anders.

Se hizo el silencio en la mesa. Anneli escuchó su propia respiración, sintió su latido cardíaco.

—Todo este tiempo me he preguntado por qué siempre llegábamos tarde —dijo Gunnar acariciándose la barbilla—. Esto explica por qué no encontramos a Danilo Peña en su piso. Anders tuvo que avisarle.

—Lo peor es que seguimos yendo un paso por detrás —repuso Henrik—. Seguramente ya habrá advertido a Danilo que vamos para el cobertizo.

—¡Demonios! —exclamó Gunnar—. ¡Tenemos que llegar cuanto antes!

—Pero hay que encontrar a Anders —dijo Henrik—. ¿Alguien sabe dónde se aloja?

—Ni idea —contestó Gunnar.

—¿Qué hacemos, entonces? ¿Le llamamos? —preguntó Henrik.

—Sí —respondió Gunnar.

—¿Cuál es su número?

—¡Y yo qué sé!

—Creía que lo tenías.

—Lo borré.

—Ola —dijo Henrik—, ¿puedes conseguir su número ahora mismo?

Ola asintió con un gesto e hizo amago de levantarse, pero Anneli estiró el brazo y le detuvo.

—Espera —dijo—. Yo tengo su número. Y creo que es preferible que le llame yo.

—¿Tú? —El tono de Gunnar revelaba que esperaba haber oído mal.

Volvió a hacerse el silencio.

—Sí, déjame intentarlo. —Anneli se levantó y se sacó el móvil del bolsillo.

—Pero tenemos que pensar qué vas a decirle —dijo Henrik.

—Intentaré quedar con él —repuso Anneli con calma.

—Limítate a averiguar dónde está —dijo Gunnar—. Nosotros iremos a por él.

Ella respiró hondo, se acercó a la ventana y, dándoles la espalda, marcó. Escuchó el pitido de la línea. Se removió, inquieta. Sabía que iba a tener que darles alguna explicación a Henrik y Mia, pero prefirió alejar de sí aquella idea. Bastante inquietud le causaba ya estar llamado a Anders. Sonaron cinco pitidos y luego saltó su buzón de voz.

—No contesta —dijo sin volverse.

Se apartó el teléfono de la oreja. De pronto parecía pesar mucho más que antes.

—Llama otra vez a ese cretino. Tiene que contestar, joder —oyó que decía Gunnar casi escupiendo las palabras. Su silla arañó el suelo cuando se levantó.

Percibiendo su malestar, Anneli deseó darse la vuelta, acercarse a él y ponerle la mano en el hombro para tranquilizarle.

Entonces sonó su móvil, sacándola de su ensimismamiento.

No reconoció el número, pero sí la voz.

—¿Anneli?

—Sí.

—Soy Anders. He visto que me has llamado.

Su voz sonaba tan próxima que Anneli miró alrededor para asegurarse de que no estaba allí cerca, observándola. No le vio.

—Quiero verte —dijo con el corazón acelerado.

—¿Me echas de menos?

Sintió que empezaba a sonrojarse y, aunque estaba de espaldas a los demás, fijó la mirada en el suelo.

—¿Podemos vernos ahora? —preguntó.

—¿Por qué?

—Quiero hablar contigo, y creo que te conviene que nos veamos.

Se hizo un silencio.

—Muy bien —dijo él por fin—. Pero tendrás que venir tú.

—De acuerdo —repuso ella—. Dime dónde estás.

Isra había desaparecido bajo el agua. Jana Berzelius solo vio las olas que cubrían el hielo roto. Volvió a fijar la mirada en Danilo.

—¿Cómo has encontrado este sitio? —preguntó él.

—No ha sido muy difícil.

—Deberías recordar lo que te dije. Que si me seguías…

—Lo lamentaría eternamente. Sí, me acuerdo.

—¿Por qué has venido, entonces?

—Por muchas razones. La mayoría personales, en realidad.

Examinó la zona con la mirada, evaluando la situación. Trató de ver si Danilo llevaba algún arma.

Normalmente sacaba la pistola de inmediato, sin esperar. Quería que su rival la viera, que distinguiera su brillo, que le temiera desde el primer momento. Jana, sin embargo, solo veía sus puños cerrados.

Entonces oyó de nuevo a Isra, un leve quejido, y comprendió que no aguantaría mucho más. Pronto el agua se la tragaría para siempre.

—¿Esto es lo que haces? ¿Ahogarlas?

—No a todas.

—Pero ¿las traes a todas aquí?

—Sí. Aquí pueden gemir todo lo que quieran. Gritar tan alto como les apetezca. Nadie va a oírlas. ¿Quién se interesa por un viejo cobertizo abandonado en invierno?

—Pero las amordazas.

—Sí, pero no muy fuerte. Es más por diversión que por otra cosa. Aunque siempre existe el riesgo de que se derrumben y se vuelvan locas, o se les meta en la cabeza intentar escapar.

—Una escapó. Gracias a ella estoy aquí.

Los ojos de Danilo se oscurecieron.

—Debería haberle sacado las cápsulas yo mismo y haberla ahogado después. No debería haber esperado.

Jana oyó de nuevo a Isra. Se dio la vuelta y le tendió la mano. Por fin consiguió asir sus dedos finos y rígidos y tirar de ella.

—Suéltala —ordenó Danilo.

Pero Jana siguió tirando sin soltar la mano helada de la chica.

—¡He dicho que la sueltes!

La patada fue tan repentina y violenta que Jana cayó de lado. El dolor le atravesó la caja torácica.

—No voy a soltarla —dijo.

Pero tras la segunda patada no tuvo elección. Le ardía el pecho y aflojó la mano con la que sujetaba a Isra.

Haciendo un esfuerzo, se puso a gatas y se incorporó. Oyó la risa ronca de Danilo. Había ansiado ese momento, el momento de enfrentarse a él cara a cara. Entre ellos no había normas. Solo ellos dos, frente a frente.

Sacó la navaja.

—Sin armas —dijo él.

Al ver sus manos extendidas y vacías, Jana soltó la navaja, que se clavó, recta, en el embarcadero.

Con los ojos entornados, él dio un paso adelante y levantó los puños. Jana no cometió el error de seguir el movimiento de sus manos con la mirada. Se concentró en su pecho. Se olvidó de todo cuanto la rodeaba y se lanzó hacia él.

Danilo le asestó un golpe brutal, derecho a los riñones. Ella encajó el golpe, buscó su oportunidad y la aprovechó. Le propinó una patada en las costillas, se giró, cambió de pierna y le asestó otra en la cara.

Danilo la miró sorprendido antes de volver a atacar. Anticipándose, Jana bajó la cabeza y detuvo el golpe con el hombro izquierdo, pero no pudo detener los siguientes, que se sucedieron vertiginosamente. Se derrumbó en el embarcadero y sintió que la sangre le chorreaba por la cara. Tuvo que cerrar los ojos mientras trataba de entender lo que había ocurrido. Notó el olor de la madera helada. Oyó caer al agua los carámbanos con un suave chapoteo. Con la cara pegada a las planchas del suelo, vio que Danilo se acercaba a ella. Se puso de lado, levantó los brazos y esquivó sus puñetazos. Él retrocedió tres o cuatro pasos.

—¡Levántate! —gritó.

Jana se levantó y adoptó una posición defensiva, pero antes de que Danilo le asestara un nuevo golpe lanzó una patada directa a su rodilla. La golpeó desde arriba, pero sin la fuerza suficiente para dislocarla. Asestó otra patada, pero esta vez Danilo estaba preparado. La agarró por el pie y tiró de ella describiendo una curva. El resto de su cuerpo le siguió. Desequilibrada, Jana cayó al suelo, rodó y lanzó otra patada. Su rabia se había desbordado. La adrenalina que inundaba sus venas imprimió nuevo vigor a sus golpes. Derecha, izquierda, derecha, derecha otra vez, finta, giro, patada, giro, patada. Uno de los puñetazos le acertó en la barbilla, y dio un paso atrás al notar que tenía los guantes llenos de sangre.

De repente, Danilo se abalanzó sobre ella. Jana agachó la cabeza y le propinó un codazo en la nariz. Luego apuntó de nuevo, le acertó de lleno en el estómago y él se dobló por la cintura.

Jana apoyó la mano en la parte de atrás de su cabeza y le propinó un rodillazo tan violento en la cara que salió despedido hacia atrás.

Él se tapó la nariz con las manos. Al ver tanta sangre, comenzó a carcajearse.

Ella se giró y buscó a Isra en el agua, pero no la vio.

—Va siendo hora de ponerse serio —comentó él. Dando tres pasos adelante, arrancó la navaja del suelo.

—Creía que habíamos acordado luchar sin armas —replicó Jana.

—Las normas del juego acaban de cambiar —contestó él.

—Creía que no te gustaban los cuchillos.

—Con ellos se pueden hacer muchas cosas. Y *eso* sí me gusta —respondió Danilo al tiempo que avanzaba hacia ella.

CAPÍTULO 35

Per Åström vio a Henrik y a Mia correr por el pasillo y meterse en el ascensor. Gunnar y Anneli habían entrado en sus respectivos despachos.

Se giró y al ver a Ola, que estaba recogiendo los papeles desperdigados por la mesa, pensó en el extraño giro que había dado la investigación. Si Anders Wester era uno de los capos de aquella red de narcotraficantes, el escándalo adquiriría proporciones gigantescas. Ya veía los titulares de los periódicos, los avances especiales en televisión… Resultaba todo un poco increíble.

De pronto se dio cuenta de que echaba de menos a Jana. Quería discutir el caso con ella. A fin de cuentas, había acertado: sus respectivas causas habían acabado por fundirse en una sola. Pero ¿dónde estaba Jana?

Ola golpeó el montón de papeles contra la mesa tres veces para cuadrarlo y Per advirtió que estaban solos en la sala de reuniones. Se asomó furtivamente al pasillo, que estaba desierto, y volvió a mirar a Ola. En realidad, se conocían muy poco. Solo se veían de vez en cuando, en situaciones como aquella, cuando el trabajo exigía que sus respectivos caminos se cruzaran.

—Bueno… —empezó a decir, enderezándose la chaqueta azul oscura—. Estoy un poco preocupado por Jana Berzelius. —Abrió la boca para continuar, pero dudó de nuevo.

Ola levantó la mirada de sus papeles, desconcertado.

—¿Sí? —dijo, y esperó.

—Me estaba preguntando si sabes cómo rastrear un teléfono móvil —añadió Per.

Henrik Levin se cerró la chaqueta con las manos para que no se agitara cuando Mia y él corrieron hacia el helicóptero.

Ayudó a Mia a subir a bordo y advirtió la mirada de concentración de su compañera cuando se sentó y se abrochó el cinturón de seguridad. El piloto y otro hombre ocupaban la cabina. El piloto empujó una palanca y giró una llave en el tablero de mandos.

Henrik acababa de subir al helicóptero cuando sonó su móvil.

—¿Gunnar? —preguntó alzando la voz.

—No, le llamamos del hospital maternal.

Se quedó paralizado.

¿Del hospital maternal?

«No, ahora no».

—Quería avisarle de que han empezado las contracciones y Emma quiere que venga ya.

«Ahora no».

—¿Puede venir?

Se pasó la mano por la boca y miró a Mia y luego al agente que aguardaba dentro del coche patrulla, junto a la valla, con la sirena encendida.

Sintió el impulso de contestar que no podía, que estaba a bordo de un helicóptero, pero en el fondo sabía cuál sería su respuesta. Jamás se lo perdonaría a sí mismo si le fallaba a Emma en esos momentos.

—Voy para allá —dijo. Colgó y se volvió hacia Mia.

—¿Qué pasa? —preguntó ella.

—Tengo que ir al hospital. Emma se ha puesto de parto.

—¿Ahora?

—Sí.

—¿Precisamente ahora?

—¡Sí!

—Pues lárgate, entonces. ¡Deprisa!

Henrik se bajó de un salto y vio que el piloto giraba otro mando y bajaba un pedal. El copiloto cogió un mapa y lo desplegó sobre sus rodillas. El motor comenzó a bramar y un momento después comenzaron a girar las aspas del rotor, cada vez más aprisa. El ruido era ensordecedor. El piloto empuñó la palanca y despegó. El helicóptero ascendió en vertical, lenta y suavemente, luego se inclinó hacia delante y ganó velocidad. Pasó sobre la valla y se alejó sobrevolando la ciudad.

Henrik se quedó allí, tratando de entender lo que estaba viendo y qué hacía allí. La angustia se extendió por su cuerpo, atenazándolo. Se dijo que debía calmarse, pero su organismo no le hizo caso.

«Concéntrate», pensó.

«Concéntrate en Emma, en el bebé».

Su corazón latía como si le costara bombear la sangre y distribuirla por su cuerpo.

Se abrochó la chaqueta y echó a correr.

Danilo estaba casi sobre ella.

Jana retrocedió, consciente de que la mejor defensa contra una navaja era guardar las distancias, y el mejor contraataque, una barrera. Pero no había nada en el muelle que pudiera blandir contra Danilo.

Él atacó de nuevo, con las manos bajas, describiendo pequeños arcos con la navaja.

Jana siguió retrocediendo.

Estaba casi en el extremo del embarcadero. Unos pasos más y caería al agua.

Danilo siguió avanzando hacia ella, moviéndose de un lado a otro en semicírculo. La navaja que sostenía describía el mismo movimiento.

Jana se acordó de algo: de ellos dos en otra parte, en otra época, cuando eran niños. Tenían siete y ocho años, quizá. Se acechaban el uno al otro en semicírculos. Practicaban, entrenaban, luchaban para sobrevivir. Igual que ahora. Aquel recuerdo la golpeó con tal fuerza que se quedó completamente quieta. Se le agolparon los pensamientos mientras trataba de reunir fuerzas y evaluar la situación. Pero en vez de retroceder, dejó que él se acercara.

Danilo amagó con la mano izquierda y le lanzó un tajo con la derecha. La hoja de la navaja hendió el aire. Ella se desplazó, siguiendo sus movimientos. La nieve se arremolinaba en torno a ellos.

El mismo ataque de nuevo. La hoja de la navaja pasó casi rozándola.

Danilo le lanzó un puñetazo y, al esquivarlo ella, su mano se enganchó en el collar. Jana sintió una quemazón en el cuello cuando se lo arrancó de un tirón.

—¡Mira, un trofeo! —exclamó él con el collar colgándole de la mano.

Jana vio que cambiaba de postura, que perdía la concentración. En ese instante dio un paso adelante y, abalanzándose sobre él con violencia, le arrancó la navaja, giró sobre sí misma y le lanzó una cuchillada al abdomen con todas sus fuerzas.

La navaja penetró en la carne y se hundió en ella, quedando allí atrapada.

Danilo ya no sonreía.

Se había quedado paralizado.

Ella le asestó una fuerte patada en la parte baja del muslo. Poniendo de nuevo sus músculos en acción, soltó otra patada al tiempo que gritaba para liberar toda su fuerza.

Él se tambaleó.

Permaneció inmóvil un instante.

Todo quedó quieto.

Luego cayó de rodillas llevándose las manos al estómago, en torno a la navaja. Trató de apoyarse en el muelle, pero cayó, se acurrucó en posición fetal y tosió. Jana vio una salpicadura de sangre.

Temblando de cansancio, se obligó a dominarse. Bordeó a Danilo describiendo un semicírculo y, cerniéndose sobre él, extrajo de su abdomen la navaja ensangrentada. Él tosió más sangre.

—Te odio —dijo Jana—. Y ansiaba este momento, el momento de poder decírtelo a la cara.

Danilo trató de decir algo con la mirada fija en el cielo, pero solo alcanzó a toser. Jana reparó entonces en lo que estaba mirando: un rayo de luz que se acercaba sobrevolando los árboles.

—Joder, ya están aquí —farfulló él, jadeando.

Jana crispó el gesto y osciló entre la ira y la calma mientras seguía el rayo de luz con la mirada.

Se apartó de Danilo y, acercándose al borde del embarcadero, escudriñó las olas mirando hacia el fondo, pero no consiguió ver a Isra.

Entonces oyó el estruendo atravesando el aire helado.

Sabía que debía apresurarse, que tenía que alejarse del muelle y esconderse. No podían descubrirla allí, con Danilo.

Pero él tampoco podía quedarse.

Cabía la posibilidad de que hubiera una multitud de agentes de policía en camino, que estuvieran a punto de rodear por completo el cobertizo.

Se volvió para mirar a Danilo, con los ojos entornados.

Pero el muelle estaba vacío.

No le vio por ninguna parte.

Regresó rápidamente al cobertizo, corriendo por la nieve. Vio un reguero de sangre y comprendió que Danilo había huido en la misma dirección: hacia los árboles.

Solo entonces pensó en el frío. La había calado hasta la médula de los huesos, le agarrotaba las piernas y los hombros.

Se detuvo, contuvo la respiración y oyó un jadeo y una tos.

Entonces le vio a escasos metros delante de ella. Iba resbalando por un terraplén, con una mano en el estómago.

Allí abajo, al pie del terraplén, había un bote.

Jana corrió en esa dirección, pero tropezó y cayó de espaldas. Se incorporó de inmediato y echó a correr de nuevo, aún más deprisa. Sus pasos retumbaron en las piedras resbaladizas. Se arrojó sobre él por la espalda y Danilo se desequilibró. Jana le agarró por el cuello y tiró de él, arrastrándolo consigo.

Cayeron ambos.

Ella se golpeó la cabeza con las rocas y sintió una espantosa punzada de dolor. Danilo quedó tendido a su lado. Haciendo un esfuerzo, Jana se puso de rodillas y le lanzó un navajazo, pero le quedaban más fuerzas de las que calculaba: levantó la mano, rechazó el golpe y Jana sintió que sus brazos perdían fuerza rápidamente. Sabía que no resistiría mucho tiempo. Vio que la mancha de la camisa de Danilo parecía seguir creciendo. Su caja torácica se movía lentamente, arriba y abajo.

La punta de la navaja giró ciento ochenta grados, de la garganta de Danilo a la suya. Él trató de mantener la mano quieta, pero le temblaba tanto que la hoja de la navaja arañó la piel de Jana.

—Hazlo de una vez —dijo ella.

El corazón le latía con violencia: oía sus latidos. Sonaban como el martilleo furioso de un herrero, golpeando el yunque dos veces por segundo.

—Haz lo que quieres hacer. Clava el cuchillo —dijo.

Cerró los ojos y esperó.

Danilo la miró y luego negó con la cabeza casi imperceptiblemente.

Relajó el brazo, arrojó la navaja a un lado y, apoyando la cabeza en una piedra, se llevó la mano al estómago y jadeó.

Jana le miró con sorpresa.

—Sé que no lo entiendes —dijo él—. Pero no puedo matarte.

Habían sobrevolado a gran velocidad las copas desnudas de los árboles y los campos blancos de escarcha. Dejaron atrás carreteras desiertas y grandes explotaciones agrarias.

Ahora volaban a baja altura siguiendo los acantilados de la costa. El ruido era ensordecedor, y las aspas del rotor se reflejaban en el parabrisas. Mia Bolander se llevó las manos a los auriculares y pensó en la investigación, en todo lo que había hecho por demostrar que merecía ocupar un puesto en el nuevo organigrama. Cosas que Gunnar no había visto o que había preferido no ver. O quizá las había visto, pero ya había tomado una decisión.

Su jefe no se lo había dicho directamente, pero ella lo sabía. Las opiniones tácitas eran las peores. Las que no llegaban a formularse en voz alta, pero se dejaban sentir.

Gunnar le había dicho con sus gestos todo lo que necesitaba saber. Ella había tomado nota de todas sus miradas, de todos sus suspiros, había visto sus dientes apretados y entendido lo que no se atrevía a decirle a la cara. Que ya no formaba parte del equipo. Que ya no era uno de ellos.

Suspiró y se inclinó hacia delante para ver el mar y la línea costera. El piloto había contactado con alguien por radio y estaban hablando de volver.

Sintió que el helicóptero viraba bruscamente a la izquierda y descendía meciéndose suavemente.

—Hemos llegado —oyó decir a través de los auriculares.

El foco del aparato iluminó el cobertizo. Mia miró a un lado y a otro por las ventanillas, pero no vio movimiento alguno en tierra.

Volvieron a ascender.

Entonces distinguió algo cerca del embarcadero. Alguien se agitaba en el agua.

—¡Allí! —gritó—. ¡Hay una persona! ¡Tenemos que aterrizar!

—Pero no podemos aterrizar aquí. Hay que buscar otro sitio.

Mia oyó el rugido del motor. De pronto, mientras volvían a ascender, se sintió sola. En todas las operaciones en las que había tomado parte, había estado acompañada por Henrik. Y era siempre Henrik quien tomaba el mando. Ahora, la responsabilidad recaía sobre ella.

Tal vez aquella fuera la oportunidad de hacer ver su valía.

De demostrar sus capacidades.

Sobre todo, si conseguía cerrar el caso de una vez por todas. Sobre todo, si lo lograba ella sola.

Se preparó mientras descendían sobre un campo nevado. El viento del helicóptero barrió la nieve. El aparato quedó suspendido en el aire, bajó lentamente y luego se detuvo, sacudiéndose suavemente. Mia se desabrochó el cinturón de seguridad, pero le dijeron que no saliera hasta que se hubiera parado el motor.

Entonces echó a correr. Encorvada contra el viento, corrió con todas sus fuerzas por los acantilados y bajó hacia el cobertizo.

CAPÍTULO 36

El estruendo del helicóptero había cesado y el silencio envolvió a Jana Berzelius y Danilo Peña.

Jana tuvo la sensación momentánea de que estaban a solas en medio de un gélido desierto. Jadeaban, temblorosos, rodeados por furiosos remolinos de nieve.

—¿Por qué has dicho eso? ¿Por qué no puedes matarme? —preguntó, notando un dolor pulsátil en la cabeza.

—¿Todavía no te has dado cuenta? —Danilo tosió. Un hilillo de sangre viscosa salió de su boca.

—¿Qué quieres decir?

Él volvió a toser. La sangre manaba de su cuerpo, cálida y vaporosa. Respiraba agitadamente y Jana comprendió que estaba a punto de desmayarse.

—Es lo único que sabes hacer: matar —dijo.

—Matar no es nada difícil. Lo difícil es no hacerlo.

Ella vio que un reguero de sangre chorreaba por su cuello, siguiendo las venas marcadas. Notó que estaba sufriendo.

—Sigo sin entender —dijo. Le dolía tanto la cabeza que tuvo que cerrar los ojos un momento.

—Todo lo que he hecho… ha sido para protegerte.

Jana negó con la cabeza y le miró.

—No —dijo—. Ni siquiera lo intentes. Estás mintiendo.

—¡Piénsalo, Jana!

—No —repuso ella—. No quiero oírlo.

Pero él continuó:

—Podría haberte matado en Knäppingsborg, ¿recuerdas? Pero no lo hice, ¿verdad?

—No, no pudiste. Había un testigo, al que evidentemente tuviste que matar.

—Podría haberte matado mucho antes. Antes de que apareciera ese tipo…

Jana miró el mar agitado y pensó en su encuentro a la entrada del barrio de Knäppingsborg. ¿Le estaba diciendo la verdad?

Danilo temblaba y le corrían lágrimas por la cara. Pero Jana sabía que no lloraba de tristeza. Eran lágrimas de dolor.

—¿Dónde están mis cajas? —preguntó en voz baja.

—¿Tus cajas? —repitió él.

—Te llevaste mis cajas y dejaste un dibujo para que supiera que habías sido tú.

Él pestañeaba constantemente, como si tratara de enfocar la mirada, y Jana experimentó un frío espantoso cuando al fin comprendió la verdad.

—¿No las tienes tú?

—¿A quién demonios le importan unas putas cajas?

—A mí.

—Serán muy valiosas.

—No, pero el contenido lo es para mí.

Respiraba rápidamente. Tenía la pregunta en la punta de la lengua, pero dudó. No sabía que quería conocer la respuesta.

Danilo se quedó quieto. De su boca salían pequeños estallidos de aire en rápida sucesión.

—Entonces, ¿por qué me proteges? —preguntó ella.

—No soy yo quien te protege.

Movió el brazo, apretó los dientes, se sacó algo del bolsillo y le tendió el puño cerrado. Ella acercó una mano temblorosa y cogió el reluciente collar, leyó las iniciales grabadas en él y poco a poco empezó a entender. Todo lo sucedido fue descomponiéndose trozo a trozo en pequeños acontecimientos aislados, iluminados por una luz azulada y gélida.

Se puso en pie con gran esfuerzo, notando el dolor de cabeza.

—Jana —dijo él—, no puedes dejarme aquí…

Había hablado despacio y en voz baja. Tenía la cara cubierta de sudor, los labios azulados y rígidos.

Ella levantó la vista y vio pequeños rayos de luz moviéndose entre los troncos de los árboles. Se agachó, cogió la navaja y se la guardó en la cinturilla del pantalón, a la altura de los riñones.

—¡Jana! Tienes que ayudarme a salir de aquí.

—Sabías que iba a venir la policía. Alguien te dio el soplo, ¿verdad? Por eso arrojaste a Isra al agua. Querías borrar tus huellas y huir.

Danilo tensó la mandíbula.

—Ayúdame a subir al bote —le suplicó.

—No. No puedo permitir que desaparezcas otra vez.

—Me voy a morir. Ayúdame.

Se quedó mirándole un rato, pensando que no le quedaba mucho tiempo, que quizá fuera preferible poner fin a su vida en ese preciso momento.

Pero estaban en un paraje muy apartado y, cuando la policía le encontrase, ya sería demasiado tarde.

Comenzó a alejarse.

—¡Jana! —dijo él—. ¡Espera!

—No.

—¡Te he protegido!

—Lo sé —contestó, volviéndose hacia él—. Pero soy fiscal. Protejo a las víctimas, no a los criminales.

Apretó el paso y le oyó gritar algo, pero el viento se llevó su voz.

Mantuvo la mirada fija en los trémulos haces de luz, que seguían acercándose. Se llevó la mano a la cabeza e intentó de nuevo controlar el dolor insoportable que le latía en las sienes. Probó a correr, pero el dolor se hizo tan intenso que empezó a marearse. Dio un paso y luego otro. Aceleró, procurando hacer caso omiso del dolor y la luz amarillenta que se movía ante sus ojos. Se acercó a un árbol caído, corrió hacia él en línea recta y saltó. Aterrizó violentamente, rodando por la nieve, y se puso en pie. Vio sus huellas y las de Danilo y las siguió en sentido contrario, sin mirar atrás, concentrada en contar sus pasos, en calcular cuánta distancia había interpuesto entre ella y la policía.

Cuando llegó a ciento veinte, no pudo seguir avanzando. La tierra acababa y empezaba el embarcadero. Se acercó lentamente y subió a él con paso sigiloso. No quería que el ruido de sus pasos la delatara. Recorrió el muelle hasta su extremo y vio a Isra. Había logrado salir del agua y, acurrucada allí, temblaba y gemía.

Jana dio media vuelta con intención de regresar corriendo al cobertizo, pero oyó pasos que se acercaban. Había llegado la policía y sus voces se aproximaban rápidamente.

No había posibilidad de volver a tierra y esconderse. Tenía que dar media vuelta y aventurarse en el muelle. Se frotó las manos heladas y comprendió que, si quería escapar sin ser vista, solo tenía una alternativa.

Respiró hondo y se lanzó de cabeza al agua, que la envolvió, atenazándola con un dolor agudo y paralizador.

Mia Bolander avanzaba deprisa, con la pistola en la mano. Dejó atrás el cobertizo y salió al muelle. Sintió que las agujas de la nieve se le clavaban en las mejillas. Se detuvo, observó el agua y el bosque que se alzaba tras ella y echó a andar de nuevo hacia la orilla. Entornando los párpados, distinguió a alguien tumbado en posición fetal al final el embarcadero. Apuntó hacia allí con la pistola y siguió avanzando mientras las maderas crujían bajo sus pies.

Trató de sujetar la pistola con firmeza. Respiraba cada vez más aprisa. A diez metros de distancia, sobre los maderos helados del muelle, había una chica. Supuso que era Isra. Tenía la ropa empapada y el cabello negro endurecido por el hielo. La cicatriz de su frente brillaba, blanquecina.

Mia se enfundó la pistola y llamó a gritos a los agentes que se hallaban en la zona del cobertizo.

—¡La he encontrado! ¡Llamad a una ambulancia! ¡Enseguida!

Sintió que el frío traspasaba sus zapatos y sus guantes. Isra yacía de espaldas, con los ojos abiertos, pero apenas reaccionaba.

Mia se agachó a su lado, se quitó la chaqueta y la cubrió con ella. Comprobó que respiraba y le tomó el pulso antes de tratar de reanimarla.

Jana Berzelius probó a abrir los ojos bajo el agua helada, pero solo vio oscuridad. Movió las manos delante de sí con la esperanza de poder nadar, pero el frío la agarrotaba. El agua no era muy profunda, pero le pareció que tardaba una eternidad en hundirse. Imaginó margaritas blancas meciéndose al viento, pero una quemazón atravesó súbitamente su cuerpo. Se había golpeado con algo. Palpó con la mano, pero ya no tenía tacto.

Le dolían los pulmones. Su cabeza la pedía a gritos que respirara una última vez, pero siguió hundiéndose en el agua paralizadora. Vio de nuevo aquellas margaritas blancas que se mecían ante sus ojos, más deprisa esta vez. Parecían rogarle que bailara con ellas. Girando y girando.

La cabeza le daba vueltas. Estaba dispuesta a dejarse ir, a rendirse y bailar, y bailar.

Otra sacudida. Había vuelto a chocar contra algo.

Era una escalerilla de hierro oxidado, adosada a la pared rocosa con tornillos para que los bañistas pudieran entrar y salir del agua en verano.

Lastrada por el peso de su ropa, se impulsó lentamente hacia arriba.

Por fin salió a la superficie y trató de conservar la calma, de llenarse de aire los pulmones. Con los brazos rígidos, se agarró a la barandilla. Esquirlas de hielo caían a su alrededor cuando comenzó a trepar. Tosió, tratando de controlar su respiración, pero su cuerpo demandaba más oxígeno. Aspiró el aire frío y sintió que casi le cortaba la garganta. Tragó saliva e inhaló otra vez.

Afilados copos de nieve fustigaban su cara. Gimiendo, se encaramó a las rocas y, tras incorporarse con piernas temblorosas, echó a andar.

Gunnar Öhrn llamó a la puerta, que se abrió de inmediato. Tuvo que hacer un esfuerzo para no sonreír cuando el hombre que tenía delante dio un respingo al verle.

—Hola, Anders —dijo.

—¿Gunnar?

—Pareces sorprendido.

—Me sorprende verte aquí, en mi puerta, sí.

—¿Te molesto?

—No, no. Pasa.

Anders cerró la puerta y le condujo al interior de la *suite* del hotel, hasta una salita con dos sofás. Había dos copas de vino y una fuente con fruta sobre la mesa baja. Las lámparas emitían una luz tenue. La cama del dormitorio estaba intacta, con el edredón de rayas de distinto tono de blanco alisado y las almohadas perfectamente alineadas.

—¿Esperas a alguien? —preguntó Gunnar, señalando las copas de vino que había sobre la mesa.

—¿Qué quieres? —Anders se sentó.

Gunnar tomó asiento frente a él, se recostó en el sofá y miró por la ventana. Dejó vagar su mirada por los tejados nevados.

—Hemos resuelto el caso de las chicas tailandesas —afirmó—. Hemos desmantelado la red, de hecho.

—¿Ah, sí? —dijo Anders.

—Pero ello me ha puesto en una situación difícil. Verás, Anneli ha analizado las células que se hallaron bajo las uñas de Axel Lundin y ha obtenido un resultado muy claro. Ha cotejado el resultado del análisis con nuestros archivos y ha descubierto que se trata de uno de los nuestros. De alguien que trabaja en nuestro edificio, de alguien muy cercano a la investigación y que tenía acceso a las celdas de detención.

Anders le miró.

—No me sorprende —dijo.

—¿No?

—No.

Gunnar sonrió.

—¿Qué estabas haciendo ayer cuando Axel Lundin decidió quitarse de en medio? —preguntó, echándose hacia delante.

—¿Por qué me lo preguntas? ¿Insinúas que le maté yo?

—No insinúo nada. Es una simple pregunta.

—Axel Lundin se suicidó. ¿Por qué iba yo a querer matarle?

—Eso me pregunto yo. Adelante, dímelo.

—Te estás pasando de la raya, Gunnar —le advirtió Anders.

—Solo intento descubrir por qué visitaste a Axel en su celda.

—¿Querías algo más?

—Sí. Durante la investigación han salido a la luz dos nombres: Danilo Peña y el Anciano. ¿Qué sabes de ese Anciano, en realidad?

—Tan poco como cualquiera.

—Tiene gracia —repuso Gunnar—, porque has retirado de la circulación a la mayoría de los narcotraficantes, pero al Anciano no.

—No entiendo qué quieres decir.

—Se supone que eres un experto en este campo. Carin Radler siempre lo hace notar. ¿Cómo es posible que no sepas nada del Anciano? —Gunnar carraspeó—. Y, además, resulta un poco raro que Danilo Peña se esfumara en el preciso momento en que averiguamos su identidad. No puede ser una coincidencia.

—Creía que partíais de la hipótesis de que Peña y el Anciano son la misma persona.

—Ya no.

Gunnar se inclinó hacia delante y observó la expresión de Anders. Pero parecía impertérrito.

—Yo que tú me andaría con cuidado —dijo.

—¿Sí? ¿Y eso por qué?

—Porque es muy posible que vaya a ser el próximo comisario nacional de policía, Gunnar.

Gunnar se recostó en el sofá y respiró hondo.

—Hay distintas formas de conseguir poder. Una es matarse a trabajar durante muchos años e ir abriéndose paso en el escalafón, si uno tiene la suficiente ambición para hacerlo. Otra es pagar a otras personas para conseguir el puesto que ambicionas. A eso se le llama soborno.

—¿Insinúas que soy un policía corrupto?

—¿Lo eres?

Anders se rio desdeñosamente y acto seguido comenzó a carcajearse con una risa estentórea y hueca.

—Eres patético, Gunnar, das pena —dijo.

—Pero soy honrado. Ya he informado a Asuntos Internos y lamento decir que tu sueño de convertirte en comisario nacional de policía acaba de venirse abajo.

Anders se pasó la mano por la calva y se levantó, llevándose la mano al bolsillo de los pantalones.

—No lo hagas —dijo Gunnar al ponerse en pie y sacar su pistola.

Anders se rio otra vez y Gunnar vio que levantaba el arma.

—Baja la pistola —ordenó.

—Enhorabuena —dijo Anders.

—¿Por qué?

—Por la notoriedad que vas a alcanzar.

—Baja el arma. Tengo agentes…

Pero Anders acercó el dedo al gatillo, dio un paso adelante y disparó.

Gunnar se tambaleó y trató de agarrarse al brazo del sofá, pero cayó de espaldas al suelo. A pesar de que el chaleco antibalas absorbió la mayor parte del impacto, sintió un dolor en el pecho. Sabía que era una herida superficial, y sin embargo se llevó la mano a las costillas.

Vio que se abría la puerta y que dos agentes uniformados irrumpían en la habitación con las armas en alto. Anders se volvió, les apuntó y disparó tres veces, tan rápidamente que no tuvieron tiempo de reaccionar. Gunnar vio que la primera bala se incrustaba en el hombro de uno de los agentes. La segunda le acertó en el estómago, pero la tercera erró el blanco.

En el instante en que Anders apuntaba al otro agente, Gunnar metió un cargador en su pistola, la levantó y disparó. Se oyó un estampido y notó en la mano el tirón del retroceso. La bala salió despedida del cañón y se incrustó en la pierna de Anders, atravesó cartílago, músculo y tejido óseo y salió por el otro lado. Anders cayó al suelo y le miró perplejo. Luego levantó la pistola, tembloroso, pero no tuvo fuerzas para disparar.

Gunnar se abalanzó sobre él, apartó el cañón de la pistola de un manotazo y le golpeó en la cara con su arma, justo en el puente de la nariz y las gafas. La sangre chorreó por la mejilla derecha de Anders, hasta su calva.

—Por Anneli —dijo Gunnar.

Luego retrocedió tambaleándose, se dejó caer en el sofá y vio que otro agente entraba en la habitación y se acercaba a Anders.

Cerró los ojos y, con las manos en el pecho, escuchó el tintineo de las esposas.

CAPÍTULO 37

Las aspas del rotor batían con estruendo cuando el helicóptero de rescate quedó suspendido en el aire. La nieve se levantó del suelo formando un círculo alrededor del aparato y Mia Bolander alzó el brazo para protegerse la cara de sus agujas mientras el helicóptero tomaba tierra. Con el brazo todavía levantado, observó cómo la tripulación ayudaba a Isra a subir a bordo. La chica sufría hipotermia severa.

Numerosas unidades habían acudido al aviso, y a través de los árboles se veía parpadear la luz azul de los coches patrulla. A unos cien metros del cobertizo, habían encontrado un Volvo oscuro con matrícula GUV 174, que ya habían empezado a registrar.

El ruido del rotor aumentó cuando el helicóptero se elevó por encima de ella. Describió un giro en el aire y puso rumbo al sur. Bajó el morro, aceleró rápidamente y desapareció por encima del mar.

Mia lo siguió con la mirada. Con los pies muy juntos, por un momento no supo si tenía frío o calor.

—¡Mia! —Uno de sus compañeros se acercó y la saludó con la mano—. Hemos encontrado a un hombre.

—¿Dónde?

—En el suelo, no muy lejos del cobertizo, en un terraplén. Podría ser el tipo que estamos buscando, Danilo Peña.

—¿Está vivo?

—No lo parece.

361

* * *

La nieve caía con un destello azulado y se posaba en tierra, ante ella, como si fuese polvo. Blanca e intacta. Tras ella, en cambio, se teñía de rojo. La sangre formaba un collar en torno a su cuello.

Jana Berzelius avanzó por el acantilado en dirección al bosque, consciente de que la nieve no la ocultaría. En ese momento, era plenamente visible desde el cobertizo.

Pero no tenía elección.

Cinco metros más y podría resguardarse entre los árboles.

El agua que le chorreaba por el pelo, hasta el cuello, ya se había convertido en hielo.

Pensó en cómo podía quitarse la ropa mojada lo antes posible, pero sus pensamientos se dispersaron. El frío se había apoderado de ella tan violentamente que de pronto se sintió confusa y asustada.

Ni siquiera reparó en el helicóptero de rescate que sobrevolaba la zona con sus focos encendidos.

Su lancha seguía allí, meciéndose suavemente en el oscuro oleaje. Tuvo que hacer acopio de todas sus fuerzas para subir a bordo.

Intentó abrir el asiento de almacenaje. Tiró del candado, pero no se movió. Levantó el pie y le propinó varias patadas, hasta que por fin se abrió.

Dentro había varias mantas de felpilla. Jana se desnudó y se envolvió en ellas mientras observaba la ensenada.

Todo estaba en calma.

Puso en marcha el motor, movió la palanca y sintió que su cuerpo se inclinaba hacia atrás, empujado por la fuerza de aceleración.

Tenía sangre en la cara, el abdomen y el cuello.

Mia Bolander se acercó lentamente y miró al hombre tumbado en el terraplén, ante ella, sin dejar de apuntarle con la pistola.

Estaba tendido boca arriba, con los ojos abiertos, pero no reaccionó cuando se agachó a su lado. Parecía inconsciente.

—¿Puede oírme? —preguntó Mia una última vez.

Sus ojos oscuros no se movieron. Eran negros como el carbón, pensó Mia. Mientras le palpaba el cuello buscando la arteria carótida, comprendió que su búsqueda había terminado. Habían dado con Danilo Peña. Sonrió al pensarlo.

Pero se le borró la sonrisa cuando de pronto se dio cuenta de que era importante capturarle vivo, que él era el único vínculo entre las jóvenes utilizadas como mulas y los mandos corruptos de la policía.

Oprimió con los dedos su piel fría y sintió un pulso muy débil. Comprendió que tenían poco tiempo para trasladarlo al hospital. Muy poco tiempo.

CAPÍTULO 38

Veía las letras por separado, pero no entendía lo que significaban. Todo se emborronaba ante sus ojos.

Sentado en su casa de Lindö con el periódico abierto ante sí, Karl Berzelius pensaba en su visita del día anterior a la casa de verano. Le había ordenado a Jana que se quedara, que hablara con él, y ella le había desobedecido. Había huido en una de sus lanchas.

Karl recordaba la escena una y otra vez, maldiciéndose para sus adentros.

Entonces oyó un ruido. Bajó lentamente el periódico y permaneció atento a los ruidos de la casa. Veía el resplandor anaranjado de las farolas a través de las ventanas, cuya luz proyectaba sombras listadas en la pared. Había empezado a oscurecer. Los días eran muy cortos.

—¿Margaretha? —llamó, a pesar de que sabía que era inútil.

Su mujer había salido a hacer un recado y tardaría al menos una hora en volver.

Volvió a oír aquel ruido. Parecían pasos. Había alguien en la casa.

Se levantó despacio del sillón y cruzó el cuarto de estar, hacia el vestíbulo. Escuchó el ruido de sus propios pasos. Miró hacia la ventana y estuvo a punto de soltar un grito: había alguien allí.

Se llevó la mano al corazón y exhaló un rápido suspiro al darse cuenta de que lo que estaba viendo era su propio reflejo.

Se acercó a la ventana y miró hacia el jardín. Las ramas de los manzanos estaban cubiertas de nieve. Se persuadió de que debía conservar la calma y siguió avanzando. Al llegar a la escalera, vio un rayo de luz. Había una lámpara encendida arriba. Apoyó la mano en la barandilla y subió peldaño a peldaño, lentamente, sin apartar la mirada de la luz. Luego aceleró el paso. Su nerviosismo fue creciendo a medida que se acercaba.

La puerta de su despacho estaba entornada y la lámpara de su mesa encendida. Se convenció entonces de que algo iba mal: él nunca olvidaba apagar la lámpara.

Entró en la habitación y la recorrió con la mirada.

No tardó en localizar el estuche rojo sobre la mesa.

Estaba justo debajo de la lámpara, con la tapa abierta.

Pero ya no estaba vacío.

El collar descansaba en él.

Per Åström estiró los brazos hacia arriba. Tenía calor a pesar de que se había quitado la chaqueta.

Puesto en pie, miraba por encima del hombro de Ola Söderström, que estaba hablando por teléfono. El informático se había puesto en contacto con la empresa de telefonía móvil y les había dado una cifra de tres dígitos y una contraseña que demostraba que pertenecía al cuerpo de policía. Tres minutos después, le proporcionaron el número IMEI que estaba buscando.

—Muchísimas gracias —dijo Ola antes de colgar. Se acercó el teclado del ordenador y marcó los quince dígitos—. Hay varias formas de localizar un teléfono móvil —explicó—, pero esta es la más fiable. Si es que Jana lo lleva encima, claro.

Se echó hacia delante y siguió tecleando.

—Sí —dijo de pronto, dando una palmada.

Per se inclinó sobre su hombro y vio un punto azul en la pantalla.

—¿Se ve dónde está? —preguntó.

—Se ve dónde está su teléfono, por lo menos.

—¿Y dónde está?

Ola volvió la pantalla hacia él. Poco a poco, fue apareciendo un mapa.

—Sigue en Norrköping.

—Sí, pero ¿dónde? —preguntó Per con impaciencia.

Ola señaló la pantalla, trazando un pequeño círculo con el dedo en torno al punto azul.

—En el barrio de Lindö —dijo.

Le vio acercarse al escritorio. Sus manos arrugadas temblaron cuando cogió el collar y lo dejó colgar entre sus dedos.

Jana Berzelius salió de las sombras de detrás de la puerta.

Karl miró el reflejo de la ventana y Jana supo que era consciente de que ella estaba en la habitación.

—Siempre has sabido quién soy en realidad, ¿verdad? —preguntó.

—Sí —contestó él sin volverse.

Rodeó la mesa sin prisa y se dejó caer en la silla, que osciló ligeramente. Dejó el collar delante de él y echó la cabeza hacia atrás. Cerró los ojos y comenzó a respirar pausadamente, como si estuviera ahorrando energías y al mismo tiempo se mantuviera atento a su entorno por si algo sucedía.

—¿Por qué nunca me lo has dicho? —preguntó ella.

—¿Me habrías creído? No sabías quién eras, ni por lo que habías pasado. Ni siquiera te acordabas de Gavril Bolanaki.

Jana miró el rostro envejecido y arrugado de su padre.

—Está claro que le conoces desde hace mucho tiempo.

Karl abrió los ojos pero no respondió.

—He visto los archivadores de la casa de verano —añadió ella, y esperó su reacción.

Pero su padre siguió guardando silencio.

—Sé que has manipulado deliberadamente el veredicto de más de un centenar de procesos judiciales —prosiguió.

—Así tenía que ser. No tuve elección.

—Permitiste que personas inocentes fueran acusadas injustamente y enviadas a prisión. Exculpaste a criminales por falta de pruebas. Falsificaste informes policiales y registros de incautación, incluso silenciaste a testigos...

—¡He dicho que no tuve elección! —Su padre dio un puñetazo tan fuerte en la mesa que el collar dio un brinco. Había bajado las cejas casi hasta el puente de la nariz.

—Todo el mundo tiene elección. ¿Qué te dio Bolanaki a cambio? ¿Dinero? ¿Poder?

—Yo era un buen fiscal, Jana.

Ella negó con la cabeza lentamente con expresión escéptica.

—No lo entiendo. ¿Cómo es que nadie ha descubierto lo que te has traído entre manos todos estos años?

—Podría achacarlo a una mala supervisión. Pero, de hecho, es todo lo contrario.

—¿Qué dices? ¿Insinúas que había otras autoridades que conocían tus manejos y que permitieron que siguieras adelante? No te creo.

—Puedes creer lo que quieras. En este mundo, no todo es tan sencillo como tú pareces creer. No todo es blanco o negro.

—¡Explícamelo, entonces!

Su padre se pasó bruscamente la mano por el pelo y entornó los párpados.

—Solo hay una explicación: Anders Wester.

Jana se mordió el labio.

—Debería haberlo imaginado —dijo—. Anders Wester. Estuvo aquí contigo, el sábado.

Karl bajó las manos lentamente.

Jana dio un paso adelante, sin perder de vista las manos de su padre.

—Cuando vine a ver a mamá —añadió—, vi sus zapatos en la entrada. —Sin darle tiempo a contestar, añadió—: ¿Cómo os conocisteis Anders, Gavril y tú?

—¿Cómo crees que se conocen las personas que ocupan puestos cada vez más importantes?

—Es lo que te estoy preguntando.

—Anders y Gavril se conocieron mientras hacían el servicio militar en Södertälje. Yo me uní después, a principios de los ochenta.

—Eso lo sé: he leído lo que contienen los archivadores. Te encargaste de que Gavril dominara el narcotráfico desde finales de los ochenta, impidiendo que fuera procesado.

—Gavril quería tenerme de su lado, de modo que lo dispuso así. Pero ahora está muerto.

—Y cuando desapareció de escena, tú ocupaste su lugar. Te convertiste en el Anciano, esa figura misteriosa a la que nadie ha visto, a la que nadie puede identificar.

Su padre se encogió de hombros.

—Uno no puede controlar lo que la gente dice a sus espaldas. Pero sí puede crear rumores.

—¿Por qué tú y no Anders?

—Porque la sociedad necesita héroes. Y a Anders le gusta la atención mediática.

—¿Y a ti no?

—Yo empiezo a avizorar el fin de mí carrera. Él, no.

Jana se quedó callada y miró a su padre a los ojos.

—Si todo este tiempo has sabido quién era, ¿por qué decidiste adoptarme?

—No tuve otro remedio. O, digamos, la alternativa habría sido eliminarte. No podíamos permitir que escapara una niña de nueve años. Además, eras una cría difícil. Sabías demasiado y te escapaste. ¿Eso lo recuerdas?

—Recuerdo que los servicios sociales se hicieron cargo de mí. Me dijeron que había sufrido un accidente de tren y que por eso no recordaba mi nombre. Así que, ¿me adoptaste para salvaguardar vuestra red? —preguntó, incrédula.

—No te lo tomes tan a pecho.

—¿Cómo si no voy a tomármelo?

Él esquivó su mirada.

—¿Y los contenedores? —Jana sintió que empezaba a temblar de ira y de frustración.

—Bueno… —Karl pareció abstraerse de pronto—. Sí, lo de los contenedores fue un episodio desafortunado… que ocurrió sin que yo estuviera al tanto de ello. Fue idea de Gavril. Pero Gavril ha muerto, así que eso ya no importa.

—¿Sabes cómo murió? —preguntó Jana, pero no esperó respuesta—: Fue Danilo quien le mató, le ejecutó a sangre fría para poder ocupar su lugar.

—Tú no sabes nada de eso.

—Te equivocas —repuso con una débil sonrisa, y volvió a ponerse seria—. Y Anders, ¿él también sabe quién soy?

Su padre pareció cansado.

—¿Anders? —dijo levantando la mirada—. Sí, lo sabe. Pero no sabe que has empezado a recordar.

—¿Y mamá? ¿También lo sabe?

—Tu madre no sabe nada.

—Sabe que fue una adopción cerrada.

—Pero no el motivo. Eso no lo sabe nadie.

—Danilo, sí.

—Danilo… —dijo su padre, pronunciando el nombre con una larga exhalación—. Cometió un error al atacarte aquella noche en Knäppingsborg. Debería haberse mantenido al margen.

—Cometió muchos errores, ¿no es cierto?

—¿Qué quieres decir?

—Robin Stenberg, entre otros.

—Sí —contestó su padre, pensativo—. Era demasiado ansioso, demasiado impulsivo. Y eso tiene consecuencias.

—Entonces, ¿lo reconoces?

—Reconozco que Danilo era un peligro, y un hombre de negocios como yo tiene que minimizar los riesgos.

—Tenías muchos motivos para eliminarlo y sabías que quería vengarme de él.

—No —la atajó él—. *Suponía* que querías vengarte. Pero hizo falta un dibujo para que te pusieras en marcha.

Jana tuvo que hacer un esfuerzo por seguir allí, escuchando sus palabras.

—Hiciste que le matara.

—Bueno, mejor. Así ya no tendrás que preocuparte de que vaya a hacer pública tu verdadera identidad, y los dos podremos estar tranquilos.

—Danilo dijo que no tenía mis cajas. ¿Dónde están? ¿Y mis diarios? ¡Quiero recuperarlos!

—¿Cómo sabes que los tengo yo?

—¿Dónde están? ¡Dime dónde están!

Karl sonrió de nuevo.

—No deberías aferrarte al pasado —dijo—. Todo cambia.

—La gente, no.

—Puede que la gente no cambie, pero los tiempos cambian.

Jana entornó los párpados y cerró los puños.

—Dime dónde están mis cajas —dijo lentamente.

—En un lugar seguro.

—¿Dónde?

—¿Por qué iba a decírtelo?

—¿Qué vas a hacer con ellas?

—Puede que las necesite muy pronto.

Ella dio un paso adelante, con los puños apretados.

—¿Cómo sabías que existían? ¿Que las tenía escondidas?

—Hace más de veinte años que formas parte de mi casa, Jana. Ya deberías saber cómo soy. Que tengo ojos y oídos en todas partes.

—¿Fue el dueño del edificio? ¿Te lo dijo él?

Su padre meneó la cabeza.

—Es mucho más sencillo que todo eso, Jana. Axel Lundin frecuentaba el edificio de Garvaregatan. Y te vio.

Sintió que sus músculos se tensaban y que se aceleraba su respiración.

—Es increíble —dijo—. Si Axel trabajaba para ti, ¿por qué delató a Danilo?

—El porqué no es asunto tuyo.

—Pero tuyo sí.

—De Anders, más bien.

Jana dio otro paso adelante. Trató de relajarse, pero la violencia la atenazaba con puño de hierro. Bajó la cabeza.

—Tú sabes que esto se ha acabado, padre.

—¿Por qué? ¿Qué piensas hacer? —preguntó él con calma.

—Ya sabes lo que *tengo* que hacer.

La mirada de Karl se ensombreció.

—Si me denuncias —dijo—, no volverás a ver tus cajas. No volverás a tocar tus diarios. Nunca. Y no sabes en manos de quién pueden acabar.

Su voz sonaba clara y diáfana. Jana vio que cerraba los puños y sintió que la ira reprimida de su padre inundaba la habitación.

—¿Entendido? —preguntó Karl alzando la voz.

De pronto se levantó, se precipitó hacia ella y, agarrándola del brazo, la empujó contra la pared. Estaba tan cerca que Jana sintió su aliento en la cara.

Asintió con la cabeza y susurró:

—Sí.

—¡Contesta para que pueda oírte!

—Sí.

Entonces la golpeó. Le asestó una bofetada.

—¡Contéstame!

Cuando levantó la mano para volver a abofetearla, Jana alzó el brazo y detuvo el golpe. Karl reaccionó con sorpresa en un principio. Luego, con ira creciente. Levantó de nuevo la mano, pero ella le agarró de la muñeca y le retorció el brazo con fuerza.

Sin pestañear.

—Sí —siseó—. Entendido.

Él trató de decir algo. Jana lo notó en sus ojos. «¡Suéltame!».

Pero le retorció el brazo con más fuerza.

—¡Suéltame! ¡Suéltame!

Lo dijo en tono suplicante, plañidero, pero Jana no le soltó.

Karl se dobló por la cintura y se dejó caer al suelo, humillado, convertido de pronto en un anciano de piel grisácea.

Solo cuando sonó el timbre, le soltó Jana y apartó la mirada de él.

Fue solo un segundo. Pero bastó.

Per Åström oyó sonar el timbre dentro de la casa y volvió a pulsar el botón una y otra vez. Retrocedió unos pasos y miró hacia las ventanas de la planta de arriba. Jana estaba allí. No había duda.

Había visto su coche aparcado a la entrada. Al bajarse del taxi, le había dicho al conductor que esperara y había cruzado la nieve con paso cauteloso. Ahora trataba de tranquilizarse y de respirar rítmicamente. No quería parecer un acosador chiflado.

En realidad, no había nada sospechoso, ni fuera de lo corriente. Era perfectamente normal que el coche de Jana estuviera aparcado frente a la casa de sus padres.

Y sin embargo estaba angustiado, temía que le ocurriera algo. Volvió a pulsar el timbre.

La nieve caía sobre su cara y su chaqueta y le entumecía las manos desnudas.

Nadie acudió a abrir la puerta.

Per se alejó y dio la vuelta a la casa, echó un vistazo al jardín y a la terraza y volvió a mirar por las ventanas.

Probó a abrir la puerta de atrás, pero estaba cerrada con llave, como se temía.

—¿Jana? —gritó, pensando que parecía un perfecto idiota.

Pero ya no le importaba. La preocupación se había adueñado por completo de él.

Se quedó inmóvil, fijó la mirada en un punto de la nieve blanca y escuchó. No se oía nada, ni un solo sonido, dentro de la casa.

«Ha sido un error venir», se dijo al dar media vuelta y echar a andar.

En ese preciso instante oyó resonar un disparo dentro de la casa.

El eco de la detonación rebotó vertiginosamente entre las casas de la calle.

Al principio, no entendió qué había pasado.

Luego oyó otro disparo, seguido por dos más. El ruido fue tan ensordecedor y repentino que Per se agachó junto a la verja y se tapó la cabeza con los brazos para protegerse.

Enseguida comprendió lo que pasaba.

Había habido un tiroteo en el domicilio de los Berzelius.

—¡Jana! —gritó en medio de la nevada.

Pero todo había quedado en perfecto silencio.

No había pulso.

La doctora Amanda Svedlund trabajaba deprisa. Había cortado la ropa del paciente tendido en la camilla y le había puesto una mascarilla de oxígeno. Habían subido la calefacción del helicóptero de rescate.

Pero seguía sin haber pulso.

La enfermera Sofia Enberg sacó el desfibrilador, secó el pecho mojado del paciente y colocó los electrodos.

El corazón del paciente estaba sumido en el caos. Temblaba, incapaz de bombear la sangre a través del cuerpo. Una corriente eléctrica podía hacerlo latir de nuevo, pero el factor tiempo era crucial. El lapso entre el instante en que un corazón dejaba de latir y la desfibrilación era decisivo para que el paciente tuviera alguna posibilidad de sobrevivir. Por cada minuto que pasaba, las probabilidades de sobrevivir disminuían un diez por ciento.

Era esencial que el latido cardiaco se estabilizara lo antes posible.

Amanda escuchó la voz digital.

«Analizando ritmo cardíaco. No mueva al paciente».

Un instante de silencio.

«Se recomienda desfibrilación. Iniciado el proceso de carga».

El aullido del viento, cada vez más intenso, penetraba en la cabina del helicóptero. Amanda aguardó con el dedo apoyado sobre la luz roja que parpadeaba en la máquina y luego pulsó el botón.

La corriente recorrió el cuerpo del paciente.

«Desfibrilación completada».

El primer intento no surtió efecto. Amanda volvió a activar la máquina. No había pulso.

—¡Venga, venga! —gritó mientras presionaba el pecho desnudo del paciente con las dos manos.

Contó hasta quince y probó una tercera vez.

Hacía trece minutos que el corazón del paciente había dejado de latir, y la probabilidad de supervivencia era mínima.

Amanda sintió que el desánimo se apoderaba de ella, pero no lo demostró.

Siguió trabajando.

La tierra pasaba velozmente bajo ellos. Sobrevolaban estrechas franjas de oleaje, altísimos árboles y gigantescos tendidos eléctricos. Las farolas parecían minúsculas luciérnagas cuando el helicóptero enfiló Linköping. Los motores rugieron cuando descendieron sobre el hospital universitario.

El personal de urgencias les estaba esperando. Sus ropas ondeaban al viento.

En el instante en que el helicóptero tomaba tierra, sucedió algo de pronto.

El paciente se movió.

Fue un movimiento muy débil, pero Amanda lo vio.

Miró la máquina.

Vio el ritmo que marcaba el electrocardiograma.

El corazón de Danilo Peña había vuelto a latir.

Per Åström estaba en tensión. Antes de atreverse a volver a la casa, permaneció inmóvil unos minutos. En lugar de llamar a la puerta, cruzó la nieve con intención de entrar por la parte de atrás. Se detuvo un momento junto a un manzano, a veinte metros de la terraza. Subió a esta y cogió una maceta de barro. Pesaba más de lo que creía, pero así le resultó más fácil romper el cristal de la puerta.

Metió la mano por el hueco, agarró el picaporte por dentro y oyó un ruido procedente del interior de la casa. Tardó un segundo en darse cuenta de que procedía del piso de arriba. Parecía que alguien estaba gimiendo.

Subió rápidamente la escalera. Sabía que era peligroso estar allí, pero tenía que arriesgarse.

Al llegar al descansillo, vio una lámpara encendida en lo que parecía ser un despacho.

Prestó atención y oyó que algo se movía.

Cuando empujó la puerta, la vio de inmediato en el suelo. Se quedó petrificado un instante, mirando su cara ensangrentada. Al principio pensó que estaba muerta. Luego, distinguió un leve movimiento en su pecho, seguido por una respiración estertorosa. Dio un paso adelante y vio la pistola en su mano.

Entonces vio al padre de Jana, Karl Berzelius.

Estaba sentado con la espalda apoyada en la pared, los ojos cerrados y la cabeza gacha. Por encima de la oreja izquierda, su cabello canoso se había teñido de rojo, y la sangre goteaba hasta el suelo.

Per se acercó despacio a Jana y se arrodilló a su lado. Con mucho cuidado, trató de quitarle la pistola, pero sus dedos se crisparon. De pronto abrió los ojos, le miró confusamente y empezó a farfullar.

—He intentado —dijo—, he intentado… detenerle.

Cerró los ojos y soltó la pistola.

Con manos temblorosas, Per sacó su móvil para llamar a una ambulancia.

CAPÍTULO 39

Una niebla helada saturaba el aire cuando Henrik Levin introdujo más monedas en el parquímetro del hospital Vrinnevi. Con las manos en los bolsillos, cruzó el aparcamiento hacia la entrada principal.

—¿Henrik? —dijo Emma cuando abrió la puerta de su habitación en la planta de Posparto—. He puesto la tele. No paran de hablar de lo que ha pasado en ese cobertizo.

Henrik se sentó a su lado y le cogió la mano. Miró a su hijo recién nacido, acurrucado junto al pecho de Emma.

—Así que le habéis cogido —dijo ella con una leve sonrisa.

—Bueno, yo no. Fue Mia quien le cogió en el cobertizo. La condecorarán por su hazaña —repuso Henrik, y empezó a pensar en las chicas tailandesas, las verdaderas víctimas de todo aquello.

—Estás cansado —dijo su mujer.

—La gente no lo entiende. Las obligaban a tragar esas cápsulas y… —Se interrumpió sin darse cuenta.

El canal de noticias mostraba una fotografía de Danilo Peña. Miraron ambos a la joven periodista que informaba sobre la turbia historia de Peña y la chica tailandesa que había logrado sobrevivir. Teniendo en cuenta las circunstancias, la joven había tenido suerte. Los médicos se mostraban optimistas.

—Gracias a Dios —comentó Emma, acariciando la espalda de su hijo. El bebé estaba tumbado junto a su piel desnuda, bajo una cálida manta.

Gunnar Öhrn apareció en pantalla. Parecía agotado, pero sonrió al afirmar que pronto podrían dar por zanjado el caso. A continuación apareció una fotografía de Anders Wester, y Henrik oyó las palabras «soborno» y «escándalo».

—¿Qué ha pasado de verdad? —preguntó Emma.

—Lo único que puedo decirte —contestó él con un suspiro— es que esta investigación nos condujo a un asunto mucho más gordo.

—No es la primera vez que te oigo decir eso.

Henrik asintió en silencio y fijó un instante la mirada en la ventana. Intuyó que el sol traspasaba la densa capa de niebla y vio las primeras fotografías de la detención de Anders Wester. Su despacho en la sede de la Brigada Nacional de Homicidios y su domicilio particular habían sido registrados. Los técnicos forenses habían pasado horas reuniendo papeles, declaraciones, informes y otros documentos que pudieran servir como pruebas contra él durante el proceso. Todas las personas de su círculo serían investigadas.

—Ya me lo contarás en otro momento —dijo Emma con una mirada risueña.

Henrik la miró a los ojos y respiró hondo.

—¿Quieres cogerle? —preguntó ella.

—¿Puedo?

—Claro que puedes.

Henrik se levantó. Emma retiró la manta y levantó con cuidado al bebé. Henrik lo cogió en brazos y permaneció así un rato, sin moverse. Aspiró el olor de su hijo y sintió sus frágiles miembros contra su pecho. Experimentó una felicidad completa al sostener por fin a su hijo pequeño en brazos.

—Estaba tan preocupado —dijo—. Eso era lo que me pasaba, todo este tiempo. Por eso me escabullía y me volcaba en el trabajo. —Tragó saliva y miró a Emma—. Pero te quiero —dijo.

—Yo también a ti.

—Y quiero a este pequeñajo. Me da mucho miedo que pueda pasarle algo.

—¿Qué va a pasarle? —preguntó ella con una sonrisa.

—Es tan pequeño…

—Pero está sano.

—Eso espero —dijo Henrik en voz baja, y se quedó callado.

Jana Berzelius se caló el gorro sobre la frente cuando salió de las oficinas de la fiscalía acompañada por Per Åström. Mantuvo la cabeza erguida y la mirada fija hacia delante.

—¿Te preocupa no saberlo? —preguntó él.

—¿No saber qué?

—Si la chica lo consiguió o no.

—¿Te refieres a Pim?

—Sí. A fin de cuentas, era tu caso.

—Sé que lo ha conseguido.

—¿Cómo lo sabes?

—Lo sé.

Per la miró con seriedad.

—¿Cómo te encuentras?

—Solo es una herida superficial.

—No, me refiero a cómo te encuentras *de verdad*.

Jana no contestó. Se limitó a mirarle, sabedora de que buscaba respuestas y de que tenía muchas cosas que explicarle. Se lo debía. Le debía muchas cosas, en realidad. Pero había ciertos aspectos, tanto de su vida como de la de su padre, que Per no necesitaba conocer. Como, por ejemplo, la existencia de las cajas que aún no había encontrado.

Había registrado por completo la casa de Lindö y la de verano, y seguía sin encontrar sus diarios y sus demás pertenencias, que tanto significaban para ella. Solo su padre sabía dónde estaban. Su secreto, su vida entera, se hallaban ahora en manos de Karl Berzelius. Y el secreto de Karl, en las suyas.

—No has contado casi nada de lo que ocurrió —comentó Per como si le leyera el pensamiento.

—Mi padre estaba enfermo, desorientado. Se convirtió en un peligro para sí mismo. Intentó suicidarse.

—Vale, ¿y eso es todo? —Per escudriñó de nuevo su mirada.

—Se trata de un estado de delirio —añadió Jana—. En términos generales, puede causarlo cualquier enfermedad, da igual lo insignificante que sea.

Le sostuvo la mirada, pensando que de ese modo sus palabras sonarían más convincentes. Se repitió a sí misma que había hecho lo correcto al mentir acerca del estado mental de su padre. Había afirmado que se hallaba en un estado psicológico tan lamentable que su madre ya no podía hacerse cargo de él. De ahí que hubiera decidido quedarse en la casa de Lindö para ayudar a Margaretha. Ello la había obligado a descuidar su trabajo y su vida personal. No había podido contestar al teléfono, ni al correo electrónico.

—Reaccionó de manera muy extraña cuando fui a preguntar por ti.

—Ya entiendes el porqué.

—Dijo que hacía seis meses que no te veía.

—Era mentira, evidentemente.

—Me extraña en él.

—Tal vez porque no le conoces lo suficiente.

Se rodeó el cuello con una vuelta más de su nuevo pañuelo negro.

—¿Volverá a la normalidad?

—No lo sé —contestó, desviando la mirada.

Una de las balas había atravesado el lóbulo izquierdo del cerebro de Karl Berzelius, lo que podía traducirse en una merma permanente de sus funciones cognitivas. De momento, era imposible evaluar la gravedad de la lesión. Nadie sabía si Karl Berzelius volvería a ser el de siempre.

—Entonces, ¿tú sospechabas que podía intentar suicidarse? —preguntó Per.

—Sabía que estaba profundamente triste.

—¿Profundamente triste?

—No vas a darte por vencido, ¿eh? —preguntó mirándole a los ojos.

—Me encantan los secretos familiares.

—De lo que deduzco que vas a acribillarme a preguntas.

—Qué bien me conoces. —Per se rio.

—Sí, te conozco muy bien. Sé, por ejemplo, que dentro de dos minutos vas a preguntarme si comemos juntos.

—No, *dónde* comemos juntos.

—Vale, dónde comemos juntos, entonces.

—¿Y qué vas a contestar?

—Que conozco un buen restaurante llamado El Colador —repuso Jana, y echó a andar.

Al pasar junto a un banco cubierto de nieve, sintió que unos copos le caían en la cara. A su lado pasó un hombre tirando de un trineo en el que iba montada una niña pequeña.

Jana siguió adelante sin necesidad de volverse. Sabía que Per caminaba tras ella.

AGRADECIMIENTOS

Quiero dar las gracias a todos aquellos que me ayudaron con este libro. A quienes lo leyeron y me dieron su opinión, a los que contestaron a mis preguntas y me ayudaron a documentarme, y a quienes me dedicaron su tiempo y sus energías. Muchas gracias a mi editor, Jacob Swedberg, por su esmerada edición y su inestimable colaboración. Gracias a Sofie Mikaelsson y Joel Gerdin por la información que me proporcionaron acerca del trabajo policial en general. A Johan Ahlner y Lotta Fornander por los datos que me brindaron. Y a mi hermana, mis padres y mis suegros por alegrarse de mis éxitos y celebrarlos felizmente a mi lado.

Agradezco de todo corazón a mis padres las muchas horas que han pasado leyendo, apoyándome y dándome ánimos. Siempre os he tenido a mi lado. Muy pocas personas tienen la fortuna de contar con unos padres tan leales y entregados.

Gracias a Jonas Carlsson Malm, Jonas Winter y el fallecido Tommy Johansson. Fuisteis los primeros en creer en *Almas robadas* y en la fiscal Jana Berzelius.

Gracias a mis lectores por esos encuentros tan divertidos, esas conversaciones maravillosas y las muchas risas que hemos compartido en tiendas, librerías, ferias del libro, bibliotecas y redes sociales. Vosotros me procuráis la alegría y la inspiración que necesito para escribir.

Esta es una historia de ficción. Cualquier parecido entre los personajes de este libro y personas de la vida real es pura coincidencia.

Los escenarios aparecen descritos, por lo general, como son en realidad, pero de vez en cuando los he distorsionado o he añadido ciertos detalles necesarios para dar coherencia del relato. Cualquier error que se haya colado es culpa mía.

Hay una persona a la que quiero dar las gracias por encima de todas las demás. Pero ¿qué puedo decirle a un hombre que siempre sabe lo que estoy pensando? ¿Que me hace preguntas que me ayudan a encontrar el camino? ¿Que siempre está a mi lado? ¿Que es mi mejor amigo, mi colega, mi compañero? ¿Qué puedo decirte, Henrik Schepp?

Ya sé.

Algo que te digo a menudo, y no con la debida frecuencia.

Dos palabritas.